E.T

Gesammelte Schriften

Zweiter Band

Anatiposi

E.T.A. Hoffmann

Gesammelte Schriften

Zweiter Band

Unveränderter Nachdruck der Originalausgabe von 1872.

1. Auflage 2023 | ISBN: 978-3-38220-234-7

Anatiposi Verlag ist ein Imprint der Outlook Verlagsgesellschaft mbH.

Verlag: Outlook Verlag GmbH, Zeilweg 44, 60439 Frankfurt, Deutschland
Vertretungsberechtigt: E. Roepke, Zeilweg 44, 60439 Frankfurt, Deutschland
Druck: Books on Demand GmbH, In de Tarpen 42, 22848 Norderstedt, Deutschland

Die

Serapions-Brüder.

Gesammelte

Erzählungen und Mährchen.

Herausgegeben

von

E. T. A. Hoffmann.

Zweiter Band.

Mit Federzeichnungen von Theodor Hosemann.

Berlin.

Druck und Verlag von Georg Reimer.

1872.

E. T. A. Hoffmann's
gesammelte Schriften.

Zweiter Band.

Mit Federzeichnungen von Theodor Hosemann.

Berlin.
Druck und Verlag von Georg Reimer.
1872.

Die Serapions-Brüder.

Zweiter Band.

Dritter Abschnitt.

Es hat, sprach Lothar, als die Serapions-Brüder aufs neue versammelt waren, es hat gar keinen Zweifel, daß unserm Cyprian, gerade wie an dem Tage des heiligen Serapion, der uns zum neuen Bunde zusammenführte, auch heute was Besonderes in Sinn und Gedanken liegt. Er sieht blaß aus und verstört, er vernimmt nur mit halbem Ohr unser Gespräch, er scheint, während er doch nun gewiß mit lebendigem gesunden Leibe hier unter uns sitzt, geistig sich ganz wo anders zu befinden.

So mag er, nahm Ottmar das Wort, denn nun gleich mit dem Wahnsinnigen heranrücken, dessen Namenstag er vielleicht heute feiert.

Und, setzte Theodor hinzu, in exzentrischen Funken sein Innres entladen, wie er nur Lust hat. Dann, ich weiß es, wird er wieder sein menschlich gesinnt und kehrt zurück in unsern Kreis, in dem er es sich doch nun einmal gefallen lassen muß.

Ihr thut mir Unrecht, sprach Cyprian, statt daß mich irgend ein wahnsinniges Prinzip verstören sollte, trage ich eine Nachricht mit mir, die Euch Alle erfreuen wird. — Wißt, daß unser Freund Sylvester heute von seinem ländlichen Aufenthalt rückkehrend, hier eingetroffen ist.

Die Freunde jauchzten laut auf, denn allen war der stille gemüthliche Sylvester, dessen innere Poesie in schönen milden Strahlen gar herrlich herausfunkelte, recht von Herzen lieb und werth.

Kein würdigerer Serapions-Bruder ist zu finden, sprach Theodor, als unser Sylvester. Er ist still und in sich gekehrt, es kostet Mühe ihn zum hellen Gespräch zu entzünden, das ist wahr, aber nie ist wohl ein Dichter empfänglicher gewesen für ein Werk des andern, als eben er. Ohne daß er selbst viel Worte machen sollte, liest man auf seinem Gesicht in deutlichen sprechenden Zügen den Eindruck, den die

1 *

Worte des Freundes auf ihn gemacht und indem seine innige Gemüthlichkeit ausströmt in seinen Blicken, in seinem ganzen Wesen, fühle ich mich selbst in seiner Nähe gemüthlicher, froher, freier! —

In der That, begann Ottmar, ist Sylvester deshalb ein seltener Mensch zu nennen. Es scheint, als wenn unsere neuesten Dichter recht geflissentlich über jene Anspruchslosigkeit hinwegstürmten, die doch eben das Eigenthümlichste der wahren Dichter-Natur seyn möchte, und selbst die besser Gesinnten sollen sich hüten, nicht, indem sie nur ihr Recht behaupten wollen, das Schwerdt zu zücken, welches jene gar nicht aus der Hand legen. Sylvester geht umher waffenlos wie ein unschuldiges Kind. — Oft haben wir ihm vorgeworfen, er sey zu lässig, er schaffe vermöge seiner reichen Natur viel zu wenig. Aber muß denn immer und immer geschrieben werden? Setzt sich Sylvester hin, und faßt das innere Gebilde in Worten, so treibt ihn gewiß ein unwiderstehlicher Drang dazu an. Er schreibt gewiß nichts auf, das er nicht wahrhaft im Innern empfunden, geschaut, und schon deshalb muß er unter uns seyn als wahrer Serapions-Bruder.

Ich hasse, sprach Lothar, die mystische und angenehme Zahl Sieben ausgenommen, alle ungerade Zahlen, und meine, daß fünf Serapions-Brüder unmöglich gedeihen können, sechs dagegen sehr anmuthig um diesen runden Tisch sitzen werden. Sylvester ist heute angekommen, und nächstens wirft der unruhige unstete Vinzenz hier wirklich Anker. Wir kennen ihn alle, wir wissen, daß er, die innere Gutmüthigkeit abgerechnet, die er mit Sylvester theilt, sonst den schneidendsten Contrast gegen diesen bildet. Ist Sylvester still und in sich gekehrt, so sprudelt Vinzenz über in witziger schalkischer Keckheit. Er hat das unversiegbare Talent, alles, das gewöhnlichste und außerordentlichste, in den bizarresten Bildern darzustellen, und kommt noch hinzu, daß er alles mit hellem beinahe schneidendem Ton und einem höchst drolligen Pathos vorträgt, so gleicht sein Gespräch oft einer Gallerie der buntesten Bilder einer magischen Laterne, die in stetem rastlosen Wechsel den Sinn fortreißen, ohne irgend eine ruhige Anschauung zuzulassen.

Du hast, nahm Theodor das Wort, unsern Vinzenz sehr treffend geschildert. Zu vergessen ist aber nicht die Sonderbarkeit, daß er bei seinen herrlichen lichtvollen Kenntnissen, bei seinem steten in Brillantfeuer auflodernden Humor an allem Mystischen mit ganzer Seele hängt und es auch reichlich in seine Wissenschaft hineinträgt. Euch ist doch bekannt, daß er sich nun der Arzneikunde ganz hingegeben?

Allerdings, erwiederte Ottmar, und dabei ist er der eifrigste Verfechter des Magnetismus, den es giebt, und gar nicht läugnen mag ich, daß das scharfsinnigste und tiefste, was über diese dunkle Materie zu sagen, ich aus seinem Munde vernahm.

Ho ho! rief Lothar lachend, bist Du, lieber Ottmar, denn bei allen Magnetiseurs seit Mesmers Zeit in die Schule gegangen, daß Du so entscheidend das scharfsinnigste und tiefste zu erkennen vermagst, was darüber gesagt werden kann? — Doch gewiß ist es, daß eben unser Vinzenz, kommt es einmal darauf an, Träume und Ahnungen in ein System hineinzubannen, vermöge seines hellen Blicks besser in die Tiefe zu schauen vermag als tausend andre. Und dabei behandelt er die Sache mit einer jovialen Heiterkeit, die mir gar wohl gefällt. — Mich plagte vor einiger Zeit, als Vinzenz auf seinen Streifereien sich gerade mit mir an einem Orte befand, ein unerträglicher nervöser Kopfschmerz. Alle Mittel blieben fruchtlos. Vinzenz trat hinein, ich klagte ihm mein Leid. „Was," rief er mit seiner hellen Stimme, „Was? — Du leidest an Kopfschmerz? Nichts mehr als das? — Leichte Sache! Die Kopfschmerzen banne ich Dir weg in zehn Minuten, wohin Du willst, in die Stuhllehne, ins Tintenfaß, in den Spucknapf — durchs Fenster hinaus." — Und damit begann er seine magnetischen Striche! — Es half zwar ganz und gar nichts, ich mußte aber herzlich lachen, und Vinzenz rief vergnügt: „Siehst Du wohl, Freund, wie ich Deines Kopfschmerzes Herr worden im Augenblick?" — Ich mußte leider klagen, daß der Kopfschmerz eben so arg sey als vorher, Vinzenz versicherte aber, der jetzige Schmerz sey nur ein trügerisches Echo das mich täusche. Das böse Echo dauerte aber noch mehrere Tage. Ich bekenne Euch bei dieser Gelegenheit, meine würdigen Serapions-Brüder, daß ich an die Heilkraft des sogenannten Magnetismus ganz und gar nicht glaube. Die scharfsinnigen Untersuchungen darüber kommen mir vor, wie die Abhandlungen der englischen Akademiker, denen der König aufgegeben zu erforschen, woher es rühre, daß ein Eimer mit Wasser, in den man einen zehnpfündigen Fisch gethan, nicht mehr wiege, als der andere bloß mit Wasser gefüllte. Mehrere hatten das Problem glücklich gelöst und schon wollten sie mit ihrer Weisheit vor den König treten, als einer kluger Weise anrieth die Sache selbst erst zu versuchen. Da behauptete denn der Fisch sein Recht, er fiel ins Gewicht wie er sollte, und siehe, das Ding selbst, worüber die Weisen mittelst scharfsinnigen Nachdenkens die herrlichsten Resultate herausgebracht, existirte gar nicht.

Ei ei, sprach Ottmar, ungläubiger, unpoetischer Schismatiker! wie kam es, da Du gar nicht an den Magnetismus glaubst, wie kam es denn, daß Du vor einiger Zeit — doch das muß ich Euch, Cyprian und Theodor, ganz umständlich erzählen, damit alle Schmach des schnöden Unglaubens, den Lothar eben geäußert, zurückfalle auf sein eignes Haupt. — Ihr werdet vernommen haben, daß unser Lothar vor einiger Zeit an einer Kränklichkeit litt die hauptsächlich ihren Sitz in den Nerven hatte, ihn unbeschreiblich angriff, und ihm seinen ganzen Humor verdarb, und ihm alle Lebenslust wegzehrte. — Ganz Theilnahme, ganz Mitleid trete ich eines Tages in sein Zimmer. Da sitzt Lothar im Lehnstuhl Nachtmütze über die Ohren gezogen, blaß, übernächtig, Augen zugedrückt und vor ihm, den Gott eben nicht mit besonderer Größe gesegnet, sitzt ein Mann von gleicher kleiner Statur und haucht ihn an und fährt ihm mit den Fingerspitzen über den gekrümmten Rücken und legt ihm die Hand auf die Herzgrube und frägt mit leiser lispelnder Stimme: Wie ist Ihnen nun, bester Lothar! Und Lothar öffnet die Aeugelein und lächelt gar weinerlich und seufzt: Besser — viel besser, liebster Doctor! — Kurz, Lothar, der an die Heilkraft des Magnetismus nicht glaubt, der alles für leeres Hirngespinnst erklärt — Lothar, der alle Magnetiseurs verhöhnt, der in ihrem Treiben nur leidige Mystifikationen erblickt — Lothar ließ sich magnetisiren.

Cyprian und Theodor lachten herzlich über das etwas groteske Bild das ihnen Ottmar vor Augen gebracht. O schweige, sprach Lothar, o schweige doch von solchen Dingen, Ottmar! — der Mensch ist vermöge seines eigenthümlichsten Organismus leider so schwach, das physische Prinzip wirkt so schädlich ein auf das psychische, daß jeder abnorme Zustand, jede Krankheit in ihm eine Angst erzeugt, die, ein momentaner Wahnsinn, ihn zu den abentheuerlichsten Unternehmungen antreibt. Sehr gescheute Männer nahmen, als die Heilmittel der Aerzte nicht nach ihrem Sinn anschlagen wollten, zu alten Weibern ihre Zuflucht und brauchten mit aller Religion sympathetische Mittel und was weiß ich sonst noch! — Daß ich mich damals, in heftigen

Nervenzufällen zum Magnetismus hinneigte, beweiset meine Schwäche, sonst nichts weiter.

Erlaube, nahm Cyprian das Wort, erlaube lieber Lothar, daß ich die Zweifel, die Du heute gegen den Magnetismus zu hegen beliebst, nur für das Erzeugniß einer augenblicklichen Stimmung halte. Was ist der Magnetismus, als Heilmittel gedacht, anders als die potenziirte Kraft des psychischen Prinzips, die nun vermag das physische ganz zu beherrschen, es ganz zu erkennen, jeden, auch den leisesten abnormen Zustand darin wahrzunehmen und eben durch die volle Erkenntniß dieses Zustandes ihn zu lösen. Unmöglich kannst Du die Macht unseres psychischen Prinzips wegläugnen, unmöglich Dein Ohr verschließen wollen den wunderbaren Anklängen die in uns hinein, aus uns heraustönen, der geheimnißvollen Sphären-Musik, die das große unwandelbare Lebensprinzip der Natur selbst ist.

Du sprichst, erwiederte Lothar, nach Deiner gewöhnlichen Weise, Du gefällst Dich in mystischer Schwärmerei. Ich gebe Dir zu, daß die Lehre vom Magnetismus, die ganz in das Gebiet des Geisterhaften hineinstreift, den unendlichsten Reiz hat für jeden Poetisch-Gesinnten. Ich selbst kann gar nicht läugnen, daß mich die dunkle Materie bis in die tiefste Seele hinein angeregt hat nnd noch anregt, doch höre mein eigentliches Glaubensbekenntniß in kurzen Worten. — Wer mag frevelich und vermessen eindringen wollen in das tiefste Geheimniß der Natur, wer mag erkennen ja nur deutlich ahnen wollen das Wesen jenes geheimnißvollen Bandes, das Geist und Körper verknüpft und auf diese Weise unser Seyn bedingt. Auf diese Erkenntniß ist aber doch der Magnetismus ganz eigentlich basirt und so lange dieselbe unmöglich, gleicht die aus einzelnen Wahrnehmungen, die oft nur Illusionen sind, hergeleitete Lehre davon, dem unsichern Herumtappen des Blindgebornen. Es ist gewiß, daß es erhöhte Zustände giebt, in denen der Geist den Körper beherrschend, seine Thätigkeit hemmend, mächtig wirkt und in dieser Wirkung die seltsamsten Phänomene erzeugt. Ahnungen, dunkle Vorgefühle gestalten sich deutlich und wir erschauen das mit aller Kraft unseres vollen Fassungsvermögens, was tief in unserer Seele regungslos schlummerte; der Traum, gewiß die wunderbarste Erscheinung im menschlichen Organism, dessen höchste Potenz meines Bedünkens eben der sogenannte Somnambulismus seyn dürfte, gehört ganz hieher. Aber gewiß ist es auch, daß solch ein Zustand irgend eine Abnormität in dem Verhältniß des psychischen und physischen Prinzips voraussetzt. Die lebhaftesten stärksten Träume kommen, wenn irgend ein krankhaftes Gefühl den Körper angreift. Der Geist nutzt die Ohnmacht seines Mitherrschers und macht ihn, den Thron allein einnehmend, zum dienenden Vasallen. So soll ja auch der Magnetismus nur durch irgend einen krankhaften Zustand des Körpers indizirt werden. Mag es ferner seyn daß die Natur oft einen psychischen Dualismus verstattet und daß der geistige Verkehr in doppelter Wechselwirkung die merkwürdigsten Erscheinungen hervorbringt, aber nur die Natur, meine ich, soll eben jenen Dualismus verstatten, und jeder Versuch, ihn ohne jenes Gebot der Königin nach Willkühr hervorzurufen, dünkt mir, wo nicht frevelich, doch gewiß ein gefährliches Wagestück. Ich gehe weiter. Ich will, ich kann nicht läugnen, die Erfahrung ist mir entgegen, daß das willkührliche Hervorrufen jenes potenziirten Seelenzustandes, ist er durch irgend eine Abnormität im Organism indizirt, möglich ist, daß ferner das fremde psychische Prinzip auf höchst misteriöse Weise in irgend ein Fluidum, oder wie man es sonst nennen mag — in das vom Magnetiseur ausgehende Agens überhaupt verkörpert und ausströmend (bei der magnetischen Manipulation) die geistige Potenz des Magnetisirten erfassen und jenen Zustand erzeugen kann, der von der Regel alles menschlichen Seyns und Lebens abweicht und selbst in seiner hochgerühmten Verzückung alles Entsetzen des fremdartigen Geisterreichs in sich trägt. Ich kann, sage ich, das Alles nicht läugnen, aber immer und ewig wird mir dies Verfahren als eine blindlings geübte heillose Gewalt erscheinen, deren Wirkung, allen Theorien zum Trotz nicht zu berechnen bleibt. Irgendwo heißt es, der Magnetismus sey ein schneidendes gefährliches Instrument in der Hand eines Kindes, ich bin mit diesem Ausspruch einverstanden. — Soll der Mensch sich unterfangen, auf das geistige Prinzip des andern nach Willkühr wirken zu wollen, so scheint mir die Lehre der Barbarinischen Schule der Spiritualisten, die ohne alle Manipulation nur Willen und Glauben in Anspruch nahm, bei weitem die reinste und unschuldigste. Das Fixiren des festen Willens ist eine bescheidene Frage an die Natur, ob sie den geistigen Dualismus verstatten wolle oder nicht, und sie allein entscheidet. Eben so möchte das eigne Magnetisiren am Bacquet ohne alle Einmischung des Magnetiseurs wenigstens in sofern minder gefährlich genannt werden, als dann keine vielleicht feindlich wirkende Kraft eines fremden geistigen Prinzips denkbar. — Aber! — leichtsinnig, ja wohl in arger Selbsttäuschung befangen und nur unwillkührlich in Ostentation gerathend, handhaben jetzt so viele jene dunkelste aller dunklen Wissenschaften, darf man überhaupt den Magnetismus eine Wissenschaft nennen. Ein fremder Arzt äußerte, wie Bartels in seiner Physiologie und Physik des Magnetismus erzählt, seine Verwunderung, daß die deutschen Aerzte die magnetisirten Individuen so willkührlich behandelten und so dreist an ihnen experimentirten, als wenn sie einen physikalischen Apparat vor sich hätten. Leider ist dem so, und deshalb will ich — mag ich — wenigstens an die Heilkraft des Magnetismus lieber gar nicht glauben als dem Gedanken Raum geben, daß das unheimliche Spiel mit einer fremden Gewalt vielleicht einmal selbst mein eignes Leben rettungslos verstören könnte.

Aus allem, nahm Theodor das Wort, aus allem was Du nicht ohne Tiefe und Wahrheit über den Magnetismus gesprochen, folgt nun eben nichts anderes als daß Du uns vorhin das Geschichtlein von dem zehnpfündigen Fisch wider Deine Ueberzeugung aufgetischt hast, daß Du an die Kräfte des Magnetismus wirklich glaubst, daß Du aber wenigstens Dir aus purem Grauen fest vorgenommen, keinem Magnetiseur in der Welt irgend eine Manipulation auf den Ganglien Deines Rückens oder sonst zu gestatten. Uebrigens stimme ich, was die Furcht vor fremden psychischen Prinzipen betrifft, mit Dir überein, und es sey mir erlaubt Deinem Glaubensbekenntniß als Note und erklärendes Beispiel die Erzählung hinzuzufügen, auf welche Weise ich in den Magnetismus hineingerieth. — Ein Universitäts-Freund, der Arzeneikunde beflissen, war der erste, der mich mit der geheimnißvollen Lehre von dem Magnetismus bekannt machte. Wie Ihr mich in meinem ganzen Wesen kennt, möget Ihr Euch wohl vorstellen, daß ich von Allem, was ich darüber vernahm, in dem tiefsten Gemüth ergriffen wurde. Ich las alles, was ich darüber nur erhaschen konnte, zuletzt auch Kluge's bekannten Versuch einer Darstellung des animalischen Magnetismus als Heilmittel. Dies Buch machte zuerst einige Zweifel in mir rege, da es ohne sonderliche wissenschaftliche Erörterung des Gegenstandes sich nur mehrentheils auf Beispiele bezieht und dabei ohne Critik das Bewährte mit dem völlig Mährchenhaften ja mit dem, was sich rein als Mährchen dargethan hat, durch einander wirft. Mein Freund widerlegte alle Einreden, die ich ihm entgegenstellte und bewies mir zuletzt, daß das bloß theoretische Studium in mir gar nicht den Glauben erwecken könne, der unerläßlich sey, sondern daß sich dieser erst finden werde, wenn ich selbst magnetischen Operationen beigewohnt. Dazu fehlte es damals auf der Universität aber an aller Gelegenheit; hätte sich auch ein hoffnungsvoller Magnetiseur finden lassen, so gab es doch durchaus keine Personen, die einige Inklinationen zum Somnambulismus, zur Clairvoyance zeigten.

Ich kam nach der Residenz. Dort stand der Magnetismus eben im höchsten Flor. Alle Welt sprach von nichts anderm, als von den wunderbaren magnetischen Krisen einer vornehmen gebildeten geistreichen Dame, die nach einigen nicht eben bedeutenden Nervenzufällen, beinahe von selbst erst somnambul und dann die merkwürdigste Clairvoyante geworden, die es nach dem Ausspruch aller des Magnetismus eifrigst Beflissenen, jemals gegeben und künftig geben könne. Es gelang mir, die Bekanntschaft des Arztes zu machen, der sie behandelte, und dieser, in mir einen wißbegierigen Schüler erkennend, versprach mich hinzuführen zu der Dame, wenn sie eben in der Krisis befangen. Es geschah so. Kommen Sie, sprach der Arzt eines Tages, um sechs Uhr Nachmittags zu mir, kommen Sie, so eben fiel, ich weiß es, meine Kranke in einen magnetischen Schlaf. — In der gespanntesten Erwartung trat ich hinein in das elegante, ja üppig verzierte Gemach. Die Fenster waren mit rosaseidnen Gardinen dicht verzogen, so daß die durchfallenden Strahlen der Abend-Sonne alles in röthlichem Schimmer magisch beleuchteten. Die Somnambule lag, in ein sehr reizendes Negligée gekleidet, ausgestreckt auf dem Sopha mit dicht geschlossenen Augen, leise athmend wie im tiefsten Schlaf.

Um sie her im weiten Kreise waren einige Andächtige versammelt, ein Paar Fräulein, die die Augen verdrehten, tief seufzten, die gar zu gern selbst auf der Stelle somnambul geworden wären, zur Erbauung des jungen Offiziers und eines andern jungen wohlgebildeten Mannes, die beide auf diesen wichtigen Moment sehnsuchtsvoll zu hoffen schienen, ein Paar ältliche Damen, die mit vorgebogenem Haupt, die Hände gefaltet, jeden Athemzug der somnambulen Freundin belauschten. —

Man erwartete den eigentlichen höchsten Zustand des Hellsehens. Der Magnetiseur, der sich nicht erst mit seiner Somnambule in Rapport setzen durfte, da dieser Rapport, wie er versicherte, beständig fortdauere, nahte sich ihr und begann mit ihr zu sprechen. Sie nannte ihm die Augenblicke, in denen er heute vorzüglich lebhaft an sie gedacht und erwähnte manches andern Umstandes, der sich heute mit ihm begeben. Endlich bat sie ihn, den Ring, den er in einem rothen Maroquin-Futteral bei sich in der Tasche trage und den er sonst nie bei sich gehabt, abzulegen, da das Gold, vorzüglich aber der Diamant feindlich auf sie wirke. Mit allen Zeichen des tiefsten Erstaunens trat der Magnetiseur zurück, und zog das beschriebene Futteral mit dem Ringe hervor, den er erst heute Nachmittag von dem Juvelier erhalten, dessen Existenz der Somnambule also nur lediglich durch den magnetischen Rapport kund worden. Dies Wunder mit dem Ringe wirkte auf die beiden Fräuleins so stark, daß mit einem tiefen Seufzer jede nach einem Lehnstuhl flüchtete, und mittelst einiger wohlgeführten Striche des Magnetiseurs in magnetischen Schlaf verfiel. Das verhängnißvolle Futteral abgelegt, machte nun der Magnetiseur vorzüglich mir zu Gefallen mit seiner Somnambule einige Kunststücke. Sie nießte, wenn er Taback nahm, sie las einen Brief, den er ihr auf die Herzgrube legte u. s. f. Endlich versuchte er mich durch seine Einwirkung in Rapport zu setzen mit der Somnambule. Es gelang vortrefflich. Sie beschrieb mich von Kopf bis zu Fuß und versicherte, daß sie es vorher gewußt, wie der Magnetiseur den Freund, dessen deutliche Ahnung sie schon lange in sich getragen, heute mitbringen werde. Sie schien mit meiner Gegenwart sehr zufrieden zu seyn. Plötzlich hörte Sie auf zu sprechen, und richtete sich in die Höhe mit halbem Leibe, ich glaubte ein Zittern der Augenlieder, ein leises Zucken des Mundes wahrzunehmen. Der Magnetiseur berichtete den wißbegierigen Anwesenden, daß die somnambule Dame in den fünften Grad, in den Zustand der von der äußern Sinnenwelt unabhängigen Selbstanschauung übergehe. Dadurch wurde die Aufmerksamkeit der beiden jungen Männer abgelenkt von den entschlafenen Fräuleins, eben in dem Augenblick, als sie begannen interessant zu werden. Die eine hatte schon wirklich versichert, daß die Frisur des jungen Offiziers, mit dem sie sich in Rapport gesetzt, sehr angenehm leuchte, die andere aber behauptet, daß die Generalin, die den untern Stock des Hauses bewohnte, eben schönen Caravanen-Thee trinke, dessen Aroma sie durch die Stubendecke verspüre, prophezeite auch hellsehend, daß sie in einer

Viertelstunde aus dem magnetischen Schlaf erwachen und ebenfalls Thee trinken, ja sogar etwas Torte dazu genießen werde. — Die somnambule Dame fing abermals an zu reden, aber mit ganz verändertem seltsam und wie ich gestehen muß, über die Maßen wohlklingendem Organ. Sie sprach indessen in solch' mystischen Worten und sonderbaren Redensarten, daß ich gar keinen Sinn herausfinden konnte, der Magnetiseur versicherte indessen, sie sage die herrlichsten, tiefsten, lehrreichsten Dinge über ihren Magen. Das mußte ich nun freilich glauben. Von dem Magen abgekommen, wie wiederum der Magnetiseur erklärte, nahm sie noch einen höhern Schwung. Zuweilen war es mir, als kämen ganze Sätze vor, die ich irgendwo gelesen. Etwa in Novalis Fragmenten oder in Schellings Weltseele. Dann sank sie erstarrt zurück in die Kissen. Der Magnetiseur hielt ihr Erwachen nicht mehr fern und bat uns, das Zimmer zu verlassen, da es vielleicht feindlich auf sie wirken könne, erwacht sich von mehreren Personen umgeben zu sehen. So wurden wir nach Hause geschickt. Die beiden Fräulein, auf die weiter niemand geachtet, hatten für gut gefunden, schon früher zu erwachen und sich sachte davon zu schleichen. — Ihr könnt gar nicht glauben, wie gar besonders die ganze Scene auf mich wirkte. Abgesehen von den beiden albernen Mädchen, die aus der uninteressanten Stellung als unthätige Zuschauerinnen gern hinaus wollten, konnte ich mich des Gedankens nicht erwehren, daß die somnambule Dame auf dem Sopha eine vorbereitete, wohl durchdachte, wacker eingeübte Rolle mit vieler Kunst darstelle.

Den Magnetiseur kannte ich als den offensten, redlichsten Mann, der eine Comödie der Art aus der tiefsten Seele verabscheuen mußte, zu genau, um auch nur dem leisesten Argwohn Raum zu geben, daß er seiner Seits, auch wohl leidiger Bekehrungssucht halber, eine Täuschung der Art unterstützen solle. War eine solche Täuschung wirklich vorhanden, so mußte sie lediglich das Werk der Dame seyn, deren Kunst die Wissenschaft, die Einsicht, die Beobachtungsgabe des Arztes, der vielleicht zu sehr von der neuen Lehre eingenommen, überbot. Nicht fragen durfte ich mich selbst, welchen Zweck eine solche Selbstqual, denn diese bleibt doch jener fingirte gewaltsame Zustand, welchen Zweck sie haben könne. Gab es denn nicht von den vom Teufel besessenen Ursulinerinnen, von jenen miauenden Nonnen, von den in gräßlichen Verrenkungen sich windenden Verzückten bis auf jenes Weib im Würzburger Hospital, die sich, den wüthendsten Schmerz nicht achtend, Glasscherben, Nadeln in die Aderlaßwunde bohrte, damit der Arzt über die fremdartigen Dinge in ihrem Körper erstaunen sollte, ja bis auf die berüchtigte Manson in der neuesten Zeit, gab es denn nicht jederzeit eine Menge Weiber, die Gesundheit, Leben, Ehre, Freiheit daran setzten, nur, damit die Welt sie für außerordentliche Wesen halte, von dem Wunder ihrer Erscheinung spreche? — Doch zurück zu meiner somnambulen Dame! — Ich wagte es, dem Arzt wenigstens ganz leise meine Zweifel anzudeuten. Er versicherte aber lächelnd, diese Zweifel wären nur die letzten ohnmächtigen Streiche des Besiegten. Die Dame habe mehrmals geäußert, daß meine Gegenwart wohlthätig auf sie wirke, er habe daher gegründete Ursache meine fortgesetzten Besuche zu wünschen, die mich ganz überzeugen würden. — In der That fing ich an, da ich die Dame mehrmals besucht, mich mehr zum Glauben hinzuneigen, und dieser Glaube stieg beinahe bis zur Ueberzeugung, als sie im somnambulen Zustande, nachdem ich durch den Magnetiseur mich mit ihr in Rapport gesetzt, mir auf unbegreifliche Weise Dinge aus meinem eignen Leben erzählte, und vorzüglich einer Nervenkrankheit gedachte, in die ich verfiel, als mir der Tod eine geliebte Schwester entrissen. — Sehr mißfiel es mir aber, daß sich die Zahl der Besucher immer mehrte, und daß der Magnetiseur die Dame zur weissagenden Sybille emporzuheben sich mühte, da er sie über Gesundheit und Leben fremder Personen, die er mit ihr in Rapport gesetzt, Orakelsprüche thun ließ. — Eines Tages fand ich unter den Anwesenden einen alten berühmten Arzt, der allgemein als der ärgste Zweifler, als der schlimmste Gegner der magnetischen Cur bekannt war. Die Dame hatte, ehe er gekommen, im magnetischen Schlaf voraus gesagt, daß dieser Zustand diesmal länger dauern als sonst, und daß sie erst nach zwei vollen Stunden erwachen werde. Bald darauf gerieth sie in den höchsten Grad des Hellsehens und begann ihre mystischen Reden. Der Magnetiseur versicherte, daß in diesem höchsten Grad der wahren Verzückung, die Somnambule, ein reingeistiges Wesen, den Körper ganz abgestreift habe und für jeden physischen Schmerz unempfindlich sey. Der alte Arzt meinte, zum Besten der Wissenschaft, zur Ueberzeugung aller Ungläubigen sey es jetzt an der Zeit, eine durchgreifende Probe zu machen. Er schlage vor, die Dame mit einem glühenden Eisen an der Fußsohle zu brennen und abzuwarten, ob sie gefühllos bleiben würde. Der Versuch schiene grausam, wäre es aber nicht, da sogleich lindernde heilende Mittel angewandt werden könnten, und er habe deshalb ein kleines Eisen und die nöthigen Heilmittel zur Stelle gebracht. Er zog beides aus der Tasche. Der Magnetiseur versicherte, daß die Dame den Schmerz beim Erwachen gar nicht achten werde, den sie zum Besten der hohen Wissenschaft erleide und rief nach einer Kohlpfanne. Man brachte das Gefäß herbei, der Arzt steckte sein kleines Eisen in die Gluth. In dem Augenblick zuckte die Dame wie in heftigem Krampf, seufzte tief auf, erwachte, klagte über Uebelbefinden! — Der alte Arzt warf ihr einen durchbohrenden Blick zu, kühlte ohne Umstände sein Eisen ab in magnetisirtem Wasser, das gerade auf dem Tische stand, steckte es in die Tasche, nahm Hut und Stock und schritt von dannen. Mir fielen die Schuppen von den Augen, ich eilte fort, unwillig, erboßt über die unwürdige Mystifikation, die die feine Dame ihrem wohlwollenden Magnetiseur, uns allen bereitet.

Daß weder der Magnetiseur, noch diejenigen Andächtigen, denen die Besuche bei der Dame als eine Art mystischen Gottesdienstes galten, durch das Verfahren des alten Arztes auch nur im mindesten aufgeklärt wurden, versteht sich eben so sehr von selbst, als daß ich meiner Seits nun den ganzen Magnetismus als eine chimärische Geisterseherei verwarf und gar nichts mehr davon hören wollte.

Meine Bestimmung führte mich nach B. — Auch dort wurde viel vom Magnetismus gesprochen, irgend eines praktischen Versuchs aber nicht erwähnt. Man behauptete, daß ein würdiger, berühmter Arzt, hoch in den Jahren wie jener Arzt in der Residenz, der grausamer Weise antisomnambulistische Eisen in der Tasche führte, Direktor des dortigen herrlich eingerichteten Krankenhauses, sich entschieden gegen die magnetische Cur erklärt und den ihm untergeordneten Aerzten geradehin untersagt habe, sie anzuwenden.

Um so mehr mußt ich mich verwundern, als ich nach einiger Zeit vernahm, daß jener Arzt selbst, jedoch ganz insgeheim, den Magnetismus im Krankenhause anwende.

Ich suchte, als ich näher mit dem würdigen Mann bekannt worden, ihn auf den Magnetismus zu bringen. Er wich mir aus. Endlich, als ich nicht nachließ von der dunklen Wissenschaft zu sprechen und mich als ein Sachkundiger bewies, fragte er, wie es mit der

Ausübung der magnetischen Cur in der Residenz stehe. Ich nahm gar keinen Anstand ihm die wunderbare Geschichte von der somnambulen Dame, die plötzlich aus himmlischer Verzückung zurückkehrte auf irdischen Boden, als sie was weniges gebrannt werden sollte, offen und klar zu erzählen. „Das ist es eben, das ist es eben," rief er, indem Blitze in seinen Augen leuchteten, und brach schnell das Gespräch ab. Endlich, nachdem ich mehr sein wohlwollendes Vertrauen gewonnen, sprach er sich über den Magnetismus in der Art aus, daß er sich von der Existenz dieser geheimnißvollen Naturkraft und von ihrer wohlthätigen Wirkung in gewissen Fällen durch die reinsten Erfahrungen überzeugt, daß er aber das Erwecken jener Naturkraft für das gefährlichste Experiment halte, das es geben, und das nur Aerzten, die in der vollkommensten Ruhe des Geistes über allen leidenschaftlichen Enthusiasmus erhaben, anvertraut werden könne. In keiner Sache sey Selbsttäuschung möglicher, ja leichter, und er halte jeden Versuch schon dann nicht für rein, wenn der Person, die zur magnetischen Cur geeignet, vorher viel von den Wundern des Magnetismus vorgeredet worden und sie Verstand und Bildung genug habe, zu begreifen, worauf es ankomme. Der Reiz in einer höhern Geisterwelt zu existiren, sey für poetische oder von Haus aus exaltirte Gemüther zu verlockend, um mit der heißen Sehnsucht nach diesem Zustande nicht unwillkührlich allerlei Einbildungen Raum zu geben. Sehr lustig sey die geträumte Herrschaft des Magnetiseurs über das fremde psychische Prinzip, wenn er sich ganz hingebe den Phantasien überspannter Personen, statt ihnen als Zaum und Zügel den krassesten Prosaismus über den Hals zu werfen. Uebrigens stelle er gar nicht in Abrede, daß er sich in seinem Krankenhause selbst der magnetischen Curen bediene. Er glaube aber, daß bei der Art, wie er sie aus reiner Ueberzeugung anwenden lasse, durch besonders dazu erwählte Aerzte unter seiner strengsten Aufsicht, wohl nie ein Mißbrauch möglich, sondern dagegen nur wohlthätige Einwirkung auf die Kranken und Bereicherung der Kenntniß dieses geheimnißvollsten aller Heilmittel zu erwarten sey. Aller Regel entgegen wolle er, wenn ich festes Stillschweigen verspräche, um den Andrang aller Neugierigen zu verhüten, mich einer magnetischen Cur beiwohnen lassen, sollte sich ein Fall der Art ereignen.

Der Zufall führte mir bald eine der merkwürdigsten Somnambulen unter die Augen. Die Sache verhielt sich in folgender Art.

Der Arzt des Kreises fand in einem Dorfe ungefähr zwanzig Stunden von B. bei einem armen Bauer ein Mädchen von sechszehn Jahren, über deren Zustand sich die Eltern unter bitteren Thränen beklagten. Nicht gesund, sprachen sie, nicht krank sey ihr Kind zu nennen. Sie fühle keinen Schmerz, kein Uebelbefinden, sie äße und tränke, sie schliefe oft ganze Tage lang, und dabei magre sie ab, und würde von Tage zu Tage immer matter und kraftloser, so daß an Arbeit seit langer Zeit gar nicht zu denken. Der Arzt überzeugte sich daß ein tiefes Nervenübel der Grund des Zustandes war, in dem sich das arme Kind befand, und daß die magnetische Cur recht eigentlich indizirt sey. Er erklärte den Eltern, daß die Heilung des Mädchens hier auf dem Dorfe ganz unmöglich, daß sie aber in B. von Grund aus geheilt werden solle, wenn sie sich entschlössen, das Kind dorthin in das Krankenhaus zu schaffen, wo sie auf das beste gepflegt werden und Medizin erhalten solle, ohne daß sie einen Kreuzer dafür bezahlen dürften. Die Eltern thaten nach schwerem Kampf, wie ihnen geheißen. Noch ehe die magnetische Cur begonnen, begab ich mich mit meinem ärztlichen Freunde in das Krankenhaus, um die Kranke zu sehn. Ich fand das Mädchen in einem hohen lichten Zimmer, das mit allen Bequemlichkeiten auf das sorgsamste versehen. Sie war für ihren Stand von sehr zartem Gliederbau und ihr feines Gesicht wäre beinahe schön zu nennen gewesen, hätten es nicht die erloschenen Augen, die Todtenbleiche, die farblosen Lippen entstellt. Wohl mochte es seyn, daß ihr Uebel nachtheilig auf ihr Geistesvermögen gewirkt, sie schien von dem beschränktesten Verstande, faßte nur mühsam die an sie gerichteten Fragen und beantwortete sie in dem breiten unverständlichen abscheuligen Jargon, den die Bauern in der dortigen Gegend sprechen. Zu ihrem Magnetiseur hatte der Direktor einen jungen kräftigen Eleven der Arzeneikunde gewählt, dem die Offenheit und Gutmüthigkeit aus allen Zügen leuchtete und von dem er sich überzeugt hatte, daß das Mädchen ihn leiden mochte. Die magnetische Cur begann. Von neugierigen Besuchen, von Kunststücken u. dergl. war nicht die Rede. Niemand war zugegen außer dem Magnetiseur als der Direktor, der mit der gespanntesten Aufmerksamkeit, mit sorglicher Beachtung der kleinsten Umstände die Cur leitete, und ich.

Anfänglich schien das Kind wenig empfänglich, doch bald stieg sie schnell von Grad zu Grad, bis sie nach drei Wochen in den Zustand des wirklichen Hellsehens gerieth. Erlaßt es mir, all' der wunderbaren Erscheinungen zu erwähnen, die sich nun in jeder Krise darboten, es sey genug Euch zu versichern, daß ich hier, wo keine Täuschung möglich, mich im innersten Gemüth von der wirklichen Existenz jenes Zustandes überzeugte, den die Lehrer des Magnetismus als den höchsten Grad des Hellsehens beschreiben. In diesem Zustande ist, wie Kluge sagt, die Verbindung mit dem Magnetiseur so innig, daß der Clairvoyant es nicht blos augenblicklich weiß, wenn die Gedanken des Magnetiseurs zerstreut und nicht auf des Clairvoyants Zustand gerichtet sind, sondern daß er auch in der Seele des Magnetiseurs dessen Vorstellungen auf das deutlichste zu erkennen vermag. Dagegen tritt der Clairvoyant nun gänzlich unter die Herrschaft des Willens seines Magnetiseurs, durch dessen psychisches Prinzip er nur zu denken, zu sprechen, zu handeln vermag. Ganz in diesem Fall befand sich das somnambule Bauermädchen. — Ich mag Euch nicht mit all' dem ermüden, was sich in dieser Hinsicht mit der Kranken und ihrem Magnetiseur begab, nur ein und für mich das schneidendste Beispiel! — Das Kind sprach in jenem Zustande den reinen gebildeten Dialekt ihres Magnetiseurs, und drückte sich in den Antworten, die sie ihm mehrentheils anmuthig lächelnd gab, gewählt, gebildet, kurz ganz so aus, wie der Magnetiseur zu sprechen pflegte. Und dabei blühten ihre Wangen, ihre Lippen auf in glühendem Purpur und die Züge ihres Antlitzes erschienen veredelt! —

Ich mußte erstaunen, aber diese gänzliche Willenlosigkeit der Somnambule, dies gänzliche Aufgeben des eignen Ichs, diese trostlose Abhängigkeit von einem fremden geistigen Prinzip, ja diese durch das fremde Prinzip allein bedingte Existenz erfüllte mich mit Grausen und Entsetzen. Ja ich konnte mich des tiefsten herzzerschneidendsten Mitleids mit der Armen nicht erwehren und dies Gefühl dauerte fort, als ich den wohlthätigsten Einfluß der magnetischen Cur bemerken mußte, als die Kleine in der vollsten kräftigsten Gesundheit aufgeblüht, dem Magnetiseur und dem Direktor, ja auch mir dankte für alles Gute, das sie genossen und dabei ihren Jargon sprach, breiter, unverständlicher als jemals. Der Direktor schien mein Gefühl zu bemerken und es mit mir zu theilen. Verständigt haben wir uns darüber niemals und das wohl aus guten Gründen! — Nie hab' ich seitdem mich entschließen können magnetischen Curen beizuwohnen, was hätte ich weiter für Erfahrungen gemacht nach jenem Beispiel, das bei der vollkommnen Reinheit des Versuchs mich über die wunderbare Kraft des Magnetismus ganz ins Klare setzte, zugleich aber an einen Abgrund stellte, in den ich mit tiefem Schauer hinabblickte. — So bin ich dem nun ganz Lothars Meinung worden. —

Und, nahm Ottmar das Wort, und füge ich noch hinzu, daß auch ich Eurer Meinung ganz beipflichte, so sind wir ja alle, rücksichts des wunderbaren Geheimnisses, von dem die Rede, unter einen Hut gebracht. Irgend ein tüchtiger Arzt, Verfechter des Magnetismus, wird uns zwar sehr leicht ganz und gar widerlegen, ja uns tüchtig ausschelten, daß wir, ununterrichtete Laien, es wagen, ein dunkles Gefühl der klaren Ueberzeugung entgegen zu stellen, ich glaube indessen, daß wir schwer zu bekehren seyn werden. — Doch wollen wir auch nicht vergessen, daß wir dem Magnetismus schon deshalb nicht ganz abhold seyn können, weil er uns in unsern serapiontischen Versuchen sehr oft als tüchtiger Hebel dienen kann, unbekannte geheimnißvolle Kräfte in Bewegung zu setzen. Selbst Du, lieber Lothar, hast Dich dieses Hebels schon oft bedient und verzeih' mir, sogar in dem erbaulichen Mährchen vom Nußknacker und Mausekönig ist die Marie zuweilen nichts anders als eine kleine Somnambule. — Aber wohin geriethen wir von unserm Vinzenz sprechend! —

Der Uebergang war natürlich, sprach Lothar, der Weg bahnte sich von selbst. Tritt Vinzenz in unsere Brüderschaft ein, so wird gewiß noch viel von geheimnißvollen Dingen verhandelt werden, auf die er recht eigentlich ganz versessen ist. — Doch Cyprian hat schon seit mehreren Minuten nicht auf unser Gespräch gemerkt, vielmehr ein Manuskript aus der Tasche gezogen und darin geblättert. — Es ist in der Ordnung, daß wir ihm jetzt Raum geben, sein Herz zu erleichtern.

In der That, sprach Cyprian, war mir Euer Gespräch über den Magnetismus langweilig und lästig und ist's Euch recht, so lese ich Euch eine serapiontische Erzählung vor, zu der mich Wagenseils Nürnberger Chronik entzündet. Vergeßt nicht, daß ich keine antiquarische kritische Abhandlung jenes berühmten Kriegs von der Wartburg habe schreiben wollen, sondern nach meiner Weise jene Sache zur Erzählung, wie mir gerade alles hell in der Seele aufging, nutzte.

Cyprian las:

Der Kampf der Sänger.

Zur Zeit wenn Frühling und Winter am Scheiden stehn, in der Nacht des Aequinoktiums, saß einer im einsamen Gemach und hatte Johann Christoph Wagenseils Buch von der Meistersinger holdseliger Kunst vor sich aufgeschlagen. Der Sturm räumte draußen tosend und brausend die Felder ab, schlug die dicken Regentropfen gegen die klirrenden Fenster und pfiff und heulte des Winters tolles Ade durch die Rauchfänge des Hauses, während die Strahlen des Vollmondes an den Wänden spielten und gaukelten, wie bleiche Gespenster. Das achtete aber jener nicht, sondern schlug das Buch zu und schaute tiefsinnend, ganz befangen von dem Zauberbilde längst vergangener Zeit, das sich ihm dargestellt, in die Flammen, die im Kamin knisterten und sprühten. Da war es, als hinge ein unsichtbares Wesen einen Schleier nach dem andern über sein Haupt, so daß alles um ihn her in immer dichterem und dichterem Nebel verschwamm. Das wilde Brausen des Sturms, das Knistern des Feuers wurde zu lindem, harmonischen Säuseln und Flüstern, und eine innere Stimme sprach, das ist der Traum, dessen Flügel so lieblich auf und niederrauschen, wenn er wie ein frommes Kind sich an die Brust des Menschen legt und mit einem süßen Kuß das innere Auge weckt, daß es vermag die anmuthigsten Bilder eines höheren Lebens voll Glanz und Herrlichkeit zu erschauen. — Ein blendendes Licht zuckte empor wie Blitzstrahl, der Verschleierte schlug die Augen auf, aber kein Schleier, keine Nebelwolke verhüllten mehr seinen Blick. Er lag auf blumigen Matten in der dämmernden Nacht eines schönen dichten Waldes. Die Quellen murmelten, die Büsche rauschten wie in heimlichem Liebesgeplauder und dazwischen klagte eine Nachtigall ihr süßes Weh. Der Morgenwind erhob sich und bahnte, das Gewölk vor sich her aufrollend, dem hellen lieblichen Sonnenschein den Weg, der bald auf allen grünen Blättern flimmerte und die schlafenden Vögelein weckte, die in fröhlichem Trilleriren von Zweig zu Zweig flatterten und hüpften. Da erschallte von ferne her lustiges Hörnergetön, das Wild rüttelte sich raschelnd auf aus dem Schlafe, Rehe, Hirsche guckten aus dem Gebüsch den, der auf den Matten lag, neugierig an mit klugen Augen und sprangen scheu zurück in das Dickigt. Die Hörner schwiegen, aber nun erhoben sich Harfenklänge und Stimmen so herrlich zusammentönend wie Musik des Himmels. Immer näher und näher kam der liebliche Gesang, Jäger die Jagdspieße in den Händen, die blanken Jagdhörner um die Schultern gehängt, ritten hervor aus der Tiefe des Waldes. Ihnen folgte auf einem schönen goldgelben Roß ein stattlicher Herr im Fürstenmantel nach alter deutscher Art gekleidet, ihm zur Seite ritt auf einem Zelter eine Dame von blendender Schönheit und köstlich geschmückt. Aber nun kamen auf sechs schönen Rossen von verschiedener Farbe sechs Männer, deren Trachten, deren bedeutungsvolle Gesichter auf eine längst verflossene Zeit hinwiesen. Die hatten den Pferden die Zügel über den Hals gelegt und spielten auf Lauten und Harfen und sangen mit wunderbar helltönenden Stimmen, während ihre Rosse gebändigt, gelenkt durch den Zauber der süßen Musik, den Waldweg entlang auf anmuthige Weise in kurzen Sprüngen nachtanzten dem fürstlichen Paar. Und wenn mitunter der Gesang einige Secunden innehielt, stießen die Jäger in die Hörner, und der Rosse Gewieher ertönte wie ein fröhliches Jauchzen in übermüthiger Lust. Reichgekleidete Pagen und Diener beschlossen den festlichen Zug, der im tiefen Dickigt des Waldes verschwand. —

Der über den seltsamen, wundervollen Anblick in tiefes Staunen Versunkene raffte sich auf von den Matten und rief begeistert: O Herr des Himmels: ist denn die alte prächtige Zeit erstanden aus ihrem Grabe? — wer waren denn die herrlichen Menschen! Da sprach eine tiefe Stimme hinter ihm: Ei, lieber Herr, solltet Ihr nicht die erkennen, die Ihr fest in Sinn und Gedanken traget? Er schaute um sich und gewahrte einen ernsten stattlichen Mann mit einer großen schwarzen Lockenperücke auf dem Haupt und ganz schwarz nach der Art gekleidet, wie man sich ums Jahr eintausend sechshundert und achtzig tragen mochte. Er erkannte alsbald den alten gelehrten Professor Johann Christoph Wagenseil, der also weiter sprach: „Ihr hättet ja wohl „gleich wissen können, daß der stattliche Herr im Fürstenmantel nie„mand anders war, als der wackere Landgraf Hermann von Thürin„gen. Neben ihm ritt der Stern des Hofes, die edle Gräfin Mathilde,

„blutjunge Wittwe des in hohen Jahren verstorbenen Grafen Cuno „von Falkenstein. Die sechs Männer, welche nachritten singend und „die Lauten und Harfen rührend, sind die sechs hohen Meister des Ge„sanges, welche der edle Landgraf, der holdseligen Singerkunst mit „Leib und Seele zugethan, an seinem Hofe versammelt hat. Jetzt „geht das lustige Jagen auf, aber dann versammeln sich die Meister „auf einem schönen Wiesenplan in der Mitte des Waldes und begin„nen ein Wettsingen. Da wollen wir jetzt hinschreiten, damit wir „schon dort sind, wenn die Jagd beendigt ist.“ — Sie schritten fort, während der Wald, die fernen Klüfte von den Hörnern, dem Hundegebell, dem Hußah der Jäger wiederhallten. Es geschah so wie der Professor Wagenseil es gewollt; kaum waren sie auf dem in goldnem Grün leuchtenden Wiesenplan angekommen, als der Landgraf, die Gräfin, die sechs Meister aus der Ferne sich langsam nahten: „Ich will,“ begann Wagenseil, „ich will Euch nun, lieber Herr! jeden der Meister besonders zeigen und mit Namen nennen. Seht Ihr wohl jenen Mann, der so fröhlich um sich schaut, der sein hellbraunes Pferd, den Zügel angezogen, so lustig her tänzeln läßt? — seht wie der Landgraf ihm zunickt — er schlägt eine helle Lache auf. Das ist der muntre Walther von der Vogelweid. Der mit den breiten Schultern, mit dem starken krausen Bart, mit den ritterlichen Waffen, auf dem Tieger im gewichtigen Schritt daher reitend, das ist Reinhard von Zwekhstein. — Ei, ei — der dort auf seinem kleinen Schecken, der reitet ja statt hieher waldeinwärts! Er blickt tiefsinnig vor sich her, er lächelt, als stiegen schöne Gebilde vor ihm auf aus der Erde. Das ist der stattliche Professor Heinrich Schreiber. Der ist wohl ganz abwesenden Geistes und gedenkt nicht des Wiesenplans, nicht des Wettsingens, denn seht nur, lieber Herr, wie er in den engen Waldweg hineinschiebt, daß ihm die Zweige um den Kopf schlagen. — Da sprengt Johannes Bitterolff an ihn heran. Ihr seht doch den stattlichen Herrn auf dem Falben mit dem kurzen röthlichen Bart? Er ruft den Professor an. Der erwacht aus dem Traume. Sie kehren beide zurück. — Was ist das für ein tolles Gebraus dorten in dem dichten Gebüsch? — Ei fahren denn Windsbräute so niedrig durch den Wald? Hei! — Das ist ja ein wilder Reiter, der sein Pferd so spornt, daß es schäumend in die Lüfte steigt. Seht nur den schönen bleichen Jüngling, wie seine Augen flammen, wie alle Muskeln des Gesichts zucken vor Schmerz, als quäle ihn ein unsichtbares Wesen, das hinter ihm aufgestiegen. — Es ist Heinrich von Ofterdingen. Was mag denn über den gekommen seyn? Erst ritt er ja so ruhig daher, mit gar herrlichen Tönen einstimmend in den Gesang der anderen Meister! — O seht doch, seht den prächtigen Reiter auf dem schneeweißen arabischen Pferde. Seht wie er sich hinabschwingt, wie er, die Zügel um den Arm geschlungen, mit gar ritterlicher Courtoisie der Gräfin Mathilde die Hand reicht und sie hinabschweben läßt von dem Zelter. Wie anmuthig steht er da, die holde Frau anstrahlend mit seinen hellen blauen Augen. Es ist Wolfframb von Eschinbach! — Aber nun nehmen sie alle Platz, nun beginnt wohl das Wettsingen! —

Jeder Meister, einer nach dem andern, sang nun ein herrliches Lied. Leicht war es zu erkennen, daß jeder sich mühte, den zu übertreffen, der vor ihm gesungen. Schien das aber nun auch keinem recht gelingen zu wollen, konnte man gar nicht entscheiden, wer von den Meistern am herrlichsten gesungen: so neigte die Dame Mathilde sich doch zu Wolfframb von Eschinbach hin mit dem Kranz, den sie für den Sieger in den Händen trug. Da sprang Heinrich von Ofterdingen auf von seinem Sitze: wildes Feuer sprühte aus seinen dunklen Augen: so wie er rasch vorschritt in die Mitte des Wiesenplans, riß ihm ein Windstoß das Barett vom Kopfe, das freie Haar spießte sich empor auf der todtenbleichen Stirn. „Haltet ein, schrie er auf, haltet ein! Noch ist der Preis nicht gewonnen: mein Lied, mein Lied muß erst gesungen seyn und dann mag der Landgraf entscheiden, wem der Kranz gebührt.“ Darauf kam, man wußte nicht auf welche Weise, eine Laute von wunderlichem Bau, beinah anzusehen wie ein erstarrtes unheimliches Thier, in seine Hand. Die fing er an zu rühren so gewaltig, daß der ferne Wald davon erdröhnte. Dann sang er drein mit starker Stimme. Das Lied lobte und pries den fremden König, der mächtiger sey als alle andere Fürsten und dem alle Meister demüthiglich huldigen müßten, wollten sie nicht in Schande und Schmach gerathen. Einige seltsam gellende Laute klangen recht verhöhnend dazwischen. Zornig blickte der Landgraf den wilden Sänger an. Da erhoben sich die anderen Meister und sangen zusammen. Ofterdingens Lied wollte darüber verklingen, stärker und stärker griff er aber in die Saiten, bis sie wie mit einem laut aufheulenden Angstgeschrei zersprangen. Statt der Laute, die Ofterdingen im Arm getragen, stand nun plötzlich eine finstre entsetzliche Gestalt vor ihm und hielt ihn, der zu Boden sinken wollte, umfaßt und hob ihn hoch empor in die Lüfte. Der Gesang der Meister versauste im Wiederhall, schwarze Nebel legten sich über Wald und Wiesenplan, und hüllten alles ein in finstre Nacht. Da stieg ein in milchweißem Licht herrlich funkelnder Stern empor aus der Tiefe und wandelte daher auf der Himmelsbahn, und ihm nach zogen die Meister auf glänzenden Wolken singend und ihr Saitenspiel rührend. Ein flimmerndes Leuchten zitterte durch die Flur, die Stimmen des Waldes erwachten aus dumpfer Betäubung und erhoben sich und tönten lieblich hinein in die Gesänge der Meister. —

Du gewahrst es, vielgeliebter Leser! daß der, welchem dieses alles träumte, eben derjenige ist, der im Begriff steht, Dich unter die Meister zu führen, mit denen er durch den Professor Johann Christoph Wagenseil bekannt wurde. —

Es begiebt sich wohl, daß, sehen wir fremde Gestalten in der dämmernden Ferne daher schreiten, uns das Herz bebt vor Neugier, wer die wohl seyn, was sie wohl treiben mögen. Und immer näher und näher kommen sie. Wir erkennen Farbe der Kleidung, Gesicht, wir hören ihr Gespräch, wiewohl die Worte verhallen in den weiten Lüften. Aber nun tauchen sie unter in die blauen Nebel eines tiefen Thals. Dann können wir es kaum erwarten, daß sie nur wieder aufsteigen, daß sie bei uns sich einfinden, damit wir sie erfassen, mit ihnen reden können. Denn gar zu gern möchten wir doch wissen, wie die ganz in der Nähe geformt und gestaltet sind, welche in der Ferne sich so verwunderlich ausnahmen. —

Möchte der erzählte Traum in Dir, geliebter Leser, ähnliche Empfindungen erregen. Möchtest Du es dem Erzähler freundlich vergönnen, daß er Dich nun gleich an den Hof des Landgrafen Hermann von Thüringen nach der schönen Wartburg bringe.

Die Meistersänger auf der Wartburg.

Es mochte wohl ums Jahr eintausend zweihundert und acht seyn, als der edle Landgraf von Thüringen, eifriger Freund, rüstiger Beschützer der holdseligen Sängerkunst, sechs hohe Meister des Gesanges an seinem Hofe versammelt hatte. Es befanden sich allda Wolfframb von Eschinbach, Walther von der Vogelweid, Reinhard von Zwekhstein,

Heinrich Schreiber, Johannes Bitterolff, alle ritterlichen Ordens, und Heinrich von Osterdingen, Bürger zu Eisenach. Wie Priester einer Kirche lebten die Meister in frommer Liebe und Eintracht beisammen, und all ihr Streben ging nur dahin, den Gesang, die schönste Gabe des Himmels, womit der Herr den Menschen gesegnet, recht in hohen Ehren zu halten. Jeder hatte nun freilich seine eigne Weise, aber wie jeder Ton eines Akkords anders klingt und doch alle Töne im lieblichsten Wohllaut zusammenklingen, so geschah es auch, daß die verschiedensten Weisen der Meister harmonisch mit einander tönten und Strahlen schienen eines Liebessterns. Daher kam es, daß keiner seine eigne Weise für die beste hielt, vielmehr jede andre hoch ehrte, und wohl meinte, daß seine Weise ja gar nicht so lieblich klingen könne ohne die andern, wie denn der Ton dann erst sich recht freudig erhebt und aufschwingt, wenn der ihm verwandte erwacht und ihn liebend begrüßt.

Waren Walthers von der Vogelweid, des Landherrn, Lieder gar vornehm und zierlich, und dabei voll kecker Lust, so sang Reinhard von Zwekhstein dagegen derb und ritterlich mit gewichtigen Worten. Bewies sich Heinrich Schreiber gelehrt und tiefsinnig, so war Johannes Bitterolff voller Glanz und reich an kunstvollen Gleichnissen und Wendungen. Heinrich von Osterdingens Lieder gingen durch die innerste Seele, er wußte, selbst ganz aufgelöst in schmerzlichem Sehnen, in jedes Brust die tiefste Wehmuth zu entzünden. Aber oft schnitten grelle häßliche Töne dazwischen, die mochten wohl aus dem wunden zerrissenen Gemüth kommen, in dem sich böser Hohn angesiedelt, bohrend und zehrend wie ein giftiges Insekt. Niemand wußte, wie Heinrich von solchem Unwesen befallen. Wolfframb von Eschinbach war in der Schweiz geboren. Seine Lieder voller süßer Anmuth und Klarheit glichen dem reinen blauen Himmel seiner Heimath, seine Weisen klangen wie liebliches Glocken- und Schalmeiengetön. Aber dazwischen brausten auch wilde Wasserfälle, dröhnten Donner durch die Bergklüfte. Wunderbar wallte, wenn er sang, jeder mit ihm wie auf den glänzenden Wogen eines schönen Stroms, bald sanft daher gleitend, bald kämpfend mit den sturmbewegten Wellen, bald die Gefahr überwunden, fröhlich hinsteuernd nach dem sichern Port. Seiner Jugend unerachtet mochte Wolfframb von Eschinbach wohl für den erfahrensten von allen Meistern gelten, die am Hofe versammelt. Von Kindesdeinen an war er der Sängerkunst ganz und gar ergeben, und zog, so wie er zum Jüngling gereift, ihr nach durch viele Lande, bis er den großen Meister traf, Friedebrand geheißen. Dieser unterwies ihn getreulich in der Kunst und theilte ihm viele Meistergedichte in Schriften mit, die Licht in sein inneres Gemüth hineinströmten, daß er das, was ihm sonst verworren und gestaltlos geschienen, nun deutlich zu erkennen vermochte. Vorzüglich aber zu Siegebrunnen in Schottland brachte ihm Meister Friedebrand etliche Bücher, aus denen er die Geschichten nahm, die er in deutsche Lieder faßte, sonderlich von Gamurret und dessen Sohn Parcivall, von Markgraf Wilhelm von Narben und dem starken Rennewart, welches Gedicht hernach ein anderer Meistersänger, Ulrich von Türkheimb, auf vornehmer Leute Bitten, die Eschinbachs Lieder wohl nicht verstehen mochten, in gemeine deutsche Reime brachte und zum dicken Buche ausdehnte. So mußt' es wohl kommen, daß Wolfframb wegen seiner herrlichen Kunst weit und breit berühmt wurde und vieler Fürsten und großer Herren Gunst erhielt. Er besuchte viele Höfe und bekam allenthalben stattliche Verehrungen seiner Meisterschaft, bis ihn endlich der hocherleuchtete Landgraf Hermann von Thüringen, der sein großes Lob an allen Enden verkünden hörte, an seinen Hof berief. Nicht allein Wolfframbs große Kunst, sondern auch seine Milde und Demuth gewannen ihm in kurzer Zeit des Landgrafs volle Gunst und Liebe, und wohl mocht' es seyn, daß Heinrich von Ofterdingen, der sonst in dem hellsten Sonnenlicht der fürstlichen Gnade gestanden, ein wenig in den Schatten zurücktreten mußte. Demunerachtet hing keiner von den Meistern dem Wolfframb so mit rechter inniger Liebe an, als eben Heinrich von Ofterdingen. Wolfframb erwiederte dies aus dem tiefsten Grunde seines Gemüths, und so standen beide da, recht in Liebe verschlungen, während die andern Meister sie umgaben wie ein schöner lichter Kranz.

Heinrich von Ofterdingens Geheimniß.

Ofterdingens unruhiges zerrissenes Wesen nahm mit jedem Tage mehr überhand. Düstrer und unsteter wurde sein Blick, blässer und blässer sein Antlitz. Statt daß die andern Meister, hatten sie die erhabensten Materien der heiligen Schrift besungen, ihre freudigen Stimmen erhoben zum Lobe der Damen und ihres wackern Herrn, klagten Ofterdingens Lieder nur die unermeßliche Qual des irdischen Seyns und glichen oft dem jammernden Wehlaut des auf den Tod Wunden, der vergebens hofft auf Erlösung im Tode. Alle glaubten, er sey in trostloser Liebe; aber eitel blieb alles Mühen, ihm das Geheimniß zu entlocken. Der Landgraf selbst, dem Jünglinge mit Herz und Seele zugethan unternahm es, ihn in einer einsamen Stunde um die Ursache seines tiefen Leids zu befragen. Er gab ihm sein fürstliches Wort, daß er alle seine Macht aufbieten wolle, irgend ein bedrohliches Uebel zu entfernen oder durch die Beförderung irgend eines jetzt ihm hoffnungslos scheinenden Wunsches sein schmerzliches Leiden zu wandeln in fröhliches Hoffen, allein so wenig wie die andern vermochte er den Jüngling, ihm das Innerste seiner Brust aufzuthun. „Ach mein hoher Herr, rief Ofterdingen, indem ihm die heißen Thrä„nen aus den Augen stürzten, ach mein hoher Herr, weiß ichs denn „selbst, welches höllische Ungeheuer mich mit glühenden Krallen ge„packt hat und mich emporhält zwischen Himmel und Erde, so daß „ich dieser nicht mehr angehöre und vergebens dürste nach den Freu„den über mir? Die heidnischen Dichter erzählen von den Schatten „Verstorbener, die nicht dem Elysium angehören, nicht dem Orkus. „An den Ufern des Acheron schwanken sie umher und die finstern „Lüfte, in denen nie ein Hoffnungsstern leuchtet, tönen wieder von „ihren Angstseufzern, von den entsetzlichen Wehlauten ihrer namen„losen Qual. Ihr Jammern, ihr Flehen ist umsonst, unerbittlich „stößt sie der alte Fährmann zurück, wenn sie hinein wollen in den „verhängnißvollen Kahn. Der Zustand dieser fürchterlichen Verdamm„niß ist der meinige.“ —

Bald nachher als Heinrich von Ofterdingen auf diese Weise mit dem Landgrafen gesprochen, verließ er, von wirklicher Krankheit befallen, die Wartburg, und begab sich nach Eisenach. Die Meister klagten, daß solch schöne Blume aus ihrem Kranze so vor der Zeit wie angehaucht von giftigen Dünsten dahin welken müsse. Wolfframb von Eschinbach gab indessen keinesweges alle Hoffnung auf, sondern meinte sogar, daß eben jetzt, da Ofterdingens Gemüthskrankheit sich gewendet in körperliches Leiden, Genesung nahe seyn könne. Begäbe es sich denn nicht oft, daß die ahnende Seele im Vorgefühl körperlichen Schmerzes erkranke, und so sey es denn auch wohl mit Ofterdingen geschehen, den er nun getreulich trösten und pflegen wolle.

Wolfframb ging auch alsbald nach Eisenach. Als er eintrat zu Ofterdingen, lag dieser ausgestreckt auf dem Ruhebette, zum Tode matt, mit halbgeschlossenen Augen. Die Laute hing an der Wand ganz verstaubt, mit zum Theil zerrissenen Saiten. So wie er den Freund gewahrte, richtete er sich ein wenig empor und streckte schmerzlich lächelnd ihm die Hand entgegen. Als nun Wolfframb sich zu ihm gesetzt, die herzigen Grüße von dem Landgraf und den Meistern gebracht und sonst noch viel freundliche Worte gesprochen, fing Heinrich mit matter kranker Stimme also an: „Es ist mir viel Absonderliches „begegnet. Wohl mag ich mich bei Euch wie ein Wahnsinniger ge„behrdet haben, wohl mochtet ihr alle glauben, daß irgend ein in „meiner Brust verschlossenes Geheimniß mich so verderblich hin und „her zerre. Ach! mir selbst war ja mein trostloser Zustand ein Ge„heimniß. Ein wüthender Schmerz zerriß meine Brust, aber uner„forschlich blieb mir seine Ursache. All mein Treiben schien mir elend „und nichtswürdig, die Lieder, die ich sonst gar hoch gehalten, klan„gen mir falsch, schwach — des schlechtesten Schülers unwerth. Und „doch brannte ich, von eitlem Wahn bethört, dich — alle übrigen „Meister zu übertreffen. Ein unbekanntes Glück, des Himmels höchste „Wonne stand hoch über mir, wie ein golden funkelnder Stern — „zu dem mußt' ich mich hinaufschwingen, oder trostlos untergehen. „Ich schaute hinauf, ich streckte die Arme sehnsuchtsvoll empor, und „dann wehte es mich schaurig an mit eiskalten Flügeln und sprach: „Was will all dein Sehnen, all dein Hoffen? Ist dein Auge nicht „verblindet, deine Kraft nicht gebrochen, daß du nicht vermagst den „Strahl deiner Hoffnung zu ertragen, dein Himmelsglück zu erfassen? „— Nun, — nun ist mein Geheimniß mir selbst erschlossen. Es giebt „mir den Tod, aber im Tode die Seligkeit des höchsten Himmels. — „Krank und siech lag ich hier im Bette. Es mochte zur Nachtzeit „seyn, da ließ der Wahnsinn des Fiebers, der mich tosend und brau„send hin und her geworfen, von mir ab. Ich fühlte mich ruhig, „eine sanfte wohlthuende Wärme glitt durch mein Inneres. Es war „mir, als schwämme ich im weiten Himmelsraum daher auf dunklen „Wolken. Da fuhr ein funkelnder Blitz durch die Finsterniß und „ich schrie laut auf: Mathilde! — Ich war erwacht, der Traum ver„rauscht. Das Herz bebte mir vor seltsamer süßer Angst, vor unbe„schreiblicher Wonne. Ich wußte, daß ich laut gerufen: Mathilde!

„Ich erschrak darüber, denn ich glaubte, daß Flur und Wald, daß „alle Berge, alle Klüfte den süßen Namen wiedertönen, daß tausend „Stimmen es ihr selbst sagen würden, wie unaussprechlich bis zum „Tode ich sie liebe; daß sie — sie der funkelnde Stern sey, der in „mein Innerstes strahlend allen zehrenden Schmerz trostloser Sehnsucht „geweckt, ja daß nun die Liebesflammen hoch empor gelodert, und „daß meine Seele dürste — schmachte nach ihrer Schönheit und Hold„seligkeit! — Du hast nun, Wolfframb, mein Geheimniß und magst „es tief in deiner Brust begraben. Du gewahrst, daß ich ruhig bin „und heiter, und traust mir wohl, wenn ich dich versichere, daß ich „lieber untergehen als in thörigtem Treiben mich Euch allen verächt„lich machen werde. Dir — dir, der Mathilden liebt, dem sie mit „gleicher Liebe hingeneigt, mußt' ich ja eben alles sagen, alles ver„trauen. So wie ich genesen, ziehe ich, die Todeswunde in der blu„tenden Brust, fort in fremde Lande. Hörst du dann, daß ich geen„det, so magst du Mathilden es sagen, daß ich —"

Der Jüngling vermochte nicht weiter zu sprechen, er sank wieder in die Kissen und kehrte das Gesicht hin nach der Wand. Sein starkes Schluchzen verrieth den Kampf in seinem Innern. Wolfframb von Eschinbach war nicht wenig bestürzt über das, was ihm Heinrich eben entdeckt hatte. Den Blick zur Erde gesenkt saß er da und sann und sann, wie nun der Freund zu retten von dem Wahnsinn thörigter Leidenschaft, die ihn ins Verderben stürzen mußte. —

Er versuchte allerlei tröstende Worte zu sprechen, ja sogar den kranken Jüngling zu vermögen, daß er nach der Wartburg zurückkehre und, Hoffnung in der Brust, keck hineintrete in den hellen Sonnenglanz, den die edle Dame Mathilde um sich verbreite. Er meinte sogar, daß er selbst sich Mathildens Gunst auf keine andere Weise erfreue als durch seine Lieder, und daß ja eben so gut Ofterdingen sich in schönen Liedern aufschwingen und so um Mathildens Gunst werben könne. Der arme Heinrich schaute ihn aber an mit trübem Blick und sprach: — „Niemals werdet ihr mich wohl auf der Wartburg „wiedersehen. Soll ich mich denn in die Flammen stürzen? — Sterb' „ich denn nicht fern von ihr den schöneren süßeren Tod der Sehn„sucht?" — Wolfframb schied und Ofterdingen blieb in Eisenach.

Was sich weiter mit Heinrich von Ofterdingen begeben.

Es geschieht wohl, daß der Liebesschmerz in unserer Brust, die er zu zerreißen drohte, heimisch wird, so daß wir ihn gar hegen und pflegen. Und die schneidenden Jammerlaute, sonst uns von unnennbarer Qual erpreßt, werden zu melodischen Klagen süßen Weh's, die tönen wie ein fernes Echo zurück in unser Inneres und legen sich lindernd und heilend an die blutende Wunde. So geschah es auch mit Heinrich von Ofterdingen. Er blieb in heißer sehnsüchtiger Liebe, aber er schaute nicht mehr in den schwarzen hoffnungslosen Abgrund, sondern er hob den Blick empor zu den schimmernden Frühlingswolken. Dann war es ihm, als blicke ihn die Geliebte aus ferner Höhe an mit ihren holdseligen Augen und entzünde in seiner Brust die herrlichsten Lieder, die er jemals gesungen. Er nahm die Laute herab von der Wand, bespannte sie mit neuen Saiten und trat hinaus in den schönen Frühling, der eben aufgegangen. Da zog es ihn denn freilich mit Gewalt hin nach der Gegend der Wartburg. Und wenn er dann in der Ferne die funkelnden Zinnen des Schlosses erblickte und daran dachte, daß er Mathilden niemals wieder sehen, daß sein Lieben nur ein trostloses Sehnen bleiben solle, daß Wolfframb von Eschinbach die Herrliche gewonnen durch die Macht des Gesanges, da gingen all die schönen Hoffnungsgebilde unter in düstere Nacht und alle Todesqualen der Eifersucht und Verzweiflung durchschnitten sein Inneres. Dann floh er wie von bösen Geistern getrieben zurück in sein einsames Zimmer, da vermochte er Lieder zu singen, die ihm süße Träume und in ihnen die Geliebte selbst zuführten.

Lange Zeit hindurch war es ihm gelungen, die Nähe der Wartburg zu vermeiden. Eines Tages gerieth er aber doch, selbst wußte er nicht wie, in den Wald, der vor der Wartburg lag und aus dem heraustretend man das Schloß dicht vor Augen hatte. Er war zu dem Platz im Walde gekommen, wo zwischen dichtem Gesträuch und allerlei häßlichem stachlichten Gestrüpp sich seltsam geformtes mit bunten Moosen bewachsenes Gestein erhob. Mühsam kletterte er bis zur Mitte herauf, so daß er durch die Schlucht die Spitzen der Wartburg in der Ferne hervorragen sah. Da setzte er sich hin und verlor sich, alle Qual böser Gedanken bekämpfend, in süßen Hoffnungsträumen.

Längst war die Sonne untergegangen; aus den düstern Nebeln,

die sich über die Berge gelagert, stieg in glühendem Roth die Mondesscheibe empor. Durch die hohen Bäume saus'te der Nachtwind und von seinem eisigen Athem angehaucht rüttelte und schüttelte sich das Gebüsch wie in Fieberschauern. Die Nachtvögel schwangen sich kreischend auf aus dem Gestein und begannen ihren irren Flug. Stärker rauschten die Waldbäche, rieselten die fernen Quellen. Aber wie nun der Mond lichter durch den Wald funkelte, wogten die Töne eines fernen Gesanges daher. Heinrich fuhr empor. Er gedachte, wie nun die Meister auf der Wartburg ihre frommen Nachtlieder angestimmt. Er sah, wie Mathilde im Davonscheiden noch den geliebten Wolfframb anblickte. Alle Liebe und Seligkeit lag in diesem Blick, der den Zauber der süßesten Träume wecken mußte in der Seele des Geliebten. — Heinrich, dem das Herz zerspringen wollte vor Sehnsucht und Verlangen, ergriff die Laute und begann ein Lied, wie er vielleicht noch niemals eins gesungen. Der Nachtwind ruhte, Baum und Gebüsch schwiegen, durch die tiefe Stille des düstern Waldes leuchteten Heinrichs Töne wie mit den Mondesstrahlen verschlungen. Als nun sein Lied in bangen Liebesseufzern dahin sterben wollte, schlug dicht hinter ihm plötzlich ein gellendes schneidendes Gelächter auf. Entsetzt drehte er sich rasch um und erblickte eine große finstere Gestalt, die, ehe er sich noch besinnen konnte, mit recht häßlichem höhnenden Ton also begann: „Ei, habe ich doch hier schon eine ganze Weile herumgesucht, „um den zu finden, der noch in tiefer Nacht solche herrliche Lieder „singt. Also seid Ihr es, Heinrich von Ofterdingen? — Nun wohl „hätte ich das wissen können, denn Ihr seid doch nun einmal der „allerschlechteste von all den sogenannten Meistern dort auf der Wartburg, und das tolle Lied ohne Gedanken, ohne Klang, konnte wohl „nur aus Euerm Munde kommen.“ Halb noch in Entsetzen, halb in aufglühendem Zorn rief Heinrich: „Wer seyd Ihr denn, daß Ihr mich „kennt und glaubt, mich hier mit schnöden Worten necken zu können?“ Dabei legte Ofterdingen die Hand an sein Schwerdt. Aber der Schwarze schlug nochmals ein gellendes Gelächter auf, und dabei fiel ein Strahl in sein leichenblasses Antlitz, daß Ofterdingen die wildfunkelnden Augen, die eingefallnen Wangen, den spitzigen röthlichen Bart, den zum grinsenden Lachen verzogenen Mund, die schwarze reiche Kleidung, das schwarzbefiederte Barett des Fremden recht deutlich gewahren konnte. „Ei,“ sprach der Fremde: „Ei, lieber junger

„Gesell, Ihr werdet doch keine Mordwaffen gegen mich gebrauchen „wollen, weil ich Eure Lieder tadle? — Freilich mögt ihr Sänger „das nicht wohl leiden und verlanget wohl gar, daß man alles hoch „preisen soll, was von Euch berühmten Leuten kommt, sey es nun „auch von Grund aus schlecht. Aber eben daran, daß ich das nicht „achte, sondern Euch geradezu heraus sage, daß Ihr statt ein Meister, „höchstens ein mittelmäßiger Schüler der edlen Kunst des Gesanges „zu nennen seyd, ja eben daran solltet Ihr erkennen, daß ich Euer „wahrer Freund bin und es gut mit Euch meine.“ „Wie könnt Ihr,“ sprach Ofterdingen, von unheimlichen Schauern erfaßt, „wie könnt „Ihr mein Freund seyn und es gut mit mir meinen, da ich mich „gar nicht erinnere, Euch jemals gesehen zu haben?“ — Ohne auf diese Frage zu antworten, fuhr der Fremde fort: „Es ist hier ein „wunderlich schöner Platz, die Nacht gar behaglich, ich werde mich im „traulichen Mondesschimmer zu Euch setzen, und wir können, da Ihr „doch jetzt nicht nach Eisenach zurückkehren werdet, noch ein wenig „mit einander plaudern. Horcht auf meine Worte, sie können Euch „lehrreich seyn.“ Damit ließ sich der Fremde auf den großen bemoosten Stein dicht neben Ofterdingen nieder. Dieser kämpfte mit den seltsamsten Gefühlen. Furchtlos wie er sonst wohl seyn mochte, konnte er sich doch in der öden Einsamkeit der Nacht an diesem schaurigen Orte des tiefen Grauens nicht erwehren, das des Mannes Stimme und sein ganzes Wesen erweckte. Es war ihm, als müsse er ihn den jähen Abhang hinab in den Waldstrom stürzen, der unten brauste. Dann fühlte er sich aber wieder gelähmt an allen Gliedern. — Der Fremde rückte indessen dicht an Ofterdingen heran und sprach leise, beinahe ihm ins Ohr flüsternd: „Ich komme von der Wartburg „— ich habe dort oben die gar schlechte schülermäßige Singerei der „sogenannten Meister gehört; aber die Dame Mathilde ist von solch „holdem und anmuthigen Wesen wie vielleicht keine mehr auf Erden.“ „Mathilde!“ rief Ofterdingen mit dem Ton des schneidendsten Wehs. „Hoho!“ — lachte der Fremde, hoho, junger Gesell, liegt es Euch „daran? Doch laßt uns jetzt von ernsthaften, oder vielmehr von hohen „Dingen reden: ich meine von der edlen Kunst des Gesanges. Mag „es seyn, daß Ihr alle dort oben es recht gut meint mit Euern Lie„dern, daß Euch das alles so recht schlicht und natürlich herauskommt, „aber von der eigentlichen tiefern Kunst des Sängers habt ihr wohl

„gar keinen Begriff. Ich will Euch nur einiges davon andeuten, dann „werdet Ihr wohl selbst einsehen, wie Ihr auf dem Wege, den Ihr „wandelt, niemals zu dem Ziel gelangen könnet, das Ihr Euch vor„gesteckt habt.“ Der Schwarze begann nun in ganz absonderlichen Reden, die beinahe anzuhören wie fremde seltsame Lieder, die wahre Kunst des Gesanges zu preisen. Indem der Fremde sprach, ging Bild auf Bild in Heinrichs Seele auf und verschwand wie vom Sturm verhaucht; es war als erschlösse sich ihm eine ganz neue Welt voll üppiger Gestalten. Jedes Wort des Fremden entzündete Blitze, die schnell aufloderten und eben so schnell wieder erloschen. Nun stand der Vollmond hoch über dem Walde. Beide, der Fremde und Heinrich, saßen in vollstem Licht und dieser bemerkte nun wohl, daß des Fremden Antlitz gar nicht so abscheulich war, als es ihm erst vorgekommen. Funkelte auch aus seinen Augen ein ungewöhnliches Feuer, so spielte doch (wie Heinrich bemerken wollte) um den Mund ein liebliches Lächeln und die große Habichtsnase, die hohe Stirne dienten nur dazu, dem ganzen Gesicht den vollsten Ausdruck tüchtiger Kraft zu geben. „Ich weiß nicht,“ sprach Ofterdingen, als der Fremde innehielt, „ich weiß nicht, welch ein wunderliches Gefühl Eure Reden „in mir erwecken. Es ist mir, als erwache erst jetzt in mir die Ahnung „des Gesanges, als wäre das alles, was ich bisher dafür gehalten, „ganz schlecht und gemein, und nun erst werde mir die wahre Kunst „aufgehen. Ihr seid gewiß selbst ein hoher Meister des Gesanges und „werdet mich wohl als Euern fleißigen, wißbegierigen Schüler an„nehmen, worum ich Euch gar herzlich bitte.“ Der Fremde schlug wieder seine häßliche Lache auf, erhob sich vom Sitze und stand so riesengroß, mit wildverzerrtem Antlitz, vor Heinrich von Ofterdingen, daß diesem jenes Grauen wieder ankam, das er empfunden, als der Fremde auf ihn zutrat. Dieser sprach mit starker Stimme, die weit durch die Klüfte hallte: „Ihr meint, ich sey ein hoher Meister des „Gesanges? — Nun zu Zeiten mag ich's wohl seyn, aber mit Lehr„stunden kann ich mich ganz und gar nicht abgeben. Mit gutem „Rath diene ich gern solchen wißbegierigen Leuten, wie Ihr einer zu „seyn scheint. Habt Ihr wohl von dem in aller Wissenschaft tief „erfahrnen Meister des Gesanges, Klingsohr geheißen, reden hören? „Die Leute sagen, er sey ein großer Negromant und habe sogar Um„gang mit Jemanden, der nicht überall gern gesehen. Laßt Euch das

II. pag. 30

„aber nicht irren, denn was die Leute nicht verstehen und handhaben „können, das soll gleich was Uebermenschliches seyn, was dem Himmel „angehört oder der Hölle. Nun! — Meister Klingsohr wird Euch „den Weg zeigen, der Euch zum Ziele führt. Er hauset in Sieben„bürgen, zieht hin zu ihm. Da werdet Ihr erfahren, wie die Wissen„schaft und Kunst dem hohen Meister alles, was es Ergötzliches giebt „auf Erden, gespendet hat in hohem Maaße: Ehre — Reichthum — „Gunst der Frauen. — Ja, junger Gesell! Wäre Klingsohr hier, was „gält' es, er brächte selbst den zärtlichen Wolfframb von Eschinbach, „den seufzenden Schweizerhirten, um die schöne Gräfin Mathilde?" „Warum nennt Ihr den Namen?" — fuhr Heinrich von Ofterdingen zornig auf, „verlaßt mich, Eure Gegenwart erregt mir Schauer!" — „Hoho," lachte der Fremde, „werdet nur nicht böse, kleiner Freund! — „An den Schauern, die Euch schütteln, ist die kühle Nacht Schuld „und Euer dünnes Wamms, aber nicht ich. War es Euch denn nicht „wohl zu Muthe, als ich erwärmend an Eurer Seite saß? — Was „Schauer, was Erstarren! mit Glut und Blut kann ich Euch dienen: — „Gräfin Mathilde! — ja ich meinte nur, daß die Gunst der Frauen „erlangt wird durch den Gesang, wie ihn Meister Klingsohr zu üben „vermag. Ich habe zuvor Eure Lieder verachtet, um Euch selbst auf „Eure Stümperei aufmerksam zu machen. Aber daran, daß Ihr gleich „das Wahre ahntet, als ich von der eigentlichen Kunst zu Euch sprach, „habt Ihr mir Eure guten Anlagen hinlänglich bewiesen. Vielleicht „seyd Ihr bestimmt, in Meister Klingsohrs Fußtapfen zu treten und „dann würdet Ihr Euch wohl mit gutem Glück um Mathildens Gunst „bewerben können. Macht Euch auf! — zieht nach Siebenbürgen. — „Aber wartet, ich will Euch, könnt Ihr nicht gleich nach Siebenbür„gen ziehen, zum fleißigen Studium ein kleines Buch verehren, das „Meister Klingsohr verfaßt hat und das nicht allein die Regeln des „wahren Gesanges, sondern auch einige treffliche Lieder des Meisters „enthält."

Damit hatte der Fremde ein kleines Buch hervorgeholt, dessen blutrother Deckel hell im Mondenschein flimmerte. Das überreichte er Heinrich von Ofterdingen. So wie dieser es faßte, trat der Fremde zurück und verschwand im Dickigt.

Heinrich versank in Schlaf. Als er erwachte, war die Sonne sehr hoch aufgestiegen. Lag das rothe Buch nicht auf seinem Schooße, er hätte die ganze Begebenheit mit dem Fremden für einen lebhaften Traum gehalten.

Von der Gräfin Mathilde. Ereignisse auf der Wartburg.

Gewiß, vielgeliebter Leser! befandest du dich einmal in einem Kreise, der, von holden Frauen, sinnvollen Männern gebildet, ein schöner, von den verschiedensten in Duft und Farbenglanz mit einander wetteifernden Blumen geflochtener Kranz zu nennen. Aber wie der süße Wohllaut der Musik über alle hinhauchend in jedes Brust die Freude weckt und das Entzücken, so war es auch die Holdseligkeit einer hochherrlichen Frau, die über alle hinstrahlte und die anmuthige Harmonie schuf, in der sich alles bewegte. In dem Glanz ihrer Schönheit wandelnd, in die Musik ihrer Rede einstimmend, erschienen die andern Frauen schöner, liebenswürdiger als sonst, und die Männer fühlten ihre Brust erweitert und vermochten mehr als jemals die Begeisterung, die sonst scheu sich im Innern verschloß, auszuströmen in Worten oder Tönen, wie es denn eben die Ordnung der Gesellschaft zuließ. So sehr die Königin sich mit frommen kindlichen Wesen mühen mochte, ihre Huld jedem zuzutheilen in gleichem Maaße, doch gewahrte man, wie ihr Himmelsblick länger ruhte auf jenem Jüngling, der schweigend ihr gegenüber stand und dessen vor süßer Rührung in Thränen glänzende Augen die Seligkeit der Liebe verkündeten, die ihm aufgegangen. Mancher mochte wohl den Glücklichen beneiden, aber keiner konnte ihn darum hassen, ja vielmehr jeder, der sonst mit ihm in Freundschaft verbunden, liebte ihn nun noch inniger, um seiner Liebe willen.

So geschah es, daß an dem Hofe Landgraf Hermanns von Thüringen in dem schönen Kranz der Frauen und Dichter die Gräfin Mathilde, Wittwe des in hohem Alter verstorbenen Grafen Cuno von Falkenstein, die schönste Blume war, welche mit Duft und Glanz alle überstrahlte.

Wolfframb von Eschinbach, von ihrer hohen Anmuth und Schönheit tief gerührt, so wie er sie erblickte, kam bald in heiße Liebe. Die andern Meister, wohl auch von der Holdseligkeit der Gräfin begeistert, priesen ihre Schönheit und Milde in vielen anmuthigen Liedern. Reinhard von Zwekhstein nannte sie die Dame seiner Gedanken, für die er stehen wolle im Lustturnier und im ernsten Kampf; Walther von der Vogelweid ließ alle kecke Lust ritterlicher Liebe aufflammen, während Heinrich Schreiber und Johannes Bitterolff sich mühten in den wunderbarsten kunstvollsten Gleichnissen und Wendungen die Dame Mathilde zu erheben. Doch Wolfframbs Lieder kamen aus der Tiefe des liebenden Herzens und trafen, gleich funkelnden scharfgespitzten Pfeilen hervorblitzend, Mathildens Brust. Die anderen Meister gewahrten das wohl, aber es war ihnen als umstrahle Wolfframbs Liebesglück sie alle wie ein lieblicher Sonnenschimmer, und gäbe auch ihren Liedern besondere Stärke und Anmuth.

Der erste finstre Schatten, der in Wolfframbs glanzvolles Leben fiel, war Ofterdingens unglückliches Geheimniß. Wenn er gedachte, wie die andern Meister ihn liebten, unerachtet gleich ihm auch ihnen Mathildens Schönheit hell aufgegangen, wie nur in Ofterdingens Gemüth sich mit der Liebe zugleich feindseliger Groll eingenistet und ihn fortgebannt in die öde freudenlose Einsamkeit, da konnte er sich des bittern Schmerzes nicht erwehren. Oft war es ihm, als sey Ofterdingen nur von einem verderblichen Wahnsinn befangen, der austoben werde, dann aber fühlte er wieder recht lebhaft, daß er selbst es ja auch nicht würde haben ertragen können, wenn er sich hoffnungslos um Mathildens Gunst beworben. Und, sprach er zu sich selbst, und welche Macht hat denn meinem Anspruch größeres Recht gegeben? Gebührt mir denn irgend ein Vorzug vor Ofterdingen? — Bin ich besser, verständiger, liebenswürdiger als er? Wo liegt der Abstand zwischen uns beiden? — Also nur die Macht eines feindlichen Verhängnisses, das mich so gut als ihn hätte treffen können, drückt ihn zu Boden und ich, der treue Freund, gehe unbekümmert vorüber, ohne ihm die Hand zu reichen. — Solche Betrachtungen führten ihn endlich zu dem Entschluß, nach Eisenach zu gehen und alles nur mögliche anzuwenden, Ofterdingen zur Rückkehr nach der Wartburg zu bewegen. Als er indessen nach Eisenach kam, war Heinrich von Ofterdingen verschwunden, niemand wußte, wohin er gegangen. Traurig kehrte Wolfframb von Eschinbach zurück nach der Wartburg und verkündete dem Landgrafen und den Meistern Ofterdingens Verlust. Nun erst zeigte sich recht, wie sehr sie ihn alle geliebt, trotz seines zerrissenen oft bis zur höhnenden Bitterkeit mürrischen Wesens. Man betrauerte ihn wie einen Todten, und lange Zeit hindurch lag diese Trauer wie ein düstrer Schleier auf allen Gesängen der Meister und nahm ihnen allen Glanz und Klang, bis endlich das Bild des Verlornen immer mehr und mehr entwich in weite Ferne.

Der Frühling war gekommen und mit ihm alle Lust und Heiterkeit des neu erkräftigten Lebens. Auf einem anmuthigen von schönen Bäumen eingeschlossenen Platz im Garten des Schlosses waren die Meister versammelt, um das junge Laub, die hervorsprießenden Blüten und Blumen mit freudigen Liedern zu begrüßen. Der Landgraf, Gräfin Mathilde, die andern Damen hatten sich ringsumher auf Sitzen niedergelassen, eben wollte Wolfframb von Eschinbach ein Lied beginnen, als ein junger Mann, die Laute in der Hand, hinter den Bäumen hervortrat. Mit freudigem Erschrecken erkannten alle in ihm den verloren geglaubten Heinrich von Osterdingen. Die Meister gingen auf ihn zu mit freundlichen herzlichen Grüßen. Ohne das aber sonderlich zu beachten nahte er sich dem Landgrafen, vor dem, und dann vor der Gräfin Mathilde, er sich ehrfurchtsvoll neigte. Er sey, sprach er dann, von der bösen Krankheit, die ihn befallen, nun gänzlich genesen und bitte, wolle man ihn vielleicht aus besonderen Gründen nicht mehr in die Zahl der Meister aufnehmen, ihm doch zu erlauben, daß er so gut wie die Andern seine Lieder absinge. Der Landgraf meinte dagegen, sey er auch eine Zeitlang abwesend gewesen, so sey er doch deshalb keinesweges aus der Reihe der Meister geschieden und er wisse nicht, wodurch er sich dem schönen Kreise, der hier versammelt, entfremdet glaube. Damit umarmte ihn der Landgraf und wies ihm selbst den Platz zwischen Walther von der Vogelweid und Wolfframb von Eschinbach an, wie er ihn sonst gehabt. Man merkte bald, daß Osterdingens Wesen sich ganz und gar verändert. Statt daß er sonst den Kopf gebeugt, den Blick zu Boden gesenkt daher schlich, trat er jetzt, das Haupt emporgerichtet, starken Schrittes einher. So blaß als zuvor war das Antlitz, aber der Blick, sonst irr umherschweifend, fest und durchbohrend. Statt der tiefen Schwermuth lag jetzt ein düstrer stolzer Ernst auf der Stirn und ein seltsames Muskelspiel um Mund und Wange sprach bisweilen recht unheimlichen Hohn aus. Er würdigte die Meister keines Wortes, sondern setzte sich schweigend auf seinen Platz. Während die andern sangen, sah er in die Wolken, schob sich auf dem Sitz hin und her, zählte an den Fingern, gähnte, kurz bezeigte auf alle nur mögliche Weise Unmuth und Langeweile. Wolfframb von Eschinbach sang ein Lied zum Lobe des Landgrafen und kam dann auf die Rückkehr des verloren geglaubten Freundes, die er so recht aus dem tiefsten Gemüth schilderte, daß sich alle innig gerührt fühlten. Heinrich von Ofterdingen runzelte aber die Stirn und nahm, sich von Wolfframb abwendend, die Laute, auf ihr einige wunderbare Akkorde anschlagend. Er stellte sich in die Mitte des Kreises und begann ein Lied, dessen Weise so ganz anders als alles, was die andern gesungen, so unerhört war, daß alle in die größte Verwunderung, ja zuletzt in das höchste Erstaunen geriethen. Es war als schlüge er mit seinen gewaltigen Tönen an die dunklen Pforten eines fremden verhängnißvollen Reichs und beschwöre die Geheimnisse der unbekannten dort hausenden Macht herauf. Dann rief er die Gestirne an, und indem seine Lautentöne leiser lispelten, glaubte man der Sphären klingenden Reigen zu vernehmen. Nun rauschten die Akkorde stärker, und glühende Düfte wehten daher und Bilder üppigen Liebesglücks flammten in dem aufgegangenen Eden aller Lust. Jeder fühlte sein Inneres erbeben in seltsamen Schauern. Als Ofterdingen geendet, war alles in tiefem Schweigen verstummt, aber dann brach der jubelnde Beifall stürmisch hervor. Die Dame Mathilde erhob sich schnell von ihrem Sitz, trat auf Ofterdingen zu, und drückte ihm den Kranz auf die Stirne, den sie als Preis des Gesanges in der Hand getragen.

Eine flammende Röthe fuhr über Ofterdingens Antlitz, er ließ sich nieder auf die Knie und drückte die Hände der schönen Frau mit Inbrunst an seine Brust. Als er aufstand, traf sein funkelnder stechender Blick den treuen Wolfframb von Eschinbach, der sich ihm nahen wollte, aber wie von einer bösen Macht feindlich berührt zurückwich. Nur ein Einziger stimmte nicht ein in den begeisterten Beifall der übrigen und das war der Landgraf, welcher, als Ofterdingen sang, sehr ernst und nachdenklich geworden und kaum vermochte, etwas zum Lobe seines wunderbaren Liedes zu sagen. Ofterdingen schien sichtlich darüber erzürnt. Es begab sich, daß am späten Abend, als schon die tiefe Dämmerung eingebrochen, Wolfframb von Eschinbach den geliebten Freund, den er überall vergebens gesucht, in einem Lustgange des Schloßgartens traf. Er eilte auf ihn zu, er drückte ihn an seine Brust und sprach: „So bist du denn, mein herzlieber Bruder, der „erste Meister des Gesanges worden, den es wohl auf Erden geben „mag. Wie hast du es denn angefangen, das zu erfassen, was wir „alle, was du selbst wohl nicht ahntest? — Welcher Geist stand dir

„zu Gebot, der dir die wunderbaren Weisen einer andern Welt lehrte? „— O du herrlicher hoher Meister, laß dich noch einmal umarmen." „Es ist," sprach Heinrich von Ofterdingen, indem er Wolfframbs Umarmung auswich, „es ist gut, daß du es erkennest, wie hoch ich mich „über Euch sogenannte Meister emporgeschwungen habe, oder vielmehr „wie ich allein dort gelandet und heimisch worden, wohin ihr vergebens strebt auf irren Wegen. Du wirst es mir dann nicht verargen, wenn ich Euch Alle mit Eurer schnöden Singerei recht albern „und langweilig finde." „So verachtest du uns, erwiederte Wolfframb, „die du sonst hoch in Ehren hieltest, nunmehro ganz und gar, und „magst nichts mehr mit uns ins gemein haben? — Alle Freundschaft, „alle Liebe ist aus deiner Seele gewichen, weil du ein höherer Meister „bist als wir es sind! — Auch mich — mich hältst du deiner Liebe „nicht mehr werth, weil ich vielleicht mich nicht so hoch hinaufzu„schwingen vermag in meinen Liedern als du? — Ach Heinrich, wenn „ich dir sagen sollte, wie es mir bei deinem Gesange ums Herz war." — „Magst mir," sprach Heinrich von Ofterdingen, indem er höhnisch lachte, „magst mir das ja nicht verschweigen, es kann für mich lehr„reich seyn." „Heinrich!" begann Wolfframb mit sehr ernstem und festen Ton, „Heinrich! es ist wahr, dein Lied hatte eine ganz wunder„bare unerhörte Weise und die Gedanken stiegen hoch empor, bis „über die Wolken, aber mein Inneres sprach, solch ein Gesang könne „nicht herausströmen aus dem rein menschlichen Gemüth, sondern „müsse das Erzeugniß fremder Kräfte seyn, so wie der Negromant „die heimische Erde düngt mit allerlei magischen Mitteln, daß sie die „fremde Pflanze des fernsten Landes hervorzutreiben vermag. — Hein„rich, du bist gewiß ein großer Meister des Gesanges geworden und „hast es mit gar hohen Dingen zu thun, aber! — verstehst du noch „den süßen Gruß des Abendwindes, wenn du durch des Waldes tiefe „Schatten wandelst? Geht dir noch das Herz auf in frohem Muth „bei dem Rauschen der Bäume, dem Brausen des Waldstroms? Blicken „dich noch die Blumen an mit frommen Kindesaugen? Willst du „noch vergehen in Liebesschmerz bei den Klagen der Nachtigall? „Wirft dich dann noch ein unendliches Sehnen an die Brust, die sich „dir liebend aufgethan? — Ach, Heinrich, es war manches in deinem „Liede, wobei mich ein unheimliches Grauen erfaßte. Ich mußte an „jenes entsetzliche Bild von den am Ufer des Acheron herumschwan-

„kenden Schatten denken, das du einmal dem Landgrafen aufstelltest, „als er dich um die Ursache deiner Schwermuth befragte. Ich mußte „glauben, aller Liebe habest du entsagt, und was du dafür gewonnen, „wäre nur der trostlose Schatz des verirrten Wanderers in der Wüste. — „Es ist mir, — ich muß es dir geradezu heraussagen, — es ist mir „als wenn du deine Meisterschaft mit aller Freude des Lebens, die „nur dem frommen kindlichen Sinn zu Theil wird, erkauft hättest. „Eine düstre Ahnung befängt mich. Ich denke daran, was dich von „der Wartburg forttrieb, und wie du wieder hier erschienen bist. Es „kann dir nun manches gelingen — vielleicht geht der schöne Hoff„nungsstern, zu dem ich bis jetzt empor blickte, auf ewig für mich „unter, — doch Heinrich! — hier! — fasse meine Hand, nie kann irgend „ein Groll gegen dich in meiner Seele Raum finden! — Alles Glücks „unerachtet, das dich überströmt, findest du dich vielleicht einmal plötz„lich an dem Rande eines tiefen bodenlosen Abgrundes und die Wir„bel des Schwindels erfassen dich und du willst rettungslos hinab„stürzen, dann stehe ich festen Muths hinter dir und halte dich fest „mit starken Armen."

Heinrich von Ofterdingen hatte alles, was Wolfframb von Eschinbach sprach, in tiefem Schweigen angehört. Jetzt verhüllte er sein Gesicht im Mantel und sprang schnell hinein in das Dickicht der Bäume. Wolfframb hörte, wie er leise schluchzend und seufzend sich entfernte.

Der Krieg von Wartburg.

So sehr die andern Meister anfangs die Lieder des stolzen Heinrichs von Ofterdingen bewundert und hoch erhoben hatten, so geschah es doch, daß sie bald von falschen Weisen, von dem eitlen Prunk, ja von der Ruchlosigkeit der Lieder zu sprechen begannen, die Heinrich vorbringe. Nur die Dame Mathilde hatte sich mit ganzer Seele zu dem Sänger gewendet, der ihre Schönheit und Anmuth auf eine Weise pries, die alle Meister, Wolfframb von Eschinbach, der sich kein Urtheil erlaubte, ausgenommen, für heidnisch und abscheulich erklärten. Nicht lange währte es, so war die Dame Mathilde in ihrem Wesen ganz und gar verändert. Mit höhnendem Stolz sah sie herab auf die andern Meister, und selbst dem armen Wolfframb von Eschinbach hatte sie ihre Gunst entzogen. Es kam so weit, daß Heinrich von

Ofterdingen die Mathilde unterrichten mußte in der Kunst des Gesanges, und sie selbst begann Lieder zu dichten, die gerade so klingen sollten, wie die, welche Ofterdingen sang. Seit dieser Zeit war es aber, als schwände von der berückten Frau alle Anmuth und Holdseligkeit. Alles vernachlässigend, was zur Zierde holder Frauen dient, sich alles weiblichen Wesens entschlagend, wurde sie zum unheimlichen Zwitterwesen, von den Frauen gehaßt, von den Männern verlacht. Der Landgraf, befürchtend, daß der Wahnsinn der Gräfin wie eine böse Krankheit die andern Damen des Hofes ergreifen könne, erließ einen scharfen Befehl, daß keine Dame bei Strafe der Verbannung sich an das Dichten machen solle, wofür ihm die Männer, denen Mathildens Schicksal Schrecken eingejagt, herzlich dankten. Die Gräfin Mathilde verließ die Wartburg und bezog ein Schloß unfern Eisenach, wohin ihr Heinrich von Ofterdingen gefolgt wäre, hätte der Landgraf ihm nicht befohlen, noch den Kampf auszufechten, den ihm die Meister geboten. „Ihr habt," sprach Landgraf Hermann zu dem übermüthigen Sänger, „Ihr habt durch eure seltsame unheimliche Weise den schönen „Kreis, den ich hier versammelt, gar häßlich gestört. Mich konntet „Ihr niemals bethören, denn von dem ersten Augenblick an habe ich „es erkannt, daß eure Lieder nicht aus der Tiefe eines wackern Sängergemüths kommen, sondern nur die Frucht der Lehren irgend eines „falschen Meisters sind. Was hilft aller Prunk, aller Schimmer, aller „Glanz, wenn er nur dazu dienen soll, einen todten Leichnam zu umhüllen. Ihr sprecht von hohen Dingen, von den Geheimnissen der „Natur, aber nicht wie sie, süße Ahnungen des höhern Lebens, in „der Brust des Menschen aufgehen, sondern wie sie der kecke Astrolog „begreifen und messen will mit Zirkel und Maaßstab. Schämt euch, „Heinrich von Ofterdingen, daß Ihr so geworden seyd, daß euer „wackrer Geist sich gebeugt hat unter die Zucht eines unwürdigen „Meisters."

„Ich weiß nicht," erwiederte Heinrich von Ofterdingen, „ich weiß „nicht, mein hoher Herr, in wiefern ich Euern Zorn, Eure Vorwürfe „verdiene. Vielleicht ändert Ihr indessen Eure Meinung, wenn Ihr „erfahrt, welcher Meister mir dasjenige Reich des Gesanges, welches „dessen eigentlichste Heimath ist, erschlossen. In tiefer Schwermuth „hatte ich Euern Hof verlassen, und wohl mocht' es seyn, daß der „Schmerz, der mich vernichten wollte, nur das gewaltsame Treiben

„war der schönen Blüte, die in meinem Innern verschlossen nach „dem befruchtenden Athem der höheren Natur schmachtete. Auf selt„same Weise kam mir ein Büchlein in die Hände, in welchem der „höchste Meister des Gesanges auf Erden mit der tiefsten Gelehrsam„keit die Regeln der Kunst entwickelt und selbst einige Lieder hinzu„gefügt hatte. Je mehr ich nun in diesem Büchlein las, desto klarer „wurde es mir, daß es wohl gar dürftig ausfalle, wenn der Sänger „nur vermöge, das in Worte zu fassen, was er nun gerade im Herzen „zu empfinden glaubt. Doch dies nicht genug — ich fühlte nach „und nach mich wie verknüpft mit unbekannten Mächten, die oft statt „meiner aus mir heraus sangen und doch war und blieb ich der „Sänger. Meine Sehnsucht, den Meister selbst zu schauen und aus „seinem eignen Munde die tiefe Weisheit, den richtenden Verstand „ausströmen zu hören, wurde zum unwiderstehlichen Triebe. Ich „machte mich auf, und wanderte nach Siebenbürgen. Ja! — ver„nehmt es, mein hoher Herr! Meister Klingsohr selbst ist es, den ich „aufsuchte und dem ich den kühnen überirdischen Schwung meiner „Lieder verdanke. Nun werdet Ihr wohl von meinen Bestrebungen „günstiger urtheilen."

„Der Herzog von Oesterreich," sprach der Landgraf, „hat mir „gar viel von dem Lobe Eures Meisters gesagt und geschrieben. „Meister Klingsohr ist ein in tiefen geheimen Wissenschaften erfahrener „Mann. Er berechnet den Lauf der Gestirne und erkennt die wunder„baren Verschlingungen ihres Ganges mit unserer Lebensbahn. Ihm „sind die Geheimnisse der Metalle, der Pflanzen, des Gesteins offen„bar, und dabei ist er erfahren in den Händeln der Welt, und steht „dem Herzog von Oesterreich zur Seite mit Rath und That. Wie „das Alles nun aber mit dem reinen Gemüth des wahren Sängers „bestehen mag, weiß ich nicht und glaube auch wohl, daß eben deß„halb Meister Klingsohrs Lieder, so künstlich und wohl ausgedacht, „so schön geformt sie auch seyn mögen, mein Gemüth ganz und gar „nicht rühren können. — Nun, Heinrich von Ofterdingen, meine „Meister, beinahe erzürnt über Dein stolzes hochfahrendes Wesen, „wollen mit Dir um den Preis singen einige Tage hindurch, das „mag denn nun geschehen."

Der Kampf der Meister begann. Sey es aber nun, daß Heinrichs, durch falsche Lehren irre gewordener Geist, sich gar nicht mehr zu fassen vermochte in dem reinen Strahl des wahrhaftigen Gemüths, oder daß besondere Begeisterung die Kraft der andern Meister verdoppelte: — genug! — jeder, wider Ofterdingen singend, jeder ihn besiegend, erhielt den Preis, um den dieser sich vergebens mühte. Ofterdingen ergrimmte über diese Schmach und begann nun Lieder, die, mit verhöhnenden Anspielungen auf den Landgrafen Hermann, den Herzog von Oesterreich Leopold den Siebenten bis über die Sterne erhoben und ihn die hellfunkelnde Sonne nannten, welche allein aller Kunst aufgegangen. Kam nun noch hinzu, daß er eben so die Frauen am Hofe mit schnöden Worten angriff und die Schönheit und Holdseligkeit der Dame Mathilde allein auf heidnische ruchlose Art zu preisen fortfuhr, so konnt' es nicht fehlen, daß alle Meister, selbst den sanften Wolfframb von Eschinbach nicht ausgenommen, in gerechten Zorn geriethen und in den heftigsten schonungslosesten Liedern seine Meisterschaft zu Boden traten. Heinrich Schreiber und Johannes Bitterolff bewiesen, den falschen Prunk von Ofterdingens Liedern abstreifend, die Elendigkeit der magern Gestalt, die sich dahinter verborgen, aber Walther von der Vogelweid und Reinhard von Zwekhstein gingen weiter. Die sagten, Ofterdingens schnödes Beginnen verdiene schwere Rache und die wollten sie an ihm nehmen, mit dem Schwerdte in der Hand.

So sah nun Heinrich von Ofterdingen seine Meisterschaft in den Staub getreten und selbst sein Leben bedroht. Voller Wuth und Verzweiflung rief er den edelgesinnten Landgrafen Hermann an, sein Leben zu schützen, ja noch mehr, die Entscheidung des Streites über die Meisterschaft des Gesanges dem berühmtesten Sänger der Zeit, dem Meister Klingsohr zu überlassen. „Es ist," sprach der Landgraf, „es ist nunmehr mit Euch und den Meistern so weit gekommen, daß „es noch um anderes gilt als um die Meisterschaft des Gesanges. „Ihr habt in euern wahnsinnigen Liedern mich, Ihr habt die holden „Frauen an meinem Hofe schwer beleidigt. Euer Kampf betrifft also „nicht mehr die Meisterschaft allein, sondern auch meine Ehre, die „Ehre der Damen. Doch soll alles im Wettsingen ausgemacht werden „und ich gestatte es, daß Euer Meister Klingsohr selbst entscheide. „Einer von meinen Meistern, das Loos soll ihn nennen, stellt sich „Euch gegenüber und die Materie, worüber zu singen, möget Ihr „beide dann selbst wählen. — Aber der Henker soll mit entblößtem

„Schwerdte hinter Euch stehen und wer verliert, werde augenblicklich „hingerichtet. — Gehet, — schaffet, daß Meister Klingsohr binnen „Jahresfrist nach der Wartburg komme und den Kampf auf Tod und „Leben entscheide.“ — Heinrich von Ofterdingen machte sich davon und so war zur Zeit die Ruhe auf der Wartburg wieder hergestellt.

Die Lieder, welche die Meister wider Heinrich von Ofterdingen gesungen, waren damals der Krieg von Wartburg geheißen.

Meister Klingsohr kommt nach Eisenach.

Beinahe ein Jahr war verflossen, als die Nachricht nach der Wartburg kam, daß Meister Klingsohr wirklich in Eisenach angelangt und bei dem Bürger, Helgrefe geheißen, vor dem St. Georgenthore eingezogen sey. Die Meister freuten sich nicht wenig, daß nun wirklich der böse Streit mit Heinrich von Ofterdingen geschlichtet werden solle, keiner war aber so voller Ungeduld, den weltberühmten Mann von Angesicht zu Angesicht zu schauen, als Wolfframb von Eschinbach. Mag es seyn, sprach er zu sich selbst, mag es seyn, daß, wie die Leute sagen, Klingsohr bösen Künsten ergeben ist, daß unheimliche Mächte ihm zu Gebote stehen, ja ihm wohl gar geholfen zur Meisterschaft in allem Wissen; aber wächst nicht der edelste Wein auf der verglühten Lava? Was geht es den dürstenden Wanderer an, daß die Trauben, an denen er sich erlabt, aus der Glut der Hölle selbst emporgekeimt sind? So will ich mich an des Meisters tiefer Wissenschaft und Lehre erfreuen, ohne weiter zu forschen und ohne mehr davon zu bewahren, als was ein reines frommes Gemüth in sich zu tragen vermag.

Wolfframb machte sich alsbald auf nach Eisenach. Als er vor das Haus des Bürgers Helgrefe kam, fand er einen Haufen Leute versammelt, die alle sehnsüchtig nach dem Erker hinaufblickten. Er erkannte unter ihnen viele junge Leute als Schüler des Gesanges, die hörten nicht auf, dieses, jenes, von dem berühmten Meister vorzubringen. Der eine hatte die Worte aufgeschrieben, die Klingsohr gesprochen, als er zu Helgrefe eingetreten, der andere wußte genau, was der Meister zu Mittag gespeiset, der dritte behauptete, daß ihn der Meister wirklich angeblickt und gelächelt, weil er ihn als Sänger erkannt am Barett, das er genau so trage wie Klingsohr, der vierte fing sogar ein Lied an, von dem er behauptete, es sey nach Klingsohrs Weise gedichtet. Genug es war ein unruhiges Treiben hin und her. Wolfframb von Eschinbach drang endlich mit Mühe durch und trat ins Haus. Helgrefe hieß ihn freundlich willkommen und lief herauf, um ihn seinem Begehren gemäß bei dem Meister melden zu lassen. Da hieß es aber, der Meister sey im Studiren begriffen und könne jetzt mit niemanden sprechen. In zwei Stunden solle man wiederum anfragen. Wolfframb mußte sich diesen Aufschub gefallen lassen. Nachdem er nach zwei Stunden wieder gekommen und noch eine Stunde gewartet, durfte Helgrefe ihn hinaufführen. Ein seltsam in bunter Seide gekleideter Diener öffnete die Thüre des Gemachs, und Wolfframb trat hinein. Da gewahrte er einen großen stattlichen Mann, in einen langen Talar von dunkelrothem Sammt mit weiten Ermeln, und mit Zobel reich besetzt, gekleidet, der mit langsamen gravitätischen Schritten die Stube entlang hin und her wandelte. Sein Gesicht war beinahe anzusehen, wie die heidnischen Bildner ihren Gott Jupiter darzustellen pflegten, solch ein gebieterischer Ernst lag auf der Stirne, solch drohende Flammen blitzten aus den großen Augen. Um Kinn und Wangen legte sich ein wohlgekräuselter schwarzer Bart und das Haupt bedeckte ein fremdgeformtes Barett oder ein sonderbar verschlungenes Tuch, man konnte das nicht unterscheiden. Der Meister hatte die Arme vor der Brust übereinander geschlagen und sprach mit hellklingender Stimme im Auf- und Abschreiten Worte, die Wolfframb gar nicht verstand. Sich im Zimmer umschauend, das mit Büchern und allerlei wunderlichen Geräthschaften angefüllt war, erblickte Wolfframb in einer Ecke ein kleines kaum drei Fuß hohes altes blasses Männlein, das auf einem hohen Stuhl vor einem Pulte saß und mit einer silbernen Feder auf einem großen Pergamentblatt ämsig alles aufzuschreiben schien, was Meister Klingsohr sprach. Es hatte eine feine Weile gedauert, da fielen endlich des Meisters starre Blicke auf Wolfframb von Eschinbach und mit dem Sprechen inne haltend, blieb er in der Mitte des Zimmers stehen. Wolfframb begrüßte den Meister nun mit anmuthigen Versen im schwarzen Ton. Er sagte, wie er gekommen sey, um sich zu erbauen an Klingsohrs hoher Meisterkunst, und bat, er solle nun ihm antworten im gleichen Ton und so seine Kunst hören lassen. Da maß ihn der Meister mit zornigen Blicken von Kopf bis zu Fuß und sprach dann: Ei, wer seyd Ihr denn, junger Gesell! daß Ihr es wagt, hier so mit Euren albernen Versen hereinzubrechen und mich sogar herauszufordern, als sollt' es ein Wettsingen gelten? Ha! Ihr seyd ja wohl Wolfframb von Eschinbach, der allerungeschickteste, ungelehrteste Laie von allen, die sich dort oben auf der Wartburg Meister des Gesanges nennen? — Nein, mein lieber Knabe, Ihr müßt wohl noch etwas wachsen, ehe Ihr Euch mit mir zu messen Verlangen tragen könnt. Einen solchen Empfang hatte Wolfframb von Eschinbach gar nicht erwartet. Das Blut wallte ihm auf vor Klingsohrs schnöden Worten, er fühlte lebhafter als jemals die ihm inwohnende Kraft, die ihm die Macht des Himmels verliehen. Ernst und fest blickte er dem stolzen Meister ins Auge, und sprach dann: „Ihr thut gar nicht gut, Meister Klingsohr, daß Ihr in solchen bittern, harten Ton fallet, statt mir liebreich und freundlich, wie ich Euch begrüßte, zu antworten. Ich weiß es, daß Ihr mir in aller Wissenschaft und wohl auch in der Kunst des Gesanges weit überlegen seyd, aber das berechtigt Euch nicht zu der eitlen Prahlerei, die Ihr als Eurer unwürdig verachten müßtet. Ich sage es Euch frei heraus, Meister Klingsohr! daß ich nunmehr das glaube, was die Welt von Euch behauptet. Die Macht der Hölle sollt Ihr bezwingen, Umgang mit bösen Geistern sollt Ihr haben, mittelst der unheimlichen Wissenschaften, die Ihr getrieben. Daher soll Eure Meisterschaft kommen, weil Ihr aus der Tiefe die schwarzen Geister ins helle Leben herauf beschworen, vor denen sich der menschliche Geist entsetzt. Und so ist es nur dieses Entsetzen, was Euch den Sieg verschafft, und nicht die tiefe Rührung der Liebe, welche aus dem reinen Gemüth des Sängers strömt in das verwandte Herz, das in süßen Banden gefangen, ihm unterthan wird. Daher seyd Ihr so stolz, wie kein Sänger es seyn kann, der reinen Herzens geblieben." „Hoho," erwiederte Meister Klingsohr, „hoho, junger Gesell, versteigt Euch nicht so hoch! — Was meinen Umgang mit unheimlichen Mächten betrifft, davon schweigt, das versteht Ihr nicht. Daß ich daher meine Meisterschaft des Gesanges dem zu verdanken haben soll, das ist das abgeschmackte Gewäsch einfältiger Kinder. Aber sagt mir doch, woher Euch die Kunst des Gesanges gekommen? Glaubt Ihr, daß ich nicht wüßte, wie zu Siegebrunnen in Schottland Meister Friedebrand Euch einige Bücher borgte, die Ihr undankbar nicht zurückgabt, sondern an Euch behieltet, alle Eure Lieder daraus schöpfend? Hei! — hat mir der Teufel geholfen,

„so half Euch Euer undankbares Herz.“ Wolfframb erschrak beinahe vor diesem häßlichen Vorwurf. Er legte die Hand auf die Brust und sprach: „So wahr mir Gott helfe! — Der Geist der Lüge ist mächtig „in Euch, Meister Klingsohr — wie hätte ich denn meinen hohen „Meister Friedebrandt so schändlich betrügen sollen um seine herrlichen „Schriften. Wißt, Meister Klingsohr, daß ich diese Schriften nur so „lange, wie Friedebrandt es wollte, in Händen hielt, daß er sie dann „von mir wieder nahm. Habt Ihr denn nie Euch aus den Schriften „anderer Meister belehrt?“ „Mag,“ fuhr Meister Klingsohr fort, ohne auf Wolfframbs Rede sonderlich zu achten, „mag dem seyn wie ihm „wolle, woher möget Ihr denn nun Eure Kunst haben? Was berech„tigt Euch, sich mir gleich zu stellen? Wißt Ihr nicht, wie ich zu Rom, „zu Paris, zu Krakau den Studien fleißig obgelegen, wie ich selbst „nach den fernsten Morgenländern gereiset und die Geheimnisse der „weisen Araber erforscht, wie ich dann auf allen Singschulen das „Beste gethan und wider alle, die in den Streit mit mir gegangen, „den Preis errungen, wie ich ein Meister der sieben freien Künste „worden? — Aber Ihr, der Ihr, entfernt von aller Wissenschaft und „Kunst, in dem öden Schweizerlande gehauset, der Ihr ein in aller „Schrift unerfahrener Laie geblieben, wie solltet Ihr denn zur Kunst „des wahren Gesanges kommen?“ Wolfframbs Zorn hatte sich indessen ganz gelegt, welches wohl daher rühren mochte, daß bei Klingsohrs prahlerischen Reden die köstliche Gabe des Gesanges in seinem Innern heller und freudiger hervorleuchtete, wie die Sonnenstrahlen schöner funkeln, wenn sie siegend durch die düstern Wolken brechen, die der wilde Sturm herangejagt. Ein mildes anmuthiges Lächeln hatte sich über sein ganzes Antlitz gelegt, und er sprach mit ruhigem, gefaßtem Ton zu dem zornigen Meister Klingsohr: „Ei, mein lieber „Meister, wohl könnt' ich Euch entgegnen, daß, hab' ich gleich nicht „zu Rom und Paris studirt, suchte ich gleich nicht die weisen Araber „auf, in ihrer eignen Heimath, ich doch nächst meinem hohen Meister „Friedebrandt, dem ich nachzog bis ins tiefe Schottland, noch viele „gar kunstreiche Sänger vernahm, deren Unterricht mir vielen Nutzen „brachte, daß ich an vielen Höfen unserer hohen deutschen Fürsten „gleich Euch den Preis des Gesanges gewann. Ich meine aber, daß „wohl aller Unterricht, alles Vernehmen der höchsten Meister mir gar „nichts geholfen haben würde, wenn die ewige Macht des Himmels

„nicht den Funken in mein Innres gelegt hätte, der in den schönen „Strahlen des Gesanges aufgeglommen, wenn ich nicht mit liebendem „Gemüth alles Falsche und Böse von mir fern gehalten und noch „hielte, wenn ich nicht mich mühte in reiner Begeisterung, nur das „zu singen, was meine Brust mit freudiger, süßer Wehmuth ganz und „gar erfüllt.“

Selbst wußte Wolfframb von Eschinbach nicht wie es geschah, daß er ein herrliches Lied im güldnen Ton begann, das er erst vor Kurzem gedichtet.

Meister Klingsohr ging voller Wuth auf und ab; dann blieb er vor Wolfframb stehen und blickte ihn an, als wolle er ihn durchbohren mit seinen starren, glühenden Augen. Als Wolfframb geendet, legte Klingsohr beide Hände auf Wolfframbs Schultern und sprach sanft und gelassen: „Nun, Wolfframb, weil Ihr es denn nicht anders wollt, so laßt uns um die Wette singen, in allerlei künstlichen Tönen und Weisen. Doch laßt uns anderswohin gehen, das Gemach taugt zu dergleichen nicht und Ihr sollt überdem einen Becher edlen Weins mit mir genießen.

In dem Augenblick stürzte das kleine Männlein, das erst geschrieben, hinab von dem Stuhle und gab bei dem harten Fall auf den Boden einen feinen ächzenden Laut von sich. Klingsohr drehte sich rasch um und stieß mit dem Fuße den Kleinen in den unter dem Pulte befindlichen Schrank, den er verschloß. Wolfframb hörte das Männlein leise weinen und schluchzen. Nun schlug Klingsohr die Bücher zu, welche ringsumher offen herumlagen und jedesmal, wenn ein Deckel niederklappte, ging ein seltsamer schauerlicher Ton, wie ein tiefer Todesseufzer, durch die Zimmer. Wunderliche Wurzeln nahm nun Klingsohr in die Hand, die in dem Augenblick anzusehen waren wie fremde unheimliche Creaturen und mit den Faden und Aesten zappelten, wie mit Armen und Beinen, ja oft zuckte ein kleines verzerrtes Menschengesichtlein hervor, das auf häßliche Weise grinzte und lachte. Und dabei wurd' es in den Schränken ringsumher unruhig und ein großer Vogel schwirrte in irrem Fluge umher, mit goldgleißendem Fittig. Die tiefe Abenddämmerung war eingebrochen, Wolfframb fühlte sich von tiefem Grauen erfaßt. Da nahm Klingsohr aus einer Kapsel einen Stein hervor, der sogleich im ganzen Gemach den hellsten Sonnenglanz verbreitete. Alles wurde still und Wolfframb sah und hörte nichts mehr von dem, was ihm erst Entsetzen erregt.

Zwei Diener, so seltsamlich in bunter Seide gekleidet, wie der, welcher erst die Thüre des Gemachs geöffnet, traten hinein, mit prächtigen Kleidern, die sie dem Meister Klingsohr anlegten.

Beide, Meister Klingsohr und Wolfframb von Eschinbach gingen nun zusammen nach dem Rathskeller.

Sie hatten auf Versöhnung und Freundschaft getrunken und sangen nun wider einander in den verschiedensten künstlichsten Weisen. Kein Meister war zugegen, der hätte entscheiden können, wer den andern besieget, aber jeder würde den Klingsohr für überwunden gehalten haben, denn so sehr er sich in großer Kunst, in mächtigem Verstande mühte, niemals konnte er nur im mindesten die Stärke und Anmuth der einfachen Lieder erreichen, welche Wolfframb von Eschinbach vorbrachte.

Wolfframb hatte eben ein gar herrliches Lied geendet, als Meister Klingsohr zurückgelehnt in den Polsterstuhl, den Blick niedergeschlagen, mit gedämpfter düstrer Stimme sprach: „Ihr habt mich vorhin über„müthig und prahlerisch genannt, Meister Wolfframb, aber sehr würdet „Ihr irren, wenn Ihr etwa glaubtet, daß mein Blick, verblendet durch „einfältige Eitelkeit, nicht sollte die wahre Kunst des Gesanges er„kennen können, ich möge sie nun antreffen in der Wildniß, oder in „dem Meistersaal. Keiner ist hier, der zwischen uns richten könnte, „aber ich sage Euch, Ihr habt mich überwunden, Meister Wolfframb, „und daß ich Euch das sage, daran möget Ihr auch die Wahrhaftig„keit meiner Kunst erkennen.“ „Ei, mein lieber Meister Klingsohr,“ erwiederte Wolfframb von Eschinbach, „wohl mocht' es seyn, daß eine „besondere Freudigkeit, die in meiner Brust aufgegangen, meine Lie„der mir heute besser gelingen ließ, als sonst, aber ferne sey es von „mir, daß ich mich deshalb über Euch stellen sollte. Vielleicht war „heute Euer Inneres verschlossen. Pflegt es denn nicht zu geschehen, „daß manchmal eine drückende Last auf einem ruht, wie ein düstrer „Nebel auf heller Wiese, vor dem die Blumen nicht vermögen, ihre „glänzenden Häupter zu erheben. Aber erklärt Ihr Euch heute auch „für überwunden, so habe ich doch in Euern schönen Liedern gar „Herrliches vernommen und es kann seyn, daß morgen Ihr den „Sieg erringet.“

Meister Klingsohr sprach: „Wozu hilft Euch Eure fromme Bescheidenheit!" sprang dann schnell vom Stuhle auf, stellte sich, den Rücken Wolfframb zugekehrt, unter das hohe Fenster und schaute schweigend in die bleichen Mondesstrahlen, die aus der Höhe hinabfielen.

Das hatte wohl einige Minuten gedauert, da drehte er sich um, ging auf Wolfframb los und sprach, indem ihm die Augen vor Zorn funkelten, mit starker Stimme: „Ihr habt Recht, Wolfframb von „Eschinbach, über finstre Mächte gebietet meine Wissenschaft, unser in„neres Wesen muß uns entzweien. Mich habt Ihr überwunden, aber „in der Nacht, die dieser folgt, will ich Euch einen schicken, der Na„sias geheißen. Mit dem beginnt ein Wettsingen und seht Euch vor, „daß der Euch nicht überwinde."

Damit stürmte Meister Klingsohr fort zur Thüre des Rathskellers hinaus.

Nasias kommt in der Nacht zu Wolfframb von Eschinbach.

Wolfframb wohnte in Eisenach dem Brothause gegen über, bei einem Bürger, Gottschalk geheißen. Das war ein freundlicher, frommer Mann, der seinen Gast hoch in Ehren hielt. Es mochte wohl seyn, daß, unerachtet Klingsohr und Eschinbach auf dem Rathskeller sich einsam und unbelauscht geglaubt, doch manche, vielleicht von jenen jungen Schülern des Gesanges, die dem berühmten Meister auf Schritt und Tritt folgten und jedes Wort, das von seinen Lippen kam, zu erhaschen suchten, Mittel gefunden hatten, das Wettsingen der Meister zu erhorchen. Durch ganz Eisenach war das Gerücht gedrungen, wie Wolfframb von Eschinbach den großen Meister Klingsohr im Gesange besieget, und so hatte auch Gottschalk es erfahren. Voller Freude lief er herauf zu seinem Gast und fragte, wie das nur habe geschehen können, daß sich der stolze Meister auf dem Rathskeller in ein Wettsingen eingelassen? Wolfframb erzählte getreulich, wie sich alles begeben und verschwieg nicht, wie Meister Klingsohr gedroht, ihm in der Nacht einen auf den Hals zu schicken, der Nasias geheißen und mit dem er um die Wette singen solle. Da erblaßte Gottschalk vor Schreck, schlug die Hände zusammen und rief mit wehmüthiger Stimme: „Ach du Gott im Himmel, wißt Ihr's denn nicht, lieber Herr, daß „es Meister Klingsohr mit bösen Geistern zu thun hat, die ihm „unterthan sind und seinen Willen thun müssen. Helgrefe, bei dem

„Meister Klingsohr Wohnung genommen, hat seinen Nachbarsleuten „die wunderlichsten Dinge von seinem Treiben erzählt. Zur Nachtzeit „soll es oft seyn, als wäre eine große Gesellschaft versammelt, obschon „man niemand gehen sehen, und dann beginne ein seltsames Singen „und tolles Wirthschaften und blendendes Licht strahle durch die Fenster! „Ach, vielleicht ist dieser Nasias, mit dem er Euch bedroht, der böse „Feind selbst, der Euch ins Verderben stürzen wird! — Zieht fort, „lieber Herr, wartet den bedrohlichen Besuch nicht ab; ja ich beschwöre „Euch: zieht fort." — „Ei," erwiederte Wolfframb von Eschinbach, „ei, lieber Hauswirth Gottschalk, wie sollt' ich denn scheu dem mir „gebotenen Wettsingen ausweichen, das wäre ja gar nicht Meister„sängers Art. Mag nun Nasias ein böser Geist seyn oder nicht, ich „erwarte ihn ruhig. Vielleicht übertönt er mich mit allerlei Acheron„tischen Liedern, aber vergebens wird er versuchen, meinen frommen „Sinn zu bethören und meiner unsterblichen Seele zu schaden." „Ich „weiß es schon," sprach Gottschalk, „ich weiß es schon, Ihr seyd ein „gar muthiger Herr, der eben den Teufel selbst nicht fürchtet. Wollt „Ihr denn nun durchaus hier bleiben, so erlaubt wenigstens, daß „künftige Nacht mein Knecht Jonas bei Euch bleibe. Das ist ein „tüchtiger frommer Mensch mit breiten Schultern, dem das Singen „durchaus nicht schadet. Solltet Ihr nun etwa vor dem Teufels„geplerre schwach und ohnmächtig werden, und Nasias Euch was „anhaben wollen, so soll Jonas ein Geschrei erheben und wir rücken „dann an mit Weihwasser und geweihten Kerzen. Auch soll der Teufel „den Geruch von Bisam nicht vertragen können, den in einem Säck„chen ein Capuziner auf der Brust getragen. Den will ich ebenfalls „in Bereitschaft halten, und sobald Jonas geschrien, dermaßen räu„chern, daß dem Meister Nasias im Singen der Athem vergehn soll." Wolfframb von Eschinbach lächelte über seines Hauswirths gutmüthige Besorglichkeit, und meinte, er sey nun einmal auf Alles gefaßt und wolle es schon mit dem Nasias aufnehmen. Jonas, der fromme Mensch mit breiten Schultern und gewappnet gegen alles Singen möge aber immerhin bei ihm bleiben. Die verhängnißvolle Nacht war hereingebrochen. Noch blieb alles still. Da schwirrten und dröhnten die Gewichte der Kirchuhr, es schlug zwölfe. Ein Windstoß brauste durch das Haus, häßliche Stimmen heulten durcheinander und ein wildes krächzendes Angstgeschrei, wie von verscheuchten Nachtvögeln, fuhr auf.

Wolfframb von Eschinbach hatte allerlei schönen frommen Dichtergedanken Raum gegeben und des bösen Besuchs beinahe vergessen. Jetzt rannen doch Eisschauer durch sein Inneres, er faßte sich aber mit Macht zusammen und trat in die Mitte des Gemachs. Mit einem gewaltigen Schlage, von dem das ganze Haus erdröhnte, sprang die Thüre auf und eine große, von rothem Feuerglanze umflossene Gestalt, stand vor ihm und schaute ihn an mit glühenden, tückischen Augen. Die Gestalt war von solch greulichem Ansehen, daß wohl manchem andern aller Muth entflohen, ja daß er, von wildem Entsetzen erfaßt, zu Boden gesunken, doch Wolfframb hielt sich aufrecht und fragte mit ernstem, nachdrücklichen Ton: „Was habt Ihr des „Orts zu thun oder zu suchen?" Da rief die Gestalt mit widrig gellender Stimme: „Ich bin Nasias und gekommen, mit Euch zu gehen „in den Kampf der Sängerkunst." Nasias schlug den großen Mantel auseinander und Wolfframb gewahrte, daß er unter den Armen eine Menge Bücher trug, die er nun auf den Tisch fallen ließ, der ihm zur Seite stand. Nasias fing auch alsbald ein wunderliches Lied an, von den sieben Planeten und von der himmlischen Sphären Musik, wie sie in dem Traum des Scipio beschrieben, und wechselte mit den künstlichsten seltsamsten Weisen. Wolfframb hatte sich in seinen großen Polsterstuhl gesetzt, und hörte ruhig mit niedergeschlagenen Blicken alles an, was Nasias vorbrachte. Als der nun sein Lied endlich geschlossen, begann Eschinbach eine schöne fromme Weise, von geistlichen Dingen. Da sprang Nasias hin und her und wollte dazwischen plerren und mit den schweren Büchern, die er mitgebracht, nach dem Sänger werfen, aber je heller und mächtiger Wolfframbs Lied wurde, desto mehr verblaßte Nasias Feuerglanz, desto mehr schrumpfte seine Gestalt zusammen, so daß er zuletzt eine Spanne lang mit seinem rothen Mäntelchen und der dicken Halskrause an den Schränken auf- und abkletterte, widrig quäkend und miauend. Wolfframb, nachdem er geendet, wollte ihn ergreifen, da schoß er aber plötzlich auf, so hoch wie er zuvor gewesen, und hauchte zischende Feuerflammen um sich her. „Hei, hei," rief Nasias dann mit hohler entsetzlicher Stimme, „hei, hei! spaße nicht mit mir, Geselle! — Ein guter Theologe magst „du seyn und dich wohl verstehen auf die Spitzfindigkeiten und Lehren „Eures dicken Buchs, aber darum bist du noch kein Sänger, der sich „messen kann mit mir und meinem Meister. Laßt uns ein schönes

„Liebeslied singen und du magst dich dann vorsehen mit deiner Meister-„schaft." Nasias begann nun ein Lied von der schönen Helena und von den überschwenglichen Freuden des Venusberges. In der That klang das Lied gar verlockend und es war als wenn die Flammen, die Nasias um sich sprühte, zu lüsterne Begierde und Liebeslust athmenden Düften würden, in denen die süßen Töne auf und nieder wogten, wie gaukelnde Liebesgötter. So wie die vorigen Lieder, hörte Wolfframb auch dieses ruhig mit niedergesenktem Blicke an. Aber bald war es ihm, als wandle er in den düstern Gängen eines lieblichen Gartens und die holden Töne einer herrlichen Musik schlüpften über die Blumenbeete hin und brächen wie flimmerndes Morgenroth durch das dunkle Laub, und das Lied des Bösen versinke in Nacht vor ihnen, wie der scheue Nachtvogel sich krächzend hinabstürzt in die tiefe Schlucht vor dem siegenden Tage. Und als die Töne heller und heller strahlten, bebte ihm die Brust vor süßer Ahnung und unaussprechlicher Sehnsucht. Da trat sie, sein einziges Leben, in vollem Glanz aller Schönheit und Holdseligkeit hervor aus dem dichten Gebüsch, und in tausend Liebesseufzern die herrlichste Frau grüßend, rauschten die Blätter und plätscherten die blanken Springbrunnen. Wie auf den Fittigen eines schönen Schwans, schwebte sie daher auf den Flügeln des Gesanges, und so wie ihr Himmelsblick ihn traf, war alle Seligkeit der reinsten, frömmsten Liebe entzündet in seinem Innern. Vergebens rang er nach Worten, nach Tönen. So wie sie verschwunden, warf er sich voll des seligsten Entzückens hin auf den bunten Rasen. Er rief ihren Namen in die Lüfte hinein, er umschlang in heißer Sehnsucht die hohen Lilien, er küßte die Rosen auf den glühenden Mund und alle Blumen verstanden sein Glück und der Morgenwind, die Quellen, die Büsche sprachen mit ihm von der unnennbaren Lust frommer Liebe! — So gedachte Wolfframb, während daß Nasias fortfuhr mit seinen eitlen Liebesliedern, jenes Augenblicks, als er die Dame Mathilde zum erstenmal erblickte in dem Garten auf der Wartburg, sie selbst stand vor ihm in der Holdseligkeit und Anmuth wie damals, sie blickte ihn an wie damals, so fromm und liebend. Wolfframb hatte nichts vernommen von dem Gesange des Bösen; als dieser aber nun schwieg, begann Wolfframb ein Lied, das in den herrlichsten, gewaltigsten Tönen die Himmelsseligkeit der reinen Liebe des frommen Sängers pries.

Unruhiger und unruhiger wurde der Böse, bis er endlich auf garstige Weise zu meckern und herumzuspringen und im Gemach allerlei Unfug zu treiben begann. Da stand Wolfframb auf von seinem Polsterstuhl und befahl dem Bösen, in Christus und der Heiligen Namen, sich davon zu packen. Nasias, heftige Flammen um sich sprühend, raffte seine Bücher zusammen, und rief mit höhnischem Gelächter: „Schnib, Schnab, was bist du mehr denn ein grober Laie, darum „gieb nur Klingsohr die Meisterschaft!" — Wie der Sturm brauste er fort und ein erstickender Schwefeldampf erfüllte das Gemach.

Wolfframb öffnete die Fenster, die frische Morgenluft strömte hinein und vertilgte die Spur des Bösen. Jonas fuhr auf aus dem tiefen Schlafe, in den er versunken, und wunderte sich nicht wenig, als er vernahm, daß schon alles vorüber. Er rief seinen Herrn herbei. Wolfframb erzählte, wie sich alles begeben und hatte Gottschalk den edlen Wolfframb schon zuvor hoch verehrt, so erschien er ihm jetzt wie ein Heiliger, dessen fromme Weihe die verderblichen Mächte der Hölle besiege. Als nun Gottschalk in dem Gemach zufällig den Blick in die Höhe richtete, da wurde er zu seiner Bestürzung gewahr, daß hoch über der Thüre in feuriger Schrift die Worte standen: Schnib, Schnab, was bist du mehr denn ein grober Laie, darum gieb nur Klingsohr die Meisterschaft!

So hatte der Böse im Verschwinden die letzten Worte, die er gesprochen, hingeschrieben, wie eine Herausforderung auf ewige Zeiten. „Keine ruhige Stunde," rief Gottschalk, „keine ruhige Stunde kann „ich hier verleben, in meinem eignen Hause, so lange die abscheuliche „Teufelsschrift, meinen lieben Herrn Wolfframb von Eschinbach ver„höhnend, dort an der Wand fortbrennt. Er lief auch straks zu Maurern, die die Schrift übertünchen sollten. Das war aber ein eitles Mühen. Eines Fingers dick strichen sie den Kalk über und doch kam die Schrift wieder zum Vorschein, ja, als sie endlich den Mörtel wegschlugen, brannte die Schrift doch wiederum hervor aus den rothen Ziegelsteinen. Gottschalk jammerte sehr und bat Herrn Wolfframb, er möge doch durch ein tüchtiges Lied den Nasias zwingen, daß er selbst die abscheulichen Worte weglösche. Wolfframb sprach lächelnd, daß das vielleicht nicht in seiner Macht stehen möge, Gottschalk solle indessen nur ruhig seyn, da die Schrift, wenn er Eisenach verlasse, vielleicht von selbst verschwinden werde.

Es war hoher Mittag, als Wolfframb von Eschinbach frohen Muthes und voll lebendiger Heiterkeit, wie einer, der den herrlichsten Hoffnungsschimmern entgegenziehet, Eisenach verließ. Unfern der Stadt kamen ihm in glänzenden Kleidern, auf schön geschmückten Rossen, begleitet von vieler Dienerschaft, der Graf Meinhard zu Mühlberg und der Schenk Walther von Vargel entgegen. Wolfframb von Eschinbach begrüßte sie und erfuhr, daß der Landgraf Hermann sie nach Eisenach sende, um den berühmten Meister Klingsohr feierlich abzuholen und zu geleiten nach der Wartburg. Klingsohr hatte zur Nachtzeit sich auf einen hohen Erker in Helgrefens Hause begeben und mit großer Mühe und Sorgfalt die Sterne beobachtet. Als er nun seine astrologischen Linien zog, bemerkten ein paar Schüler der Astrologie, die sich zu ihm gefunden, an seinem seltsamen Blick, an seinem ganzen Wesen, daß irgend ein wichtiges Geheimniß, welches er in den Sternen gelesen, in seiner Seele liege. Sie trugen keine Scheu, ihn darum zu befragen. Da stand Klingsohr auf von seinem Sitze und sprach mit feierlicher Stimme: Wisset, daß in dieser Nacht dem Könige von Ungarn, Andreas dem zweiten, ein Töchterlein geboren wurde. Die wird aber Elisabeth heißen und ob ihrer Frömmigkeit und Tugend heilig gesprochen werden in künftiger Zeit von dem Papst Gregor dem Neunten. Und die heilige Elisabeth ist erkoren zum Weibe Ludwigs, des Sohnes Eures Herrn Landgrafen Hermann!

Diese Prophezeihung wurde sogleich dem Landgrafen hinterbracht, der darüber tief bis in das Herz hinein erfreut war. Er änderte auch seine Gesinnung gegen den berühmten Meister, dessen geheimnißvolle Wissenschaft ihm einen solchen schönen Hoffnungsstern aufgehen lassen, und beschloß, ihn mit allem Prunk, als sey er ein Fürst und hoher Herr, nach der Wartburg geleiten zu lassen.

Wolfframb meinte, daß nun wohl gar darüber die Entscheidung des Sängerkampfes auf Tod und Leben unterbleiben werde, zumal Heinrich von Ofterdingen sich noch gar nicht gemeldet. Die Ritter versicherten dagegen, daß der Landgraf schon Nachricht erhalten, wie Heinrich von Ofterdingen angekommen. Der innere Burghof werde zum Kampfplatz eingerichtet und der Scharfrichter Stempel aus Eisenach sey auch schon nach der Wartburg beschieden.

Meister Klingsohr verläßt die Wartburg. Entscheidung des Dichterkampfes.

In einem schönen hohen Gemach auf der Wartburg saßen Landgraf Hermann und Meister Klingsohr im traulichen Gespräch beisammen, Klingsohr versicherte nochmals, daß er die Constellation der vorigen Nacht in die Elisabeths Geburt getreten, ganz und gar erschaut und schloß mit dem Rath, daß Landgraf Hermann sofort eine Gesandtschaft an den König von Ungarn abschicken und für seinen eilfjährigen Sohn Ludwig um die neugeborne Prinzessin werben lassen solle. Dem Landgrafen gefiel dieser Rath sehr wohl, und als er nun des Meisters Wissenschaft rühmte, begann dieser von den Geheimnissen der Natur, von dem Mikrokosmus und Makrokosmus so gelehrt und herrlich zu sprechen, daß der Landgraf, selbst nicht ganz unerfahren in dergleichen Dingen, erfüllt wurde von der tiefsten Bewunderung. „Ei," sprach der Landgraf, „ei, Meister Klingsohr, ich möchte beständig Eures lehrreichen Umgangs genießen. Verlaßt das unwirthbare „Siebenbürgen und zieht an meinen Hof, an dem, wie Ihr es einräumen werdet, Wissenschaft und Kunst höher geachtet werden, als „irgendwo. Die Meister des Gesanges werden Euch aufnehmen wie „ihren Herrn, denn wohl möget Ihr in dieser Kunst eben so reich „begabt seyn, als in der Astrologie und andern tiefen Wissenschaften. „Also bleibt immer hier und gedenkt nicht zurückzukehren nach Siebenbürgen." „Erlaubt," erwiederte Meister Klingsohr, „erlaubt, „mein hoher Fürst, daß ich noch in dieser Stunde zurückkehren darf „nach Eisenach und dann weiter nach Siebenbürgen. Nicht so unwirthbar ist das Land, als Ihr es glauben möget, und dann meinen „Studien so recht gelegen. Bedenkt auch weiter, daß ich unmöglich „meinem Könige Andreas dem zweiten zu nahe treten darf, von dem „ich ob meiner Bergwerkskunde, die ihm schon manchen an den edelsten Metallen reichen Schacht aufgethan, einen Jahrgehalt von dreitausend Mark Silber genieße, und also lebe in der sorgenlosen Ruhe, „die allein Kunst und Wissenschaft gedeihen läßt. Hier würde es „nun, sollt' ich auch wohl jenen Jahrgehalt entbehren können, nichts „als Zank und Streit geben mit Euern Meistern. Meine Kunst beruht auf andern Grundfesten, als die ihrige, und will sich nun auch „dann ganz anders gestalten von innen und außen. Mag es doch

„seyn, daß ihr frommer Sinn und ihr reiches Gemüth (wie sie es „nennen) ihnen genug ist zum Dichten ihrer Lieder, und daß sie sich „wie furchtsame Kinder nicht hinauswagen wollen in ein fremdes „Gebiet, ich will sie darum gar nicht eben verachten, aber mich in „ihre Reihe zu stellen, das bleibt unmöglich." „So werdet Ihr," sprach der Landgraf, „doch noch dem Streit, der sich zwischen Euerm „Schüler Heinrich von Ofterdingen und den andern Meistern ent„sponnen, als Schiedsrichter beiwohnen?" „Mit nichten," erwiederte Klingsohr, „wie könnt' ich denn das, und wenn ich es auch könnte, „so würde ich es doch nie wollen. Ihr selbst, mein hoher Fürst, ent„scheidet den Streit, indem Ihr nur die Stimme des Volks bestätigt, „die gewißlich laut werden wird. Nennt aber Heinrich von Ofter„dingen nicht meinen Schüler. Es schien, als wenn er Muth und „Kraft hätte, aber nur an der bittern Schaale nagte er, ohne die „Süßigkeit des Kerns zu schmecken! — Nun! — bestimmt getrost den „Tag des Kampfs, ich werde dafür sorgen, daß Heinrich von Ofter„dingen sich pünktlich gestelle."

Die dringendsten Bitten des Landgrafen vermochten nichts über den störrischen Meister. Er blieb bei seinen Entschlüssen, und verließ, vom Landgrafen reichlich beschenkt, die Wartburg.

Der verhängnißvolle Tag, an dem der Kampf der Sänger beginnen und enden sollte, war gekommen. In dem Burghofe hatte man Schranken gebauet, beinahe als sollte es ein Turnier geben. Mitten im Kreise befanden sich zwei schwarz behängte Sitze für die kämpfenden Sänger, hinter denselben war ein hohes Schaffot errichtet. Der Landgraf hatte zwei edle, des Gesanges kundige Herren vom Hofe, die den Meister Klingsohr nach der Wartburg geleiteten, den Grafen Meinhard zu Mühlberg und den Schenken Walther von Vargel, zu Schiedsrichtern erwählt. Für diese und den Landgrafen war den Kämpfenden gegenüber ein hohes reichbehängtes Gerüst errichtet, dem sich die Sitze der Damen und der übrigen Zuschauer anschlossen. Nur den Meistern war, den kämpfenden Sängern und dem Schaffot zur Seite, eine besondere schwarz behängte Bank bestimmt.

Tausende von Zuschauern hatten die Plätze gefüllt, aus allen Fenstern der Wartburg, ja von den Dächern guckte die neugierige Menge herab. Unter dem dumpfen Schall gedämpfter Pauken und Trompeten kam der Landgraf von den Schiedsrichtern begleitet aus dem Thor der Burg und bestieg das Gerüst. Die Meister in feierlichem Zuge, Walther von der Vogelweid an der Spitze, nahmen die für sie bestimmte Bank ein. Auf dem Schaffott stand mit zween Knechten der Scharfrichter aus Eisenach, Stempel, ein riesenhafter Kerl von wildem trotzigen Ansehen, in einen weiten blutrothen Mantel gewickelt, aus dessen Falten der funkelnde Griff eines ungeheuren Schwerdts hervorblickte. Vor dem Schaffot nahm Pater Leonhard Platz, des Landgrafen Beichtiger, gesendet, um dem Besiegten beizustehen in der Todesstunde.

Ein ahnungsbanges Schweigen, in dem jeder Seufzer hörbar, ruhte auf der versammelten Menge. Man erwartete mit innerem Entsetzen das Unerhörte, das sich nun begeben sollte. Da trat, mit den Zeichen seiner Würde angethan, des Landgrafen Marschall Herr Franz von Waldstromer, hinein in den Kreis und verlas nochmals die Ursache des Streits und das unwiderrufliche Gebot des Landgrafen Hermann, nach welchem der im Gesange besiegte hingerichtet werden solle mit dem Schwerdt. Pater Leonhard erhob das Cruzifix und alle Meister, vor ihrer Bank mit entblößten Häuptern knieend, schworen, sich willig und freudig zu unterwerfen dem Gebot des Landgrafen Hermann. Sodann schwang der Scharfrichter Stempel das breite blitzfunkelnde Schwerdt dreimal durch die Lüfte und rief mit dröhnender Stimme: Er wolle den, der ihm in die Hand gegeben, richten nach bestem Wissen und Gewissen. Nun erschallten die Trompeten, Herr Franz von Waldstromer trat in die Mitte des Kreises und rief dreimal stark und nachdrücklich: Heinrich von Ofterdingen — Heinrich von Ofterdingen — Heinrich von Ofterdingen! —

Und als habe Heinrich unbemerkt dicht an den Schranken auf das Verhallen des letzten Rufs gewartet, so stand er plötzlich bei dem Marschall in der Mitte des Kreises. Er verneigte sich vor dem Landgrafen und sprach mit festem Ton, er sey gekommen nach dem Willen des Landgrafen in den Kampf zu gehen mit dem Meister, der sich gegenüberstellen werde, und wolle sich unterwerfen dem Urtheil der erwählten Schiedsrichter. Darauf trat der Marschall vor die Meister hin mit einem silbernen Gefäß, aus dem jeder ein Loos ziehen mußte. So wie Wolfframb von Eschinbach sein Loos entwickelte, fand er das Zeichen des Meisters, der zum Kampf bestimmt seyn sollte. Todesschrecken wollte ihn übermannen, als er gedachte, wie er nun gegen den Freund kämpfen sollte, doch bald war es ihm, als sey es ja eben die gnadenreiche Macht des Himmels, die ihn zum Kämpfer erwählt. Besiegt würde er ja gerne sterben, als Sieger aber auch eher selbst in den Tod gehen, als zugeben, daß Heinrich von Ofterdingen unter der Hand des Henkers sterben solle. Freudig mit heitrem Antlitz begab er sich auf den Platz. Als er nun dem Freunde gegenüber saß und ihm ins Antlitz schaute, befiel ihn ein seltsames Grauen. Er sah des Freundes Züge, aber aus dem leichenblassen Gesicht funkelten unheimlich glühende Augen ihn an, er mußte an Nasias denken.

Heinrich von Ofterdingen begann seine Lieder und Wolfframb wollte sich beinahe entsetzen, als er dasselbe vernahm, was Nasias in jener verhängnißvollen Nacht gesungen. Er faßte sich jedoch mit Gewalt zusammen und antwortete seinem Gegner mit einem hochherrlichen Liede, daß der Jubel von tausend Zungen in die Lüfte emportönte und das Volk ihm schon den Sieg zuerkennen wollte. Auf den Befehl des Landgrafen mußte jedoch Heinrich von Ofterdingen weiter singen. Heinrich begann nun Lieder, die in den wunderlichsten Weisen solche Lust des Lebens athmeten, daß, wie von dem glutvollen Blütenhauch der Gewächse des fernen Indiens berührt, alle in süße Betäubung versanken. Selbst Wolfframb von Eschinbach fühlte sich entrückt in ein fremdes Gebiet, er konnte sich nicht auf seine Lieder, nicht mehr auf sich selbst besinnen. In dem Augenblick entstand am Eingange des Kreises ein Geräusch, die Zuschauer wichen auseinander. Wolfframb durchbebte ein electrischer Schlag, er erwachte aus dem träumerischen Hinbrüten, er blickte hin, und o Himmel: eben schritt die Dame Mathilde in aller Holdseligkeit und Anmuth, wie zu jener Zeit, als er sie zum erstenmale im Garten auf der Wartburg sah, in den Kreis. Sie warf den seelenvollsten Blick der innigsten Liebe auf ihn. Da schwang sich die Lust des Himmels, das glühendste Entzücken jubelnd empor in demselben Liede, womit er in jener Nacht den Bösen bezwungen. Das Volk erkannte ihm mit stürmischem Getöse den Sieg zu. Der Landgraf erhob sich mit den Schiedsrichtern. Trompeten ertönten, der Marschall nahm den Kranz aus den Händen des Landgrafen, um ihn dem Sänger zu bringen. Stempel rüstete sich sein Amt zu verrichten, aber die Schergen, die den Besiegten fassen wollten, griffen in eine schwarze Rauchwolke, die sich brausend und zischend erhob und schnell in den Lüften verdampfte. Heinrich von

Ofterdingen war verschwunden auf unbegreifliche Weise. Verwirrt, Entsetzen auf den bleichen Gesichtern, lief alles durcheinander; man sprach von Teufelsgestalten, von bösem Spuk. Der Landgraf versammelte aber die Meister um sich und redete also zu ihnen: „Ich „verstehe wohl jetzt, was Meister Klingsohr eigentlich gemeint hat, „wenn er so seltsam und wunderlich über den Kampf der Sänger „sprach und durchaus nicht selbst entscheiden wollte, und mag es ihm „wohl Dank wissen, daß sich alles so fügte. Ist es nun Heinrich „von Ofterdingen selbst gewesen, der sich in den Kampf stellte, oder „einer, den Klingsohr sandte, statt des Schülers, das gilt gleich. Der „Kampf ist entschieden, Euch zu Gunsten, ihr meine wackeren Meister, „und laßt uns nun in Ruhe und Einigkeit die herrliche Kunst des „Gesanges ehren und nach Kräften fördern!“ —

Einige Diener des Landgrafen, die die Burgwacht gehabt, sagten aus, wie zur selben Stunde, als Wolfframb von Eschinbach den vermeintlichen Heinrich von Ofterdingen besiegt hatte, eine Gestalt, beinahe anzusehen wie Meister Klingsohr, auf einem schwarzen schnaubenden Rosse durch die Burgpforten davon gesprengt sey.

Beschluß.

Die Gräfin Mathilde hatte sich indessen nach dem Garten der Wartburg begeben und Wolfframb von Eschinbach war ihr dahin nachgefolgt.

Als er sie nun fand, wie sie unter schönen blühenden Bäumen auf einer blumigen Rasenbank saß, die Hände auf den Schooß gefaltet, das schöne Haupt in Schwermuth niedergesenkt zur Erde, da warf er sich der holden Frau zu Füßen, keines Wortes mächtig. Mathilde umfing voll sehnsüchtigen Verlangens den Geliebten. Beide vergossen heiße Thränen vor süßer Wehmuth, vor Liebesschmerz. „Ach Wolff„ramb,“ sprach Mathilde endlich, „ach Wolfframb, welch ein böser „Traum hat mich berückt, wie habe ich mich, ein unbedachtsames ver„blendetes Kind, hingegeben dem Bösen, der mir nachstellte? Wie habe „ich mich gegen Dich vergangen! Wirst du mir denn verzeihen können!“

Wolfframb schloß Mathilden in seine Arme und drückte zum erstenmal brennende Küsse auf den süßen Rosenmund der holdseligsten Frau. Er versicherte, wie sie fortwährend in seinem Herzen gelebt, wie er der bösen Macht zum Trotz ihr treu geblieben, wie nur sie allein, die

Dame seiner Gedanken, ihn zu dem Liede begeistert, vor dem der Böse gewichen. „O,“ sprach Mathilde, „o mein Geliebter, laß es Dir nur „sagen, auf welche wunderbare Weise Du mich errettet hast aus den „bösen Schlingen, die mir gelegt. In einer Nacht, nur kurze Zeit ist „darüber verstrichen, umfingen mich seltsame, grauenvolle Bilder. Selbst „wußt' ich nicht, war es Lust oder Quaal, was meine Brust so ge„waltsam zusammenpreßte, daß ich kaum zu athmen vermochte. Von „unwiderstehlichem Drange getrieben, fing ich an, ein Lied aufzuschrei„ben, ganz nach der Art meines unheimlichen Meisters, aber da be„täubte ein wunderliches halb wohllautendes, halb widrigklingendes „Getön meine Sinne und es war, als habe ich statt des Liedes die „schauerliche Formel aufgeschrieben, deren Bann die finstre Macht ge„horchen müsse. Eine wilde entsetzliche Gestalt stieg auf, umfaßte „mich mit glühenden Armen und wollte mich hinabreißen in den schwar„zen Abgrund. Doch plötzlich leuchtete ein Lied durch die Finsterniß, „dessen Töne funkelten wie milder Sternenschimmer. Die finstre Ge„stalt hatte ohnmächtig von mir ablassen müssen, jetzt streckte sie aufs „neue grimmig die glühenden Arme nach mir aus, aber nicht mich, „nur das Lied, das ich gedichtet, konnte sie erfassen und damit stürzte „sie sich kreischend in den Abgrund. Dein Lied war es, das Lied, das „Du heute sangst, das Lied, vor dem der Böse weichen mußte, war „es, was mich rettete. Nun bin ich ganz dein, meine Lieder sind nur „die treue Liebe zu Dir, deren überschwengliche Seligkeit keine Worte „zu verkünden vermögen!“ — Aufs neue sanken sich die Liebenden in die Arme und konnten nicht aufhören von der überstandnen Quaal, von dem süßen Augenblick des Wiederfindens zu reden.

Mathilde hatte aber in derselben Nacht, in welcher Wolfframb den Nasias völlig überwand, im Traum das Lied deutlich gehört und verstanden, welches Wolfframb damals in der höchsten Begeisterung der innigsten frömmsten Liebe sang, und dann auf der Wartburg im Kampf seinen Gegner besiegend wiederholte. —

Wolfframb von Eschinbach saß zur späten Abendzeit einsam, auf neue Lieder sinnend, in seinem Gemach. Da trat sein Hauswirth „Gottschalk zu ihm hinein und rief freudig: „O mein edler, würdi„ger Herr, wie habt Ihr mit Eurer hohen Kunst doch den Bösen be„siegt. Verlöscht von selbst sind die häßlichen Worte in Eurem Ge„mach. Tausend Dank sey Euch gezollt. — Aber hier trage ich etwas

„für Euch bei mir, das in meinem Hause abgegeben worden zur wei-
„teren Förderung.“ Damit überreichte Gottschalk ihm einen zusammengefalteten, mit Wachs wohlversiegelten Brief.

Wolfframb von Eschinbach schlug den Brief auseinander. Er war von Heinrich von Ofterdingen und lautete also:

„Ich begrüße Dich, mein herzlicher Wolfframb! wie einer, der
„von der bösen Krankheit genesen ist, die ihm den schmerzlichsten Tod
„drohte. Es ist mir viel seltsames begegnet, doch — laß mich schwei-
„gen über die Unbill einer Zeit, die hinter mir liegt wie ein dunkles,
„undurchdringliches Geheimniß. Du wirst noch der Worte gedenken,
„die Du sprachst, als ich mich voll thörichten Uebermuths der innern
„Kraft rühmte, die mich über Dich, über alle Meister erhöbe. Du
„sagtest damals, vielleicht würde ich mich plötzlich an dem Rande ei-
„nes tiefen bodenlosen Abgrunds befinden, preisgegeben den Wirbeln
„des Schwindels und dem Absturz nahe; dann würdest Du festen
„Muthes hinter mir stehen, und mich festhalten mit starken Armen.
„Wolfframb! es ist geschehen, was deine ahnende Seele damals weis-
„sagte. An dem Rande des Abgrundes stand ich und du hieltst mich
„fest, als schon verderbliche Schwindel mich betäubten. Dein schöner
„Sieg ist es, der, indem er Deinen Gegner vernichtete, mich dem fro-
„hen Leben wiedergab. Ja mein Wolfframb! vor Deinem Liede san-
„ken die mächtigen Schleier, die mich umhüllten, und ich schaute wieder
„zum heitern Himmel empor. Muß ich Dich denn deßhalb nicht dop-
„pelt lieben? — Du hast den Klingsohr als hohen Meister erkannt.
„Er ist es; aber wehe dem, der nicht begabt mit der eigenthümlichen
„Kraft, die ihm eigen, es wagt ihm gleich entgegenzustreben dem fin-
„stern Reich, das er sich erschlossen. — Ich habe dem Meister entsagt,
„nicht mehr schwanke ich trostlos umher an den Ufern des Höllenflusses,
„ich bin wiedergegeben der süßen Heimath. — Mathilde! — Nein es
„war wohl nicht die herrliche Frau, es war ein unheimlicher Spuk,
„der mich erfüllte mit trügerischen Bildern eitler irdischer Lust! —
„Vergiß, was ich im Wahnsinn that. Grüße die Meister und sage
„ihnen, wie es jetzt mit mir steht. Lebe wohl, mein innig geliebter
„Wolfframb. Vielleicht wirst du bald von mir hören!“

Einige Zeit war verstrichen, da kam die Nachricht nach der Wartburg, daß Heinrich von Ofterdingen sich am Hofe des Herzogs von Oesterreich, Leopolds des Siebenten befinde, und viele herrliche Lieder singe. Bald darauf erhielt der Landgraf Hermann eine saubere Abschrift derselben nebst den dabei gesetzten Singweisen. Alle Meister freuten sich herzinniglich, da sie überzeugt wurden, daß Heinrich von Ofterdingen allem Falschen entsagt und trotz aller Versuchung des Bösen doch sein reines frommes Sängergemüth bewahrt hatte.

So war es Wolfframbs von Eschinbach hohe, dem reinsten Gemüth entströmende Kunst des Gesanges, die im glorreichen Siege über den Feind die Geliebte rettete und den Freund vom böslichen Verderben.

Die Freunde urtheilten über Cyprians Erzählung auf verschiedene Weise. Theodor verwarf sie ganz und gar. Er behauptete, Cyprian habe ihm das schöne Bild von dem im tiefsten Gemüth begeisterten Heinrich von Ofterdingen, wie es ihm aus dem Novalis aufgegangen, durchaus verdorben. Der herrliche Jüngling erscheine, so wie er ihn dargestellt, unstet, wild, im Innersten zerrissen, ja beinahe ruchlos. Vorzüglich aber tadelte Theodor, daß die Sänger vor lauter Anstalten zum Gesange gar nicht zum Singen kämen. Ottmar pflichtete ihm zwar bei, meinte indessen, daß wenigstens die Vision im Vorbericht serapiontisch zu nennen. Cyprian möge sich nur hüten irgend eine alte Chronik aufzuschlagen, da solche Leserei ihn, wie Figura zeige, sehr leicht in ein fremdes Gebiet verlocke, in dem er, ein nicht heimischer Fremdling und mit keinem sonderlichen Ortsinn begabt, in allen nur möglichen Irrwegen umherschwanke, ohne jemals den richtigen Sieg und Weg finden zu können.

Cyprian schnitt ein verdrießliches Gesicht, sprang heftig auf, trat vor den Kamin und war im Begriff sein zusammengerolltes Manuskript in das lodernde Feuer zu werfen.

Da erhob sich Lothar, schritt rasch auf den verstimmten Freund los, drehte ihn bei den Schultern herum, laut auflachend, und sprach dann einen feierlichen Ton annehmend: Widerstehe, o mein Cyprianus! tapfer dem bösen Dichterhochmuths-Teufel, der Dich eben zupft und Dir allerlei häßliche Dinge in die Ohren raunt. Ich will Dich anreden mit der Beschwörungsformel des wackern Junkers Tobias von Rülp. „Komm, komm! Tuck Tuck! — Mann! es streitet gegen alle Ehrbarkeit mit dem Teufel Knicker zu spielen. Fort mit dem garstigen Schornsteinfeger!" — Ha! Dein Gesicht heitert sich auf — Du lächelst? — Siehst Du nun wohl, wie ich Macht habe über den Bösen? — Aber nun will ich heilenden Balsam träufeln auf die Wunden, die Dir der Freunde scharfe Reden geschlagen. Nennt Ottmar den Vorbericht serapiontisch, so möchte ich dasselbe von der Erscheinung Klingsohrs und des feurigen Teufels Nasias behaupten. Auch dünkt mir der kleine wimmernde automatische Sekretair kein zu verwerfender Schnörkel. Tadelt Theodor die Art wie Du den Heinrich von Ofterdingen dargestellt, so fandest Du wenigstens zu Deinem Bilde die Vorzeichnung im Wagenseil. Meinte er aber, daß die Sänger vor lauter Anstalten zum Gesange nicht zum Singen kommen, so weiß ich in der That nicht recht, was er damit sagen will. Er weiß es vielleicht selbst nicht. Ich will nehmlich nicht hoffen, daß er von Dir verlangt, Du hättest einige Verslein als die von den Sängern gesungenen Lieder einschieben sollen. Eben daß Du das nicht thatest, sondern es der Fantasie des Lesers überließest sich die Gesänge selbst zu dichten, gereicht Dir zum großen Lob. — Verslein in einer Erzählung wollen mir nemlich deshalb nicht behagen, weil sie in der Regel matt und lahm dazwischen hinken und das Ganze nur fremdartig unterbrechen. Der Dichter, die Schwäche des Stoffs an irgend einer Stelle lebhaft fühlend, greift in der Angst nach den metrischen Krücken. Hilft er sich aber damit auch wirklich weiter, so ist solch ein Schreiten im gleichförmig wackelnden Klippklapp doch niemals der starke frische Schritt des Gesunden. Es ist aber wohl überhaupt eine eigne Mystifikation unserer Neueren, daß sie ihr Heil lediglich in dem äußeren metrischen Bau suchen, nicht bedenkend, daß nur der wahrhaft poetische Stoff dem metrischen Fittig den Schwung giebt. Der somnambule Rausch, den wohlklingende Verse ohne weitern sonderlichen Inhalt zu bewirken im Stande sind, gleicht dem, in den man wohl verfallen mag, bei dem Klappern einer Mühle oder sonst! — Es schläft sich herrlich dabei! — Dies alles im Vorbeigehen gesagt für unsern musikalischen Freund Theodor, den oft der Wohlklang leerer Verse besticht und den oft selbst ein sonnettischer Wahnsinn befällt, in dem er ganz verwunderliche automatische Ungeheuerchen schafft. — Nun zurück zu Dir o mein Cyprianus! — Brüste Dich nicht mit Deinem Kampf der Sänger, denn auch mir will das Ding nicht recht gefallen, aber gerade den Feuertod verdient es nicht! — Folge den Gesetzen des Landes, die die Mißgeburt verschonen, welche einen menschlichen Kopf hat. Und nun meine ich sogar, daß Dein Kind nicht allein keine Mißgeburt zu nennen, sondern noch dazu nächst dem menschlichen Kopf auch nicht übel geformt ist, nur etwas schwächlich in den Gliederchen! —

Cyprian schob das Manuskript in die Tasche und sprach dann lächelnd:. Aber Freunde! kennt Ihr denn nicht meine Art und Weise? Wißt Ihr denn nicht, daß, wenn ich mich über etwanigen Tadel meiner Schöpfungen was weniges erboße, dies nur darum geschieht, weil ich ihre Schwäche und die Richtigkeit des Tadels recht lebhaft im Innern fühle! — Doch aber nun kein Wort mehr von meiner Erzählung. —

Die Freunde kamen im Gespräch bald auf den mystischen Vinzenz und seinen Wunderglauben zurück. Cyprian meinte, dieser Glauben müsse in jedem wahrhaft poetischen Gemüth wohnen, und eben deshalb habe auch Jean Paul über den Magnetismus solche hochherrliche Worte ausgesprochen, daß eine ganze Welt voll hämischer Zweifel dagegen nicht aufkomme. Nur in der Poesie liege die tiefere Erkenntniß alles Seyns. Die poetischen Gemüther wären die Lieblinge der Natur und thöricht sey es zu glauben, daß sie zürnen solle, wenn diese Lieblinge darnach trachteten das Geheimniß zu errathen, das sie mit ihren Schleiern bedecke, aber nur wie eine gute Mutter, die das köstliche Geschenk den Kindern verhüllt, damit sie sich desto mehr freuen sollen, wenn, ist ihnen die Enthüllung gelungen, die herrliche Gabe hervorfunkelt. „Doch nun, fuhr Cyprian fort, vorzüglich Dir Ottmar zu Gefallen, ganz praktisch gesprochen: wem, der die Geschichte des Menschengeschlechts mit tieferm Blick durchspäht, kann es entgehen, daß, so wie eine Krankheit gleich einem verheerenden Ungeheuer hervortritt, die Natur selbst auch die Waffen herbeischafft es zu bekämpfen, zu besiegen. Und kaum ist dies besiegt, als ein anderes Unthier neues Verderben bereitet und auch wieder neue Waffen werden erfunden und so bewährt sich der ewige Kampf der den Lebensprozeß, den Organismus der ganzen Welt bedingt. — Wie wenn in dieser alles vergeistigenden Zeit, in dieser Zeit, da die innige Verwandtschaft, der geheimnißvolle Verkehr des physischen und psychischen Prinzips klarer, bedeutender hervortritt, da jede Krankheit des Körpers sich ausspricht im psychischen Organismus, wie wenn da der Magnetismus die im

Geist geschaffene Waffe wäre, die uns die Natur selbst darreicht, das im Geist wohnende Uebel zu bekämpfen?" —

Halt, halt, rief Ottmar, wo gerathen wir hin! — Schon viel zu viel schwatzten wir zuvor von einer Materie, die für uns doch ein fremdes Gebiet bleibt, in dem wir nur einige durch Farbe und Aroma verlockende Früchtlein pflücken zum poetischen Verbrauch, oder woraus wir höchstens ein hübsches Bäumchen verpflanzen dürfen in unsern kleinen poetischen Garten. Wie freute ich mich, daß Cyprians Erzählung das ermüdende Gespräch unterbrach, und nun laufen wir Gefahr tiefer hinein zu fallen als vorher. — Von was anderm! — Doch still! — erst geb' ich Euch einen kleinen Pezzo von unseres Freundes mystischen Bemühungen, der Euch munden wird. — Die Sache ist kürzlich diese. — Vor geraumer Zeit war ich in einen kleinen Abendzirkel geladen, den unser Freund mit einigen Bekannten gebildet. Geschäfte hielten mich auf, es war sehr spät geworden als ich hinging. Desto mehr wunderte ich mich, daß, als ich vor die Stubenthüre trat, drinnen auch nicht das kleinste Geräusch, nicht der leiseste Laut zu vernehmen war. Sollte denn noch niemand sich eingefunden haben? So dacht ich und drückte leise die Thüre auf. Da sitzt mein Freund mir gegenüber mit den andern um einen kleinen Tisch herum. Und alle steif und starr wie Bildsäulen schauen todtenbleich, im tiefsten Schweigen herauf in die Höhe. — Die Lichter stehen auf einem entfernten Tisch. Man bemerkt mich gar nicht. Voll Erstaunen trete ich näher. Da gewahre ich einen goldnen funkelnden Ring, der sich in den Lüften hin und her schwingt und dann sich im Kreise zu bewegen beginnt. Da murmelt dieser — jener: wunderbar — in der That — unerklärlich — seltsam ꝛc. Nun kann ich mich nicht länger halten, ich rufe laut: Aber um des Himmelswillen, was habt ihr vor!

Da fahren sie alle in die Höhe, aber Freund Vinzenz ruft mit seiner gellenden Stimme: Abtrünniger! — obskurer Nikodemus, der wie ein Nachtwandler hineinschleicht und die herrlichsten Experimente unterbricht! — Wisse, daß sich eben eine Erfahrung, die Ungläubige ohne weiteres in die Kategorie der fabelhaften Wunder stellten, auf das herrlichste bewährt hat. Es kam darauf an, bloß durch den fest fixirten Willen die Pendulschwingungen eines Ringes zu bestimmen. — Ich unternahm es meinen Willen zu fixiren und dachte fest die kreisförmige Schwingung. Lange, lange blieb der an einem seidnen Faden an der Decke befestigte Ring ruhig, doch endlich bewegte er sich in scharfer Diagonale nach mir her und begann eben den Kreis, als Du uns unterbrachst. „Wie,“ sprach ich, „wie wär' es aber, lieber Vinzenz, wenn nicht Dein fester Wille, sondern der Luftzug, der hineinströmte, als ich die Thüre öffnete, den halsstarrig still hängenden Ring zur Schwingung vermocht?“ — O Prosaiker, Prosaiker, rief Vinzenz; aber alle lachten! —

Ei, sprach Theodor, die Pendulschwingungen des Ringes haben mich einmal halb wahnsinnig gemacht. So viel ist nämlich gewiß und jeder kann es versuchen, daß die Schwingungen eines goldnen einfachen Ringes, den man an einem feinen Faden über die flache Hand hält, sich ganz entschieden nach dem innern Willen bestimmen. Nicht beschreiben kann ich aber, wie tief, wie spukhaft diese Erfahrung auf mich wirkte. Unermüdlich ließ ich den Ring nach meinem Willen in den verschiedensten Richtungen sich schwingen. Zuletzt ging ich ganz phantastischer Weise so weit, daß ich mir ein förmliches Orakel schuf. Ich dachte nämlich im Innern: wird dies oder jenes geschehen, so soll der Ring die Diagonale vom kleinen Finger zum Daumen beschreiben, geschieht es nicht, aber die Fläche der Hand quer durchschneiden u. s. w.

Allerliebst, rief Lothar, Du statuirtest also in Deinem eignen Innern ein höheres geistiges Prinzip, das auf mystische Weise von Dir beschworen, sich Dir kund thun sollte. Da hast Du den wahren spiritum familiarem, den Sokratischen Genius. — Nun giebt es nur noch einen ganz kleinen Schritt bis zu den wirklichen Gespenster- und Spukgeschichten, die sehr bequem in der Einwirkung eines fremden psychischen Prinzips ihren Grund finden können.

Und, nahm Cyprian das Wort, und diesen Schritt thue ich wirklich, indem ich Euch auf der Stelle den wackersten Spuk auftische, den es jemals gegeben. — Die Geschichte hat das eigenthümliche, daß sie von glaubhaften Personen verbürgt ist, und daß ich ihr allein die aufgeregte, oder wenn Ihr wollt, verstörte Stimmung zuschreiben muß, die Lothar vorhin an mir bemerken wollte.

Cyprian stand auf und ging, wie er zu thun pflegte, wenn irgend etwas so sein ganzes inneres Gemüth erfüllte, daß er die Worte ordnen mußte, um es auszusprechen, im Zimmer einigemal auf und ab.

Die Freunde lächelten sich schweigend an. Man las in ihren Blicken: Was werden wir nur wieder abentheuerliches hören! —

Cyprian setzte sich und begann:

Ihr wißt, daß ich mich vor einiger Zeit, und zwar kurz vor dem letzten Feldzuge auf dem Gute des Obristen von P. befand. Der Obrist war ein munterer jovialer Mann, so wie seine Gemahlin die Ruhe, die Unbefangenheit selbst.

Der Sohn befand sich, als ich dort war, bei der Armee, so daß die Familie außer dem Ehepaar nur noch aus zwei Töchtern und einer alten Französin bestand, die eine Art von Gouvernante vorzustellen sich mühte, unerachtet die Mädchen schon über die Zeit des Gouvernirens hinaus schienen. Die älteste war ein munteres Ding, bis zur Ausgelassenheit lebendig, nicht ohne Geist, aber so wie sie nicht fünf Schritte gehen konnte, ohne wenigstens drei Entrechats zu machen, so sprang sie auch im Gespräch, in all ihrem Thun rastlos von einem Dinge zum andern. Ich hab' es erlebt, daß sie in weniger als zehn Minuten stickte — las — zeichnete — sang — tanzte — daß sie in einem Moment weinte um den armen Cousin, der in der Schlacht geblieben und die bitteren Thränen noch in den Augen in ein hell aufquiekendes Gelächter ausbrach, als die Französin unversehens ihre Tabacksdose über den kleinen Mops ausschüttete, der sofort entsetzlich zu niesen begann, worauf die Alte lamentirte: Ah che fatalita! — ah carino — poverino! — Sie pflegte nämlich mit besagtem Mops nur in italiänischer Zunge zu reden, da er aus Padua gebürtig — und dabei war das Fräulein die lieblichste Blondine, die es geben mag und in allen ihren seltsamen Capriccios voll Anmuth und Liebenswürdigkeit, so daß sie überall einen unwiderstehlichen Zauber übte, ohne es zu wollen.

Das seltsamste Widerspiel bildete die jüngere Schwester, Adelgunde geheißen. Vergebens ringe ich nach Worten Euch den ganz eignen wunderbaren Eindruck zu beschreiben, den das Mädchen auf mich machte, als ich sie zum ersten Male sah. Denkt Euch die schönste Gestalt, das wunderherrlichste Antlitz. Aber eine Todtenblässe liegt auf Lipp' und Wangen, und die Gestalt bewegt sich leise, langsam, gemessenen Schrittes, und wenn dann ein halblautes Wort von den kaum geöffneten Lippen ertönt und im weiten Saal verklingt, fühlt man sich von gespenstischen Schauern durchbebt. — Ich überwand wohl bald diese Schauer und mußte, als ich das tief in sich gekehrte Mädchen zum Sprechen vermocht, mir selbst gestehen, daß das seltsame ja spukhafte dieser Erscheinung nur im Aeußern liege, keinesweges sich aber aus dem Innern heraus offenbare. In dem Wenigen, was das Mädchen sprach, zeigte sich ein zarter weiblicher Sinn, ein heller Verstand, ein freundliches Gemüth. Keine Spur irgend einer Ueberspannung war zu finden, wiewohl das schmerzliche Lächeln, der thränenschwere Blick wenigstens irgend einen physischen Krankheits-Zustand, der auch auf das Gemüth des zarten Kindes feindlich einwirken mußte, vermuthen ließ. Sehr sonderbar fiel es mir auf, daß die Familie, keinen, selbst die alte Französin nicht, ausgeschlossen, beängstet schien, so wie man mit dem Mädchen sprach und versuchte das Gespräch zu unterbrechen, sich darin manchmal auf gar erzwungene Weise einmischend. Das Seltsamste war aber, daß so wie es Abends acht Uhr geworden, das Fräulein erst von der Französin, dann von Mutter, Schwester, Vater gemahnt wurde sich in ihr Zimmer zu begeben, wie man kleine Kinder zu Bette treibt, damit sie nicht übermüden, sondern fein ausschlafen. Die Französin begleitete sie und so kam es, daß beide niemals das Abendessen, welches um neun Uhr angerichtet wurde, abwarten durften. — Die Obristin, meine Verwunderung wohl bemerkend, warf einmal um jeder Frage vorzubeugen, leicht hin, daß Adelgunde viel kränkle, daß sie vorzüglich Abends um neun Uhr von Fieberanfällen heimgesucht werde, und daß daher der Arzt gerathen sie zu dieser Zeit der unbedingtesten Ruhe zu überlassen. — Ich fühlte, daß es noch eine ganz andere Bewandtniß damit haben müsse, ohne irgend deutliches ahnen zu können. Erst heute erfuhr ich den wahren entsetzlichen Zusammenhang der Sache und das Ereigniß, das den kleinen glücklichen Familien-Kreis auf furchtbare Weise verstört hat.

Adelgunde war sonst das blühendste munterste Kind, das man nur sehen konnte. Ihr vierzehnter Geburtstag wurde gefeiert, eine Menge Gespielinnen waren dazu eingeladen. — Die sitzen in dem schönen Boskett des Schloßgartens im Kreise umher und scherzen und lachen und kümmern sich nicht darum, daß immer finstrer und finstrer der Abend heraufzieht, da die lauen Juliuslüfte erquickend wehen und erst jetzt ihre Lust recht aufgeht. In der magischen Dämmerung beginnen sie allerlei seltsame Tänze, indem sie Elfen und andre flinke Spukgeister vorstellen wollen. „Hört, ruft Adelgunde als es im Boskett ganz finster geworden, hört Kinder, nun will ich Euch einmal als die weiße Frau erscheinen, von der unser alte verstorbene Gärtner so oft erzählt hat. Aber da müßt ihr mit mir kommen bis ans Ende des Gartens, dorthin, wo das alte Gemäuer steht." — Und damit wickelt sie sich in ihren weißen Shawl und schwebt leichtfüßig fort durch den Laubgang und die Mädchen laufen ihr nach in vollem Schäckern und Lachen. Aber kaum ist Adelgunde an das alte halb eingefallene Gewölbe gekommen, als sie erstarrt — gelähmt an allen Gliedern stehen bleibt. Die Schloßuhr schlägt neun. „Seht ihr nichts, ruft Adelgunde mit dem dumpfen hohlen Ton des tiefsten Entsetzens, seht ihr nichts — die Gestalt — die dicht vor mir steht — Jesus! — sie streckt die Hand nach mir aus — seht ihr denn nichts?" — Die Kinder sehen nicht das Mindeste, aber alle erfaßt Angst und Grauen. Sie rennen fort, bis auf eine, die die beherzteste sich ermuthigt, auf Adelgunden zuspringt, sie in die Arme fassen will. Aber in dem Augenblick sinkt Adelgunde todtähnlich zu Boden. Auf des Mädchens gellendes Angstgeschrei eilt alles aus dem Schlosse herzu. Man bringt Adelgunde hinein. Sie erwacht endlich aus der Ohnmacht und erzählt an allen Gliedern zitternd, daß, kaum sey sie vor das Gewölbe getreten, dicht vor ihr eine luftige Gestalt, wie in Nebel gehüllt, gestanden und die Hand nach ihr ausgestreckt habe. — Was war natürlicher, als daß man die ganze Erscheinung den wunderbaren Täuschungen des dämmernden Abendlichts zuschrieb. Adelgunde erholte sich in derselben Nacht so ganz und gar von ihrem Schreck, daß man durchaus keine böse Folgen befürchtete, sondern die ganze Sache für völlig abgethan hielt. — Wie ganz anders begab sich Alles! — Kaum schlägt es den Abend darauf neun Uhr, als Adelgunde mitten in der Gesellschaft, die sie umgiebt, entsetzt aufspringt, und ruft: da ist es — da ist es — seht Ihr denn nichts! — dicht vor mir steht es! — Genug seit jenem unglückseligen Abende behauptete Adelgunde, so wie es Abends neune schlug, daß die Gestalt dicht vor ihr stehe und einige Sekunden weile, ohne daß irgend ein Mensch außer ihr auch nur das mindeste wahrnehmen konnte, oder in irgend einer psychischen Empfindung die Nähe eines unbekannten geistigen Prinzips gespürt haben sollte. Nun wurde die arme Adelgunde für wahnsinnig gehalten und die Familie schämte sich in seltsamer Verkehrtheit dieses Zustandes der Tochter, der Schwester. Daher jene sonderbare Art sie zu behandeln, deren ich erst erwähnte. Es fehlte nicht an Aerzten und an Mitteln, die das arme Kind von der fixen Idee, wie man die von ihr behauptete Erscheinung zu nennen beliebte, befreien sollten, aber alles blieb vergebens und sie bat unter vielen Thränen, man möge sie doch nur in Ruhe lassen, da die Gestalt, die in ihren ungewissen unkenntlichen Zügen an und vor sich selbst gar nichts schreckliches habe, ihr kein Entsetzen mehr errege, wiewohl es jedesmal nach der Erscheinung ihr zu Muthe sey, als wäre ihr Innerstes mit allen Gedanken hinausgewendet und schwebe körperlos außer ihr selbst umher, wovon sie krank und matt werde. — Endlich machte der Obrist die Bekanntschaft eines berühmten Arztes, der in dem Ruf stand, Wahnsinnige auf eine überaus pfiffige Weise zu heilen. Als der Obrist diesem entdeckt hatte, wie es sich mit der armen Adelgunde begebe, lachte er laut auf und meinte, nichts sey leichter als diesen Wahnsinn zu heilen, der bloß in der überreizten Einbildungskraft seinen Grund finde. Die Idee der Erscheinung des Gespenstes sey mit dem Ausschlagen der neunten Abendstunde so fest verknüpft, daß die innere Kraft des Geistes sie nicht mehr trennen könne und es käme daher nur darauf an diese Trennung von außen her zu bewirken. Dies könne aber nun wieder sehr leicht dadurch geschehen, daß man das Fräulein in der Zeit täusche und die neunte Stunde vorübergehen lasse, ohne daß sie es wisse. Wäre dann das Gespenst nicht erschienen, so würde sie selbst ihren Wahn einsehen und physische Erkräftigungs-Mittel würden dann die Cur glücklich vollenden. — Der unselige Rath wurde ausgeführt! — In einer Nacht stellte man sämmtliche Uhren im Schlosse, ja selbst die Dorfuhr, deren dumpfe Schläge herabsummten, um eine Stunde zurück, so daß Adelgunde, so wie sie am frühen Morgen erwachte in der Zeit um eine Stunde irren mußte. Der Abend kam heran. Die kleine Familie war wie gewöhnlich in einem heiter verzierten Eckzimmer versammelt, kein Fremder zugegen. Die Obristin mühte sich allerlei lustiges zu erzählen, der Obrist fing an, wie es seine Art war, wenn er vorzüglich bei Laune, die alte Französin ein wenig aufzuziehen, worin ihm Auguste (das ältere Fräulein) beistand. Man lachte, man war fröhlicher als je. — Da schlägt die Wanduhr achte (es war also die neunte Stunde) und leichenblaß sinkt Adelgunde in den Lehnsessel zurück — das Nähzeug entfällt ihren Händen! Dann erhebt sie sich, alle Schauer des Entsetzens im Antlitz, starrt hin in des Zimmers öden Raum, murmelt dumpf und hohl: — Was! — eine Stunde früher? — ha seht ihr's? — seht ihr's? — da steht es dicht vor mir — dicht vor mir! — Alle fahren auf vom Schrecken erfaßt, aber als niemand auch nur das mindeste gewahrt, ruft der Obrist: Adelgunde! — fasse dich! — es ist nichts, es ist ein Hirngespinnst, ein Spiel deiner Einbildungskraft, was dich täuscht, wir sehen nichts, gar nichts und müßten wir, ließe sich wirklich dicht vor dir eine Gestalt erschauen, müßten wir sie nicht eben so gut wahrnehmen als Du? — Fasse dich — fasse dich Adelgunde! — „O Gott — o Gott, seufzt Adelgunde, will man mich denn wahnsinnig machen! — Seht da streckt es den weißen Arm lang aus nach mir — es winkt.“ — Und wie willenlos, unverwandten starren Blickes, greift nun Adelgunde hinter sich, faßt einen kleinen Teller, der zufällig auf dem Tische steht, reicht ihn vor sich hin in die Luft, läßt ihn los — und der Teller, wie von unsichtbarer Hand getragen, schwebt langsam im Kreise der Anwesenden umher und läßt sich dann leise auf den Tisch nieder! — Die Obristin, Auguste lagen in tiefer Ohnmacht, der ein hitziges Nervenfieber folgte. Der Obrist nahm sich mit aller Kraft zusammen, aber man merkte wohl an seinem verstörten Wesen die tiefe feindliche Wirkung jenes unerklärlichen Phänomens.

Die alte Französin hatte, auf die Knie gesunken, das Gesicht zur Erde gebeugt, still gebetet, sie blieb so wie Adelgunde frei von allen bösen Folgen. In kurzer Zeit war die Obristin hingerafft. Auguste überstand die Krankheit, aber wünschenswerther war gewiß ihr Tod, als ihr jetziger Zustand. — Sie, die volle herrliche Jugendlust selbst, wie ich sie erst beschrieben, ist von einem Wahnsinn befallen, der mir wenigstens grauenvoller, entsetzlicher vorkommt, als irgend einer, den jemals eine fixe Idee erzeugte. Sie bildet sich nämlich ein, sie sey jenes unsichtbare körperlose Gespenst Adelgundens, flieht daher alle Menschen oder hütet sich wenigstens, sobald ein anderer zugegen, zu reden, sich zu bewegen. Kaum wagt sie es zu athmen, denn fest glaubt sie, daß, verrathe sie ihre Gegenwart auf diese, jene Weise, jeder vor Entsetzen des Todes seyn müsse. Man öffnet ihr die Thüre, man setzt ihr Speisen hin, dann schlüpft sie verstohlen hinein und heraus — ißt eben so heimlich u. s. w. Kann ein Zustand qualvoller seyn? —

Der Obrist ganz Gram und Verzweiflung folgte den Fahnen

zum neuen Feldzuge. Er blieb in der siegreichen Schlacht bei W. — Merkwürdig, höchst merkwürdig ist es, daß Adelgunde seit jenem verhängnißvollen Abende von dem Phantom befreit ist. Sie pflegt getreulich die kranke Schwester und ihr steht die alte Französin bei. So wie Sylvester mir heute sagte, ist der Oheim der armen Kinder hier, um mit unserm wackern R— über die Kurmethode, die man allenfalls bei Augusten versuchen könne, zu Rathe zu gehen. — Gebe der Himmel, daß die unwahrscheinliche Rettung möglich.

Cyprian schwieg und auch die Freunde blieben still, indem sie gedankenvoll vor sich hinschauten. Endlich brach Lothar los: das ist ja eine ganz verdammte Spukgeschichte! — Aber ich kann's nicht läugnen, mir bebt die Brust, unerachtet mir das ganze Ding mit dem schwebenden Teller kindisch und abgeschmackt bedünken will. „Nicht so rasch, nahm Ottmar das Wort, nicht so rasch lieber Lothar! — Du weißt, was ich von Spukgeschichten halte, Du weißt, daß ich mich gegen alle Visionairs damit brüste, daß die Geisterwelt, unerachtet ich sie oft mit verwogener Keckheit in die Schranken rief, noch niemals sich bemühte mich für meinen Frevel zu züchtigen, aber Cyprians Erzählung giebt einen ganz andern Punkt zu bedenken, als den der bloßen chimärischen Spukerei. — Mag es mit Adelgundens Phantom, mag es mit dem schwebenden Teller denn nun eine Bewandtniß gehabt haben, welche es wolle, genug die Thatsache bleibt stehen: daß sich an jenem Abende in dem Kreise der Familie des Obristen von P. etwas zutrug, worüber drei Personen zu gleicher Zeit in einen solchen verstörten Gemüthszustand geriethen, der bei einer den Tod, bei der andern Wahnsinn herbeiführte, wollen wir nicht auch, wenigstens mittelbar, den Tod des Obristen jenem Ereigniß zuschreiben. Denn eben fällt mir ein von Offizieren gehört zu haben, der Obrist sey beim Angriff plötzlich wie von Furien getrieben ins feindliche Feuer hineingesprengt. Nun ist aber auch die Geschichte mit dem Teller so ohne alle Staffirung gewöhnlicher Spukgeschichten, selbst die Stunde allem spukischen Herkommen entgegen, und das Ganze so ungesucht, so einfach, daß gerade in der Wahrscheinlichkeit, die das Unwahrscheinlichste dadurch erhält, für mich das Grauenhafte liegt. Doch, nehmen wir an, daß Adelgundens Einbildung, Vater, Mutter, Schwester, mit fortriß, daß der Teller nur innerhalb ihres Gehirns im Kreise umherschwebte, wäre diese Einbildung in einem Moment wie ein elektrischer

Schlag drei Personen zum Tode treffend, nicht eben der entsetzlichste Spuk, den es geben könnte?"

Allerdings, sprach Theodor, und ich theile mit Dir Ottmar, das lebhafte Gefühl, daß gerade in der Einfachheit der Geschichte ihre tiefsten Schauer liegen. — Ich kann mir es denken, daß ich den plötzlichen Schreck irgend einer grauenhaften Erscheinung wohl ertragen könnte, das unheimliche, den äußern Sinn in Anspruch nehmende Treiben eines unsichtbaren Wesens, würde mich dagegen unfehlbar wahnsinnig machen. Es ist das Gefühl der gänzlichen hülflosesten Ohnmacht, das den Geist zermalmen müßte. Ich erinnere mich, daß ich dem tiefsten Grausen kaum widerstehen konnte, daß ich wie ein einfältiges verschüchtertes Kind nicht allein in meinem Zimmer schlafen mochte als ich einst von einem alten Musiker las, den ein entsetzlicher Spuk mehrere Zeit hindurch verfolgte und ihn auch beinahe zum hellen Wahnsinn trieb. Nachts spielte nehmlich ein unsichtbares Wesen auf seinem Flügel die wunderbarsten Kompositionen mit der Kraft und Fertigkeit des vollendeten Meisters. Er hörte jeden Ton, er sah wie die Tasten niedergedrückt wurden, wie die Saiten zitterten, aber nicht den leisesten Schimmer einer Gestalt. —

Nein, rief Lothar, nein es ist nicht auszuhalten, wie das Tolle wieder unter uns lustig fortwuchert! — Ich hab' es Euch gestanden, daß mir der verdammte Teller das Innerste aufgeregt hat. Ottmar hat Recht; hält man sich nur an das Resultat irgend eines Ereignisses, das sich wirklich begeben, so ist dies Resultat der gräßlichste Spuk, den es geben kann. Ich verzeihe deshalb unserm Cyprian die verstörte Stimmung, die er beim Eintreten merken ließ, die aber jetzt schon ziemlich nachgelassen. Doch jetzt kein Wort mehr von allem gespenstischen Unwesen. — Schon längst bemerke ich, daß Ottmar'n ein Manuskript aus der Busentasche hervorguckt auf Erlösung hoffend. Mag er es denn erlösen!

Nein, nein, sprach Theodor, der Strom, der in krausen Wellen daher brauste muß sanft abgeleitet werden, und dazu ist ein Fragment sehr tauglich, das ich vor langer Zeit, besonders dazu angeregt, aufschrieb. Es kommt viel Mystisches darin vor, an psychischen Wundern und seltsamen Hypothesen ist auch gar kein Mangel, und doch lenkt es hübsch ein ins gewöhnliche Leben.

Theodor las:

Die Automate.

Der redende Türke machte allgemeines Aufsehen, ja er brachte die ganze Stadt in Bewegung, denn Jung und Alt, Vornehm und Gering strömte vom Morgen bis in die Nacht hinzu, um die Orakelsprüche zu vernehmen, die von den starren Lippen der wunderlichen lebendigtodten Figur den Neugierigen zugeflüstert wurden. Wirklich war auch die ganze Einrichtung des Automats von der Art, daß jeder das Kunstwerk von allen ähnlichen Tändeleien, wie sie wohl öfters auf Messen und Jahrmärkten gezeigt werden, gar sehr unterscheiden und sich davon angezogen fühlen mußte. In der Mitte eines nicht eben großen nur mit dem nothwendigsten Geräth versehenen Zimmers saß die lebensgroße, wohlgestaltete Figur, in reicher geschmackvoller türkischer Kleidung, auf einem niedrigen wie ein Dreifuß geformten Sessel, den der Künstler auf Verlangen wegrückte, um jede Vermuthung der Verbindung mit dem Fußboden zu widerlegen, die linke Hand zwanglos auf das Knie, die rechte dagegen auf einen kleinen frei stehenden Tisch gelegt. Die ganze Figur war, wie gesagt, in richtigen Verhältnissen wohlgestaltet, allein vorzüglich war der Kopf gelungen; eine wahrhaft orientalisch geistreiche Physiognomie gab dem Ganzen ein Leben, wie man es selten bei Wachsbildern, wenn sie selbst den charaktervollen Gesichtern geistreicher Menschen nachgeformt sind, findet. Ein leichtes Geländer umschloß das Kunstwerk und wehrte den Anwesenden das nahe Hinzutreten, denn nur der, welcher sich von der Struktur des Ganzen, so weit es der Künstler sehen lassen konnte ohne sein Geheimniß zu verrathen, überzeugen wollte, oder der eben Fragende durfte in das Innere und dicht an die Figur treten. Hatte man, wie es gewöhnlich war, dem Türken die Frage ins rechte Ohr geflüstert, so drehte er erst die Augen, dann aber den ganzen Kopf nach dem Fragenden hin, und man glaubte an dem Hauch zu fühlen, der aus dem Munde strömte, daß die leise Antwort wirklich aus dem Innern der Figur kam. Jedesmal wenn einige Antworten gegeben worden, setzte der Künstler einen Schlüssel in die linke Seite der Figur ein, und zog mit vielem Geräusch ein Uhrwerk auf. Hier öffnete er auch auf Verlangen eine Klappe, und man erblickte im Innern der Figur ein künstliches Getriebe von vielen Rädern, die nun wohl auf das Sprechen des Automaten durchaus keinen Einfluß hatten, indessen doch augenscheinlich so viel Platz einnahmen, daß sich in dem übrigen Theil der Figur unmöglich ein Mensch, war er auch kleiner, als der berühmte Zwerg Augusts, der aus der Pastete kroch, verbergen konnte. Nächst der Bewegung des Kopfs, die jedesmal vor der Antwort geschah, pflegte der Türke auch zuweilen den rechten Arm zu erheben und entweder mit dem Finger zu drohen, oder mit der ganzen Hand gleichsam die Frage abzuweisen. Geschah dieses, so konnte nur das wiederholte Andringen des Fragers eine mehrentheils zweideutige oder verdrießliche Antwort bewirken, und eben auf diese Bewegungen des Kopfs und Armes mochte sich wohl jenes Räderwerk beziehen, unerachtet auch hier die Rückwirkung eines denkenden Wesens unerläßlich schien. Man erschöpfte sich in Vermuthungen über das Medium der wunderbaren Mittheilung, man untersuchte Wände, Nebenzimmer, Geräth, alles vergebens. Die Figur, der Künstler waren von den Argusaugen der geschicktesten Mechaniker umgeben, aber je mehr er sich auf diese Art bewacht merkte, desto unbefangener war sein Betragen. Er sprach und scherzte in den entlegensten Ecken des Zimmers mit den Zuschauern und ließ seine Figur wie ein ganz für sich bestehendes Wesen, das irgend einer Verbindung mit ihm nicht bedürfe, ihre Bewegungen machen und Antworten ertheilen; ja er konnte sich eines gewissen ironischen Lächelns nicht enthalten, wenn der Dreifuß und der Tisch auf allen Seiten herumgedreht und durchgeklopft, ja in die herabgenommene und weiter ans Licht gebrachte Figur mit Brillen und Vergrößerungsgläsern hineingeschaut wurde, und dann die Mechaniker versicherten, der Teufel möge aus dem wunderlichen Räderbau klug werden. Alles blieb vergebens und die Hypothese, daß der Hauch, der aus dem Munde der Figur ströme, leicht durch verborgene Ventile hervorgebracht werden könne, und der Künstler selbst als ein trefflicher Bauchredner die Antworten ertheile, wurde gleich dadurch vernichtet, daß der Künstler in demselben Augenblick, als der Türke eben eine Antwort ertheilte, mit einem der Zuschauer laut und vernehmlich sprach. Unerachtet der geschmackvollen Einrichtung und des höchst Räthselhaften, Wunderbaren, was in dem ganzen Kunstwerke lag, hätte das Interesse des Publikums daran doch wohl bald nachgelassen, wäre es dem Künstler nicht möglich gewesen, auf eine andere Weise die Zuschauer immer aufs neue an sich zu ziehen. Dieses lag nun in den Antworten selbst, welche der Türke ertheilte, und die jedesmal mit tiefem Blick in die Individualität des Fragenden bald trocken, bald ziemlich grob spaßhaft, und dann wieder voll Geist und Scharfsinn und wunderbarer Weise bis zum Schmerzhaften treffend waren. Oft überraschte ein mystischer Blick in die Zukunft, der aber nur von dem Standpunkt möglich war, wie ihn sich der Fragende selbst tief im Gemüth gestellt hatte. Hierzu kam, daß der Türke oft, deutsch gefragt, doch in einer fremden Sprache antwortete, die aber eben dem Fragenden ganz geläufig war, und man fand alsdann, daß es kaum möglich war die Antwort so rund, so in wenigen Worten viel umfassend anders zu geben, als eben in der gewählten Sprache. Kurz jeden Tag wußte man von neuen geistreichen, treffenden Antworten des weisen Türken zu erzählen, und ob die geheimnißvolle Verbindung des lebenden menschlichen Wesens mit der Figur, oder nicht vielmehr eben dies Eingehen in die Individualität des Fragenden und überhaupt der seltene Geist der Antworten wunderbarer sey, das wurde in der Abendgesellschaft eifrigst besprochen, in welcher sich gerade die beiden akademischen Freunde Ludwig und Ferdinand befanden. Beide mußten zu ihrer Schande eingestehen, den Türken noch nicht besucht zu haben, ungeachtet es gewissermaßen zum guten Ton gehörte hinzugehen, und die miraculösen Antworten, die man auf verfängliche Fragen erhalten, überall aufzutischen. „Mir sind,“ sagte Ludwig, „alle solche Figuren, die dem Menschen nicht so wohl nachgebildet sind, als das Menschliche nachäffen, diese wahren Standbilder eines lebendigen Todes oder eines todten Lebens, im höchsten Grade zuwider. Schon in früher Jugend lief ich weinend davon, als man mich in ein Wachsfiguren-Kabinet führte, und noch kann ich kein solches Kabinet betreten, ohne von einem unheimlichen grauenhaften Gefühl ergriffen zu werden. Mit Macbeths Worten möchte ich rufen: Was starrst du mich an mit Augen ohne Sehkraft? wenn ich die stieren, todten, gläsernen Blicke all' der Potentaten, berühmten Helden und Mörder und Spitzbuben auf mich gerichtet sehe, und ich bin überzeugt, daß die mehrsten Menschen dies unheimliche Gefühl, wenn auch nicht in dem hohen Grade wie es in mir waltet, mit mir theilen, denn man wird finden, daß im Wachsfigurenkabinet auch die größte Menge Menschen nur ganz leise flüstert, man hört selten ein lautes Wort; aus Ehrfurcht gegen die hohen Häupter geschieht dies nicht, sondern es ist nur der Druck des Unheimlichen, Grauenhaften, der den Zuschauern jenes Pianissimo abnöthigt. Vollends sind mir die durch die Mechanik nachgeahmten menschlichen Bewegungen todter Figuren sehr fatal, und ich bin überzeugt, daß euer wunderbarer geistreicher Türke mit seinem Augenverdrehen, Kopfwenden und Armerheben mich wie ein negromantisches Ungethüm vorzüglich in schlaflosen Nächten verfolgen würde. Ich mag deshalb nicht hingehen, und will mir lieber alles Witzige und Scharfsinnige, was er diesem oder jenem gesagt, erzählen lassen."

„Du weißt," nahm Ferdinand das Wort: „daß alles, was Du von dem tollen Nachäffen des Menschlichen, von den lebendigtodten Wachsfiguren gesagt hast, mir recht aus der Seele gesprochen ist. Allein bei den mechanischen Automaten kommt es wirklich sehr auf die Art und Weise an, wie der Künstler das Werk ergriffen hat. Einer der vollkommensten Automate, die ich je sah, ist der Enslersche Voltigeur, allein so wie seine kraftvollen Bewegungen wahrhaft imponirten, eben so hatte sein plötzliches Sitzenbleiben auf dem Seil, sein freundliches Nicken mit dem Kopfe, etwas höchst skurriles. Gewiß hat niemanden jenes grauenhafte Gefühl ergriffen, das solche Figuren vorzüglich bei sehr reizbaren Personen nur zu leicht hervorbringen. Was nun unsern Türken betrifft, so hat es meines Bedünkens mit ihm eine andere Bewandtniß. Seine, nach der Beschreibung aller, die ihn sahen, höchst ansehnliche, ehrwürdige Figur ist etwas ganz Untergeordnetes, und sein Augenverdrehen und Kopfwenden gewiß nur da, um unsere Aufmerksamkeit ganz auf ihn, wo gerade der Schlüssel des Geheimnisses nicht zu finden ist, hinzulenken. Daß der Hauch aus dem Munde des Türken strömt, ist möglich, oder vielleicht gewiß, da die Erfahrung es beweist; hieraus folgt aber noch nicht, daß jener Hauch wirklich von den gesprochenen Worten erregt wird. Es ist gar kein Zweifel, daß ein menschliches Wesen, vermöge uns verborgener und unbekannter akustischer und optischer Vorrichtungen mit dem Fragenden in solcher Verbindung steht, daß es ihn sieht, ihn hört und ihm wieder Antworten zuflüstern kann. Daß noch niemand, selbst unter unsern geschickten Mechanikern, auch nur im mindesten auf die Spur gekommen, wie jene Verbindung wohl hergestellt seyn kann, zeigt, daß des Künstlers Mittel sehr sinnreich erfunden seyn müssen, und so verdient von dieser Seite sein Kunstwerk allerdings die größte Aufmerksamkeit. Was mir aber viel wunderbarer scheint und mich in der That recht anzieht, das ist die geistige Macht des unbekannten menschlichen Wesens, vermöge deren es in die Tiefe des Gemüths des Fragenden zu bringen scheint — es herrscht oft eine Kraft des Scharfsinns und zugleich ein grausenhaftes Helldunkel in den Antworten, wodurch sie zu Orakelsprüchen im strengsten Sinn des Worts werden. Ich habe von mehreren Freunden in dieser Hinsicht Dinge gehört, die mich in das größte Erstaunen setzten, und ich kann nicht länger dem Drange widerstehen, den wundervollen Sehergeist des Unbekannten selbst auf die Probe zu stellen, weshalb ich mich entschlossen, morgen Vormittags hinzugehen, und dich hiermit, lieber Ludwig! feierlichst eingeladen haben will, alle Scheu vor lebendigen Puppen abzulegen, und mich zu begleiten."

So sehr sich Ludwig sträubte, mußte er doch, um nicht für einen Sonderling gehalten zu werden, nachgeben, als mehrere auf ihn einstürmten, ja sich nicht von der belustigenden Partie auszuschließen, und im Verein mit ihnen morgen dem mirakulösen Türken auf den Zahn zu fühlen. Ludwig und Ferdinand gingen wirklich mit mehreren muntern Jünglingen, die sich deshalb verabredet, hin. Der Türke, dem man orientalische Grandezza gar nicht absprechen konnte, und dessen Kopf, wie gesagt, so äußerst wohl gelungen war, kam Ludwigen doch im Augenblick des Eintretens höchst possierlich vor, und als nun vollends der Künstler den Schlüssel in die Seite einsetzte und die Räder zu schnurren anfingen, wurde ihm das ganze Ding so abgeschmackt und verbraucht, daß er unwillkührlich ausrief: „Ach, meine Herren! hören Sie doch, wir haben höchstens Braten im Magen, aber die türkische Exzellenz da einen ganzen Bratenwender dazu!" Alle lachten, und der Künstler, dem der Scherz nicht zu gefallen schien, ließ sogleich vom weitern Aufziehen des Räderwerks ab. Sey es nun, daß die joviale Stimmung der Gesellschaft dem weisen Türken mißfiel, oder daß er den Morgen gerade nicht bei Laune war, genug, alle Antworten, die zum Theil durch recht witzige, geistreiche Fragen veranlaßt wurden, blieben nichtsbedeutend und schaal. Ludwig hatte vorzüglich das Unglück, beinahe niemals von dem Orakel richtig verstanden zu werden und ganz schiefe Antworten zu erhalten; schon wollte man unbefriedigt das Automat und den sichtlich verstimmten Künstler verlassen, als Ferdinand sprach: „Nicht wahr meine Herren,

Sie sind alle mit dem weisen Türken nicht sonderlich zufrieden, aber vielleicht lag es an uns selbst, an unsern Fragen, die dem Manne nicht gefielen — eben daß er jetzt den Kopf dreht und die Hand aufhebt (die Figur that dies wirklich) scheint meine Vermuthung als wahr zu bestätigen! — ich weiß nicht, wie mir jetzt es in den Sinn kommt, noch eine Frage zu thun, deren Beantwortung, ist sie treffend, die Ehre des Automats mit einem Male retten kann." Ferdinand trat zu der Figur hin und flüsterte ihr einige Worte leise ins Ohr; der Türke erhob den Arm, er wollte nicht antworten, Ferdinand ließ nicht ab, da wandte der Türke den Kopf zu ihm hin. —

Ludwig bemerkte, daß Ferdinand plötzlich erblaßte, nach einigen Sekunden aber aufs neue fragte und gleich die Antwort erhielt. Mit erzwungenem Lächeln sagte Ferdinand zur Gesellschaft: „Meine Herren, ich kann versichern, daß wenigstens für mich der Türke seine Ehre gerettet hat; damit aber das Orakel ein recht geheimnißvolles bleibe, so erlassen Sie es mir wohl zu sagen, was ich gefragt und was er geantwortet."

So sehr Ferdinand seine innere Bewegung verbergen wollte, so äußerte sie sich doch nur zu deutlich in dem Bemühen, froh und unbefangen zu scheinen, und hätte der Türke die wunderbarsten treffendsten Antworten ertheilt, so würde die Gesellschaft nicht von dem sonderbaren, beinahe grauenhaften Gefühl ergriffen worden seyn, das eben jetzt Ferdinands sichtliche Spannung hervorbrachte. Die vorige Heiterkeit war verschwunden, statt des sonst fortströmenden Gesprächs fielen nur einzelne abgebrochene Worte, und man trennte sich in gänzlicher Verstimmung.

Kaum war Ferdinand mit Ludwig allein, so fing er an: „Freund! Dir mag ich es nicht verhehlen, daß der Türke in mein Innerstes gegriffen, ja, daß er mein Innerstes verletzt hat, so daß ich den Schmerz wohl nicht verwinden werde, bis mir die Erfüllung des gräßlichen Orakelspruchs den Tod bringt."

Ludwig blickte den Freund voll Verwunderung und Erstaunen an, aber Ferdinand fuhr fort: „Ich sehe nun wohl, daß dem unsichtbaren Wesen, das sich uns durch den Türken auf eine geheimnißvolle Weise mittheilt, Kräfte zu Gebote stehen, die mit magischer Gewalt unsre geheimsten Gedanken beherrschen, und vielleicht erblickt die fremde Macht klar und deutlich den Keim des Zukünftigen, der in uns selbst im mystischen Zusammenhange mit der Außenwelt genährt wird, und weiß so alles, was in fernen Tagen auf uns einbrechen wird, so wie es Menschen giebt mit der unglücklichen Sehergabe, den Tod zur bestimmten Stunde voraus zu sagen."

„Du mußt Merkwürdiges gefragt haben," erwiderte Ludwig, „vielleicht legst du aber selbst in die zweideutige Antwort des Orakels das Bedeutende, und was das Spiel des launenhaften Zufalls in seltsamer Zusammenstellung gerade Eingreifendes, Treffendes hervorbrachte, schreibst Du der mystischen Kraft des gewiß ganz unbefangenen Menschen zu, der sich durch den Türken vernehmen läßt."

„Du widersprichst," nahm Ferdinand das Wort, „in dem Augenblick dem, was wir sonst einstimmig zu behaupten pflegen, wenn von dem sogenannten Zufall die Rede ist. Damit Du alles wissen, damit Du es recht fühlen mögest, wie ich heute in meinem Innersten aufgeregt und erschüttert bin, muß ich Dir etwas aus meinem frühern Leben vertrauen, wovon ich bis jetzt schwieg. Es sind schon mehrere Jahre her, als ich von den in Ostpreußen gelegenen Gütern meines Vaters nach B. zurückkehrte. In K. traf ich mit einigen jungen Kurländern zusammen, die ebenfalls nach B. wollten, wir reisten zusammen in drei mit Postpferden bespannten Wagen, und Du kannst denken, daß bei uns, die wir in den Jahren des ersten, kräftigen Aufbrausens mit wohlgefülltem Beutel so in die Welt hineinreisen konnten, die Lebenslust beinahe bis zur wilden Ausgelassenheit übersprudelte. Die tollsten Einfälle wurden im Jubel ausgeführt, und ich erinnere mich noch, daß wir in M., wo wir gerade am Mittage ankamen, den Dormeusenvorrath der Posthalterin plünderten, und ihrer Protestationen unerachtet mit dem Raube gar zierlich geschmückt Tabak rauchend vor dem Hause, unter großem Zulauf des Volks, auf- und abspazierten, bis wir wieder unter dem lustigen Hörnerschall der Postillone abfuhren. In der herrlichsten jovialsten Gemüthsstimmung kamen wir nach D., wo wir der schönen Gegenden wegen einige Tage verweilen wollten. Jeden Tag gab es lustige Partien; einst waren wir bis zum späten Abend auf dem Karlsberge und in der benachbarten Gegend herumgestreift, und als wir in den Gasthof zurückkehrten, erwartete uns schon der köstliche Punsch, den wir vorher bestellt, und den wir uns, von der Seeluft durchhaucht, wacker schmecken ließen, so daß ohne eigentlich berauscht zu seyn, mir doch alle Pulse in den Adern hämmerten und schlugen, und das Blut wie ein Feuerstrom durch die Nerven glühte. Ich warf mich, als ich endlich in mein Zimmer zurückkehren durfte, auf das Bett, aber trotz der Ermüdung war mein Schlaf doch nur mehr ein träumerisches Hinbrüten, in dem ich alles vernahm, was um mich vorging. Es war mir, als würde in dem Nebenzimmer leise gesprochen und endlich unterschied ich deutlich eine männliche Stimme, welche sagte: Nun so schlafe denn wohl und halte dich fertig zur bestimmten Stunde. Eine Thür wurde geöffnet und wieder geschlossen, und nun trat eine tiefe Stille ein, die aber bald durch einige leise Akkorde eines Fortepianos unterbrochen wurde. Du weißt, Ludwig! welch ein Zauber in den Tönen der Musik liegt, wenn sie durch die stille Nacht hallen. So war es auch jetzt, als spräche in jenen Akkorden eine holde Geisterstimme zu mir; ich gab mich dem wohlthätigen Eindruck ganz hin, und glaubte es würde nur wohl etwas Zusammenhängendes, irgend eine Phantasie, oder sonst ein musikalisches Stück folgen, aber wie wurde mir, als die herrliche göttliche Stimme eines Weibes in einer herzergreifenden Melodie die Worte sang:

Mio ben ricordati
s'avvien ch'io mora,
quanto quest' anima
fedel t'amò.
Lo se pur amano
le fredde ceneri
nel urna ancora
t'adorerò!

Wie soll ich es denn anfangen, Dir das nie gekannte, nie geahnete Gefühl nur anzudeuten, welches die langen — bald anschwellenden — bald verhallenden Töne in mir aufregten. Wenn die ganz eigenthümliche, nie gehörte Melodie — ach es war ja die tiefe, wonnevolle Schwermuth der inbrünstigsten Liebe selbst — wenn sie den Gesang in einfachen Melismen bald in die Höhe führte, daß die Töne wie helle Krystallglocken erklangen, bald in die Tiefe hinabsenkte, daß er in den dumpfen Seufzern einer hoffnungslosen Klage zu ersterben schien, dann fühlte ich, wie ein unnennbares Entzücken mein Innerstes durchbebte, wie der Schmerz der unendlichen Sehnsucht meine Brust krampfhaft zusammenzog, wie mein Athem stockte, wie mein Selbst unterging in namenloser, himmlischer Wollust. Ich wagte nicht, mich zu regen, meine ganze Seele, mein ganzes Gemüth war nur Ohr. Schon längst hatten die Töne geschwiegen, als ein Thränenstrom endlich die Ueberspannung brach, die mich zu vernichten drohte. Der Schlaf mochte mich doch zuletzt übermannt haben, denn als ich von dem gellenden Ton eines Posthorns geweckt auffuhr, schien die helle Morgensonne in mein Zimmer, und ich wurde gewahr, daß ich nur im Traume des höchsten Glücks, der höchsten Seligkeit, die für mich auf der Erde zu finden, theilhaftig worden. — Ein herrliches blühendes Mädchen war in mein Zimmer getreten; es war die Sängerin und sie sprach zu mir mit gar lieblicher, holdseliger Stimme: „So konntest Du mich dann wieder erkennen, lieber, lieber Ferdinand! aber ich wußte ja wohl, daß ich nur singen durfte, um wieder ganz in Dir zu leben; denn jeder Ton ruhte ja in Deiner Brust, und mußte in meinem Blick erklingen.“ — Welches unnennbare Entzücken durchströmte mich, als ich nun sah, daß es die Geliebte meiner Seele war, die ich schon von früher Kindheit an im Herzen getragen, die mir ein feindliches Geschick nur so lange entrissen, und die ich Hochbeglückter nun wieder gefunden. Aber meine inbrünstige Liebe erklang eben in jener Melodie der tief klagenden Sehnsucht, und unsere Worte, unsere Blicke wurden zu herrlichen anschwellenden Tönen, die wie in einem Feuerstrom zusammenflossen. — Nun ich erwacht war, mußte ich mirs eingestehen, daß durchaus keine Erinnerung aus früher Zeit sich an das holdselige Traumbild knüpfte — ich hatte das herrliche Mädchen zum ersten Male gesehen. Es wurde vor dem Hause laut und heftig gesprochen — mechanisch raffte ich mich auf und eilte ans Fenster; ein ältlicher, wohl gekleideter Mann zankte mit den Postknechten, die etwas an dem zierlichen Reisewagen zerbrochen. Endlich war alles hergestellt, und nun rief der Mann herauf: Jetzt ist alles in Ordnung, wir wollen fort. Ich wurde gewahr, daß dicht neben mir ein Frauenzimmer zum Fenster herausgesehen, die nun schnell zurückfuhr, so daß ich, da sie einen ziemlich tiefen Reisehut aufgesetzt hatte, das Gesicht nicht erkennen konnte. Als sie aus der Hausthüre trat, wandte sie sich um und sah zu mir herauf. — Ludwig! — es war die Sängerin! — es war das Traumbild — der Blick des himmlischen Auges fiel auf mich, und es war mir, als träfe der Strahl eines Krystalltons meine Brust wie ein glühender Dolchstich, daß ich den Schmerz physisch fühlte, daß alle meine Fibern und Nerven erbebten und ich vor unnennbarer Wonne erstarrte. — Schnell war sie im Wagen — der Postillon blies wie im jubelnden Hohn ein munteres Stückchen. Im Augenblick waren sie um die Straßenecke verschwunden. Wie ein Träumender blieb ich im Fenster, die Kurländer traten ins Zimmer, mich zu einer verabredeten Lustfahrt hinabzuholen — ich sprach kein Wort — man hielt mich für krank — wie hätte ich auch nur das Mindeste davon äußern können, was geschehen! Ich unterließ es, mich nach den Fremden, die neben mir gewohnt, im Hause zu erkundigen, denn es war, als entweihe jedes Wort andrer Lippen, das sich auf die Herrliche bezöge, das zarte Geheimniß meines Herzens. Getreulich wollte ich es fortan in mir tragen und nie mehr lassen von der, die nun die Ewiggeliebte meiner Seele worden, sollte ich sie auch nimmer wieder schauen. Du, mein Herzensfreund! erkennst wohl ganz den Zustand, in den ich mich versetzt fühlte; Du tadelst mich daher nicht, daß ich alles und jedes vernachlässigte, mir auch nur eine Spur von der unbekannten Geliebten zu verschaffen. Die lustige Gesellschaft der Kurländer wurde mir in meiner Stimmung höchst zuwider, ehe sie sichs versahen, war ich in einer Nacht auf und davon, und eilte nach B., meiner damaligen Bestimmung zu folgen. Du weißt, daß ich schon seit früher Zeit ziemlich gut zeichnete; in B. legte ich mich unter der Anleitung geschickter Meister auf das Miniaturmalen und brachte es in kurzer Zeit so weit, daß ich den einzigen mir vorgesteckten Zweck, nämlich das höchst ähnliche Bild der Unbekannten würdig zu malen, erfüllen konnte. Heimlich, bei verschlossenen Thüren, malte ich das Bild. Kein menschliches Auge hat es jemals gesehen, denn ein anderes Bild gleicher Größe, ließ ich fassen, und setzte mit Mühe dann selbst das Bild der Geliebten ein, das ich seit der Zeit auf bloßer Brust trug." —

„Zum ersten Mal in meinem Leben habe ich heute von dem höchsten Moment meines Lebens gesprochen, und Du Ludwig! bist der Einzige, dem ich mein Geheimniß vertraut! — Aber auch heute ist eine fremde Macht feindselig in mein Inneres gedrungen! — Als ich zu dem Türken hintrat, fragte ich, der Geliebten meines Herzens denkend: Werde ich künftig noch einen Moment erleben, der dem gleicht, wo ich am glücklichsten war? Der Türke wollte, wie Du bemerkt haben wirst, durchaus nicht antworten; endlich, als ich nicht nachließ, sprach er: die Augen schauen in deine Brust, aber das spiegelblanke Gold, das mir zugewendet, verwirrt meinen Blick — wende das Bild um! — Habe ich denn Worte für das Gefühl, das mich durchbebte? — Dir wird meine innre Bewegung nicht entgangen seyn. Das Bild lag wirklich so auf meiner Brust, wie es der Türke angegeben; ich wandte es unbemerkt um, und wiederholte meine Frage, da sprach die Figur im düstern Ton: Unglücklicher! in dem Augenblick, wenn Du sie wieder siehst, hast Du sie verloren!"

Eben wollte Ludwig es versuchen, den Freund, der in tiefes Nachdenken versunken war, mit tröstenden Worten aufzurichten, als sie durch mehrere Bekannte, die auf sie zuschritten, unterbrochen wurden.

Schon hatte sich das Gerücht von der neuen mysteriösen Antwort, die der weise Türke ertheilte, in der Stadt verbreitet, und man erschöpfte sich in Vermuthungen, was für eine unglückliche Prophezeihung wohl den vorurtheilsfreien Ferdinand so aufgeregt haben könne; man bestürmte die Freunde mit Fragen, und Ludwig wurde genöthigt, um seinen Freund aus dem Gedränge zu retten, ein abentheuerliches Geschichtchen aufzutischen, das desto mehr Eingang fand, je weiter es sich von der Wahrheit entfernte. Dieselbe Gesellschaft, in welcher Ferdinand angeregt wurde, den wunderbaren Türken zu besuchen, pflegte sich wöchentlich zu versammeln, und auch in der nächsten Zusammenkunft kam wieder der Türke um so mehr an die Reihe, als man sich immer noch bemühte, recht viel von Ferdinand selbst über ein Abentheuer zu hören, das ihn in die düstre Stimmung versetzt hatte, welche er vergebens zu verbergen suchte. Ludwig fühlte es nur zu lebhaft, wie sein Freund im Innersten erschüttert seyn mußte, als er das tief in der Brust treu bewahrte Geheimniß einer fantastischen Liebe von einer fremden grauenvollen Macht durchschaut sah, und auch er war eben so gut wie Ferdinand fest überzeugt, daß dem das Geheimste durchdringenden Blick jener Macht auch wohl der mysteriöse Zusammenhang, vermöge dessen sich das Zukünftige dem Gegenwärtigen anreiht, offenbar seyn könne. Ludwig mußte an den Spruch des Orakels glauben, aber das feindselige schonungslose Verrathen des bösen Verhängnisses, das dem Freunde drohte, brachte ihn gegen das versteckte Wesen, das sich durch den Türken vernehmen ließ, auf. Er bildete daher standhaft gegen die zahlreichen Bewuuderer des Kunstwerks die Opposition, und behauptete, als jemand bemerkte, in den natürlichen Bewegungen des Automats liege etwas ganz besonders Imposantes, wodurch der Eindruck der orakelmäßigen Antworten erhöht werde, gerade das Augenverdrehen und Kopfwenden des ehrbaren Türken habe für ihn was unbeschreiblich Possierliches gehabt, weshalb er auch durch ein Bonmot, das ihm entschlüpft, den Künstler und auch vielleicht das unsichtbar wirkende Wesen in üblen Humor versetzt, welchen letzteres auch durch eine Menge schaaler, nichts bedeutender Antworten an den Tag gelegt. Ich muß gestehen, fuhr Ludwig fort, daß die Figur gleich beim Eintreten mich lebhaft an einen überaus zierlichen künstlichen Nußknacker erinnerte, den mir einst, als ich noch ein kleiner Knabe war, ein Vetter zum Weihnachten verehrte. Der kleine Mann hatte ein überaus ernsthaft komisches Gesicht und verdrehte jedesmal mittelst einer innern Vorrichtung die großen aus dem Kopfe heraussteheuden Augen, wenn er eine harte Nuß knackte, was denn so etwas possierlich Lebendiges in die ganze Figur brachte, daß ich stundenlang damit spielen konnte, und der Zwerg mir unter den Händen zum wahren Alräunchen wurde. Alle noch so vollkommne Marionetten waren mir nachher steif und leblos gegen meinen herrlichen Nußknacker. Von den höchst wunderbaren Automaten im Danziger Arsenal war mir gar viel erzählt worden, und vorzüglich deshalb unterließ ich nicht hineinzugehen, als ich mich gerade vor einigen Jahren in Danzig befand. Bald nachdem ich in den Saal getreten, schritt ein altdeutscher Soldat keck auf mich los und feuerte seine Büchse ab, daß es durch die weiten Gewölbe recht derb knallte — noch mehrere Spielereien der Art, die ich in der That wieder vergessen, überraschten hin und wieder, aber endlich führte man mich in den Saal, in welchem der Gott des Krieges, der furchtbare Mavors, sich mit seiner ganzen Hofhaltung befand. — Mars selbst saß in ziemlich grotesker Kleidung auf einem mit Waffen aller Art geschmückten Thron, von Trabanten und Kriegern umgeben. So bald wir vor den Thron getreten, fingen ein Paar Trommelschläger an, auf ihren Trommeln zu wirbeln, und Pfeifer bliesen dazu ganz erschrecklich, daß man sich vor dem kakophonischen Getöse hätte die Ohren zuhalten mögen. Ich bemerkte, daß der Gott des Krieges eine durchaus schlechte, seiner Majestät unwürdige Kapelle habe, und man gab mir recht. — Endlich hörte das Trommeln und Pfeifen auf — da fingen an die Trabanten die Köpfe zu drehen und mit den Hellebarden zu stampfen, bis der Gott des Krieges, nachdem er auch mehrmals die Augen verdreht, von seinem Sitz aufsprang und keck auf uns zuschreiten zu wollen schien. Bald aber warf er sich wieder in seinen Thron, und es wurde noch etwas getrommelt und gepfiffen, bis alles wieder in die alte hölzerne Ruhe zurückkehrte. Als ich denn nun alle diese Automate geschaut, sagte ich im Herausgehen zu mir selbst: Mein Nußknacker war mir doch lieber, und jetzt, meine Herren! nachdem ich den weisen Türken geschaut, sage ich abermals: mein Nußknacker war mir doch lieber! — Man lachte sehr, meinte aber einstimmig, daß Ludwigs Ansicht von der Sache mehr lustig sey als wahr, denn abgesehen von dem seltenen Geist, der doch mehrentheils in den Antworten des Automats liege, sey doch auch die durchaus nicht zu entdeckende Verbindung des verborgenen Wesens mit dem Türken, das nicht allein durch ihn rede, sondern auch seine von den Fragen motivirte Bewegungen veranlassen müßte, höchst wunderbar und in jedem Fall ein Meisterwerk der Mechanik und Akustik.

Dies mußte nun wohl selbst Ludwig eingestehen, und man pries allgemein den fremden Künstler. Da stand ein ältlicher Mann, der in der Regel wenig sprach, und sich auch dieses Mal noch gar nicht ins Gespräch gemischt hatte, vom Stuhl auf, wie er zu thun pflegte, wenn er auch endlich ein Paar Worte, die aber jedes Mal ganz zur Sache gehörten, anbringen wollte, und fing nach seiner höflichen Weise an: „Wollen Sie gütigst erlauben — ich bitte gehorsamst, meine Herren! — Sie rühmen mit Recht das seltene Kunstwerk, das nun schon so lange uns anzuziehen weiß; mit Unrecht nennen Sie aber den ordinären Mann, der es zeigt, den Künstler, da er an allem dem, was in der That an dem Werk vortrefflich ist, gar keinen Antheil hat, selbiges vielmehr von einem in allen Künsten der Art gar tief erfahrnen Mann herrührt, der sich stets und schon seit vielen Jahren in unsern Mauern befindet, und den wir alle kennen und höchlich verehren.“ Man gerieth in Erstaunen, man stürmte mit Fragen auf den Alten ein, der also fortfuhr; „Ich meine niemanden anders, als den Professor X. — Der Türke war schon zwei Tage hier, ohne daß jemand sonderlich Notiz von ihm genommen hätte, der Professor X. dagegen unterließ nicht, bald hinzugehen, da ihn alles, was nur Automat heißt, auf das höchste interessirt. Kaum hatte er aber von dem Türken ein Paar Antworten erhalten, als er den Künstler bei Seite zog, und ihm einige Worte ins Ohr sagte. Dieser erblaßte und verschloß das Zimmer, als es von den wenigen Neugierigen, die sich eingefunden, verlassen war; die Anschlagzettel verschwanden von den Straßenecken und man hörte nichts mehr von dem weisen Türken, bis nach vierzehn Tagen eine neue Ankündigung erschien, und man den Türken mit dem neuen schönen Haupte und die ganze Einrichtung, so wie sie jetzt als ein unauflösliches Räthsel besteht, wieder fand. Seit der Zeit sind auch die Antworten so geistreich und bedeutungsvoll. Daß aber dies alles das Werk des Professor X. ist, unterliegt gar keinem Zweifel, da der Künstler in der Zwischenzeit, als er sein Automat nicht zeigte, täglich bei ihm war, und auch, wie man gewiß weiß, der Professor mehrere Tage hintereinander sich in dem Zimmer des Hotels befand, wo die Figur aufgestellt und noch jetzt steht. Ihnen wird übrigens, meine Herren! doch bekannt seyn, daß der Professor selbst sich in dem Besitz der herrlichsten, vorzüglich aber musikalischer Automate befindet, daß er seit langer Zeit mit dem Hofrath B—, mit dem er ununterbrochen über allerlei mechanische und auch wohl magische Künste korrespondirt, darin wetteifert, und daß es nur an ihm liegt, die Welt in das höchste Erstaunen zu setzen? Aber er arbeitet und schafft im Verborgenen, wiewohl er jedem, der wahre Lust und wahres Belieben daran findet, seine seltenen Kunstwerke gar gern zeigt."

Man wußte zwar, daß der Professor X., dessen Hauptwissenschaft Physik und Chemie waren, nächstdem sich auch gern mit mechanischen Kunstwerken beschäftigte, kein einziger von der Gesellschaft hatte aber seinen Einfluß auf den weisen Türken geahnet, und nur von Hörensagen kannte man das Kunstkabinet, von dem der Alte gesprochen. Ferdinand und Ludwig fühlten sich durch des Alten Bericht über den Professor X. und über sein Einwirken auf das fremde Automat gar seltsam angeregt.

„Ich kann Dir's nicht verhehlen," — sagte Ferdinand, „mir dämmert eine Hoffnung auf, vielleicht die Spur des Geheimnisses zu finden, das mich jetzt so grauenvoll befängt, wenn ich dem Professor X. näher trete. Ja es ist möglich, daß die Ahnung des wunderbaren Zusammenhanges, in dem der Türke, oder vielmehr die versteckte Person, die ihn zum Organ ihrer Orakelsprüche braucht, mit meinem Ich steht, mich vielleicht tröstet, und den Eindruck jener für mich schrecklichen Worte entkräftet. Ich bin entschlossen, unter dem Vorwande, seine Automate zu sehen, die nähere Bekanntschaft des mysteriösen

Mannes zu machen, und da seine Kunstwerke, wie wir hörten, musikalisch sind, wird es für Dich nicht ohne Interesse seyn, mich zu begleiten." —

„Als wenn," erwiederte Ludwig, „es nicht für mich genug wäre, daß ich in Deiner Angelegenheit Dir beistehen soll mit Rath und That! Daß mir aber eben heute, als der Alte von der Einwirkung des Professors X. auf die Maschine sprach, ganz besondere Ideen durch den Kopf gegangen sind, kann ich nicht läugnen, wiewohl es möglich ist, daß ich das auf entlegenem Wege suche, was vielleicht uns ganz nahe liegt. — Ist es nämlich, um eben die Auflösung des Räthsels ganz nahe zu suchen, nicht denkbar, daß die unsichtbare Person wußte, daß Du ein Bild auf der Brust trägst, und konnte nicht eine glückliche Kombination sie gerade wenigstens das scheinbar Richtige treffen lassen? Vielleicht rächte sie durch die unglückliche Weissagung sich an uns des Muthwillens wegen, in dem wir die Weisheit des Türken höhnten."

„Keine menschliche Seele," erwiederte Ferdinand, „hat, wie ich Dir schon vorhin sagte, das Bildniß gesehen, niemandem habe ich jemals jenen auf mein ganzes Leben einwirkenden Vorfall erzählt — auf gewöhnliche Weise kann der Türke unmöglich von dem Allen unterrichtet worden seyn! — vielleicht nähert sich das, was Du auf entlegenem Wege suchst, weit mehr der Wahrheit!"

„So meine ich denn nun," sagte Ludwig: „daß unser Automat, so sehr ich heute auch das Gegentheil zu behaupten schien, wirklich zu den merkwürdigsten Erscheinungen gehört, die man jemals sah, und Alles beweiset, daß dem, der als Dirigent über dem ganzen Kunstwerke schwebt, tiefere Kenntnisse zu Gebote stehen, als die wohl glauben, welche nur so etwas leichtsinnig begaffen, und sich über das Wunderbare nur wundern. Die Figur ist nichts weiter als die Form der Mittheilung, aber es ist nicht zu läugnen, daß diese Form geschickt gewählt ist, da das ganze Ansehen und auch die Bewegungen des Automats dazu geeignet sind, die Aufmerksamkeit zu Gunsten des Geheimnisses zu fesseln, und vorzüglich den Fragenden auf gewisse Weise nach dem Zweck des antwortenden Wesens zu spannen. In der Figur kann kein menschliches Wesen stecken, das ist so gut als erwiesen, daß wir daher die Antworten aus dem Munde des Türken zu empfangen glauben, beruht sicherlich auf einer akustischen Täuschung; wie dies bewerkstelligt ist, wie die Person, welche antwortet, in den Stand gesetzt wird, die Fragenden zu sehen, zu vernehmen und sich ihnen wieder verständlich zu machen, ist und bleibt mir freilich ein Räthsel; allein es setzt nur gute akustische und mechanische Kenntnisse und einen vorzüglichen Scharfsinn oder auch vielleicht besser gesagt eine konsequente Schlauheit des Künstlers voraus, der kein Mittel unbeachtet ließ, uns zu täuschen, und ich muß gestehen, daß mich die Auflösung dieses Geheimnisses weniger interessirt, als es von dem nur allein höchst merkwürdigen Umstande überwogen wird, daß der Türke oft die Seele des Fragenden zu durchschauen, ja, wie Du schon, noch ehe es Dir selbst bewiesen wurde, bemerktest, in die tiefste Tiefe des Gemüths zu dringen scheint. Wie wenn es dem antwortenden Wesen möglich wäre, sich durch uns unbekannte Mittel einen psychischen Einfluß auf uns zu verschaffen, ja sich mit uns in einen solchen geistigen Rapport zu setzen, daß es unsere Gemüthsstimmung, ja unser ganzes inneres Wesen in sich auffaßt, und so, wenn auch nicht das in uns ruhende Geheimniß deutlich ausspricht, doch wie in einer Extase, die eben der Rapport mit dem fremden geistigen Prinzip erzeugte, die Andeutungen alles dessen, was in unserer eigenen Brust ruht, wie es hell erleuchtet dem Auge des Geistes offenbar wird, hervorruft. Es ist die psychische Macht, die die Saiten in unserm Innern, welche sonst nur durcheinander rauschten, anschlägt, daß sie vibriren und ertönen, und wir den reinen Accord deutlich vernehmen; so sind wir aber es selbst, die wir uns die Antworten ertheilen, indem wir die innere Stimme durch ein fremdes geistiges Prinzip geweckt außer uns verständlicher vernehmen und verworrene Ahndungen, in Form und Weise des Gedankens fest gebannt, nun zu deutlichen Sprüchen werden; so wie uns oft im Traum eine fremde Stimme über Dinge belehrt, die wir gar nicht wußten, oder über die wir wenigstens in Zweifel waren, unerachtet die Stimme, welche uns fremdes Wissen zuzuführen scheint, doch nur aus unserm eignen Innern kommt und sich in verständlichen Worten ausspricht. — Daß der Türke, worunter ich natürlich jenes versteckte geistige Wesen verstehe, sehr selten nöthig haben wird, sich mit dem Fragenden in jenen psychischen Rapport zu setzen, versteht sich wohl von selbst. Hundert Fragende werden eben so oberflächlich abgefertigt, als es ihre Individualität verdient, und oft genügt ein witziger Einfall, dem der natürliche Scharfsinn oder die geistige Lebendigkeit des antwortenden Wesens die treffende Spitze giebt, wo von irgend einer Tiefe, in der die Frage aufzufassen ist, nicht die Rede seyn kann. Irgend eine exaltirte Gemüthsstimmung des Fragenden wird den Türken augenblicklich auf ganz andere Weise ansprechen und dann wendet er die Mittel an, die es ihm möglich machen, den psychischen Rapport hervorzubringen, der ihm die Macht giebt, aus dem tiefsten Innern des Fragenden selbst zu antworten. Die Weigerung des Türken, auf solche tief gestellte Fragen gleich zu antworten, ist vielleicht nur der Aufschub, den er sich gönnt, um für die Anwendung jener geheimnißvollen Mittel Momente zu gewinnen. Dies ist meine innige Herzensmeinung, und Du siehst, daß mir das Kunstwerk nicht so verächtlich ist, als ich es Euch heute glauben machen wollte — vielleicht nehme ich die Sache zu ernst! — Doch mochte ich Dir nichts verhehlen, wiewohl ich einsehe, daß wenn Du in meine Idee eingehst, ich Dir gerade nichts zur innern Beruhigung gesagt habe!"

„Du irrst, mein geliebter Freund," erwiederte Ferdinand: „gerade, daß Deine Ideen ganz mit dem übereinstimmen, was mir gleich dunkel vor der Seele lag, beruhigt mich auf eine wunderbare Weise; ich habe es mit mir selbst allein zu thun, mein liebes Geheimniß blieb unentweiht, denn mein Freund wird es treulich bewahren, wie ein anvertrautes Heiligthum. Doch muß ich jetzt noch eines ganz besonderen Umstandes erwähnen, dessen ich bisher noch nicht gedachte. Als der Türke die verhängnißvollen Worte sprach, war es mir, als hörte ich die tiefklagende Melodie: Mio ben ricordati s'avvien ch'io mora in einzeln abgebrochenen Lauten — und dann war es wieder als schwebe nur ein langgehaltener Ton der göttlichen Stimme, die ich in jener Nacht hörte, an mir vorüber."

„So mag ich es Dir auch nicht verschweigen," sagte Ludwig: „daß ich, als Du gerade die leise Antwort erhieltest, zufällig die Hand auf das Geländer, welches das Kunstwerk umschließt, gelegt hatte; es dröhnte fühlbar in meiner Hand und auch mir war es als gleite ein musikalischer Ton, Gesang kann ich es nicht nennen, durchs Zimmer. Ich achtete nicht sonderlich darauf, weil, wie Du weißt, immer meine ganze Phantasie von Musik erfüllt ist, und ich deshalb schon auf die wunderlichste Weise getäuscht worden bin; nicht wenig erstaunte ich aber im Innern als ich den mysteriösen Zusammenhang jenes tiefklagenden Tons mit der verhängnißvollen Begebenheit in D., die Deine Frage an den Türken veranlaßte, erfuhr."

Ferdinand hielt es nur für einen Beweis des psychischen Rapports mit seinem geliebten Freunde, daß auch dieser den Ton gehört hatte, und als sie noch tiefer eingingen in die Geheimnisse der psychischen Beziehungen verwandter geistiger Prinzipe, als immer lebendiger wunderbare Resultate sich erzeugten, da war es ihm endlich, als sey die schwere Last, die seit jenem Augenblick, als er die Antwort erhalten, seine Brust gedrückt, ihm wieder entnommen; er fühlte sich ermuthigt, jedem Verhängniß keck entgegen zu treten. Kann ich sie denn verlieren, sagte er: sie, die ewig in meinem Innern waltet, und so eine intensive Existenz behauptet, die nur mit meinem Seyn untergeht?

Voller Hoffnung, über manche jener Vermuthungen, die für beide die größte innere Wahrheit hatten, näheren Aufschluß zu erhalten, gingen sie zum Professor X. Sie fanden an ihm einen hochbejahrten, altfränkisch gekleideten Mann muntern Ansehens, dessen kleine graue Augen unangenehm stechend blickten, und um dessen Mund ein sarkastisches Lächeln schwebte, das eben nicht anzog.

Als sie den Wunsch äußerten, seine Automate zu sehen, sagte er: Ei! sind Sie doch auch wohl Liebhaber von den mechanischen Kunstwerken, vielleicht selbst Kunstdilettanten? Nun Sie finden bei mir was sie in ganz Europa, ja in der ganzen bekannten Welt vergebens suchen. Des Professors Stimme hatte etwas höchst widriges, es war ein hoher kreischender dissonirender Tenor, der gerade zu der marktschreierischen Art paßte, womit er seine Kunstwerke ankündigte. Er holte mit vielem Geräusch die Schlüssel und öffnete den geschmackvoll, ja prächtig verzierten Saal, in welchem die Kunstwerke sich befanden. In der Mitte stand auf einer Erhöhung ein großer Flügel, neben demselben rechts eine lebensgroße männliche Figur mit einer Flöte in der Hand, links saß eine weibliche Figur vor einem Clavierähnlichen Instrument, hinter derselben zwei Knaben mit einer großen Trommel und einem Triangel. Im Hintergrunde erblickten die Freunde das ihnen schon bekannte Orchestrion und rings an den Wänden umher mehrere Spieluhren. Der Professor ging nur flüchtig an dem Orchestrion und den Spieluhren vorüber, und berührte kaum merklich die Automate; dann setzte er sich aber an den Flügel und fing pianissimo ein marschmäßiges Andante an; bei der Reprise setzte der Flötenbläser die Flöte an den Mund und spielte das Thema, nun paukte der Knabe richtig im Takte ganz leise auf der Trommel, indem der andere einen Triangel kaum hörbar berührte. Bald darauf fiel das Frauenzimmer mit vollgriffigen Accorden ein, indem sie durch das Niederdrücken der Tasten einen harmonikaähnlichen Ton hervorbrachte! Aber nun wurde es immer reger und lebendiger im ganzen Saal, die Spieluhren fielen nach einander mit der größten rhythmischen Genauigkeit ein, der Knabe schlug immer stärker seine Trommel, der Triangel gellte durch das Zimmer und zuletzt trompetete und paukte das Orchestrion im Fortissimo dazu, daß alles zitterte und bebte, bis der Professor mit seinen Maschinen auf einen Schlag im Schluß-Accord endete. Die Freunde zollten dem Professor den Beifall, den sein schlau und zufrieden lächelnder Blick zu begehren schien; er war im Begriff noch mehr musikalische Produktionen der Art vorzubereiten, indem er sich den Automaten näherte, aber die Freunde, als hätten sie sich vorher dazu verabredet, schützten einstimmig ein dringendes Geschäft vor, das ihnen nicht erlaube länger zu verweilen und verließen den Mechaniker und seine Maschinen. Nun, war das nicht Alles überaus künstlich und schön? frug Ferdinand, aber Ludwig brach los wie im lange verhaltenen Zorn: Ei, daß den verdammten Professor der — ei, wie sind wir doch so bitter getäuscht worden! wo sind die Aufschlüsse, nach denen wir trachteten, wie blieb es mit der lehrreichen Unterhaltung, in der uns der weise Professor erleuchten sollte, wie die Lehrlinge zu Sais? Dafür, sagte Ferdinand, haben wir aber in der That merkwürdige mechanische Kunstwerke gesehen; auch in musikalischer Hinsicht! Der Flötenbläser ist offenbar die berühmte Vaucansonsche Maschine, und derselbe Mechanismus rücksichtlich der Fingerbewegung auch bei der weiblichen Figur angewendet, die auf ihrem Instrumente recht wohllautende Töne hervorbringt: die Verbindung der Maschinen ist wunderbar. Das alles ist es eben, fiel Ludwig ein, was mich ganz toll machte! ich bin von all der Maschinen-Musik, wozu ich auch des Professors Spiel auf dem Flügel rechne, ordentlich durchgewalkt und durchgeknetet, daß ich es in allen Gliedern fühle und lange nicht verwinden werde.

Schon die Verbindung des Menschen mit todten das Menschliche in Bildung und Bewegung nachäffenden Figuren zu gleichem Thun und Treiben hat für mich etwas drückendes, unheimliches, ja entsetzliches. Ich kann mir es denken, daß es möglich seyn müßte, Figuren ermöge eines im Innern verborgenen Getriebes gar künstlich und ebende tanzen zu lassen, auch müßten diese mit Menschen gemeinhaftlich einen Tanz ausführen und sich in allerlei Touren wenden ud drehen, so daß der lebendige Tänzer die todte hölzerne Tänzerin ißte und sich mit ihr schwenkte, würdest Du den Anblick ohne innees Grauen eine Minute lang ertragen? Aber vollends die Maschinenusik ist für mich etwas heilloses und gräuliches, und eine gute trumpfmaschine übertrifft nach meiner Meinung an wahrem Werth immelweit die vollkommenste prächtigste Spieluhr.

Ist es denn nur allein der aus dem Munde strömende Hauch, r dem Blasinstrumente, sind es nur allein die gelenkigen geschmeiigen Finger, die dem Saiteninstrumente Töne entlocken, welche uns it mächtigem Zauber ergreifen, ja in uns die unbekannten unausrechlichen Gefühle erregen, welche mit nichts Irdischem hienieden erwandt, die Ahndungen eines fernen Geisterreichs und unsers höhern eyns in demselben hervorrufen? Ist es nicht vielmehr das Gemüth, elches sich nur jener physischen Organe bedient, um das, was in iner tiefsten Tiefe erklungen, in das rege Leben zu bringen, daß es ndern vernehmbar ertönt und die gleichen Anklänge im Innern erectt, welche dann im harmonischen Wiederhall dem Geist das wunervolle Reich erschließen, aus dem jene Töne wie entzündende Strahn hervordrangen? Durch Ventile, Springfedern, Hebel, Walzen und as noch alles zu dem mechanischen Apparat gehören mag, musikaisch wirken zu wollen, ist der unsinnige Versuch, die Mittel allein as vollbringen zu lassen, was sie nur durch die innere Kraft des emüths belebt und von derselben in ihrer geringsten Bewegung gegelt ausführen können. Der größte Vorwurf, den man dem Musiker acht, ist, daß er ohne Ausdruck spiele, da er dadurch eben dem eigentchen Wesen der Musik schadet, oder vielmehr in der Musik die Musik ernichtet, und doch wird der geist- und empfindungsloseste Spieler och immer mehr leisten als die vollkommenste Maschine, da es nicht enkbar ist, daß nicht irgend einmal eine augenblickliche Anregung us dem Innern auf sein Spiel wirken sollte, welches natürlichereise bei der Maschine nie der Fall seyn kann.

Das Streben der Mechaniker, immer mehr und mehr die menschichen Organe zum Hervorbringen musikalischer Töne nachzuahmen, der durch mechanische Mittel zu ersetzen, ist mir der erklärte Krieg gegen das geistige Prinzip, dessen Macht nur noch glänzender siegt, je mehr scheinbare Kräfte ihm entgegengesetzt werden; eben darum ist mir gerade die nach mechanischen Begriffen vollkommenste Maschine der Art eben die verächtlichste, und eine einfache Drehorgel, die im Mechanischen nur das Mechanische bezweckt, immer noch lieber als der Baucansonsche Flötenbläser und die Harmonikaspielerin.

Ich muß dir ganz beistimmen, sagte Ferdinand: denn du hast nur in Worten deutlich ausgesprochen, was ich längst und vorzüglich heute bei dem Professor im Innern lebhaft gefühlt. Ohne so ganz in der Musik zu leben und zu weben, wie Du und ohne daher für alle Mißgriffe sogar empfindlich zu seyn, ist mir doch das Todte, Starre der Maschinenmusik von je her zuwider gewesen und ich erinnere mich noch, daß schon als Kind in dem Hause meines Vaters mir eine große Harfenuhr, welche stündlich ihr Stückchen abspielte, ein recht quälendes Mißbehagen erregte. Es ist Schade, daß recht geschickte Mechaniker ihre Kunst dieser widrigen Spielerei, und nicht vielmehr der Vervollkommnung der musikalischen Instrumente zuwenden. Das ist wahr, erwiederte Ludwig: vorzüglich rücksichtlich der Tasteninstrumente wäre noch manches zu thun, denn gerade diese öffnen dem geschickten Mechaniker ein weites Feld, und wirklich ist es zu bewundern, wie weit z. B. der Flügel, in seiner Struktur, die auf Ton und Behandlungsart den entschiedensten Einfluß hat, vorgerückt ist.

Sollte es aber nicht die höhere musikalische Mechanik seyn, welche die eigenthümlichsten Laute der Natur belauscht, welche die in den heterogensten Körpern wohnenden Töne erforscht und welche dann diese geheimnißvolle Musik in irgend ein Organon fest zu bannen strebt, das sich dem Willen des Menschen fügt und in seiner Berührung erklingt. Alle Versuche, aus metallenen, gläsernen Cylindern, Glasfäden, Glas, ja Marmorstreifen Töne zu ziehen oder Saiten auf ganz andere als die gewöhnliche Weise vibriren und ertönen zu lassen scheinen mir daher im höchsten Grade beachtenswerth, und dem weitern Vorschreiten dieses Bestrebens in die tiefen akustischen Geheimnisse, wie sie überall in der Natur verborgen, zu dringen, steht es nur im Wege, daß jeder mangelhafte Versuch gleich der Ostentation oder des Geldgewinns wegen, als eine neue schon zur Vollkommenheit gediehene Erfindung angepriesen und vorgezeigt wird. Hierin liegt es, daß in kurzer Zeit so viele neue Instrumente zum Theil unter seltsamen oder prunkenden Namen entstanden und eben so schnell wieder verschwunden und in Vergessenheit gerathen sind. Deine höhere musikalische Mechanik, sagte Ferdinand, ist allerdings sehr interessant, wiewohl ich mir eigentlich nicht die Spitze oder das Ziel jener Bestrebungen denken kann.

Dies ist kein anderes, erwiederte Ludwig, als die Auffindung des vollkommensten Tons; ich halte aber den musikalischen Ton für desto vollkommner, je näher er den geheimnißvollen Lauten der Natur verwandt ist, die noch nicht ganz von der Erde gewichen. Mag es seyn, sagte Ferdinand, daß ich nicht so wie du in diese Geheimnisse eingedrungen, aber ich gestehe, daß ich dich nicht ganz fasse. Laß mich es wenigstens andeuten, fuhr Ludwig fort, wie mir das Alles so in Sinn und Gedanken liegt.

In jener Urzeit des menschlichen Geschlechts, als es, um mich ganz der Worte eines geistreichen Schriftstellers zu bedienen (Schubert in den Ansichten von der Nachtseite der Naturwissenschaft) in der ersten heiligen Harmonie mit der Natur lebte, erfüllt von dem göttlichen Instinkt der Weissagung und Dichtkunst, als der Geist des Menschen nicht die Natur, sondern diese den Geist des Menschen erfaßte, und die Mutter das wunderbare Wesen, das sie geboren, noch aus der Tiefe ihres Daseins nährte, da umfing sie den Menschen wie im Wehen einer ewigen Begeisterung mit heiliger Musik, und wundervolle Laute verkündeten die Geheimnisse ihres ewigen Treibens. Ein Nachhall aus der geheimnißvollen Tiefe dieser Urzeit ist die herrliche Sage von der Sphärenmusik, welche mich schon als Knabe, als ich in Scipio's Traum zum ersten Mal davon las, mit inbrünstiger Andacht erfüllte, so daß ich oft in stillen mondhellen Nächten lauschte, ob nicht im Säuseln des Windes jene wunderbaren Töne erklingen würden. Aber noch sind jene vernehmlichen Laute der Natur, wie ich schon vorhin sagte, nicht von der Erde gewichen, denn nichts anders ist jene Luftmusik oder Teufelsstimme auf Ceylon, deren eben jener Schriftsteller erwähnt, und die eine so tiefe Wirkung auf das menschliche Gemüth äußert, daß selbst die ruhigsten Beobachter sich eines tiefen Entsetzens, eines zerschneidenden Mitleids mit jenen den menschlichen Jammer so entsetzlich nachahmenden Naturtönen nicht erwehren können. Ja ich habe selbst in früherer Zeit eine ganz ähnliche Naturerscheinung, und zwar in der Nähe des Kurischen Hafs in Ostpreußen erlebt. Es war im tiefen Herbst, als ich mich einige Zeit auf einem dort gelegenen Landgute aufhielt, und in stillen Nächten bei mäßigem Winde deutlich lang gehaltene Töne hörte, die bald gleich einer tiefen gedämpften Orgelpfeife, bald gleich einer vibrirenden dumpfen Glocke erklangen. Oft konnte ich genau das tiefe F mit der anschlagenden Quinte C unterscheiden, oft erklang sogar die kleine Terz Es, so daß der schneidende Septimen-Akkord in den Tönen der tiefsten Klage meine Brust mit einer das Innerste durchdringenden Wehmuth, ja mit Entsetzen erfüllte.

In dem unvermerkten Entstehen, Anschwellen und Verschweben jener Naturlaute liegt etwas, das unser Gemüth unwiderstehlich ergreift, und das Instrument, dem dies zu Gebote steht, wird in eben dem Grade auf uns wirken müssen; mir scheint daher, daß die Harmonika rücksichtlich des Tons sich gewiß jener Vollkommenheit, die ihren Maßstab in der Wirkung auf unser Gemüth findet, am mehrsten nähert, und es ist eben schön, daß gerade dieses Instrument, welches jene Naturlaute so glücklich nachahmt und auf unser Inneres in den tiefsten Beziehungen so wunderbar wirkt, sich dem Leichtsinn und der schaalen Ostentation durchaus nicht hingiebt, sondern nur in der heiligen Einfachheit ihr eigenthümliches Wesen behauptet. Recht viel in dieser Hinsicht wird auch gewiß das neuerfundene sogenannte Harmonichord leisten, welches statt der Glocken, mittelst einer geheimen Mechanik, die durch den Druck der Tasten und den Umschwung einer Walze in Bewegung gesetzt wird, Saiten vibriren und ertönen läßt. Der Spieler hat das Entstehen, Anschwellen, Verschweben des Tons beinahe noch mehr in der Gewalt, als bei der Harmonika, und nur den wie aus einer andern Welt herabgekommenen Ton dieses Instruments hat das Harmonichord noch nicht im mindesten erreicht. Ich habe dies Instrument gehört, sagte Ferdinand, und muß gestehen, daß sein Ton recht in mein Inneres gedrungen, wiewohl es, nach meiner Einsicht, von dem Künstler selbst nicht eben vortheilhaft behandelt wurde. Uebrigens fasse ich dich ganz, wiewohl mir die enge Beziehung jener Naturlaute, von denen du sprichst, mit der Musik, die wir durch Instrumente hervorbringen, noch nicht deutlich einleuchtet. Kann denn, erwiederte Ludwig, die Musik, die in unserm Innern wohnt, eine andere seyn als die, welche in der Natur wie ein tiefes, nur dem höhern Sinn erforschliches Geheimniß verborgen, und die durch das Organ der Instrumente nur wie im Zwange eines mächtigen Zaubers, dessen wir Herr worden, ertönt? Aber im reinpsychischen Wirken des Geistes, im Traume ist der Bann gelöst, und wir hören selbst im Konzert bekannter Instrumente jene Naturlaute, wie sie wunderbar, in der Luft erzeugt, auf uns niederschweben, anschwellen und verhallen. Ich denke an die Aeolsharfe, unterbrach Ferdinand den Freund; was hältst du von dieser sinnigen Erfindung? Die Versuche, erwiederte Ludwig, der Natur Töne zu entlocken, sind allerdings herrlich und höchst beachtenswerth, nur scheint es mir, daß man ihr bis jetzt nur ein kleinliches Spielzeug darbot, das sie mehrentheils wie in gerechtem Unmuthe zerbrach. Viel größer in der Idee, als alle die Aeolsharfen, die nur als musikalische Ableiter der Zugluft zum kindischen Spielwerk geworden, ist die Wetterharfe, von der ich einmal gelesen. Dicke in beträchtlicher Weite im Freien ausgespannte Drähte wurden von der Luft in Vibration gesetzt, und ertönten in mächtigem Klange.

Ueberhaupt bleibt hier dem sinnigen, von höherem Geiste beseelten Physiker und Mechaniker noch ein weites Feld offen, und ich glaube, daß bei dem Schwunge, den die Naturwissenschaft erhalten, auch tieferes Forschen in das heilige Geheimniß der Natur eindringen, und manches, was nur noch geahnet, in das rege Leben sichtlich und vernehmbar bringen wird. —

Plötzlich wehte ein seltsamer Klang durch die Luft, der im stärkern Anschwellen dem Ton einer Harmonika ähnlich wurde. Die Freunde blieben von innerm Schauer ergriffen, wie an den Boden festgebannt, stehen; da wurde der Ton zur tiefklagenden Melodie einer weiblichen Stimme. Ferdinand ergriff des Freundes Hand und drückte sie krampfhaft an seine Brust, aber leise und bebend sprach Ludwig: Mio ben ricordati s'avvien ch'io mora. Sie befanden sich außerhalb der Stadt, vor dem Eingange eines mit hohen Hecken und Bäumen umschlossenen Gartens; dicht vor ihnen hatte unbemerkt ein kleines niedliches Mädchen, im Grase sitzend, gespielt, das sprang nun schnell auf und sprach: „Ach wie schön singt Schwesterchen wieder, ich muß ihr nur eine Blume bringen, denn ich weiß schon, wenn sie die bunten Nelken sieht, dann singt sie noch schöner und länger.“ Und damit hüpfte sie, einen großen Blumenstrauß in der Hand, in den Garten, dessen Thüre offen stehen blieb, so daß die Freunde hineinschauen konnten. Aber welch ein Erstaunen, ja welch ein inneres

Grausen durchdrang sie, als sie den Professor X. erblickten, der mitten im Garten unter einer hohen Esche stand. Statt des zurückschreckenden ironischen Lächelns, mit dem er die Freunde in seinem Hause empfing, ruhte ein tiefer melancholischer Ernst auf seinem Gesicht, und sein himmelwärts gerichteter Blick schien wie in seliger Verklärung das geahnete Jenseits zu schauen, was hinter den Wolken verborgen, und von dem die wunderbaren Klänge Kunde gaben, welche wie ein Hauch des Windes durch die Luft bebten. Er schritt langsam und abgemessen den Mittelgang auf und nieder, aber in seiner Bewegung wurde alles um ihn her rege und lebendig, und überall flimmerten krystallne Klänge aus den dunklen Büschen und Bäumen empor und strömten vereinigt im wundervollen Konzert wie Feuerflammen durch die Luft ins Innerste des Gemüths eindringend, und es zur höchsten Wonne himmlischer Ahndungen entzündend. Die Dämmerung war eingebrochen, der Professor verschwand in den Hecken, und die Töne erstarben im Pianissimo. Endlich gingen die Freunde im tiefen Schweigen nach der Stadt zurück; aber als Ludwig sich nun von dem Freunde trennen wollte, da drückte ihn Ferdinand fest an sich und sprach: Sey mir treu! — sey mir treu! — ach ich fühle es ja, daß eine fremde Macht in mein Inneres gedrungen, und alle die im Verborgenen liegenden Saiten ergriffen hat, die nun nach ihrer Willkühr erklingen müssen, und sollte ich darüber zu Grunde gehen! —

War denn nicht die gehässige Ironie, womit uns der Professor in seinem Hause empfing, nur der Ausdruck des feindlichen Prinzips, und hat er uns mit seinen Automaten nicht nur abfertigen wollen, um alle nähere Beziehung mit mir im extensiven Leben von der Hand zu weisen? — Du kannst wohl Recht haben, erwiederte Ludwig: denn auch ich ahne es deutlich, daß auf irgend eine Weise, die uns nun freilich wenigstens jetzt ein unauflösliches Räthsel bleibt, der Professor in dein Leben, oder besser gesagt, in das geheimnißvolle psychische Verhältniß, in dem Du mit jenem unbekannten weiblichen Wesen stehst, eingreift. Vielleicht verstärkt er selbst wider seinen Willen, als feindliches Prinzip darin verflochten und dagegen ankämpfend, den Rapport, dessen Kraft eben im Kampfe wächst, und es wäre denkbar, daß ihm dein Nähertreten schon deshalb verhaßt seyn müßte, weil dein geistiges Prinzip dann wider seinen Willen, oder vielmehr einer konventionellen Absicht entgegen, alle die Anklänge jenes psychischen

Rapports weckt und in neuen lebhafteren Schwung setzt. — Die Freunde beschlossen nun kein Mittel unversucht zu lassen, dem Professor X. näher zu treten und vielleicht endlich das Räthsel zu lösen, das so tief auf Ferdinands Leben wirkte; schon am folgenden Morgen sollte ein zweiter Besuch bei dem Professor das Fernere einleiten, ein Brief, den Ferdinand unvermuthet von seinem Vater erhielt, rief ihn aber nach B., er durfte sich nicht den mindesten Aufschub verstatten, und in wenigen Stunden eilte er schon mit Postpferden von dannen, indem er seinem Freunde versicherte, daß ihn nichts abhalten würde, spätestens in vierzehn Tagen wiedhr in J. zu seyn. Merkwürdig war es Ludwigen im höchsten Grade, daß er bald nach Ferdinands Abreise von demselben ältlichen Mann, der zuerst von des Professors X. Einwirkung auf den Türken gesprochen, nun erfuhr, wie des Professors mechanische Kunstwerke nur aus einer untergeordneten Liebhaberei hervorgegangen, und daß tiefes Forschen, tiefes Eindringen in alle Theile der Naturwissenschaft eigentlich der unausgesetzte Zweck alles seines Strebens sey. Vorzüglich rühmte der Mann die Erfindungen des Professors in der Musik, die er aber bis jetzt niemandem mittheile. Sein geheimnißvolles Laboratorium sey ein schöner Garten bei der Stadt, und oft hätten schon Vorübergehende seltsame Klänge und Melodien ertönen gehört, als sey der Garten von Feen und Geistern bewohnt.

Vierzehn Tage vergingen, aber Ferdinand kehrte nicht wieder, endlich nach zwei Monaten erhielt Ludwig einen Brief aus B. des Inhalts:

„Lies und erstaune, aber erfahre nur das, was du vielleicht ahntest, nachdem Du dem Professor, wie ich hoffe, näher getreten. Im Dorfe P. werden Pferde gewechselt, ich stehe und schaue recht gedankenlos in die Gegend hinein.

Da fährt ein Wagen vorbei und hält vor der nahen offnen Kirche; ein einfach gekleidetes Frauenzimmer steigt aus, ihr folgt ein junger schöner Mann in russischer Jägeruniform mit Orden geschmückt; zwei Männer steigen aus einem zweiten Wagen. Der Posthalter sagt: das ist das fremde Paar, das unser Hr. Pastor heut traut. Mechanisch gehe ich in die Kirche und trete ein, als der Geistliche gerade mit dem Segen die Ceremonie endigt. Ich schaue hin, die Braut ist die Sängerin, sie erblickt mich, sie erblaßt, sie sinkt, der hinter ihr stehende Mann fängt sie auf in seine Arme, es ist der Professor X. — Was weiter vorgegangen, weiß ich nicht mehr, auch nicht, wie ich hieher gekommen, Du wirst es wohl vom Professor X. erfahren. Jetzt ist eine nie gefühlte Ruhe und Heiterkeit in meine Seele gekommen. Der verhängnißvolle Spruch des Türken war eine verdammte Lüge, erzeugt vom blinden Hintappen mit ungeschickten Fühlhörnern. Habe ich sie denn verloren? ist sie nicht im innern glühenden Leben ewig mein? Du wirst lange nicht von mir hören, denn ich gehe nach K., vielleicht auch in den tiefen Norden nach P."

Ludwig ersah aus seines Freundes Worten nur zu deutlich seinen zerrütteten Seelenzustand, und um so räthselhafter wurde ihm das Ganze, als er erfuhr, daß der Professor X. durchaus die Stadt nicht verlassen habe. Wie, dachte er, wenn es nur die Resultate des Conflikts wunderbarer psychischer Beziehungen, die vielleicht unter mehreren Personen Statt fanden, wären, die in das Leben traten, und selbst äußere von ihnen unabhängige Begebenheiten so in ihren Kreis zogen, daß sie der getäuschte innere Sinn für eine aus ihm unbedingt hervorgehende Erscheinung hielt und daran glaubte? — Doch vielleicht tritt künftig die frohe Ahnung ins Leben, die ich in meinem Innern trage, und die meinen Freund trösten soll! Der verhängnißvolle Spruch des Türken ist erfüllt, und vielleicht gerade durch diese Erfüllung der vernichtende Stoß abgewendet, der meinem Freunde drohte. — — —

Nun, sprach Ottmar, als Theodor plötzlich schwieg, nun ist das alles? Wo bleibt die Aufklärung, wie wurd' es mit Ferdinand, mit dem Professor X., mit der holden Sängerin, mit dem russischen Offizier? — Habe ich, erwiederte Theodor, denn nicht vorausgesagt, daß es nur ein Fragment sey, was ich vortragen wolle? Ueberdem dünkt mich, daß die merkwürdige Historie vom redenden Türken gerade von Haus aus fragmentarisch angelegt ist. Ich meine, die Phantasie des Lesers oder Hörers soll nur ein paar etwas heftige Rucke erhalten und dann sich selbst beliebig fortschwingen. Willst du, lieber Ottmar, aber durchaus über Ferdinands Schicksal beruhigt seyn, so erinnere dich doch nur an das Gespräch über die Oper, das ich vor einiger Zeit vorlas. Es ist derselbe Ferdinand der dort gesund an Leib und Seele mit freudiger Kampflust in das Feld zieht, der hier obschon in einer früheren Periode seines Lebens aufgetreten, alles muß daher wohl mit der somnambulen Liebschaft sehr gut abgegangen seyn.

Und nun, nahm Ottmar das Wort, ist noch hinzuzufügen, daß

unser Theodor sich ehemals sehr wohl darin gefiel in allerlei wunderbaren ja tollen Geschichten mit aller möglichen Kraft die Fantasie anzuregen und dann plötzlich abzubrechen. So wenig er selbst daran denkt, wird ihn jeder wenigstens einer unartigen Mystifikation anklagen müssen. — Aber es gab eine Zeit, wo sein ganzes Thun und Treiben fragmentarisch erschien. Er las damals nur zweite Theile ohne sich um den ersten und letzten zu bekümmern, sah im Schauspiel zweite und dritte Akte u. s. f.

Und diese Neigung, sprach Theodor, habe ich wohl noch. Nichts ist mir mehr zuwider als wenn in einer Erzählung, in einem Roman der Boden, auf dem sich die fantastische Welt bewegt hat, zuletzt mit dem historischen Besen so rein gekehrt wird, daß auch kein Körnchen, kein Stäubchen bleibt, wenn man so ganz abgefunden nach Hause geht, daß man gar keine Sehnsucht empfindet noch einmal hinter die Gardienen zu kucken. Dagegen dringt manches Fragment einer geistreichen Erzählung tief in meine Seele und verschafft mir, da nun die Fantasie die eignen Schwingen regt, einen lange dauernden Genuß. Wem ist es nicht so gegangen mit Göthes nußbraunem Mädchen! — Vor allem hat auf mich aber das Göthesche Fragment jenes allerliebsten Mährchens von der kleinen Frau, die der Reisende im Kästchen mit sich führt, einen unbeschreiblichen Zauber geübt.

Genug, unterbrach Lothar den Freund, genug; wir erfahren nichts mehr von dem redenden Türken und eigentlich war auch die Geschichte gewissermaßen ganz aus. Darum soll nun aber unser Ottmar ohne weiteres zu Worte kommen.

Ottmar zog sein Manuskript hervor und las:

Doge und Dogaresse.

Mit diesem Namen war in dem Catalog der Kunstwerke, die die Akademie der Künste zu Berlin im September 1816 ausstellte, ein Bild bezeichnet, das der wackre tüchtige C. Kolbe, Mitglied der Akademie, gemalt hatte und das mit besonderm Zauber jeden anzog, so daß der Platz davor selten leer blieb. Ein Doge in reichen prächtigen Kleidern schreitet, die eben so reich geschmückte Dogaresse an der Seite, auf einer Balustrade hervor, er ein Greis mit grauem Bart, sonderbar gemischte Züge, die bald auf Kraft, bald auf Schwäche, bald auf Stolz und Uebermuth, bald auf Gutmüthigkeit deuten, im braunrothen Gesicht; sie ein junges Weib, sehnsüchtige Trauer, träumerisches Verlangen im Blick, in der ganzen Haltung. Hinter ihnen eine ältliche Frau und ein Mann, der einen aufgespannten Sonnenschirm hält. Seitwärts an der Balustrade stößt ein junger Mensch in ein muschelförmig gewundenes Horn und vor derselben im Meer liegt eine reich verzierte mit der venetianischen Flagge geschmückte Gondel, auf der zwei Ruderer befindlich. Im Hintergrunde breitet sich das mit hundert und aber hundert Segeln bedeckte Meer aus, und man erblickt die Thürme und Paläste des prächtigen Venedig, das aus den Fluten emporsteigt. Links unterscheidet man San Marco, rechts mehr im Vorgrunde San Giorgio Maggiore. In dem goldnen Rahmen des Bildes sind die Worte eingeschnizt:

Ah senza amare
Andare sul mare
Col sposo del mare
Non puo consolare.

Ach! gebricht der Liebe Leben,
Kann auf hohem Meer zu schweben
Mit dem Gatten selbst des Meeres
Doch nicht Trost dem Herzen geben.

Vor diesem Bilde entstand eines Tages ein unnützer Streit darüber, ob der Künstler durch das Bild nur ein Bild, das heißt, die durch die Verse hinlänglich angedeutete augenblickliche Situation eines alten abgelebten Mannes, der mit aller Pracht und Herrlichkeit nicht die Wünsche eines sehnsuchtsvollen Herzens zu befriedigen vermag, oder eine wirkliche geschichtliche Begebenheit habe darstellen wollen. Des Geschwätzes müde verließ einer nach dem andern den Platz, so daß zuletzt nur noch zwei der edlen Malerkunst gar holde Freunde übrig blieben. „Ich weiß nicht, fing der eine an, wie man sich selbst allen Genuß verderben mag mit dem ewigen Deuteln und Deuteln. Außerdem, daß ich ja genau zu ahnen glaube, was es mit diesem Dogen, mit dieser Dogaressa für eine Bewandtniß hat im Leben, so ergreift mich auch auf ganz besondere Weise der Schimmer des Reichthums und der Macht, der über das Ganze verbreitet ist. Sieh' diese Flagge mit dem geflügelten Löwen, wie sie der Welt gebietend in den Lüften flattert — O herrliches Venedig!" Er fing an Turandots Räthsel von dem adriatischen Löwen herzusagen: Dimmi, qual sia quella terribil fera etc. Kaum hatte er geendet, als eine wohltönende Männerstimme mit Calafs-Auflösung einfiel: Tu quadrupede fera etc. Von den Freunden unbemerkt hatte sich hinter ihnen ein Mann hingestellt von hohem edlen Ansehen, den grauen Mantel malerisch über die Schulter geworfen, das Bild mit funkelnden Augen betrachtend. — Man gerieth ins Gespräch und der Fremde sagte mit beinahe feierlichem Tone: Es ist ein eignes Geheimniß, daß in dem Gemüth des Künstlers oft ein Bild aufgeht, dessen Gestalten, zuvor unkennbare körperlose im leeren Luftraum treibende Nebel, eben in dem Gemüthe des Künstlers erst sich zum Leben zu formen und ihre Heimath zu finden scheinen. Und plötzlich verknüpft sich das Bild mit der Vergangenheit oder auch wohl mit der Zukunft, und stellt nur dar, was wirklich geschah oder geschehen wird. Kolbe mag vielleicht selbst noch nicht wissen, daß er auf dem Bilde dort, niemanden anders darstellte, als den Dogen Marino Falieri und seine Gattin Annunziata. — Der Fremde schwieg, aber beide Freunde drangen in ihn, dies Räthsel ihnen so zu lösen, wie das Räthsel vom adriatischen Löwen. Da sprach er: Habt ihr Geduld, ihr neugierigen Herrn, so will ich Euch auf der Stelle mit Falieris Geschichte die Erklärung des Bildes geben. Aber habt ihr auch Geduld? — Ich werde sehr umständlich seyn, denn anders mag ich nicht von Dingen reden, die mir so lebendig vor Augen stehen, als habe ich sie selbst erschaut. — Das kann auch wohl der Fall seyn, denn jeder Historiker, wie ich nun einmal einer bin, ist ja eine Art redendes Gespenst aus der Vorzeit.

Die Freunde traten mit dem Fremden in ein entferntes Zimmer, wo er ohne weitere Vorrede in folgender Art begann.

Vor gar langer Zeit und, irr' ich nicht, so war's im Monat August des Jahres Eintausend dreihundert und vier und fünfzig, als der tapfere genuesische Feldherr, Paganino Doria geheißen, die Venetianer auf's Haupt geschlagen und ihre Stadt Parenzo erstürmt hatte. Im Golf, dicht vor Venedig, kreuzten nun seine wohlbemannten Galeeren hin und her wie hungrige Raubthiere, die in unruhiger Gier auf und nieder rennen, spähen, wo die Beute am sichersten zu haschen; und Todesschrecken erfaßte Volk und Signorie. Alle Mannschaft, jeder der nur vermochte die Arme zu rühren, griff zur Waffe oder zum Ruder. In dem Hafen von San Nicolo sammelte man die Haufen.

Schiffe, Bäume wurden versenkt, Kett' an Kette geschlossen, um dem Feinde den Eingang zu sperren. Während hier in wildem Getümmel die Waffen klirrten, die Lasten in das schäumende Meer niederdonnerten, sah man auf dem Rialto die Agenten der Signorie, wie sie den kalten Schweiß sich von der bleichen Stirn wegtrocknend, mit verstörtem Gesichte, mit heiserer Stimme Prozente über Prozente boten für baares Geld, denn auch daran mangelte es der bedrohten Republik. In dem unerforschlichen Rathschlusse der ewigen Macht lag es aber, daß gerade in dieser Zeit der höchsten Kümmerniß und Noth der bedrängten Heerde der treue Hirte entrissen werden sollte. Ganz erdrückt von der Last des Ungemachs starb der Doge Andrea Dandulo, den das Volk sein liebes Gräfchen (il caro contino) nannte, weil er immer fromm und freundlich war und niemals über den Marcusplatz schritt, ohne für jeden des Geldes oder des guten Raths bedürftigen, für diesen Trost im Munde, für jenen Zechinen in der Tasche zu führen. Wie es denn nun geschieht, daß den vom Unglück Entmutheten jeder Schlag, sonst kaum gefühlt, doppelt schmerzlich trifft, so war denn auch das Volk, als die Glocken von San Marco in dumpfen schauerlichen Klängen den Tod des Herzogs verkündeten, ganz außer sich vor Jammer und Betrübniß. Nun sey ihre Stütze, ihre Hoffnung dahin, nun müßten sie die Nacken beugen dem genuesischen Joch, so schrien sie laut, unerachtet, was die eben nöthigen kriegerischen Operationen betraf, der Verlust des Dandulo eben nicht so verderblich schien. Das gute Gräfchen lebte gerne in Ruhe und Frieden, es verfolgte lieber den wunderbaren Gang der Gestirne als die räthselhaften Verschlingungen der Staatsklugheit, es verstand sich besser darauf am heiligen Osterfeste die Prozession zu ordnen als ein Kriegsheer zu führen. Nun kam es darauf an einen Doge zu wählen, der gleich begabt mit muthigem Feldherrnsinn und tüchtiger Staatsklugheit das in seinen Grundfesten erschütterte Venedig rette, von der bedrohlichen Gewalt des immer kühneren Feindes. Die Senatoren versammelten sich, aber da sah man nichts als trübe Gesichter, starre Blicke, zu Boden gesenkte in die Hand gestützte Häupter. Wo einen Mann finden, der jetzt mit kräftiger Hand das lose Steuer zu ergreifen und richtig zu lenken vermag? Der älteste Rath, Marino Bodoeri geheißen, erhob endlich seine Stimme. „Hier um uns, unter uns, so sprach er, hier werdet ihr ihn nicht finden, aber richtet Eure Blicke nach Avignon, auf Marino Falieri, den wir hinschickten, um dem Pabste Innozens Glück zu wünschen zu seiner Erhebung, der kann jetzt was Besseres thun, der vermag es, wählen wir ihn zum Doge, allem Ungemach zu steuern. Ihr werdet einwenden, daß dieser Marino Falieri schon an die achtzig Jahre alt ist, daß Haupthaar und Bart reines Silber geworden, daß sein muntres Ansehen, sein brennendes Auge, das Glühroth auf Nase und Wangen, wie Verläumder wollen, mehr dem guten Cyperwein als innerer Kraft zuzuschreiben ist, aber achtet das nicht. Erinnert Euch, welche glänzende Tapferkeit dieser Marino Falieri als Proveditor der Flotte auf dem schwarzen Meere zeigte, bedenkt, welche Verdienste es seyn mußten, die die Prokuratoren von San Marco bewegen konnten, diesen Falieri mit der reichen Grafschaft Valdemarino zu belehnen?" — So strich Bodoeri Falieris Verdienste wacker heraus und wußte jedem Einwand im Voraus zu begegnen, bis endlich alle Stimmen sich zu Falieris Wahl einten. Mancher sprach zwar noch viel von Falieris aufbrausendem Zorn, von seiner Herrschsucht, seinem Eigenwillen, aber da hieß es: Eben deshalb, weil das Alles von dem Greise gewichen, wählen wir den Greis und nicht den Jüngling Falieri. Derlei tadelnde Stimmen verhallten nun auch vollends, als das Volk die Wahl des neuen Doge erfuhr und ausbrach in ungemessenen ausgelassenen Jubel. Weiß man nicht, daß in solch' gefahrvoller Zeit, in solcher Unruhe und Spannung jeder Entschluß, ist es nur wirklich einer, wie eine Eingebung des Himmels erscheint? — So geschah es, daß das gute Gräfchen mit all' seiner Frömmigkeit und Milde rein vergessen war, und daß Jeder rief: Beim heiligen Marcus, dieser Marino hätte längst unser Doge seyn sollen und der übermüthige Doria säße uns nicht in den Rippen! — Und verkrüppelte Soldaten streckten mühsam die lahmen Arme hoch aus in die Lüfte und schrien: Das ist der Falieri, der den Morbaßan schlug — der tapfere Heerführer, dessen siegreiche Flaggen im schwarzen Meere wehten. Und wo das Volk zusammenstand, erzählte einer von des alten Falieri Heldenthaten und, als sey Doria schon geschlagen, erhallten die Lüfte von wildem Jubelgeschrei. Hiezu kam, daß Nicolo Pisani, der, mag der Himmel wissen warum, statt dem Doria zu begegnen mit der Flotte, ruhig nach Sardinien gesegelt war, endlich zurückkehrte. Doria verließ den Golf, und was die Annäherung der Flotte des Pisani verursachte, wurde dem furchtbaren Namen: Marino

Falieri zugeschrieben. Da ergriff Volk und Signorie eine Art fanatischer Verzückung über die glückliche Wahl und man beschloß, damit das Außerordentliche geschehe, den neuerwählten Dogen wie den Himmelsboten, der Ehre, Sieg, die Fülle des Reichthums bringt, zu empfangen. Zwölf Edle, jeder von zahlreicher glänzender Dienerschaft umgeben, hatte die Signorie bis nach Verona geschickt, wo die Gesandten der Republik dem Falieri, so wie er angekommen, nochmals seine Erhebung zum Oberhaupt des Staats feierlich ankündeten. Fünfzehn reich verzierte Staatsbarken, vom Podesta von Chioggia unter den Befehlen seines eignen Sohnes Taddeo Guistiniani ausgerüstet, nahmen darauf in Chiozza den Dogen mit seinem Gefolge auf, der nun wie im Triumphzuge des mächtigsten siegreichsten Monarchen nach St. Clemens ging, wo ihn der Bucentoro erwartete.

Gerade in diesem Augenblick, als nämlich Marino Falieri den Bucentoro zu besteigen im Begriff stand, und das war am dritten October Abends, da schon die Sonne zu sinken begann, lag vor den Säulen der Dogana, auf dem harten Marmorpflaster ausgestreckt, ein armer unglücklicher Mensch. Einige Lumpen gestreifter Leinwand, deren Farbe nicht mehr kenntlich und die sonst einem Schifferkleide, wie das gemeinste Volk der Lastträger und Ruderknechte es trägt, angehört zu haben schienen, hingen um den abgemagerten Körper. Von Hemde war nichts mehr zu sehen, als die eigne Haut des Armen, die überall durchblickte, aber so weiß und zart war, daß sie der Edelsten einer ohne Scheu und Schaam hätte tragen können. So zeigte auch die Magerkeit nur desto besser das reinste Ebenmaaß der wohlgebauten Glieder und betrachtete man nun vollends die hell-kastanienbraunen Locken, die zerzaust und verworren die schönste Stirn umschatteten, die blauen nur von trostlosem Elend verdüsterten Augen, die Adler-Nase, den feingeformten Mund des Unglücklichen, der höchstens zwanzig Jahre zu zählen schien, so war es gewiß, daß irgend ein feindseliges Schicksal den Fremdling von guter Geburt in die unterste Classe des Volks geschleudert haben mußte.

Wie gesagt, vor den Säulen der Dogana lag der Jüngling und starrte, den Kopf auf den rechten Arm gestützt, mit stierem gedankenlosen Blick ohne Regung und Bewegung hinein in das Meer. Man hätte denken sollen, das Leben sey von ihm gewichen, der Todeskampf habe ihn zur Bildsäule versteinert, hätte er nicht dann und wann tief wie im unsäglichsten Schmerz aufgeseufzt. Das war denn nun wohl der Schmerz des linken Arms, den er ausgestreckt hatte auf dem Pflaster und der mit blutigen Lumpen umwickelt, schwer verwundet zu seyn schien. —

Alle Arbeit ruhte, das Getöse des Gewerbes schwieg, ganz Venedig schwamm in tausend Barken und Gondeln dem hochgepriesenen Falieri entgegen. So kam es, daß auch der unglückliche junge Mensch in trostloser Hülflosigkeit seinen Schmerz verseufzte. Doch eben als sein mattes Haupt herabsank auf das Pflaster und er der Ohnmacht nahe schien, rief eine heisere Stimme recht kläglich mehrmals hinter einander: Antonio — mein lieber Antonio! — Antonio erhob sich endlich mühsam mit halbem Leibe, und indem er den Kopf nach den Säulen der Dogana, hinter denen die Stimme hervorzukommen schien, hinrichtete, sprach er ganz matt und kaum vernehmbar: Wer ist's, der mich ruft? — Wer kommt, meinen Leichnam ins Meer zu werfen, denn bald werde ich hier umgekommen seyn! — Da keuchte und hüstelte sich ein kleines steinaltes Mütterchen am Stabe heran zu dem wunden Jüngling und indem sie neben ihm hinkauerte, brach sie aus in ein widriges Kichern und Lachen. „Thörigt' Kind, so lispelte dann die Alte, thörigt' Kind, willst hier umkommen, willst hier sterben, weil das goldne Glück dir aufgeht? — Schau nur hin, schau nur hin dort im Abend die lodernden Flammen, das sind Zechinen für dich. — Aber du mußt essen, lieber Antonio, essen und trinken, denn der Hunger nur ist es, der dich zu Boden geworfen hat, hier auf dem kalten Pflaster! — Der Arm ist schon heil, schon wieder heil!" — Antonio erkannte in dem alten Mütterchen das seltsame Bettelweib, das auf den Stufen der Franziskanerkirche die Andächtigen immer kichernd und lachend, um Almosen anzusprechen pflegte und der er manchmal, von innerm unerklärlichem Hange getrieben, einen sauer verdienten Quattrino, den er selbst nicht übrig, hingeworfen. „Laß mich in Ruhe, sprach er, laß mich in Ruhe, altes wahnsinniges Weib, wohl ist es der Hunger mehr als die Wunde, der mich kraftlos und elend macht, seit drei Tagen hab' ich keinen Quattrino verdient. Hinüber wollt' ich nach dem Kloster und sehen ein Paar Löffel Krankensuppe zu erhaschen, aber alle Kameraden sind fort — keiner, der mich aus Barmherzigkeit aufnimmt in die Barke, und da bin ich hier umgesunken und werde wohl niemals wieder aufstehen." „Hi hi hi hi, kicherte die Alte, warum gleich verzweifeln? warum gleich verzagen, du bist durstig, du bist hungrig, dafür hab' ich Rath. Hier sind schöne gedörrte Fischlein, erst heute auf der Zecca eingekauft, hier ist Limoniensaft, hier ein artig weißes Brödlein, iß mein Söhnlein, dann wollen wir nach dem wunden Arm schauen." Die Alte hatte in der That aus dem Sack, der ihr wie eine Kapuze auf dem Rücken hing und hoch hinüberragte über das gebückte Haupt, Fische, Brod und Limoniensaft hervorgeholt. So wie Antonio nur die brennenden verschrumpften Lippen genetzt hatte mit dem kühlen Getränke, erwachte der Hunger mit doppelter Gewalt und er verschlang gierig Fische und Brod. Die Alte war indessen drüber her, ihm die Lumpen von dem wunden Arm abzuwickeln und da fand es sich denn, daß der Arm zwar hart zerschlagen, die Wunde aber schon in voller Heilung war. Indem nun die Alte eine Salbe, die in einem kleinen Büchschen befindlich und die sie mit dem Hauch des Mundes erwärmt, darauf strich, frug sie: Aber wer hat dich denn so arg geschlagen, mein armes Söhnlein? Antonio ganz erquickt, von neuem Lebensfeuer durchglüht, hatte sich ganz aufgerichtet; mit blitzenden Augen die geballte Rechte erhoben, rief er: Ha! — Nicolo der Spitzbube wollte mich lahm schlagen, weil er mich um jeden elenden Quattrino beneidet, den mir eine wohlthätige Hand zuwirft! Du weißt Alte, daß ich mühsam mein Leben dadurch erhielt, daß ich die Lasten aus den Schiffen und Barken in das Kaufhaus der Deutschen, in den sogenannten Fontego (du kennst es ja wohl das Gebäude), schleppen half. — So wie Antonio das Wort „Fontego" aussprach, kicherte und lachte die Alte recht abscheulich auf und plapperte immer fort: Fontego — Fontego — Fontego. — Laß dein tolles Lachen, Alte, wenn ich erzählen soll, rief Antonio erzürnt; da wurde die Alte gleich still und Antonio fuhr fort: Nun hatte ich einige Quattrino's verdient, mir ein neues Wamms gekauft, sah ganz stattlich aus und kam in die Zahl der Gondolieres. Weil ich immer frohen Muthes war, wacker arbeitete und manch' schönes Lied wußte, verdiente ich manchen Quattrino mehr als die Andern. Aber da erwachte der Neid unter den Kameraden. Sie verschwärzten mich bei meinem Herrn, der mich fortjagte, überall wo ich ging und stand, riefen sie mir nach, „deutscher Hund! verfluchter Ketzer!" und vor drei Tagen, als ich bei San Sebastian eine Barke ans Land rollen half, überfielen sie mich mit

Steinwürfen und Prügeln. Wacker wehrte ich mich meiner Haut, aber da traf mich der tückische Nicolo mit einem Ruderschlage, der mein Haupt streifend und den Arm schwer verletzend mich zu Boden warf. — Nun, du hast mich satt gemacht, Alte und in der That fühle ich, daß deine Salbe meinem wunden Arm auf wunderbare Weise wohl thut. Sieh nur, wie ich den Arm schon zu schwingen vermag — nun will ich wieder tapfer rudern! Antonio war vom Boden aufgestanden und schwang den wunden Arm kräftig hin und her, aber die Alte kicherte und lachte wieder laut auf, und rief, indem sie ganz wunderlich wie in kurzen Sprüngen tänzelnd hin und her trippelte: Söhnlein, Söhnlein, mein Söhnlein, rudere tapfer — er kommt — er kommt, das Gold glüht in lichten Flammen, rudere tapfer, tapfer! — aber nur noch einmal, nur noch einmal! — dann nicht wieder!

Antonio achtete nicht auf der Alten Beginnen, denn vor ihm hatte sich das allerherrlichste Schauspiel aufgethan. Von San Clemens her schwamm der Bucentoro, den adriatischen Löwen in der flatternden Flagge, mit tönendem Ruderschlage daher wie ein kräftigbeschwingter goldner Schwan. Umringt von tausend Barken und Gondeln schien er, ein fürstlich kühnes Haupt erhoben, zu gebieten über ein jubelndes Heer, das mit glänzenden Häuptern aufgetaucht war, aus dem tiefen Meeresgrunde. Die Abendsonne warf ihre glühenden Strahlen über das Meer, über Venedig hin, so, daß Alles in lodernden Flammen stand; aber wie Antonio in Vergessenheit alles Kummers ganz entzückt hinschaute, wurde der Schein immer blutiger und blutiger. Ein dumpfes Sausen ging durch die Lüfte und wie ein furchtbares Echo hallte es wieder aus der Tiefe des Meers. Der Sturm kam daher gefahren auf schwarzen Wolken und hüllte Alles in dicke Finsterniß ein, während aus dem brausenden Meere höher und höher die Wellen wie zischende schäumende Ungeheuer emporstiegen und Alles zu verschlingen drohten. Gleich zerstäubtem Gefieder sah man Gondeln und Barken hier und dort auf dem Meere treiben. Der Bucentoro, mit seinem flachen Boden unfähig dem Sturme zu widerstehen, schwankte hin und her. Statt des fröhlichen Jubels der Zinken und Trompeten hörte man durch den Sturm das Angstgeschrei der Bedrängten.

Erstarrt schaute Antonio hin, dicht vor ihm rasselte es wie mit Ketten, er schaute hinab, ein kleiner Kahn, der an die Mauer angekettet, wurde von den Wellen geschaukelt, da fiel es wie ein Blitzstrahl in seine Seele. Er sprang in den Kahn, machte ihn frei, ergriff das Ruder, das er darinnen fand und stach kühn und muthvoll hinaus in die See, geradezu auf den Bucentoro. Je näher er kam, desto deutlicher vernahm er das Hülfsgeschrei auf dem Bucentoro: „Hinan! — hinan! — rettet den Doge! rettet den Doge!“ — Es ist bekannt, daß kleine Fischerkähne im Golf, wenn er stürmt, gerade sicherer sind und besser zu handhaben als größere Barken, und so kam es denn, daß dergleichen von allen Seiten herbeieilten, um das theure Haupt des Marino Falieri zu retten. Aber im Leben geschieht es ja immer, daß die ewige Macht nur Einem das tüchtige Gelingen einer kühnen That als sein Eigen zugetheilt hat, so daß alle Andere sich ganz vergebens darum bemühen. So war es dießmal der arme Antonio, dem die Rettung des neuerwählten Doge zugedacht war und deshalb gelang es ihm ganz allein, sich mit seinem kleinen geringen Fischerkahn glücklich hinanzuarbeiten an den Bucentoro. Der alte Marino Falieri, mit solcher Gefahr vertraut, stieg, ohne sich einen Augenblick zu besinnen, rüstig heraus aus dem prächtigen, aber verrätherischen Bucentoro und hinein in den kleinen Kahn des armen Antonio, der ihn über die brausenden Wellen leicht weggleitend wie ein Delphin in wenigen Minuten hinüberruderte nach dem Platze des heiligen Marcus. Mit durchnäßten Kleidern, große Meerestropfen im grauen Bart, führte man den Alten in die Kirche, wo der Adel mit verbleichten Gesichtern die Ceremonien des Einzuges beendete. Das Volk eben so wie die Signorie bestürzt über die Unfälle des Einzuges, zu denen es auch rechnete, daß der Doge in der Eil und Verwirrung durch die zwei Säulen geführt worden, wo gewöhnliche Missethäter hingerichtet zu werden pflegen, verstummte mitten im Jubel und so endete der festlich begonnene Tag traurig und düster.

An den Retter des Doge schien niemand zu denken, und Antonio selbst dachte nicht daran, sondern lag todmüde, halb ohnmächtig von Schmerz, den ihm die neuaufgereizte Wunde verursachte, in dem Säulengange des herzoglichen Palastes. Desto verwunderlicher war es ihm, als, da beinahe die Nacht eingebrochen, ein herzoglicher Trabant ihn bei den Schultern packte, und mit den Worten: Komm guter Freund, in den Palast und in die Zimmer des Dogen hineinstieß. Der Alte kam ihm freundlich entgegen und sprach, indem er auf ein Paar Beutel wies, die auf dem Tische lagen: „Du hast dich wacker gehalten, mein guter Sohn, hier! — nimm diese dreitausend Zechinen, willst du mehr, so fordere, aber erzeige mir den Gefallen und lasse dich nie mehr vor meinem Angesicht sehen.“ Bei den letzten Worten blitzten Funken aus den Augen des Alten und die Nasenspitze röthete sich höher. Antonio wußte nicht, was der Alte wollte, ließ sich das auch gar nicht zu Herzen gehn, sondern lastete mit Mühe die Beutel auf, die er mit Fug und Recht verdient zu haben glaubte.

Leuchtend im Glanz der neuerlangten Herrschaft, sah andern Morgens der alte Falieri aus den hohen Bogenfenstern des Palastes herab auf das Volk, das sich unter ihm in allerlei Waffenübungen lustig tummelte. Da trat Bodoeri, seit den Jünglingsjahren in unwandelbarer Freundschaft mit dem Dogen fest verkettet, ins Gemach, und als nun dieser ganz versunken in sich und seine Würde ihn gar nicht zu bemerken schien, schlug er die Hände zusammen und rief laut lachend aus: Ei Falieri, welche erhabene Gedanken mögen brüten und gedeihen in deinem Kopfe seit dem Augenblicke, daß die krumme Mütze darauf sitzt? — Falieri, wie aus einem Traum erwachend, kam dem Alten mit erzwungener Freundlichkeit entgegen. Er fühlte, daß es doch eigentlich Bodoeri war, dem er die Mütze zu verdanken und jene Rede schien ihn daran zu mahnen. Da nun aber jede Verpflichtung sein stolzes herrschsüchtiges Gemüth wie eine Last drückte und er den ältesten Rath, den bewährten Freund nicht abfertigen konnte, wie den armen Antonio, so zwang er sich einige Worte des Dankes ab und fing dann gleich an, von den Maaßregeln zu sprechen, die jetzt den überall sich regenden Feinden entgegengestellt werden müßten. „Das,“ fiel ihm Bodoeri mit schlauem Lächeln in die Rede, „das und alles Uebrige, was sonst noch der Staat von dir fordert, wollen wir nach ein Paar Stunden im versammelten großen Rath reiflich erwägen und überlegen. Nicht darum bin ich so früh gekommen, um mit dir die Mittel aufzufinden, wie man den kecken Doria schlägt oder wie man den ungarischen Ludwig, dem es wieder nach unsern dalmatischen Seestädten gelüstet, zur Vernunft bringt. Nein, Marino, nur an dich selbst hab' ich gedacht und zwar, was du vielleicht nicht rathen würdest, an deine Vermählung.“ „Wie konntest du, erwiederte der Doge, indem er ganz verdrießlich aufstand und dem Bodoeri den Rücken gewendet, hinausschaute durch das Fenster, — wie konntest du nur daran denken. Noch lange ist's hin bis zum Himmelfahrtstage. Dann, hoff ich, soll der Feind geschlagen, Sieg, Ehre, neuer Reichthum, glänzendere Macht dem meergebornen adriatischen Löwen erworben seyn. Die keusche Braut soll den Bräutigam ihrer würdig finden." „Ach, fiel ihm Bodoeri ungeduldig in die Rede, ach du sprichst von der seltsamen Feierlichkeit am Himmelfahrtstage, wenn du den goldnen Ring vom Bucentoro hinabschleudernd in die Wellen, dich zu vermählen gedenkst mit dem adriatischen Meer. Du Marino, du, dem Meer Verwandter, kennst du denn keine andere Braut, als das kalte, feuchte verrätherische Element, dem du zu gebieten wähnst, und das erst gestern gar bedrohlich sich gegen dich auflehnte? — Ei, wie magst du liegen wollen in den Armen einer solchen Braut, die ein eigensinnig tolles Ding, gleich, als du auf dem Bucentoro daher gleitend ihr nur die bläulich gefrornen Wangen streicheltest, zankte und tobte. Reicht denn ein ganzer Vesuv voll Gluth dazu hin, den eisigen Busen eines falschen Weibes zu erwärmen, die in steter Treulosigkeit immer und immer sich neu vermählend die Ringe nicht empfängt als theures Liebespfand, sondern hinabreißt den Tribut der Sclaven? Nein, Marino, ich gedachte, daß du dich vermählen solltest mit dem schönsten Erdenkinde, das nur zu finden." „Du faselst, murmelte Falieri, ohne sich vom Fenster wegzuwenden, du faselst Alter. Ich, ein achtzigjähriger Greis, belastet mit Mühe und Arbeit, niemals verheirathet gewesen, kaum mehr fähig zu lieben" — Halt ein, rief Bodoeri, lästere dich nicht selbst. — Streckt nicht der Winter, so rauh und kalt, als er auch seyn mag, doch nicht zuletzt voll Sehnsucht die Arme aus nach der holden Göttin, die ihm entgegen zieht von lauen Westwinden getragen? — Und wenn er sie dann an den erstarrten Busen drückt, wenn sanfte Gluth seine Adern durchrinnt, wo bleibt da Eis und Schnee! Du sagst, du seyst an die achtzig Jahre alt, das ist wahr, aber berechnest du das Greisthum denn blos nach den Jahren? — Trägst du dein Haupt nicht so aufrecht, gehst du nicht mit solchem festen Schritt einher wie vor vierzig Sommern? — Oder fühlst du vielleicht doch, daß deine Kraft abgenommen, daß du ein geringeres Schwerdt tragen mußt, daß du im raschen Gange ermattest, daß du die Treppen des herzoglichen Palastes heraufkeuchst. — Nein, beim Himmel! unterbrach Falieri den Freund, indem er mit rascher heftiger Bewegung vom Fenster weg und auf ihn zutrat, nein, beim

Himmel! von dem Allen spüre ich nichts. — Nun dann, fuhr Bodoeri fort, so genieße als Greis mit allen Zügen alles Erdenglück, was dir noch zugedacht. Erhebe das Weib, das ich für dich wählte, zur Dogaressa, und die Frauen von Venedig werden, was Schönheit und Tugend betrifft, so gut in ihr die Erste anerkennen müssen, als die Venetianer in dir ihr Oberhaupt an Tapferkeit, Geist und Kraft. Bodoeri fing nun an, das Bild eines Weibes zu entwerfen und wußte die Farben so geschickt zu mischen und so lebendig aufzutragen, daß des alten Falieri Augen blitzten, daß er im ganzen Gesicht röther und röther wurde, daß die Lippen sich spitzten und schmatzten als genösse er ein Gläslein feurigen Syrakuser nach dem andern. „Ei, sprach er endlich schmunzelnd, ei, was ist denn das für ein Ausbund von Liebreiz, von dem Du sprichst?“ — Kein anderes Weib, erwiederte Bodoeri, kein anderes Weib meine ich, als mein liebes Nichtchen. Was, fiel ihm Falieri in die Rede, deine Nichte? Die wurde ja, als ich Podesta von Treviso war, an Bertuccio Nenolo verheirathet? Ei, sprach Bodoeri weiter, Du denkst an meine Nichte Franzeska und deren Töchterlein ist es, die ich dir zugedacht. Du weißt, daß den wilden barschen Nenolo der Krieg ins Meer verlockte. Franzeska voller Gram und Schmerz begrub sich in ein römisches Kloster, so ließ ich die kleine Annunziata erziehen in tiefer Einsamkeit auf meiner Villa in Treviso. — Was, unterbrach Falieri den Alten voller Ungeduld aufs neue, was, die Tochter Deiner Nichte soll ich zu meiner Gemahlin erheben? — Wie lange ist's, daß Nenolo sich vermählte? — Annunziata muß ein Kind seyn von höchstens zehn Jahren. Als ich Podesta von Treviso wurde, war an Nenolos Vermählung noch nicht zu denken und das sind — 25 Jahre her, fiel Bodoeri ihm lachend in die Rede, ei! wie magst du dich so verrechnen in der Zeit, die dir schnell vergangen. Annunziata ist ein Mädchen von 19 Jahren, schön wie die Sonne, sittsam, demüthig, in der Liebe unerfahren, denn sie sah kaum einen Mann. Sie wird dir anhängen mit kindlicher Liebe und anspruchloser Ergebenheit. „Ich will sie sehen, ich will sie sehen,“ rief der Doge, dem das Bild, das Bodoeri von der schönen Annunziata entworfen, wieder vor Augen kam. Sein Wunsch wurde selbigen Tages erfüllt, denn kaum als er aus dem großen Rath in seine Gemächer zurückgekehrt war, führte ihm der schlaue Bodoeri, der mancherlei Ursachen haben mochte, seine Nichte als Dogaressa an Falieris Seite zu sehen, die holde Annunziata ganz heimlich zu. Als nun der alte Falieri das Engelskind erblickte, war er ganz bestürzt über das Wunder von Schönheit und vermochte kaum, unverständliche Worte stammelnd, um sie zu werben. Annunziata, wohl von Bodoeri schon unterrichtet, sank hohe Röthe auf den Wangen, nieder vor dem fürstlichen Greise. Sie ergriff seine Hand, die sie an die Lippen drückte und lispelte leise: O Herr, wollt Ihr mich denn würdigen Euch zur Seite den fürstlichen Thron zu besteigen? — Nun so will ich Euch aus dem Grunde meiner Seele verehren und Eure treue Magd seyn bis zum letzten Athemzuge. Der alte Falieri war außer sich vor Wonne und Entzücken. Als Annunziata seine Hand ergriff, fühlt' er es durch alle Glieder zucken und dann begann er dermaßen mit dem Kopfe, mit dem ganzen Leibe zu wackeln und zu zittern, daß er nur ganz geschwinde sich in den großen Lehnstuhl setzen mußte. Es schien als solle Bodoeri's gute Meinung von dem kräftigen Alter der achtziger Jahre widerlegt werden. Der konnte freilich ein seltsames Lächeln, das um seine Lippen zuckte, nicht unterdrükken, die unschuldige unbefangene Annunziata bemerkte nichts und sonst war zum Glück niemand zugegen. — Mocht' es seyn, daß der alte Falieri, dacht' er daran sich dem Volke als Bräutigam eines neunzehnjährigen Mädchens zu zeigen, das Unbequeme dieser Lage fühlte, daß sogar eine Ahnung in ihm sich regte, daß man die zum Spott geneigten Venetianer dazu eben nicht aufreizen dürfe und daß es besser sey, den kritischen Zeitpunkt des Bräutigamsstandes ganz zu verschweigen, genug mit Bodoeris Uebereinstimmung wurde beschlossen, daß die Trauung in der größten Heimlichkeit vollzogen und dann einige Tage darauf die Dogaressa als mit Falieri längst vermählt und als sey sie eben aus Treviso angekommen, wo sie sich während Falieris Sendung nach Avignon aufgehalten, der Signorie und dem Volk vorgestellt werden sollte.

Richten wir unsern Blick auf jenen sauber gekleideten bildschönen Jüngling, der, den Beutel mit Zechinen in der Hand, den Rialto auf und abgeht, mit Juden, Türken, Armeniern, Griechen spricht, die verdüsterte Stirn wieder abwendet, weiter schreitet, stehen bleibt, wieder umkehrt und endlich sich nach dem Marcusplatz gondeln läßt, wo er mit ungewissem zaudernden Schritt, die Arme übereinander geschlagen, den Blick zur Erde gesenkt, auf und abwandelt und nicht bemerkt, nicht ahnt, daß manches Flüstern, manches Räuspern aus diesem, jenem Fenster, von diesem, jenem reich behängten Balkon herab, Liebeszeichen sind, die ihm gelten. Wer würde in diesem Jünglinge so leicht den Antonio erkennen, der noch vor wenigen Tagen zerlumpt, arm und elend auf dem Marmorpflaster vor der Dogana lag! Söhnlein, mein goldnes Söhnlein Antonio, guten Tag! — guten Tag! So rief ihm das alte Bettelweib entgegen, die auf den Stufen der Marcuskirche saß und bei der er vorüberschreiten wollte ohne sie zu sehen. So wie er, sich rasch umwendend, die Alte erblickte, griff er in den Beutel und holte eine Hand voll Zechinen heraus, die er ihr zuwerfen wollte. „O laß doch dein Gold stecken, kicherte und lachte die Alte, was soll ich denn mit deinem Golde anfangen, bin ich denn nicht reich genug? — Aber wenn du mir Gutes thun willst, so laß mir eine neue Kapuze machen, denn die, die ich trage, will nicht mehr halten gegen Wind und Wetter! — Ja das thue, mein Söhnlein, mein goldnes Söhnlein — aber bleib weg vom Fontego — vom Fontego!“ — Antonio starrte der Alten ins bleichgelbe Antlitz, in dem die tiefen Furchen auf seltsame grauliche Weise zuckten, und als sie nun die dürren Knochenhände klappernd zusammenschlug und mit heulender Stimme und widrigem Kichern fortplapperte, bleib' weg vom Fontego! da rief Antonio: kannst du denn niemals dein tolles wahnsinniges Treiben lassen, du — Hexenweib! So wie Antonio dies Wort aussprach, kugelte die Alte, wie vom Blitz getroffen, die hohen Marmorstufen herab. Antonio sprang hinzu, faßte die Alte mit beiden Händen und verhinderte den schweren Fall. „O mein Söhnlein, sprach jetzt die Alte mit leiser kläglicher Stimme, o mein Söhnlein, was für ein entsetzliches Wort sprachst du aus! O tödte mich lieber, als daß du dieses Wort noch einmal wiederholst. — Ach du weißt nicht, wie schwer du mich verletzt hast, mich, die dich ja so getreulich im Herzen trägt — ach du weißt nicht.“ — Die Alte brach plötzlich ab, verhüllte ihr Haupt mit dem dunkelbraunen Tuchlappen, der ihr wie ein kurzes Mäntelchen um die Schultern hing und seufzte und wimmerte wie in tausend Schmerzen. Antonio fühlte sich im Innersten auf seltsame Weise bewegt, er faßte die Alte und trug sie hinauf bis in das Portal der Marcuskirche, wo er sie auf eine Marmorbank, die dort befindlich, hinsetzte. „Du hast mir Gutes gethan, Alte, fing er dann an, nachdem er des Weibes Haupt befreit hatte von dem häßlichen

Tuchlappen, du hast mir Gutes gethan, dir hab' ich eigentlich meinen ganzen Wohlstand zu verdanken, denn standest du mir nicht bei in der Todesnoth, so läge ich längst im Meeresgrunde, ich rettete nicht den alten Dogen, ich erhielt nicht die wackern Zechinen. Aber selbst, hättest du das auch nicht gethan, so fühle ich, daß ich doch mit ganz besonderer Neigung dir anhängen müßte mein Lebenlang, unerachtet du mir wieder mit deinem wahnsinnigen Treiben, wenn du so widerlich kicherst und lachst, oft inneres Grauen genug erregst. In der That, Alte, als ich noch mit Lasttragen und Rudern mühsam mein Leben fristete, da war mir es ja immer, als müsse ich schärfer arbeiten nur, um dir ein Paar Quattrino's abgeben zu können." „O mein Herzenssöhnlein, mein goldner Tonino, rief die Alte, indem sie die verschrumpften Arme hoch empor hob, so daß ihr Stab klappernd auf den Marmor niederfiel und weit fort rollte, o mein Tonino! ich weiß es ja, ich weiß es ja, daß du mir, stellst du dich auch an wie du nur magst, mit ganzer Seele anhängen mußt, denn — doch still — still — still." — Die Alte bückte sich mühsam herab nach ihrem Stabe; Antonio hob ihn auf und reichte ihn ihr hin. Das spitze Kinn auf den Stab gestützt, den starren Blick auf den Boden gerichtet, sprach die Alte nun mit zurückgehaltener dumpfer Stimme: Sage mir, mein Kind! magst du dich denn gar nicht der früheren Zeit erinnern, wie es ging, wie es war mit dir, ehe du hier, ein armer elender Mensch, kaum dein Leben fristen konntest? Antonio seufzte tief auf, er nahm Platz neben der Alten und fing dann an: Ach, Mutter, nur zu gut weiß ich, daß ich von Eltern geboren wurde, die in dem blühendsten Wohlstande lebten, aber, wer sie waren, wie ich von ihnen kam, nicht die leiseste Ahnung davon blieb und konnte davon in meiner Seele bleiben. Ich erinnere mich sehr gut eines großen schönen Mannes, der mich oft auf den Arm nahm, mich abherzte und mir Zuckerwerk in den Mund steckte. Eben so gedenke ich einer freundlichen hübschen Frau, die mich aus und anzog, mich jeden Abend in ein weiches Bettchen legte und mir überhaupt Gutes that auf jede Weise. Beide sprachen mit mir in einer fremden volltönenden Sprache und ich selbst lallte manches Wort in dieser Sprache ihnen nach. Als ich noch ruderte, pflegten meine feindlichen Kameraden immer zu sagen, ich müsse meiner Haare, meiner Augen, meines ganzen Körperbaues halber, deutscher Abkunft seyn. Das glaub' ich auch, jene Sprache meiner Pfleger (der Mann war gewiß mein Vater) war deutsch. Die lebhafteste Erinnerung jener Zeit ist das Schreckbild einer Nacht, in der ich durch ein entsetzliches Jammergeschrei aus tiefem Schlaf geweckt wurde. Man rannte im Hause umher, Thüren wurden auf und zugeschlagen, mir wurde unbeschreiblich bange, laut fing ich an zu weinen. Da stürzte die Frau, die mich pflegte hinein, riß mich aus dem Bette, verstopfte mir den Mund, wickelte mich ein in Tücher und rannte mit mir von dannen. Seit diesem Augenblicke schweigt meine Erinnerung. Ich finde mich wieder in einem prächtigen Hause, das in der anmuthigsten Gegend lag. Das Bild eines Mannes tritt hervor, den ich „Vater" nannte, und der ein stattlicher Herr war von edlem und dabei gutmüthigem Ansehen. Er, so wie Alle im Hause sprachen italiänisch. Mehrere Wochen hatte ich den Vater nicht gesehen, da kamen eines Tages fremde Leute von häßlichem Ansehen, die machten viel Lärm im Hause und stöberten Alles durch. Als sie mich erblickten, fragten sie, wer ich denn sey und was ich hier im Hause mache? — „Ich bin ja Antonio, der Sohn vom Hause!" Als ich das erwiederte, lachten sie mir ins Gesicht, rissen mir die guten Kleider vom Leibe und stießen mich zum Hause hinaus, mit der Drohung, daß ich, wage ich es mich wieder zu zeigen, fortgeprügelt werden solle. Laut jammernd lief ich von dannen. Kaum hundert Schritte vom Hause trat mir ein alter Mann entgegen, in dem ich einen Diener meines Pflegevaters erkannte. „Komm Antonio, rief er, indem er mich bei der Hand faßte; komm Antonio, armer Junge! für uns Beide ist das Haus dort auf immer verschlossen. Wir müssen nun Beide zusehen, wo wir ein Stück Brod finden." Der Alte nahm mich mit hierher. Er war nicht so arm als er seiner schlechten Kleidung nach zu seyn schien. Kaum angekommen, sah ich wie er die Zechinen aus dem zertrennten Wamms hervorholte und den ganzen Tag sich auf dem Rialto umhertreibend bald den Unterhändler, bald den Handelsmann selbst machte. Ich mußte immer hinter ihm her seyn, und er pflegte, hatte er den Handel gemacht, noch immer um eine Kleinigkeit für den figliulo zu bitten. Jeder dem ich recht dreist in die Augen sah, rückte noch gern einige Quattrinos heraus, die er mit vieler Behaglichkeit einsteckte, indem er, mir die Wangen streichelnd versicherte, er sammle das Alles für mich zum neuen Wamms. Ich befand mich wohl bei dem Alten, den die Leute, ich weiß nicht warum, Väterchen Blaunas' nannten. Doch das dauerte nicht lange. Du erinnerst dich, Alte, jener Schreckenzeit, als eines Tages die Erde zu beben begann, als in den Grundvesten erschüttert Thürme und Paläste wankten, als wie von unsichtbaren Riesenarmen gezogen die Glocken läuteten. Es sind ja kaum sieben Jahre darüber vergangen. — Glücklich rettete ich mich mit dem Alten aus dem Hause, das hinter uns zusammenstürzte. Alles Geschäft ruhte, auf dem Rialto lag Alles in todter Betäubung. Aber mit diesem entsetzlichen Ereigniß kündigte sich nur das herannahende Ungeheuer an, das bald seinen giftigen Athem aushauchte über Stadt und Land. Man wußte, daß die Pest aus der Levante zuerst nach Sicilien gedrungen, schon in Toscana wüthete. Noch war Venedig davon befreit. Da handelte eines Tages mein Väterchen Blaunas' auf dem Rialto mit einem Armenier. Sie wurden Handels einig, und schüttelten sich wacker die Hände. Mein Väterchen hatte einige gute Waaren dem Armenier abgelassen um geringen Preis und forderte nun die gewöhnliche Kleinigkeit per il figliulo. Der Armenier, ein großer starker Mann mit dickem krausem Bart (noch steht er vor mir) schaute mich an mit freundlichem Blick, dann küßte er mich und drückte mir ein Paar Zechinen in die Hand, die ich hastig einsteckte. Wir gondelten nach San Marco. Unterweges forderte Väterchen mir die Zechinen ab und ich weiß selbst nicht, wie ich darauf kam zu behaupten, daß ich mir sie selbst verwahren müsse, da der Armenier es so gewollt. Der Alte wurde verdrießlich, aber indem er mit mir zankte, bemerkte ich, daß sein Gesicht sich mit einer widerlichen erdgelben Farbe überzog, und daß er allerlei tolles unzusammenhängendes Zeug in seine Reden mischte. Auf dem Platz angekommen, taumelte er hin und her wie ein Betrunkener bis er dicht vor dem herzoglichen Palast todt nieder stürzte. Mit lautem Jammergeschrei warf ich mich auf den Leichnam. Das Volk rannte zusammen, aber so wie der fürchterliche Ruf: die Pest — die Pest, erscholl, stäubte Alles voll Entsetzen auseinander. In dem Augenblick ergriff mich eine dumpfe Betäubung, mir schwanden die Sinne. Als ich erwachte, fand ich mich in einem geräumigen Zimmer auf einer geringen Matratze mit einem wollenen Tuche bedeckt. Um mich herum lagen auf ähnlichen Matratzen wohl zwanzig bis dreißig elende bleiche Gestalten. So wie ich später erfuhr, hatten mich mitleidige Mönche, die gerade aus San Marco kamen, da sie Leben in mir verspürten, in eine Gondel bringen und nach der Giudekka in das Kloster San

Giorgio Maggiore, wo die Benediktiner ein Hospital angelegt hatten, schaffen lassen. — Wie vermag ich dir denn, Alte, diesen Augenblick des Erwachens zu beschreiben! Die Wuth der Krankheit hatte mir alle Erinnerung des Vergangenen gänzlich geraubt. Gleich als wäre in die todstarre Bildsäule plötzlich der Lebensfunken gefahren, gab es für mich nur augenblickliches Daseyn, das sich an nichts knüpfte. Du kannst es dir denken, Alte! welchen Jammer, welche Trostlosigkeit dies Leben, nur ein im leeren Raum ohne Halt schwimmendes Bewußtseyn zu nennen, über mich bringen mußte! — Die Mönche konnten mir nur sagen, daß man mich bei Väterchen Blaunas' gefunden, für dessen Sohn ich allgemein gegolten. Nach und nach sammelten sich zwar meine Gedanken und ich besann mich auf mein früheres Leben, aber was ich dir erzählte, Alte, das ist Alles was ich davon weiß und das sind doch nur einzelne Bilder ohne Zusammenhang. Ach! dieses trostlose Alleinstehen in der Welt, das läßt mich zu keiner Fröhlichkeit kommen, so gut es mir nun auch gehen mag. — „Tonino, mein lieber Tonino, sprach die Alte, begnüge dich mit dem, was dir die helle Gegenwart schenkt." — Schweig, Alte, unterbrach sie Antonio, schweig, noch etwas ist es, was mir mein Leben verkümmert, mich rastlos verfolgt, was mich über kurz oder lang rettungslos verderben wird. Ein unaussprechliches Verlangen, eine mein Innerstes verzehrende Sehnsucht nach einem Etwas, das ich nicht zu nennen, nicht zu denken vermag, hat, seitdem ich im Spital zum Leben erwachte, mein ganzes Wesen erfaßt. Wenn ich als ein Armer, Elender, ermüdet, zerschlagen von der mühseligen Arbeit Nachts auf dem harten Lager ruhte, dann kam der Traum und goß, mir in lindem Säuseln die heiße Stirn fächelnd, alle Seligkeit irgend eines glücklichen Moments, in dem mir die ewige Macht die Wonne des Himmels ahnen ließ und dessen Bewußtseyn tief in meiner Seele ruht, in mein Inneres. Jetzt ruhe ich auf weichen Kissen und keine Arbeit verzehrt meine Kraft, aber erwache ich aus dem Traum oder kommt mir wachend das Bewußtseyn jenes Moments in den Sinn, so fühle ich, daß mein armes verlassenes Daseyn mir ja eben so wie damals eine drückende Bürde ist, die abzuwerfen ich trachten möchte. Alles Sinnen, alles Forschen ist vergebens, ich kann es nicht ergründen, was mir früher im Leben so Hochherrliches geschah, dessen dunkler, ach mir unverständlicher Nachklang mich mit solcher Seligkeit erfüllt, aber wird diese Seligkeit nicht zum brennendsten Schmerz, der mich zu Tode foltert, wenn ich erkennen muß, daß alle Hoffnung verloren ist, jenes unbekannte Eden wieder zu finden, ja es nur zu suchen? Gibt es denn Spuren des spurlos Verschwundenen? Antonio hielt inne, indem er aus tiefer Brust schwer aufseufzte. Die Alte hatte sich während seiner Erzählung gebehrdet wie einer, der ganz hingerissen von dem Leid des andern Alles selbst fühlt, und jede Bewegung, die diesem der Schmerz abnöthigt, wie ein Spiegel zurückgiebt. „Tonino, fing sie jetzt mit weinerlicher Stimme an, mein lieber Tonino, darum willst du verzagen, weil dir im Leben etwas Hochherrliches begegnet ist, dessen Erinnerung dir erloschen? — Thörichtes Kind, thörichtes Kind — merk auf — hi hi hi." — Die Alte begann nach ihrer gewöhnlichen Weise widerlich zu kichern und zu lachen und auf dem Marmorboden herumzuhüpfen. — Leute kamen, die Alte kauerte nieder, man warf ihr Almosen zu. — „Antonio — Antonio, bring' mich fort — fort ans Meer!" So kreischte sie auf, Antonio wußte nicht, wie ihm geschah, beinahe willkürlos faßte er die Alte und führte sie über den Marcusplatz langsam fort. Während sie gingen, murmelte die Alte leise und feierlich: „Antonio — siehst du wohl die dunklen Blutflecken hier auf dem Boden? — ja Blut — viel Blut, überall viel Blut! — aber hi — hi — hi! — aus dem Blut entsprießen Rosen, schöne rothe Rosen zum Kranze für dich — für dein Liebchen. — O du Herr des Lebens, welcher holde Engel des Lichts ist es denn — der dort so anmuthig, so sternenklar lächelnd auf dich zuschreitet? — Die lilienweißen Arme breiten sich aus um dich zu umarmen. O Antonio, hochbeglücktes Kind — halte dich wacker — halte dich wacker! — Und Myrthen kannst du pflücken im süßen Abendroth, Myrthen für die Braut, für die jungfräuliche Wittwe — hi — hi — hi — Myrthen, im Abendroth gepflückt, aber sie blühen erst um Mitternacht — hörst du wohl das Geflüster des Nachtwindes — das sehnsüchtig klagende Sausen des Meeres? — Rudere wacker zu, mein kühner Schiffer, rudere wacker zu!" — Antonio fühlte sich von tiefem Grauen erfaßt bei den wunderlichen Reden der Alten, die sie mit ganz seltsamer fremder Stimme unter beständigem Kichern hermurmelte. Sie waren an die Säule gekommen, die den adriatischen Löwen trägt. Die Alte wollte immer weiter fortmurmelnd vorüberschreiten, Antonio, von der Alten Betragen gepeinigt, von den Vorübergehenden ob seiner Dame verwunderlich angegafft, blieb aber stehen und sprach mit barschem Ton: Hier — auf diese Stufen setz dich hin, Alte, und halt ein mit deinen Reden, die mich toll machen könnten. Es ist wahr, du hast meine Zechinen in den Flammengebilden der Wolken gesehen, aber eben deshalb — was schwatzest du von Engeln des Lichts — von Braut — jungfräulicher Wittwe — von Rosen und Myrthen? — willst du mich bethören, entsetzliches Weib, daß irgend ein wahnsinniges Streben mich in den Abgrund schleudert? Eine neue Kaputze sollst du haben, Brod — Zechinen — Alles, was du willst, aber laß ab von mir. — Antonio wollte rasch fort, allein die Alte ergriff ihn beim Mantel und rief mit schneidender Stimme: „Tonino — mein Tonino, sieh mich doch nur noch einmal recht an, sonst muß ich ja hin bis an den äußersten Rand des Platzes dort, und mich trostlos hinabstürzen in das Meer.“ — Antonio, um nicht noch mehr Blicke auf sich zu ziehen als sich auf ihn zu richten begannen, blieb wirklich stehen. Tonino, fuhr die Alte fort, setze dich her zu mir, es drückt mir das Herz ab, ich muß dir es sagen — o setze dich her zu mir. Antonio ließ sich auf die Stufen so nieder, daß er der Alten den Rücken zuwandte und zog sein Rechnungsbuch hervor, dessen weiße Blätter von dem Eifer zeugten, mit dem er seine Handelsgeschäfte auf dem Rialto betrieb. „Tonino, lispelte nun die Alte ganz leise, Tonino, wenn du so in mein verschrumpftes Antlitz schaust, dämmert denn gar keine leise Ahnung in deinem Innern auf, daß du mich wohl in früher, früher Zeit gekannt haben könntest!“ „Ich sagte dir schon, erwiederte Antonio eben so leise und ohne sich umzuwenden, ich sagte dir schon, Alte, daß ich auf eine mir unerklärliche Weise mich zu dir hingeneigt fühle, aber daran ist dein häßliches, verschrumpftes Gesicht nicht Schuld. Schaue ich vielmehr deine seltsamen schwarzen blitzenden Augen, deine spitze Nase, deine blauen Lippen, dein langes Kinn, dein struppiges eisgraues Haar an, hör' ich dein widriges Kichern und Lachen — deine verworrenen Reden — ei so möcht ich mit Abscheu mich von dir abwenden und gar glauben, irgend verruchte Mittel stünden dir zu Gebote, mich an dich zu locken.“ „O Herr des Himmels, heulte die Alte, von unsäglichem Schmerz erfaßt, o Herr des Himmels, welcher böse höllische Geist gab dir solche entsetzliche Gedanken ein! O Tonino, mein süßer Tonino, das Weib, das dich als Kind so zärtlich hegte und pflegte, das dich in jener

Schreckensnacht rettete aus dringender Todesgefahr, das Weib war ich." Im plötzlichen Schreck der Ueberraschung drehte sich Antonio rasch um, aber wie er nun der Alten in das abscheuliche Gesicht starrte, rief er zornig: So gedenkst du mich zu bethören, altes verruchtes wahnsinniges Weib? — Die wenigen Bilder, die aus meiner Kindheit mir geblieben, sind lebendig und frisch. Jene holde freundliche Frau, die mich pflegte, o ich sehe sie lebhaft vor Augen! — Sie hatte ein volles frisch gefärbtes Gesicht — mild blickende Augen — schönes dunkelbraunes Haupthaar — zierliche Hände — sie mochte kaum dreißig Jahre alt seyn — und du? — ein neunzigjähriges Mütterchen — „O all ihr Heiligen, fiel die Alte ihm schluchzend in die Rede, o all ihr Heiligen, wie beginn' ich es denn, daß mein Tonino an mich, an seine treue Margaretha glaubt." — „Margaretha? — murmelte Antonio, Margaretha? — Der Name fällt wie vor langer Zeit gehörte längst vergessene Musik mir in die Ohren. — Aber es ist nicht möglich — es ist nicht möglich!" — Wohl war, fuhr die Alte ruhiger fort, indem sie gesenkten Blicks mit dem Stabe auf dem Boden hin und herkritzelte, wohl war der große schöne Mann, der dich auf den Arm nahm, dich abherzte und dir Zuckerwerk in den Mund steckte, wohl war das dein Vater, Tonino! wohl war es das herrliche volltönende Deutsch, das wir mit einander sprachen. Dein Vater war ein angesehener reicher Kaufmann in Augsburg. Sein schönes junges Weib starb ihm, als sie dich gebar. Da zog er, weil er sich selbst nicht dulden konnte an dem Ort, wo sein Liebstes begraben lag, hierher nach Venedig und nahm mich mit, mich deine Amme, deine Pflegerin. In jener Nacht erlag dein Vater einem grausenden Schicksal, das auch dich bedrohte. Es gelang mir dich zu retten. Ein edler Venetianer nahm dich auf. Aller Hülfsmittel beraubt mußt ich in Venedig bleiben. Von Kindheit auf machte mich mein Vater, ein Wundarzt, dem man nachsagte, er treibe nebenher verbotene Wissenschaften, bekannt mit den geheimen Heilkräften der Natur. Von ihm lernte ich, durch Wald und Flur streifend, die Abzeichen manches heilbringenden Krauts, manches unscheinbaren Mooses, die Stunde, wenn es gepflückt, gelesen werden mußte, die verschiedene Mischung der Säfte kennen. Aber dieser Wissenschaft gesellte sich eine besondere Gabe bei, die der Himmel mir verlieh in unerforschlicher Absicht. — Wie in einem fernen dunkeln Spiegel erschaue ich oft künftige Ereignisse und beinahe ohne eignen Willen, in mir oft selbst unverständlichen Redensarten das, was ich erschaut, auszusprechen, zwingt mich dann die unbekannte Macht, der ich nicht zu widerstehen vermag. — Als ich nun einsam, von aller Welt verlassen, zurückbleiben mußte in Venedig, gedachte ich durch meine erprobte Kunst mein Leben zu fristen. Ich heilte die bedenklichsten Uebel in kurzer Zeit. Kam nun noch hinzu, daß meine Erscheinung auf die Kranken wohlthuend wirkte, daß oft das sanfte Bestreichen mit meiner Hand in wenigen Augenblicken die Crisis löste, so konnt' es nicht fehlen, daß mein Ruf bald die Stadt durchdrang und mir die Fülle des Geldes zufloß. Da erwachte der Neid der Aerzte, der Ciarlatani, die auf dem Marcusplatz, auf dem Rialto, auf der Zecca ihre Pillen, ihre Essenzen verkauften und die Kranken vergifteten, statt sie zu heilen. Ich stehe mit dem leidigen Satan im Bündniß, das sprengten sie aus, und fanden Glauben bei dem abergläubischen Volk. Bald wurde ich verhaftet und vor das geistliche Gericht gestellt. O mein Tonino, mit welchen gräßlichen Martern suchte man mir das Geständniß des abscheulichsten Bündnisses zu erpressen. Ich blieb standhaft. Meine Haare verbleichten, mein Körper schrumpfte ein zur Mumie — Füße und Hände erlahmten. — Die entsetzlichste Folter, die sinnreichste Erfindung des höllischen Geistes war noch übrig, die entlockte mir ein Geständniß, vor dem ich noch jetzt zusammenschaudre. Ich sollte verbrannt werden, als aber das Erdbeben die Grundmauern der Palläste, des großen Gefängnisses erschütterte, sprangen die Thüren des unterirdischen Kerkers, in dem ich gefangen saß, von selbst auf, ich wankte wie aus tiefem Grabe durch Schutt und Trümmer hervor. Ach Tonino, du nanntest mich ein neunzigjähriges Mütterchen, da ich kaum über fünfzig Jahre alt. Dieser knochendürre Leib, dieses abscheulich verzogene Gesicht, dieses eisige Haar — diese erlahmten Füße — nein, nicht Jahre, nur unsägliche Martern konnten das kräftige Weib in wenigen Monden umwandeln in ein Scheusal. — Und dieses widrige Kichern und Lachen — die letzte Folter, vor der sich noch meine Haare sträuben und mein ganzes Selbst entbrennt wie im glühenden Panzer eingeschlossen, hat mir das ausgepreßt, und seit der Zeit überfällt mich es wie ein steter unbezwingbarer Krampf. Entsetze dich nun nicht mehr vor mir, mein Tonino! — Ach, dein Herz hat es dir ja doch gesagt, daß du, ein kleiner Knabe, an meinem Busen lagst. —

„Weib, sprach Antonio dumpf und in sich gekehrt, Weib, es ist mir so, als wenn ich dir glauben müßte. Aber wer war mein Vater? wie hieß er? welchem grausigen Schicksal mußte er erliegen in jener Schreckensnacht? — Wer war es, der mich aufnahm? und — was geschah in meinem Leben, das noch jetzt wie ein mächtiger Zauber aus fremder unbekannter Welt mein ganzes Selbst unwiderstehlich beherrscht, so daß alle meine Gedanken sich verlaufen wie in ein düstres nächtiges Meer? — Das Alles sollst du mir sagen, du räthselhaftes Weib, dann werde ich dir glauben!“ — Tonino, erwiederte die Alte seufzend, dir zum Heil muß ich schweigen, aber bald, bald wird es an der Zeit seyn. — Der Fontego, der Fontego — bleib weg vom Fontego! — O, rief Antonio erzürnt, deiner dunklen Worte bedarf es nicht mehr, mich mit verruchter Kunst zu verlocken. — Mein Inneres ist zerrissen — du mußt sprechen oder — Halt ein, unterbrach ihn die Alte, keine Drohungen, — bin ich nicht deine treue Amme, deine Pflegerin! — Ohne abzuwarten, was die Alte weiter sprechen wollte, raffte sich Antonio auf und rannte schnell von dannen. Aus der Ferne rief er dem Weibe zu: die neue Kaputze sollst du doch haben, und Zechinen obendrein so viel du willst. — —

Es war in der That ein wunderlich Schauspiel, den alten Dogen Marino Falieri zu sehen mit seiner blutjungen Gattin. Er, zwar stark und robust genug, aber mit greisem Bart, tausend Runzeln im braunrothen Gesicht, mit mühsam zurückgebogenem Nacken, pathetisch daher schreitend; Sie, die Anmuth selbst, fromme Engelsmilde im himmlisch schönen Antlitz, unwiderstehlichen Zauber im sehnsüchtigen Blick, Hoheit und Würde auf der offnen lilienweißen von dunklen Locken umschatteten Stirne, süßes Lächeln auf Wang' und Lippen, — das Köpfchen geneigt in holder Demuth, den schlanken Leib leicht tragend — daher schwebend — ein herrliches Frauenbild, heimathlich in anderer höherer Welt. — Nun, ihr kennt wohl solche Engelsgestalten, wie sie die alten Maler zu erfassen und darzustellen wußten. — So war Annunziata. Konnt' es denn fehlen, daß Jeder, der sie sah, in Erstaunen und Entzücken gerieth, daß jeder feurige Jüngling von der Signorie aufloderte in hellen Flammen und den Alten mit spöttischen Blicken messend, im Herzen schwur, der Mars dieses Vulkans zu werden, koste es, was es wolle? Annunziata sah sich bald von Anbetern umringt, deren schmeichlerische verführerische Reden sie still und freundlich aufnahm, ohne sich was Besonderes dabei zu denken. Ihr engelreines Gemüth hatte das Verhältniß zu dem alten fürstlichen Gemahl nicht anders begriffen, als daß sie ihn wie ihren hohen Herrn verehren und ihm anhängen müsse mit der unbedingten Treue einer unterwürfigen Magd! Er war freundlich, ja zärtlich gegen sie, er drückte sie an seine eiskalte Brust, er nannte sie sein Liebchen, er beschenkte sie mit allen Kostbarkeiten, die es nur gab; was hatte sie sonst noch für Wünsche, für Rechte an ihn? Auf diese Weise konnte der Gedanke, daß es möglich sey. dem Alten untreu zu werden, sich in keiner Art in ihr gestalten, Alles, was außer dem engen Kreise jenes beschränkten Verhältnisses lag, war ein fremdes Gebiet, dessen verbotene Gränze im dunklen Nebel lag — ungesehen — ungeahnet von dem frommen Kinde. So kam es, daß alle Bewerbungen fruchtlos blieben. Keiner von Allen war aber so heftig in wildem Liebesfeuer entbrannt für die schöne Dogaressa, als Michaele Steno. Seiner Jugend unerachtet, bekleidete er die wichtige einflußreiche Stelle eines Raths der Vierzig. Darauf, so wie auf seine äußere Schönheit bauend, war er seines Sieges gewiß. Er fürchtete den alten Marino Falieri nicht, und in der That, dieser schien, so wie er verheirathet, ganz abzulassen von seinem jähen aufbrausenden Zorn, von seiner rohen unbezähmbaren Wildheit. An der Seite der schönen Annunziata saß er in den reichsten buntesten Kleidern aufgeschniegelt und geputzt da, schmunzelnd und lächelnd und mit süßem Blick aus den grauen Augen, denen manchmal ein Thränchen enttriefte, die Andern herausfordernd, ob sich solcher Gemahlin einer rühmen könne. Statt des herrischen rauhen Tons, in dem er sonst zu sprechen pflegte, lispelte er, die Lippen kaum bewegend, nannte Jeden seinen Allerliebsten und bewilligte die widersinnigsten Gesuche. Wer hätte in diesem weichlichen verliebten Alten den Falieri erkennen sollen, der in Treviso in toller Hitze am Frohnleichönamsfeste dem Bischof ins Gesicht schlug, der den tapfern Morbassan besiegte. Diese zunehmende Schwäche feuerte den Michaele Steno an zu den rasendsten Unternehmungen. Annunziata verstand nicht, was Michaele, sie unaufhörlich mit Blicken und Worten verfolgend, von ihr eigentlich wollte, sie blieb in steter milder Ruhe und Freundlichkeit und das eben, das Trostlose, was in diesem unbefangenen stets gleichen Wesen lag, brachte ihn zur Verzweiflung. Er sann auf verruchte Mittel. Es gelang ihm einen Liebeshandel mit Annunziata's vertrautestem Kammermädchen anzuspinnen, die ihm endlich nächtliche Besuche verstattete. So glaubte er den Weg gebahnt zu Annunziata's unentweihtem Gemach, aber die ewige Macht des Himmels wollte, daß solche trügerische Tücke zurückfallen mußte auf das Haupt des boshaften Urhebers. — Es begab sich, daß eines Nachts der Doge, der eben die böse Nachricht von der Schlacht, die Nicolo Pisani bei Portelongo gegen den Doria verloren, erhalten, schlaflos in tiefer Kümmerniß und Sorge die Gänge des herzoglichen Pallastes durchstrich. Da gewahrte er einen Schatten, der wie aus Annunziata's Gemächern schlüpfend nach den Treppen schlich. Schnell eilte er darauf los, es war Michaele Steno, der von seinem Liebchen kam. Ein entsetzlicher Gedanke durchfuhr den Falieri; mit dem Schrei: Annunziata! rannte er ein auf den Steno mit gezogenem Stilet. Aber Steno, kräftiger und gewandter als der Alte, unterlief ihn, warf ihn mit einem tüchtigen Faustschlage zu Boden und stürzte laut auflachend: Annunziata, Annunziata! die Treppe herab. Der Alte raffte sich auf, und schlich, brennende Qualen der Hölle im Herzen, nach Annunziata's Gemächern. Alles ruhig — still wie im Grabe. — Er klopfte an, ein fremdes Kammermädchen, nicht die, welche sonst gewohnt neben Annunziata's Gemach zu schlafen, öffnete ihm die Thüre. „Was befiehlt mein fürstlicher Gemahl um diese späte ungewohnte Zeit?“ — so sprach Annunziata, die unterdessen ein leichtes Nachtgewand umgeworfen und herausgetreten, mit ruhigem engelsmildem Ton. Der Alte starrte sie an, dann hob er beide Hände hoch in die Höhe und rief: Nein, es ist nicht möglich, es ist nicht möglich! „Was ist nicht möglich, mein fürstlicher Herr!“ fragte die über den feierlichen dumpfen Ton des Alten ganz bestürzte Annunziata. Aber Falieri, ohne zu antworten, wandte sich an das Kammermädchen: „Warum schläfst du, warum schläft Luigia nicht hier wie gewöhnlich?“ „Ach,“ erwiederte die Kleine, „Luigia wollte durchaus mit mir tauschen diese Nacht, die schläft im Vordergemach dicht neben der Treppe.“ „Dicht neben der Treppe?“ rief Falieri voller Freude und eilte mit raschen Schritten nach dem Vordergemach. Luigia öffnete auf starkes Klopfen, und als sie nun das zornrothe Antlitz, die funkensprühenden Augen des fürstlichen Herrn erblickte, fiel sie nieder auf die nackten Knie und bekannte ihre Schmach, über die auch ein Paar zierliche Männerhandschuhe, die auf dem Polsterstuhle lagen, und deren Ambrageruch den stutzerhaften Eigenthümer verrieth, gar keinen Zweifel ließen. Ganz ergrimmt über Stenos unerhörte Frechheit schrieb der Doge ihm andern Morgens: Bei Strafe der Verbannung aus der Stadt habe er den herzoglichen Pallast, jede Nähe des Dogen und der Dogaressa zu vermeiden. Michaele Steno war toll vor Wuth über das Mißlingen des wohlangelegten Plans, über die Schmach der Verbannung aus der Nähe seines Abgotts. Als er nun aus der Ferne sehen mußte, wie die Dogaressa mild und freundlich, ihr Wesen war nun einmal so, — mit andern Jünglingen von der Signorie sprach, so gab ihm der Neid, die Wuth der Leidenschaft den bösen Gedanken ein, daß die Dogaressa wohl nur deshalb ihn verschmäht haben möge, weil Andere ihm mit besserem Glück zuvorgekommen, und er unterstand sich davon laut und öffentlich zu sprechen. Sey es nun, daß der alte Falieri Kunde erhielt von solchen unverschämten Reden, oder daß das Bild jener Nacht ihm erschien wie ein warnender Wink des Schicksals, oder daß ihm selbst bei aller Ruhe und Behaglichkeit, bei vollem Vertrauen auf die Frömmigkeit seines Weibes doch die Gefahr des unnatürlichen Mißverhältnisses mit der Gattin, hell vor Augen kam, kurz, er wurde grämlich und mürrisch, alle tausend Eifersuchtsteufel zwickten ihn wund, er sperrte Annunziata ein in die innern Gemächer des herzoglichen Pallastes und kein Mensch bekam sie mehr zu sehen. Bodoeri nahm sich seiner Großnichte an und schalt den alten Falieri wacker aus, der aber von der Aenderung seines Betragens gar nichts wissen wollte. Dies geschah Alles kurz vor dem Giovedi grasso. Es ist Sitte, daß bei den Volksfesten, die an diesem Tage auf dem Marcusplatz statt finden, die Dogaressa unter dem Thronhimmel, der auf einer dem kleinen Platz gegenüber stehenden Gallerie angebracht ist, neben dem Dogen Platz nimmt. Bodoeri erinnerte ihn daran und meinte, daß es sehr abgeschmackt seyn und er ganz gewiß von Volk und Signorie ob seiner verkehrten Eifersucht weidlich ausgelacht werden würde, wenn er aller Sitte und Gewohnheit entgegen Annunziata von dieser Ehre ausschlösse. „Glaubst du, erwiederte der alte Falieri, dessen Ehrgeiz auf einmal angeregt wurde, glaubst du, daß ich, ein alter blödsinniger Thor, mich denn scheue mein kostbarstes Kleinod zu zeigen aus Furcht vor diebischen Händen, denen ich nicht den Raub wehren könnte mit meinem guten Schwerdte? — Nein Alter, du irrst, morgenden Tages wandle ich mit Annunziata in feierlich glänzendem Zuge über den Marcusplatz, damit das Volk seine Dogaressa sehe, und am Giovedi grasso empfängt sie den Blumenstrauß von dem kühnen Segler, der sich aus den Lüften zu ihr herabschwingt.“ Der Doge dachte, indem er diese Worte sprach, an eine uralte Gewohnheit. Am Giovedi grasso fährt nehmlich irgend ein kühner Mensch aus dem Volke an Seilen, die aus dem Meere steigen und in der Spitze des Marcusthurms befestigt sind, in einer Maschine, die einem kleinen Schiffchen gleicht, herauf, und schießt dann von der Spitze des Thurms pfeilschnell herab bis zu dem Platze, wo Doge und Dogaressa sitzen, der er den Blumenstrauß, den sonst der Doge, ist er allein, erhält, überreicht. — Andern Tages that der Doge, wie er verheißen. Annunziata mußte die prächtigsten Kleider anlegen, und von der Signorie umringt, von Edelknaben und Trabanten begleitet, wandelte Falieri über den vom Volk überströmten Marcusplatz. Man stieß und drängte sich halb todt, um die schöne Dogaressa zu sehen, und wem es gelang sie zu erblicken, der glaubte, er habe ins Paradies geschaut und das schönste Engelsbild sey ihm strahlend und herrlich aufgegangen. — Wie die Venetianer nun sind, mitten unter den tollsten Ausbrüchen wahnsinniger Verzückung, hörte man hie und da allerlei spöttische Redensarten und Reime, die derb genug, auf den alten Falieri mit der jungen Frau losfuhren. Falieri schien aber davon nichts zu bemerken, sondern schritt, von aller Eifersucht dasmal verlassen, obgleich er überall Blicke des brennendsten Verlangens auf die schöne Gattin gerichtet sah, schmunzelnd und lächelnd mit dem ganzen Gesicht, so pathetisch als möglich an Annunziata's Seite daher. Vor dem Hauptportal des Pallastes hatten die Trabanten das Volk mit Mühe auseinander getrieben, so daß, als der Doge mit seiner Gemahlin hineinschritt, nur hin und wieder einzelne kleine Haufen besser gekleideter Bürger standen, denen man selbst den Eintritt in den innern Hof des Pallastes nicht wohl verwehren konnte. Da geschah es, daß in dem Augenblicke, als die Dogaressa in den Hof trat, ein junger Mensch, der nebst wenigen andern Leuten am Säulengange stand, mit dem lauten Schrei: O du Gott des Himmels! entseelt auf das harte Marmorpflaster niederschlug. Alles lief herbei und umringte den Todten, so daß die Dogaressa ihn nicht erblicken konnte, aber so wie der Jüngling niederstürzte, durchfuhr plötzlich ein glühender Dolchstich ihre Brust, sie erbleichte, sie wankte, nur die Riechfläschchen der herbeieilenden Frauen retteten sie von tiefer Ohnmacht. Der alte Falieri, voller Schreck und Bestürzung über den Unfall, wünschte den jungen Menschen mit sammt seinem Schlagfluß zu allen Teufeln und trug, so sauer es ihm auch wurde, seine Annunziata, die das Köpfchen mit geschlossenen Augen über die Brust hing, wie eine kranke Taube, die Treppe hinauf in die inneren Gemächer. —

Unterdessen hatte sich dem Volke, das immer mehr im innern Hofe des Palastes zusammengelaufen, ein wunderlich seltsames Schauspiel eröffnet. Man wollte den jungen Menschen, den man unbedingt für todt hielt, aufheben und forttragen, da hinkte mit lautem Jammergeschrei ein altes häßliches zerlumptes Bettelweib heran, machte sich, die spitzen Ellenbogen in Seiten und Rücken bohrend, im dicksten Haufen Platz und rief, als sie endlich bei dem entseelten Jünglinge stand: Laßt ihn liegen — Narren! — tolles Volk! — er ist ja nicht todt. Nun kauerte sie nieder, nahm den Kopf des Jünglings auf den Schooß und nannte, seine Stirn sanft streichend und reibend, ihn bei den süßesten Namen. Betrachtete man nun das abscheuliche Fratzengesicht der Alten, wie es herabhing über des Jünglings bildschönem Antlitz, dessen milde Züge im bleichen Tode erstarrt lagen, während auf dem Gesicht der Alten ein widriges Muskelspiel herumhüpfte, — betrachtete man, wie die schmutzigen Lumpen hin und her flatterten über die reichen Kleider, die der Jüngling trug — wie die dürren braungelben Arme — die Knochenhände auf der Stirne, auf der offenen Brust des Jünglings zitterten — in der That, man mochte sich innern Grauens nicht erwehren. War es denn nicht anzusehen als sey es des Todes grinsende Gestalt selbst, in deren Armen der Jüngling lag? So kam es denn auch, daß die umstehenden Leute, einer nach dem andern still fortschlichen und nur wenige übrig blieben, die den Jüngling, als er mit einem tiefen Seufzer die Augen aufschlug, faßten und auf der Alten Geheiß nach dem großen Kanal trugen, wo eine Gondel Beide, die Alte und den Jüngling aufnahm und fortschaffte bis nach dem Hause, das die Alte als die Wohnung des Jünglings bezeichnet hatte. Bedarf es denn noch gesagt zu werden, daß der Jüngling Antonio, die Alte aber das Bettelweib von der Franziskanertreppe war, das durchaus seine Amme seyn wollte?

Als Antonio ganz aus seiner Betäubung erwacht war und die

Alte an seinem Lager erblickte, die ihm so eben einige stärkende Tropfen eingeflößt hatte, so sprach er, lange den düstern schwermüthigen Blick starr auf sie gerichtet, mit dumpfem mühsam gehaltenen Ton: Du bist bei mir, Margaretha! — das ist gut! wo hätt' ich denn sonst eine treuere Pflegerin als dich! — Ach, verzeih' mir nur, Mutter, daß ich, blödsinniger ohnmächtiger Knabe! nur einen Augenblick daran zweifeln konnte, was du mir entdecktest. Ja du bist die Margaretha, die mich nährte, die mich hegte und pflegte, ich wußte es ja schon immer, aber der böse Geist verwirrte mir die Gedanken. — Ich habe sie gesehen — sie ist es — sie ist es. — Hab ich dir nicht gesagt, daß irgend ein dunkler Zauber in mir ruhe, der mein Selbst unwiderstehlich beherrsche? Aus der Dunkelheit blitzstrahlend ist er hervorgetreten, um mich in namenlosem Entzücken zu verderben! — Ich weiß jetzt Alles — Alles! — War nicht Bertuccio Nenolo mein Pflegevater, der mich erzog auf einem Landhause bei Treviso? — Ach ja, erwiederte die Alte, wohl war es Bertuccio Nenolo, der große Seeheld, den das Meer verschlang, als er mit dem Lorbeerkranz sein Haupt zu schmücken gedachte. — Unterbrich mich nicht, sprach Antonio weiter, höre mich geduldig an. — Es ging mir gut bei dem Bertuccio Nenolo. Ich trug hübsche Kleider — immer war der Tisch gedeckt, wenn mich hungerte, ich durfte, hatte ich meine drei Gebete ordentlich hergesagt, herumschwärmen nach Gefallen in Wald und Flur. Dicht beim Landhause befand sich ein dunkles kühles Pinienwäldchen voll Duft und Gesang. Da streckte ich müde vom Springen und Laufen an einem Abend, als schon die Sonne zu sinken begann, mich hin unter einen großen Baum und starrte hinauf in den blauen Himmel. Mag es seyn, daß der würzige Geruch der blühenden Kräuter, in denen ich lag, mich betäubte, genug meine Augen schlossen sich unwillkührlich und ich versank in träumerisches Hinbrüten, aus dem mich ein Rauschen, gleich als fiele ein Schlag dicht neben mir in das Gras, erweckte. Ich fuhr auf in die Höhe; ein Engelskind mit himmlischem Antlitz stand neben mir, schaute in holder Anmuth lächelnd auf mich herab und sprach mit süßer Stimme: „Ei, mein lieber Knabe, wie schliefst du so schön, so ruhig, und doch war dir der Tod so nahe, der böse Tod.“ Dicht neben meiner Brust erblickte ich eine kleine schwarze Schlange mit geborstenem Haupt, das Kind hatte das giftige Thier mit dem Zweige eines Nußbaums erschlagen, in dem

Augenblick, als es zu meinem Verderben sich heranringeln wollte. Da erbebte ich in süßem Schauer — ich wußte ja, daß oftmals Engel herabsteigen aus dem hohen Himmel um sichtbarlich den Menschen zu retten vor dem bedrohlichen Angriff irgend eines bösen Feindes — ich sank nieder auf die Knie, ich erhob die gefalteten Hände. „Ach, du bist ja ein Engel des Lichts, den der Herr sandte mich zu retten vom Tode." So rief ich, das holde Wesen streckte aber beide Arme nach mir aus und lispelte, indem höheres Roth auf seinen Wangen leuchtete: Ach du lieber Knabe, ich bin ja kein Engel, ein Mädchen, ein Kind wie du! Da vergingen die Schauer in namenloses Entzücken, das mich mit sanfter Glut durchströmte — ich stand auf — wir schlossen uns in die Arme — wir drückten Lipp' auf Lippe — sprachlos — weinend — schluchzend vor süßem unnennbaren Weh! Nun rief eine silberhelle Stimme durch den Wald: Annunziata — Annunziata — „Ich muß nun fort, du herzlieber Knabe, die Mutter ruft," so lispelte das Mädchen, ein unsäglicher Schmerz durchfuhr meine Brust. — „Ach, ich liebe dich so sehr," schluchzte ich, heiße Thränen, die das Mädchen vergoß, fielen brennend auf meine Wangen. „Ich bin dir so herzensgut, du lieber Knabe," rief das Mädchen, indem sie den letzten Kuß mir auf meine Lippen drückte. — „Annunziata!" rief es aufs neue, und das Mädchen verschwand im Gebüsch! — Sieh, Margaretha, das war der Augenblick, in dem der mächtige Liebesfunke in meine Seele fiel, der ewig stets neue Flammen entzündend in mir fortglühen wird! — Wenige Tage nachher wurde ich hinausgestoßen aus dem Hause. Vater Blaunas' sagte mir, als ich es nicht lassen konnte, von dem Engelskinde zu reden, das mir erschienen und dessen süße Stimme ich zu vernehmen glaubte in dem Rauschen der Bäume, in dem Gelispel der Quellen, in dem ahnungsvollen Sausen des Meers — ja da sagte mir Vater Blaunas', das Mädchen könne niemand anders gewesen seyn, als Renolo's Tochter Annunziata, die mit ihrer Mutter Franzeska nach dem Landhause gekommen, anderen Tages aber wieder abgereiset sey. — O Mutter — Margaretha. — Hilf Himmel! — Diese Annunziata — es ist die Dogaressa! — Damit hüllte sich vor unsäglichem Schmerz weinend und schluchzend Antonio in die Kissen ein. „Mein lieber Tonino! sprach die Alte, ermanne dich, widerstehe doch nur tapfer dem thörigten Schmerz. Ei wer mag denn gleich verzweifeln in Liebesnoth, ei wem anders blüht denn das goldene Blümchen Hoffnung als dem Verliebten! Am Abend weiß man nicht, was der Morgen bringt, was man im Traum geschaut, kommt lebendig daher gegangen. Das Schloß, das in den Wolken schwamm, steht mit einemmal blank und herrlich auf der Erde. — Sieh, Tonino, du giebst nichts auf meine Reden, aber mein kleiner Finger sagt es mir und wohl noch jemand anders, daß auf dem Meer dir die leuchtende Liebesflagge mit frohem Schwingen entgegen weht — Geduld mein Söhnlein Tonino — Geduld!" — So versuchte es die Alte den armen Antonio zu trösten, denn in der That ihre Worte klangen wie liebliche Musik. Er ließ sie gar nicht mehr von sich. Das Bettelweib auf der Franziskanertreppe war verschwunden und statt ihrer sah man die Haushälterin des Herrn Antonio in anständigen Matronenkleidern auf San Marco herumhinken und die Bedürfnisse der Tafel einkaufen.

Der Giovedi grasso war gekommen. Glänzendere Feste als jemals sollten ihn feiern. Mitten auf dem kleinen Platz von San Marco wurde ein hohes Gerüst errichtet für ein besonderes nie gesehenes Kunstfeuer, das ein Grieche, der sich auf solch' Geheimniß verstand, abbrennen wollte. Am Abend bestieg der alte Falieri mit seiner schönen Gemahlin, sich spiegelnd in dem Glanze seiner Herrlichkeit, seines Glücks und mit verklärten Blicken Alles um sich her auffordernd zum Staunen, zur Bewunderung, die Gallerie. Im Begriff, sich auf dem Thron niederzulassen, wurde er aber den Michaele Steno gewahr, der auf derselben Gallerie und zwar so Platz genommen hatte, daß er die Dogaressa beständig im Auge behielt und von ihr nothwendig bemerkt werden mußte. Ganz entbrannt von wildem Zorn, von toller Eifersucht schrie Falieri mit starker, gebieterischer Stimme, man solle augenblicklich den Steno von der Gallerie entfernen. Michaele Steno erhob den Arm gegen den Falieri, in dem Augenblick traten die Trabanten hinzu und nöthigten ihn, der vor Wuth mit den Zähnen knirschte und in den abscheulichsten Verwünschungen Rache drohte, die Gallerie zu verlassen. —

Unterdessen hatte sich Antonio, den der Anblick seiner geliebten Annunziata ganz außer sich selbst gebracht, durch das Volk fortgedrängt und schritt, tausend Qualen im zerrissenen Herzen, einsam in dunkler Nacht am Gestade des Meers hin und her. Er gedachte, ob es nicht besser sey, in den eiskalten Wellen die brennende Glut löschen, als langsam todt gefoltert zu werden von trostlosem Schmerz. Viel hätte nicht gefehlt, er wäre hineingesprungen in das Meer, schon stand er auf der letzten Stufe, die hinabführt, als eine Stimme aus einer kleinen Barke hinaufrief: Ei, schönen guten Abend, Herr Antonio! Im Wiederschein der Erleuchtung des Platzes erkannte Antonio den lustigen Pietro, einen seiner vormaligen Kameraden, welcher in der Barke stand, Federn, Rauschgold auf der blanken Mütze, die neue gestreifte Jacke bunt bebändert, einen großen schönen Strauß duftiger Blumen in der Hand. „Guten Abend, Pietro, rief Antonio zurück, welche hohe Herrschaft willst du denn heute noch fahren, daß du dich so schön geputzt hast?" Ei, erwiederte Pietro, indem er hoch aufsprang, daß die Barke schwankte, ei Herr Antonio, heute verdiene ich meine drei Zechinen, ich mache ja die Fahrt hinauf nach dem Marcusthurm und dann hinab, und überreiche diesen Strauß der schönen Dogaressa. „Ist denn, fragte Antonio, ist denn das nicht ein halsbrechendes Wagestück, Kamerad Pietro!" Nun, erwiederte dieser, den Hals kann man wohl ein wenig brechen, und dann zumal heute gehts mitten durch, durch das Kunstfeuer. Der Grieche sagt zwar, es sey Alles so eingerichtet, daß kein Haar einem angehen solle vom Feuer, aber — Pietro schüttelte sich. Antonio war zu ihm hinabgestiegen in die Barke und wurde nun erst gewahr, daß Pietro dicht vor der Maschine an dem Seil stand, das aus dem Meere stieg. Andere Seile mittelst deren die Maschine angezogen wurde, verloren sich in die Nacht. „Höre Pietro, fing Antonio nach einigem Stillschweigen an, höre Kamerad Pietro, wenn du heute zehn Zechinen verdienen könntest, ohne dein Leben in Gefahr zu setzen, würde dir das nicht lieber seyn?" Ei freilich, lachte Pietro aus vollem Halse. Nun, fuhr Antonio fort, so nimm diese zehn Zechinen, wechsle mit mir die Kleider und überlasse mir deine Stelle. Statt deiner will ich hinauffahren. Thu' es mein guter Kamerad Pietro! Pietro schüttelte bedächtig den Kopf, und sprach das Gold in der Hand wiegend: Ihr seyd sehr gütig, Herr Antonio, mich armen Teufel noch immer Euern Kameraden zu nennen — und freigebig dazu! — Ums Geld ists mir freilich zu thun, aber der schönen Dogaressa den Strauß selbst in die Hand zu geben, ihr süßes Stimmchen zu hören — ei das ists doch eigentlich, warum man sein Leben aufs Spiel setzt. — Nun — weil Ihrs seid, Herr Antonio, mags darum sein. Beide warfen schnell die Kleider ab, kaum war Antonio mit dem Ankleiden fertig, als Pietro rief: schnell hinein in die Maschine, das Zeichen ist schon gegeben. In dem Augenblick leuchtete das Meer auf im flammenden Wiederschein von tausend lodernden Blitzen und die Luft, das Gestade erdröhnte von brausenden wirbelnden Donnern. Mitten durch die knisternden zischenden Flammen des Kunstfeuers fuhr mit des Sturmwindes Schnelle Antonio auf in die Lüfte — unversehrt sank er nieder zur Gallerie, schwebte er vor der Dogaressa. — Sie war aufgestanden und vorgetreten, er fühlte ihren Athem an seinen Wangen spielen — er reichte ihr den Strauß; aber in der unsäglichsten Himmelswonne des Augenblicks faßte ihn wie mit glühenden Armen der brennende Schmerz hoffnungsloser Liebe. — Sinnlos — rasend vor Verlangen — Entzücken — Qual, ergriff er die Hand der Dogaressa — drückte er glühende Küsse darauf —. rief er mit dem schneidenden Ton des trostlosen Jammers: Annunziata! — Da riß ihn die Maschine, wie das blinde Organ des Schicksals selbst, fort von der Geliebten hinab ins Meer, wo er ganz betäubt, ganz erschöpft in Pietros Arme sank, der seiner in der Barke wartete.

Unterdessen war auf der Gallerie des Doge Alles in Aufruhr und Verwirrung gerathen. An den Sitz des Doge hatte man ein kleines Zettelchen angeheftet gefunden, auf welchem in gemeiner venetianischer Mundart die Worte standen:

Il Dose Falier della bella muler,
I altri la gode é lui la mantien.

Zwar ist der Doge Falier
Der schönen Dame Ehcherr,
Doch hält er nur und hat sie nie,
Und Andre, die gewinnen sie.

Der alte Falieri fuhr auf in glühendem Zorn und schwur, daß den, der den boshaften Frevel begangen, die härteste Strafe treffen solle. Indem er seine Blicke umherwarf, fiel ihm auf dem Platze unter der Gallerie Michaele Steno ins Auge, der in vollem Kerzenschimmer da stand und sogleich befahl er den Trabanten, ihn fest zu nehmen, als den Urheber jenes Frevels. Alles schrie auf über den Befehl des Doge, der, indem er sich ganz seinem überwallenden Zorn überließ, Beide, Signorie und Volk beleidigte, die Rechte der ersteren kränkend, dem letztern die Freude des Festes verderbend. Die Signorie verließ ihre Plätze und nur den alten Marino Bodoeri sah man, wie er sich unter das Volk mischte, voller Eifer von der schweren Beleidigung sprach, die dem Haupte des Staats widerfahren und allen Haß auf den Michaele Steno zu leiten suchte. Falieri hatte sich nicht geirrt, denn in der That war Michaele Steno, als er fortgewiesen wurde von der Gallerie des Herzogs, nach Hause gelaufen, hatte jene hämische Worte geschrieben, in dem Augenblicke als aller Augen auf das Kunstfeuer gerichtet waren, das Zettelchen an den Stuhl des Doge angeheftet und dann sich unbemerkt wieder entfernt. Recht tückisch gedachte er den empfindlichen Streich zu führen, der Beide, Doge und Dogaressa, recht tief, recht ans Leben dringend verwunden sollte. Michaele Steno gestand ganz freimüthig die That und schob alle Schuld auf den Doge, der ihn zuerst empfindlich gekränkt habe. Die Signorie war längst unzufrieden mit einem Haupt, das, statt die gerechten Erwartungen des Staats zu erfüllen, täglich bewies, wie der kriegerische zornige Muth in dem erkalteten Herzen des abgelebten Greises nur dem Kunstfeuer gleiche, das aus der Rakete ganz gewaltig emporknistert, aber sogleich in schwarzen todten Flocken wirkungslos dahin schwindet. Hiezu kam, daß das Bündniß mit der jungen schönen Frau (längst wußte man, daß er es vor kurzer Zeit als Doge geschlossen), seine Eifersucht, den alten Falieri nicht mehr als Kriegsheld sondern als vechio Pantalone erscheinen ließ und so mußte es geschehen, daß die Signorie gährendes Gift im Innern nährend, mehr geneigt war dem Michaele Steno Recht zu geben, als dem bitter gekränkten Oberhaupt. Von dem Rathe der Zehen wurde die Sache verwiesen an die Quarantie, von der Michaele sonst einer der Häupter war. Michaele Steno habe schon genug gelitten, und eine monatliche Verbannung sey genugsame Rüge des Vergehens, so fiel der Rechtsspruch aus, der den alten Falieri aufs neue und stärker erbitterte gegen eine Signorie, die statt das Haupt zu schützen, ihm widerfahrne Kränkungen nur als Vergehen der leichtesten Art zu bestrafen sich unterstand. —

Wie es denn zu gehen pflegt, daß der Liebende, den ein einziger Strahl des Liebesglücks getroffen, Tage, Wochen, Monate lang von goldnem Schimmer umflossen, Träume des Himmels träumt, so konnte sich Antonio auch gar nicht erholen von der Betäubung des wonnereichsten Augenblicks, kaum aufathmen vor süßem Weh. — Die Alte hatte ihn tüchtig ausgescholten wegen des Wagestücks und murmelte und brummte unaufhörlich von ganz unnöthigem Beginnen. Eines

Tages kam sie aber so seltsam am Stabe hineingetänzelt und gehüpft, wie sie es in ihrer Art hatte, wenn sie von fremdem Zauber berührt schien. Sie kicherte und lachte, ohne auf Antonios Reden und Fragen zu achten, schürte sie im Kamin ein kleines Feuer an, setzte ein Pfännchen darauf, kochte, aus allerlei bunten Gläsern Ingredienzien hineinwerfend, eine Salbe, that sie in eine kleine Büchse und hinkte damit laut kichernd und lachend von dannen. Erst am späten Abend kam sie zurück, setzte sich keuchend und hüstelnd in den Lehnstuhl und fing, wie von großer Erschöpfung zu sich selbst gekommen, endlich an: Tonino, mein Söhnlein, Tonino, von wem komme ich her? — sieh zu, ob du rathen kannst? — von wem komme ich her, von wem komme ich her? — Antonio starrte sie an, von seltsamer Ahnung ergriffen. Nun, kicherte die Alte, von ihr selbst komme ich her, von dem lieben Täubchen, von der holden Annunziata! — „Mache mich nicht wahnsinnig, Alte," schrie Antonio! — Ei was, fuhr die Alte fort, ich denke immer an dich, mein Tonino! — Heute Morgen, als ich unter den Säulengängen des Pallastes feilschte um schönes Obst, murmelte das Volk von dem Unglück, das die schöne Dogaressa betroffen. Ich frage und frage, da spricht ein großer ungeschlachter rother Kerl, der gähnend an eine Säule gelehnt Limonien kaut: „Ei nun, an der linken Hand der kleine Finger, an dem hat ein Skorpionchen die jungen Zähnchen probirt und das ist ein bischen ins Blut gegangen — nun, mein Herr der Signor Dottore Giovanni Basseggio ist eben oben, der wird nun wohl schon das Händchen mit sammt dem Finger weggeschnitten haben." Und in dem Augenblick, daß der Kerl das spricht, entsteht ein großes Geschrei auf der breiten Treppe und ein kleines ganz kleines Männlein kugelt, von Fußstößen der Trabanten wie ein Kegel getrieben, die Stufen herab uns vor die Füße, schreiend und lamentirend. Das Volk sammelt sich um ihn herum, laut lachend, der Kleine zerarbeitet sich und strampelt mit den Beinen, ohne in die Höhe kommen zu können, da springt aber der rothe Kerl herbei, rafft sein Doktorchen auf, nimmt ihn in die Arme und rennt mit ihm, der immer fort aus vollem Halse schreit und heult, was die Beine laufen können, fort nach dem Kanal, wo er mit ihm in die Gondel hineinsteigt und davon rudert. — Ich dachte es wohl, daß, so wie der Signor Basseggio das Messer ansetzen wollte an das schöne Händchen, der Doge ihn die Treppe hinabstoßen ließ. Ich dacht' aber noch weiter! — Geschwind — ganz geschwind' nach Hause — das Sälbchen kochen — hinauf damit in den herzoglichen Pallast! — Da stand ich auf der großen Treppe, mein blankes Fläschlein in der Hand. Der alte Falieri kam gerade herab, der blitzte und pruhstete mich an: „Was will das alte Weib hier?“ — Aber da machte ich einen Knix tief — tief bis an die Erde, so gut es nur gehen konnte, und sprach, daß ich wohl ein Mittelchen hätte, daß die schöne Dogaressa geheilt seyn solle gar bald. So wie der Alte das hörte, blickte er mich starr an mit recht entsetzlichen Augen und strich sich den grauen Bart zurecht, dann packte er mich bei beiden Schultern und schob mich herauf und hinein in das Gemach, daß ich beinahe der Länge nach hingestürzt wäre. Ach Tonino, da lag das holde Kind hingestreckt auf die Polster, leichenblaß, seufzend und stöhnend vor Schmerz und leise klagend: „Ach nun bin ich wohl schon durch und durch vergiftet.“ Aber ich machte mich gleich darüber her und nahm das dumme Pflaster des einfältigen Doktors herab. O Herr des Himmels! die niedliche kleine Hand — blutroth — geschwollen. — Nun nun — meine Salbe kühlte — linderte. — „Das thut ja wohl, sehr wohl,“ lispelte die kranke Taube. Da rief der Marino ganz entzückt: Tausend Zechinen sind dein, Alte! wenn du mir die Dogaressa rettest, und verließ das Zimmer. Drei Stunden hatt' ich nun da gesessen, die kleine Hand in meiner haltend und sie streichelnd und pflegend. Da erwachte das liebe Weibchen aus leichtem Schlummer in den sie gesunken und fühlte keinen Schmerz mehr. Nachdem ich den neuen Verband gemacht, blickte sie mich an mit vor Freude leuchtenden Augen. Da sprach ich: Ei gnädige Frau Dogaressa, ihr habt ja auch schon einmal einen Knaben gerettet, da ihr die kleine Schlange tödtetet, die ihn stechen wollte zum Tode als er schlief. — Tonino! da hättest du sehen sollen wie, als leuchte ein Strahl des Abendroths hinein, das blasse Antlitz sich schnell färbte — wie die Augen funkelndes Feuer blitzten. — „Ach ja, Alte, sprach sie, ach ja — ich war noch ein Kind — auf meines Vaters Landhause. — Ach es war ein holder lieber Knabe — o wie gedenk ich noch seiner — es ist mir, als sey seit der Zeit mir gar nichts Glückliches mehr begegnet.“ — Nun sprach ich von dir, daß du in Venedig wärst, daß du noch alle Liebe, alle Wonne jenes Augenblicks im Herzen trügest — daß du, nur um noch einmal in die Himmelsaugen des rettenden Engels zu schauen, die gefährliche Luftfahrt gewagt, daß du ihr den Blumenstrauß gegeben hättest am Giovedi grasso! — Tonino — Tonino! da rief sie wie in Begeisterung: „ich hab' es gefühlt — ich hab' es gefühlt — als er meine Hand an seine Lippen drückte, als er meinen Namen nannte — ach ich wußt' es ja nur nicht, was so seltsam mein Innerstes durchdrang, es war wohl Lust, aber auch zugleich Schmerz! — Bring' ihn her — her zu mir — den holden Knaben." — Antonio warf sich, als die Alte dies sprach, auf die Knie nieder, und rief wie wahnsinnig: Herr des Himmels! nur jetzt, nur jetzt laß mich nicht untergehen in irgend einem ungeheuern Schicksal — nur nicht, bis ich sie geschaut, bis ich sie an meine Brust gedrückt. Er wollte, daß die Alte ihn gleich andern Tages hinführen sollte, was sie ihm aber rund abschlug, da der alte Falieri beinahe zu jeder Stunde die kranke Gemahlin zu besuchen pflegte.

Mehrere Tage waren vergangen, die Dogaressa war von der Alten ganz geheilt, aber noch immer blieb es unmöglich, den Antonio hinzuführen. So gut sie es nur vermochte, tröstete die Alte den Ungeduldigen, immer wiederholend, wie sie mit der holden Annunziata von dem Antonio spreche, den sie gerettet und der sie so inbrünstig liebe. Antonio, von tausend Qualen der Sehnsucht, des Verlangens gefoltert, gondelte, lief auf den Plätzen umher. Unwillkührlich lenkten ihn seine Schritte immer und immer wieder nach dem herzoglichen Palast. An der Brücke neben der hintern Seite des Pallastes, den Gefängnissen gegenüber, stand Pietro auf ein buntes Ruder gelehnt, im Kanal wogte an Säulen befestigt eine Gondel, die zwar klein, aber mit zierlichem Verdeck, buntem Schnitzwerk, ja mit der venetianischen Flagge geschmückt war, und beinahe dem Bucentoro glich. So wie Pietro den ehemaligen Kameraden gewahrte, rief er ihm laut zu: „Ei Signor Antonio, seyd mir tausendmal gegrüßt! — mit euern Zechinen ist mir das Glück gekommen!" Antonio fragte ganz zerstreut, was er für ein Glück meine, erfuhr aber nichts geringeres als daß Pietro beinahe täglich in den Abendstunden den Dogen mit der Dogaressa hinüber gondeln mußte nach der Giudekka, wo unfern von San Giorgio Maggiore der Doge ein artiges Haus besaß. Antonio blickte den Pietro starr an, und fuhr dann schnell heraus: Kamerad, du kannst wieder zehn Zechinen verdienen und mehr wenn du willst. Laß mich deine Stelle vertreten — ich will den Dogen hinüberrudern; Pietro meinte, daß das gar nicht anginge, da der Doge ihn kenne und eben nur ihm sich anvertrauen wolle; endlich, als Antonio mit dem wilden Zorn, wie er aus dem von tausend Liebesqualen aufgeregten Gemüth hervorsprudelte, in ihn drang, wie er ganz unsinnig schwur, daß er der Gondel nachspringen und ihn herabreißen werde ins Meer, da rief Pietro lachend: „Ei Signor Antonio! Signor Antonio! wie habt ihr Euch verguckt in die schönen Augen der Dogaressa!“ und willigte ein, daß Antonio mitkommen solle als sein Gehülfe beim Rudern, er wolle die Schwere des Fahrzeugs so wie kränkliche Schwäche vorschützen bei dem alten Falieri, dem so bei solcher Fahrt das Gondeln immer zu langsam ginge. Antonio rannte fort und kaum war er wieder an der Brücke in schlechten Schifferkleidern, mit gefärbtem Gesicht, einem langen Zwickelbart über die Lippen gehängt, als der Doge herabstieg mit der Dogaressa, beide in herrlichen bunten glänzenden Kleidern. „Wer ist der fremde Mensch dort,“ fuhr der Doge den Pietro zornig an und nur die heiligsten Versicherungen Pietros, daß er heute eines Gehülfen bedürfe, konnten den Alten endlich bewegen zu erlauben, daß Antonio mit gondle.

Es pflegt wohl zu geschehen, daß gerade im Uebermaß alles Entzückens, aller Seligkeit das Gemüth wie gestärkt durch die Macht des Augenblicks, sich selbst bezwingt und den Flammen gebietet die aus dem Innern hervorlodern wollen. So vermochte Antonio, dicht neben der holden Annunziata, berührt von dem Saume ihres Kleides, seine Liebesglut zu verbergen, indem er mit kräftiger Faust das Ruder regierte und größeres Wagstück scheuend, kaum die Geliebte dann und wann flüchtig anblickte. Der alte Falieri schmunzelte und lächelte, küßte und streichelte die kleinen weißen Händchen der holden Annunziata, legte den Arm um ihren schlanken Leib. Mitten auf dem Meere, als der Marcusplatz, das prächtige Venedig mit all' seinen stolzen Thürmen und Pallästen sich vor den Schiffenden ausbreitete, da erhob der alte Falieri das Haupt und sprach, indem er mit stolzen Blicken umherschaute: Ei mein Liebchen, ist es nicht schön zu schiffen auf dem Meere mit dem Herrn, mit dem Gemahl des Meers? — Ja mein Liebchen, sey nicht eifersüchtig auf die Gattin, die demüthig uns auf ihrem Nacken trägt. Hör' nur das süße Plätschern der Wellen, sind das nicht Liebesworte, die sie dem Gemahl zuflüstert, der sie beherrscht? — Ja ja Liebchen, du trägst meinen Ring am Finger, aber die da unten bewahrt in ihrem tiefsten Busen den Trauring, den ich ihr zuwarf. „Ach mein fürstlicher Herr, fing Annunziata an, ach wie sollte denn die kalte böse Flut deine Gemahlin seyn, es wird mir gar schauerlich zu Muthe dabei, daß du dich dem stolzen herrischen Element vermähltest.“ Der alte Falieri lachte, daß Kinn und Bart wackelten. „Aengstige dich nicht, Täubchen, sprach er dann, besser ruht sichs ja wohl in deinen weichen warmen Armen als in dem eiskalten Schooß der Gattin da unten, aber schön ists zu schiffen auf dem Meere mit dem Herrn des Meers.“ In dem Augenblick, als der Doge dies sprach, fing eine ferne Musik zu säuseln an. Ueber die Meereswellen gleitend, kamen näher die Töne einer sanften Männerstimme, es wurden die Worte gesungen:

Ah! senza amare
Andare sul mare
Col sposo del' mare
Non puo consolare.

Andere Stimmen fielen ein und in stetem Wechselgesange wurden jene Worte immer und immer wiederholt, bis der Gesang wie im Hauch des Windes starb. Der alte Falieri schien auf den Gesang gar nicht zu achten, er erzählte der Dogaressa vielmehr sehr weitläuftig, was es mit der Feierlichkeit am Himmelfahrtstage, wenn der Doge von dem Bucentoro den Ring hinabwerfend, sich dem Meer vermähle, für eine Bewandtniß habe.

Er sprach von den Siegen der Republik, wie ehemals Istrien und Dalmatien erobert worden unter der Regentschaft Peter Urseolus des Zweiten, und wie in dieser Eroberung jener Feierlichkeit erster Ursprung liege. Achtete nun der alte Falieri aber nicht auf jenen Gesang, so ging dafür seine Erzählung ganz verloren der Dogaressa. Die saß da, den Sinn ganz zugewendet den süßen Tönen, die über das Meer schwammen; sie starrte als der Gesang geendet, mit seltsamem Blick vor sich hin, wie jemand der aus tiefem Traum erwacht, die Bilder noch zu schauen, zu deuten strebt, die ihn umgaukelten. — „Senza amare — senza amare — non puo consolare lispelte sie leise und Thränen glänzten wie helle Perlen in den Himmelsaugen und Seufzer entflohen der Brust, die auf- und niederwallte vor innerer Beklemmung. — Noch immer in vollem Schmunzeln und Lächeln fort erzählend trat der Alte, die Dogaressa an der Seite, heraus auf die Balustrade vor seinem Hause bei San Giorgio Maggiore und gewahrte nicht, wie von seltsamen dunklen Gefühlen im Innern aufgeregt, Annunziata sprachlos, den thränenschweren Blick in ein fernes Land gerichtet, wie im Traume neben ihm stand. — Ein junger Mensch in Schifferkleidung stieß in ein muschelartig gewundenes Horn, daß die Töne weit über das Meer hin hallten. Auf dies Zeichen näherte sich eine andere Gondel. Unterdessen war ein Mann, der einen Sonnenschirm trug und eine Frau heran getreten, und so begleitet schritt der Doge mit der Dogaressa nach dem Pallast. Jene Gondel landete, Marino Bodoeri mit vielen Personen, unter denen sich Kaufleute, Künstler, ja Leute aus der niedrigsten Volksklasse befanden, stieg aus und folgte dem Doge.

Antonio konnte kaum den andern Abend erwarten, weil er auf frohe Botschaft hoffte von seiner geliebten Annunziata. Endlich, endlich hinkte die Alte herein, setzte sich keuchend in den Lehnsessel, schlug die dürren Knochenhände einmal über das andere zusammen und rief: Tonino — ach Tonino, was ist denn geschehen mit unserm armen Täubchen! — So wie ich heute hineintrete, liegt sie da auf dem Polster mit halbgeschlossenen Augen, das Köpfchen auf den Arm gestützt, nicht schlummernd, nicht wachend, nicht krank, nicht gesund. — Ich nahe mich ihr, „ei gnädige Frau Dogaressa, spreche ich, was ist Euch denn Schlimmes begegnet? — schmerzt Euch wohl noch die kaum geheilte Wunde?" — Aber da blickt sie mich an mit Augen — Tonino! — mit Augen, wie ich sie noch gar nicht gesehen, und kaum hab' ich hineingeschaut in die feuchten Mondesstrahlen, so bergen sie sich hinter die seidnen Wimpern, wie hinter dunkles Gewölk. Und dann seufzt sie aus tiefster Brust, und kehrt das holde blasse Antlitz der Wand zu und lispelt leise, ganz leise, aber so wehmüthig, daß es mir gerade ins Herz sticht: Amare — amare — ah senza amare! — Ich hole mir einen kleinen Stuhl, ich setze mich hin zu ihr, ich fange an von dir zu erzählen. — Sie hüllt sich ein in die Polster — die schnelleren und schnelleren Athemzüge werden zu Seufzern. — Ich sag's ihr unverholen, daß du verkleidet bei ihr warst in der Gondel, daß ich dich, der vor Liebe und Sehnsucht verschmachtet, nun ungesäumt zu ihr bringen würde. Da fährt sie plötzlich auf von den Polstern und indem ein Strom heißer Thränen aus ihren Augen stürzt, ruft sie heftig: Um Christus, um aller Heiligen willen — nein — nein ich kann ihn nicht sehen — Alte! — ich beschwöre dich, sag ihm, er solle niemals, niemals mehr sich mir nahen — niemals, das sag ihm, er solle Venedig verlassen, schnell verlassen. — „Nun, fall' ich ihr ins Wort, nun, so muß denn mein armer Tonino sterben." Da sinkt sie wie von den unsäglichsten Schmerzen gefaßt in die Polster und schluchzt mit von Thränen erstickter Stimme: Muß ich denn nicht auch sterben des bittersten Todes? Da trat der alte Herr Falieri ins Gemach und ich mußte mich auf seinen Wink entfernen. „Sie hat mich verworfen — fort — fort aufs Meer," schrie Antonio auf in heller Verzweiflung. Die Alte kicherte und lachte nach ihrer gewöhnlichen Art und rief: Du einfältig Kind, du einfältig Kind! — wirst du denn nicht geliebt von der holden Annunziata mit aller Inbrunst, mit aller Liebesqual, die jemals ein weiblich Herz ergriff? — Einfältig Knäblein, morgen am tiefen Abend schleiche dich in den herzoglichen Palast. In der zweiten Gallerie rechts der großen Treppe wirst du mich finden — und dann wollen wir sehen, was sich weiter begiebt. —

Als Antonio bebend vor Sehnsucht am andern Abend die große Treppe hinaufschlich, war es ihm plötzlich als wolle er einen ungeheuern Frevel beginnen. Ganz betäubt vermochte er kaum zitternd und schwankend die Stufen zu ersteigen. Er mußte sich dicht vor der ihm bezeichneten Gallerie an eine Säule lehnen. Plötzlich umfloß ihn heller Fackelschein und noch ehe er seinen Platz verlassen konnte, stand der alte Bodoeri dicht vor ihm, von einigen Dienern begleitet, die Fackeln trugen. Bodoeri sah dem Jünglinge starr ins Angesicht und sprach dann: Ha! du bist Antonio, man hat dich her bestellt, ich weiß es, folge mir nur! — Antonio, überzeugt, daß die Zusammenkunft mit der Dogaressa verrathen, folgte nicht ohne Zagen. Wie erstaunte er, als in ein entferntes Gemach getreten, Bodoeri ihn umarmte und von dem wichtigen Posten sprach, der ihm anvertraut worden und den er noch in dieser Nacht mit Muth und Entschlossenheit behaupten solle. Sein Erstaunen ging aber in Angst über und Entsetzen, da er erfuhr, daß schon seit langer Zeit eine Verschwörung wider die Signorie gereift, an deren Spitze der Doge selbst stehe, daß, wie es in Falieris Hause auf der Giudekka beschlossen, noch in dieser Nacht die Signorie fallen und der alte Marino Falieri als souverainer Herzog von Venedig ausgerufen werden solle. Antonio starrte den Bodoeri sprachlos an, dieser hielt des Jünglings Schweigen für eine Weigerung Theil zu nehmen an der Ausführung der entsetzlichen That, und rief entrüstet: „Feigherziger Thor! aus dem Pallast kommst du nun nicht mehr, entweder du stirbst oder ergreifst mit uns die Waffen, aber sprich erst mit diesem!“ Aus dem dunklen Hintergrunde des Zimmers trat eine hohe edle Gestalt hervor. So wie Antonio das Antlitz des Mannes, den er nur erst im Schein der Kerzen bemerken und erkennen konnte, erblickte, stürzte er nieder auf die Knie und rief, ganz außer sich selbst gebracht durch die nicht geahnte Erscheinung: O heiliger Herr des Himmels! mein Vater Bertuccio Nenolo, mein theurer Pfleger! — Nenolo hob den Jüngling auf, schloß ihn in seine Arme und sprach dann mit sanfter Stimme: „Wohl bin ich Bertuccio Nenolo, den du vielleicht auch in dem Meeresgrunde begraben glaubtest und der erst seit kurzer Zeit der schmählichen Gefangenschaft des wilden Morbassan entgangen; Bertuccio Nenolo, der dich aufnahm und der nicht ahnen konnte, daß die unvernünftigen Diener, die Bodoeri abschickte, als er das ihm verkaufte Landhaus in Besitz nehmen wollte, dich hinausstoßen würden aus dem Hause. — Verblendeter Jüngling! du stehst an, die Waffen zu ergreifen gegen eine despotische Kaste, deren Grausamkeit dir den Vater raubte? — Ja, gehe hin in den Hof des Fontego, es ist deines Vaters Blut, dessen Spuren du noch schauen kannst auf den Steinen des Bodens. Als die Signorie den deutschen Kaufleuten das Kaufhaus, welches du unter dem Namen des Fontego kennst, übermachte, wurde Jedem, dem man Gemächer einräumte, verboten, die Schlüssel bei der Abreise an sich zu behalten, er mußte sie bei dem Fontegaro lassen. Diesem Gesetz hatte dein Vater entgegengehandelt und war schon deshalb schwerer Strafe verfallen. Als nun aber bei der Rückkunft des Vaters die Gemächer geöffnet wurden, fand sich unter seinen Waaren eine Kiste venetianischer falschausgeprägter Münzen. Vergebens betheuerte er seine Unschuld, es war nur zu gewiß, daß irgend ein hämischer Teufel, vielleicht der Fontegaro selbst, die Kiste hineingebracht hatte, um deinen Vater zu verderben. — Die unerbittlichen Richter mit dem Beweise, daß die Kiste in deines Vaters Gemächern gefunden, zufrieden, verurtheilten ihn zum Tode! — Auf dem Hofe des Fontego wurde er hingerichtet. — Auch du wärst nicht mehr, wenn die treue Margarethe dich nicht rettete. — Ich, deines Vaters treuster Freund, nahm dich auf; damit du dich der Signorie nicht selbst verrathen möchtest, verschwieg man dir deines Vaters Namen. — Aber nun, nun Anton Dalbirger, nun ist es Zeit, nun ergreife die Waffen und räche an den Häuptern der Signorie den schmählichen Tod deines Vaters.“ Antonio, vom Geist der Rache beseelt, gelobte den Verschwornen Treue und unbezwingbaren Muth. — Es ist bekannt, daß der Schimpf, den Bertuccio Nenolo von dem über die Seerüstungen gesetzten Dandulo, der ihm bei einem Streit ins Gesicht schlug, erfahren, ihn bewog, mit dem ehrgeizigen Schwiegersohn sich wider die Signorie zu verschwören. Beide, Nenolo und Bodoeri wünschten dem alten Falieri den Fürstenmantel, um selbst mit ihm zu steigen. — Man wollte (so war der Plan der Verschwornen) die Nachricht ausbreiten, die genuesische Flotte liege vor den Lagunen. In der Nacht sollte dann die große Glocke auf dem Marcusthurm gezogen und die Stadt zu erdichteten Vertheidigungen gerufen werden. Auf dieses Zeichen sollten die Verschwornen, deren Anzahl beträchtlich und durch ganz Venedig verbreitet war, den Marcusplatz besetzen, sich der Hauptplätze der Stadt bemächtigen, die Häupter der Signorie ermorden, und den Dogen als souverainen Herzog von Venedig ausrufen. Der Himmel wollte aber nicht, daß dieser Mordanschlag gelingen und die Grundverfassung des bedrängten Staats durch den alten von Stolz und Uebermuth entflammten Falieri in den Staub getreten werden sollte. Die Versammlungen auf der Giudecca in Falieris Hause waren der Wachsamkeit des Raths der Zehen nicht entgangen, aber unmöglich blieb es, etwas Gewisses zu erfahren. Da rührte einen der Verschwornen, einen Pelzhändler aus Pisa, Bentian geheißen, das Gewissen, er wollte seinen Freund und Gevatter, den Nicolao Leoni, der im Rathe der Zehen saß, vom Untergange retten. In der Abenddämmerung begab er sich zu ihm, und beschwor ihn in der Nacht nicht das Haus zu verlassen, es möge auch geschehen, was da wolle. Leoni, von Argwohn ergriffen, hielt den Pelzhändler fest und erfuhr, als er in ihn drang, den ganzen Anschlag. In Gemeinschaft mit Giovanni Gradenigo und Marco Cornaro berief er nun den Rath der Zehen nach St. Salvator und von hier aus wurden in weniger als drei Stunden Maaßregeln ergriffen, die alle Unternehmungen der Verschwornen im ersten Aufglimmen ersticken mußten.

Dem Antonio war es aufgetragen, mit einem Trupp nach dem Marcusthurm zu gehen und die Glocken anziehen zu lassen. So wie er hinkam, fand er den Thurm stark besetzt von Arsenaltruppen, die, als er sich nahen wollte, mit Hellebarden auf ihn eindrangen. Von plötzlichem Todesschreck ergriffen, stäubte sein Haufen auseinander, er selbst entwischte in der Dunkelheit der Nacht. Dicht hinter sich hörte er Tritte eines Menschen, der ihm nachsetzte, er fühlte sich ergriffen, schon wollte er den Verfolger niederstoßen, als er bei einem plötzlich aufschimmernden Licht den Pietro erkannte. „Rette dich, rief dieser, rette dich Antonio! in meine Gondel, es ist alles verrathen — Bodoeri — Renolo — sind in der Gewalt der Signorie — die Thore des herzoglichen Pallastes geschlossen — der Doge eingesperrt in sein Gemach — wie ein Verbrecher bewacht von seinen eignen treulosen Trabanten — fort fort.“ — Halb sinnlos ließ sich Antonio hineinschleppen in die Gondel. — Dumpfe Stimmen — Klirren der Waffen — einzelne Angstrufe — dann trat mit der tiefsten Finsterniß der Nacht lautlose schauerliche Stille ein. Am andern Morgen erblickte der von Todesschrecken zermalmte Pöbel das entsetzliche Schauspiel, das jedes Blut in den Adern gerinnen machte. Der Rath der Zehen hatte noch in derselben Nacht das Todesurtheil über die Häupter der Verschwornen, die ergriffen worden, gefällt. Erdrosselt wurden sie auf dem kleinen Platze zur Seite des Pallastes von der Gallerie herabgelassen, wo der Doge sonst den Feierlichkeiten zuzuschauen pflegte — ach! wo Antonio vor der holden Annunziata schwebte, wo sie von ihm den Blumenstrauß empfing. — Unter den Leichnamen befanden sich Marino Bodoeri und Bertuccio Renolo. Zwei Tage nachher wurde der alte Marino Falieri von dem Rathe der Zehen verurtheilt und auf der sogenannten Riesentreppe des Pallastes hingerichtet. —

Wie bewußtlos war Antonio umhergeschlichen, niemand griff ihn an, denn niemand kannte ihn als einen der Verschwornen. Als er des alten Falieri graues Haupt fallen sah, da fuhr er auf, wie aus schwerem Todestraum. — Mit dem Schrei des wildesten Entsetzens — mit dem Ausruf: Annunziata! stürzte er in den Pallast, durch die Gallerieen. — Niemand hielt ihn auf, die Trabanten starrten ihn an wie betäubt von dem Fürchterlichen, das sich so eben zugetragen. Die Alte hinkte ihm entgegen laut jammernd und klagend, sie ergriff seine Hand, noch einige Schritte und er trat mit ihr in Annunziata's Gemach. Da lag die Arme entseelt auf den Polstern. Antonio stürzte hin zu ihr, er bedeckte ihre Hände mit glühenden Küssen, er rief die Geliebte mit den süßesten, zärtlichsten Namen. Da schlug sie die holden Himmelsaugen langsam auf, sie sah Antonio — erst war es, als müsse sie sich auf ihn besinnen, doch plötzlich raffte sie sich auf, umschlang ihn mit beiden Armen, drückte ihn an ihre Brust — benetzte ihn mit heißen Thränen — küßte seine Wangen — seine Lippen. „Antonio — mein Antonio — ich liebe dich unaussprechlich — ja es giebt noch einen Himmel auf Erden! — Was ist des Vaters — des Oheims — des Gatten Tod gegen die Seligkeit deiner Liebe — o laß uns fliehen — von dieser blutigen Mordstätte!" — So rief Annunziata, zerrissen von dem bittersten Schmerz und der glühendsten Liebe. Unter tausend Küssen, unter tausend Thränen schwuren sich die Liebenden ewige Treue, sie vergaßen die furchtbaren Ereignisse der schrecklichsten Tage, den Blick von der Erde abgewandt schauten sie auf in den Himmel, den ihnen der Geist der Liebe erschlossen. Die Alte rieth nach Chiozza zu fliehen, Antonio wollte dann zu Lande in umgekehrter Richtung weiter herauf nach seinem Vaterlande. Freund Pietro verschaffte ihm eine kleine Barke, die an der Brücke bei der hinteren Seite des Pallastes angelegt wurde. Eingehüllt in tiefe Schleier schlich Annunziata als es Nacht worden, mit dem Geliebten, von der alten Margaretha, die in der Kapuze reiche Juwelenkästchen trug, begleitet, über die Treppen hinab. Unbemerkt kamen sie an die Brücke, stiegen sie hinein in die Barke. Antonio ergriff das Ruder und fort ging es in schneller rüstiger Fahrt. Wie ein fröhlicher Liebesbote tanzte der helle Mondesschimmer auf den Wellen vor ihnen her. Sie waren auf hoher See. Da begann es seltsam zu pfeifen und zu sausen in hoher Luft — finstere Schatten kamen gezogen und hingen sich wie dunkle Schleier über das leuchtende Antlitz des Mondes. Der tanzende Schimmer, der fröhliche Liebesbote sank herab in die schwarze Tiefe voll dumpfer Donner. Der Sturm erhob sich und jagte die düstern zusammengeballten Wolken mit zornigem Toben vor sich her. Hoch auf und nieder flog die Barke. „O hilf, o Herr des Himmels!" schrie die Alte. Antonio, des Ruders nicht mehr mächtig, umschlang die holde Annunziata, die, von seinen glühenden Küssen erweckt, ihn mit der Inbrunst der seligsten Liebe an ihren Busen drückte. „O mein Antonio! — o meine Annunziata!" So riefen sie des Sturms nicht achtend, der immer entsetzlicher tobte und brauste. Da streckte das Meer, die eifersüchtige

Wittwe des enthaupteten Falieri, die schäumenden Wellen wie Riesenarme empor, erfaßte die Liebenden und riß sie sammt der Alten hinab in den bodenlosen Abgrund! —

Als der Mann im Mantel auf diese Weise seine Erzählung geendet hatte, sprang er schnell auf und verließ mit starken raschen Schritten das Zimmer. Die Freunde sahen ihm stillschweigend und ganz verwundert nach, dann traten sie aufs neue vor das Gemälde. Der alte Doge schmunzelte sie wieder an, in thörigtem Prunk und faselnder Eitelkeit, aber als sie nun der Dogaressa recht ins Antlitz schauten, da gewahrten sie wohl, wie die Schatten eines unbekannten, nur geahnten Schmerzes auf der Lilienstirn lagen, wie sehnsüchtige Liebesträume unter den dunklen Wimpern hervorleuchteten und um die süßen Lippen schwebten. Aus dem fernen Meer, aus den duftigen Wolken, die San Marco einhüllten, schien die feindliche Macht Tod und Verderben zu drohen. Die tiefere Bedeutung des anmuthigen Bildes ging ihnen klar auf, aber auch alle Wehmuth der Liebesgeschichte Antonio's und Annunziata's kehrte, so oft sie das Bild auch noch anblicken mochten, wieder und erfüllte ihr innerstes Gemüth mit süßen Schauern.

Die Freunde lobten die Erzählung und waren einstimmig im Urtheil, daß Ottmar die wahre Geschichte des ehrsüchtigen, unglücklichen Dogen Marino Falieri auf ächt serapiontische Weise benutzt habe.

Ottmar, sprach Lothar, ließ es sich aber sauer werden, als er die Erzählung schrieb. Denn außerdem, daß ihn das hübsche Bild unsers wackern Kolbe zu dem Ganzen begeistert, lag Le Bret's Geschichte von Venedig immer aufgeschlagen auf dem Tische und das ganze Zimmer hatte er mit pittoresken Ansichten von den Straßen und Plätzen Venedigs geschmückt, die er Gott weiß wo überall aufgetrieben. Deshalb ist die Erzählung so individuell lokal geworden wie sie seyn mußte.

Die Mitternachtsstunde hatte geschlagen, die Freunde schieden in der frohesten Stimmung.

---

am Ende ist es nur ein hübscher Spuk und Sylvester verschwindet uns plötzlich vor unsern sehenden Augen in den zierlichen Dampfwolken, die er aus dem Zigarro bläst! —

Gott behüte und bewahre, rief Sylvester lachend, glaubst Du denn daß ich friedlicher ruhiger Mann mich umgesetzt habe in einen Hexenkerl, der ehrliche Leute neckt mit seiner werthen Person? Glaubst Du, daß ich die mindeste Anlage habe zu einem Philadelphia oder Swedenborg? — Beklagst Du Dich, Theodor, über meine Wortkargheit, so wisse, daß ich gerade heute mit Bedacht den Athem spare, weil ich nichts geringeres im Sinn trage, als Euch eine ziemlich lange Erzählung vorzulesen, zu der mich ein sehr hübsches Bild unsers wackern Karl Kolbe entzündete und die ich während meines ländlichen Aufenthalts niederschrieb. — Wunderst Du Dich darüber, Ottmar, daß ich, unerachtet ich die Muße des Landlebens so hoch stelle, doch wieder hieher kam, so bedenke, daß, ist auch das ewige rastlose Gewühl, die leere Geschäftigkeit der großen Stadt meinem ganzen innern Wesen zuwider, ich doch auch dagegen, will ich als Dichter und Schriftsteller bestehen, mancher Anregung bedarf, die ich nur hier finde. Jene Erzählung, die ich für gut halte, wäre nimmermehr entstanden, hätte ich nicht Kolbes Bild auf der Kunstausstellung geschaut, und hätte ich nachher mich nicht der Muße des Landlebens hingegeben.

Sylvester hat Recht, nahm Lothar das Wort, wenn er als Schau- spiel- als Romandichter die Anregungen in dem bunten Gewühl der großen Stadt sucht und dann dem Geist ruhige Muße gönnt das zu schaffen, wozu er angeregt worden. Jenes Bild konnte Sylvester auch auf dem Lande schauen, aber nicht die lebendigen Personen, die sich darum herbewegten und in die hinein jene gemalten Personen des Bildes traten. Dichter jener Art dürfen sich nicht zurückziehen in die Einsamkeit, sie müssen in der Welt leben, in der buntesten Welt, um schauen und auffassen zu können ihre unendlich mannigfachen Erscheinungen! —

Ha! rief Vinzenz, wie jauchzt der Herr von Jaques im Shakspeare, als er den Monsieur Probstein im Walde gefunden? — Ein Narr, ein Narr! — Ich traf 'nen Narrn im Walde, 'nen scheckigen Narrn — o jämmerliche Welt. So jauchze ich: ein Poet! — ein Poet! — ich traf einen Poeten! — Der taumelte zu hoher Mittagszeit aus dem dritten Weinhause, schaute hinauf mit den trunkfeuchten den Kopf kahl geschoren und ich flöße Euch nur Respekt ein durch die wenigen Haare, die ich noch auf den Zähnen behalten. — Ihr werdet als würdige Serapions-Brüder all' diesen Wahnsinn zu ehren wissen! — Thut das Leute! und verfallt nicht etwa darauf mich kuriren und gar Mittel anwenden zu wollen nach der Methode des Börhave, des Merkurialis, des Antius von Ampda, des Friedrich Kraft, des Herrn Richter, welche sämmtlich sattsames Prügeln anrathen und sanftes Maulschelliren. Und doch wirken Prügel wohlthätig auf Verstand und Herz und beleben den Körper zu den wichtigsten Funktionen. — Was wäre aus uns geworden, hätten wir eine einzige Vokabel in den Kopf gebracht in Quinta ohne nützliches Prügeln? — Ja! ich gedenke noch, daß, wie ich in meinem zwölften Jahre Werthers Leiden gelesen hatte, ich mich stracks in ein dreißigjähriges Fräulein verliebte und mich todtschießen wollte. Mein Vater heilte glücklich die zu große Reizbarkeit meines Herzens nach Rhases und Valuscus de Taranta, welche eine gute Tracht Schläge auf den H— als ein kräftiges Mittel wider die Liebe empfehlen. Zu gleicher Zeit weinte der Alte heiße Vaterthränen vor Freude über die Entdeckung, daß sein Söhnlein wirklich kein Esel sei, denn dieses Thier wird nach bekannter Erfahrung desto verliebter, je mehr und besser man es prügelt! — Und was den Körper anlangt und dessen Funktionen! — O ruft Euch doch nur jenen Venusinischen Prinzen ins Gedächtniß, dessen Campanella erwähnt! — Der gute Fürst konnte nicht anders zu Stuhle gehn, als wenn er vorher von einem dazu ausdrücklich besoldeten Mann erklecklich abgeprügelt worden! —

O aller Fabulanten ergötzlichster Fabulant, rief Theodor, du ganzes Geschwornengericht des skurilen Spaßes, wie lustig verführst du deine Capriolen und Courbetten! Aber thue das immerhin — Blitze hinein, sollte es manchmal zu still und dunkel unter uns werden mit den absonderlichsten Redensarten und belebe vorzüglich unsern Sylvester, der nach seiner gewöhnlichen Art und Weise bis jetzt noch kein einziges Wort gesprochen.

Ueberhaupt, sprach Ottmar, habe ich mich kaum überzeugen können, daß es wirklich Sylvester ist, der dort auf dem Stuhle sitzt und uns so freundlich anlächelt. Denn ganz unmöglich scheint es mir, daß er sobald seinen ländlichen Aufenthalt verlassen konnte, dessen Vorzüge vor unserer Stadt er so hoch pries und ich denke immer,

Pansa, des Fallstaff erwähnen? — Und weil Du, Vinzenz, gerade vom blauen Frack sprachst, es ist wohl ein eigen Ding, daß die Gestalt, die der wahre Dichter auf jene Weise schuf, sich von selbst ganz artig und ihrem Charakter gemäß kleidet — Ei, sprach Ottmar, das ist im Leben auch nicht anders. Gewiß haben wir alle bei irgend einer besonderen Erscheinung, die uns in den Weg trat, sehr lebhaft gefühlt, daß der Mann vermöge seines ganzen Wesens nun ganz unmöglich eine andere Mütze, einen andern Hut, einen andern Rock tragen dürfe als wie er ihn eben trägt. Daß dies geschieht ist eben nicht so wunderbar als daß wir es erkennen.

Liegt, unterbrach Cyprian den Freund, liegt es denn aber nicht bloß in unserer Erkenntniß, daß es geschieht? — O Spitzfündigkeit ohne Gleichen, rief Vinzenz. Und, sprach Sylvester mit lebhafterem Ton, als es sonst seine Art war, und Alles, was Lothar behauptet, ist doch so wahr, so recht aus meiner Seele genommen. — Vergeßt aber nicht, daß nächst unserm erquicklichen Zusammensein ich auch auf dem Lande einen Genuß entbehre, der mein ganzes Wesen, es ganz und gar durchdringend, hoch erhebt. Ich meine nichts anders als die mannigfachen musikalischen Produktionen, die Aufführungen der herrlichsten Meisterwerke des Gesanges. Erst heute hat mich Beethovens Messe, die, wie Ihr wißt, in der katholischen Kirche aufgeführt wurde, wahrlich im höchsten Sinn des Worts ergriffen.

Und das, sprach Cyprian mürrisch, verwundert mich nur deshalb nicht, weil Dir, Sylvester, die Entbehrung dergleichen Dinge im bessern Licht erscheinen läßt. Dem Hungrigen schmeckt die geringere Kost. Denn aufrichtig gesagt, Beethoven hat in seinem Hochamt eine gar hübsche, auch wohl geniale Musik geliefert, aber nur durchaus kein Hochamt. — Wo ist der strenge Kirchenstyl geblieben! —

Ich weiß es schon, nahm Theodor das Wort, Du Cyprian! statuirst nur die alten Tonsetzer, erschrickst in der Kirchen-Partitur vor allen schwarzen Noten und treibst die Strenge gegen alles Neuere bis zur Ungerechtigkeit.

Wahr ist es indessen, sprach Lothar, daß in Beethovens Messe mir vieles zu jubilirend, zu irdisch jauchzend klingt. Ueberhaupt möcht' ich wissen, worin die völlige mit einander kontrastirende Verschiedenheit des Geistes liegt, in dem die Meister die einzelnen Sätze des Hochamts komponirt haben?

Ei, rief Sylvester, das ist es auch, was mir so oft als unerklärlich aufgefallen ist. Man sollte meinen, daß z. B. die Worte: Benedictus qui venit in nomine domini, nur auf gleiche fromme ruhige Weise gesetzt werden könnten und doch weiß ich nicht allein, daß diese Worte von den größten Meistern in ganz verschiedenem Charakter komponirt worden sind, sondern auch daß, von den verschiedensten Empfindungen durchdrungen, ich niemals die Composition dieses, jenes großen Mannes, als verfehlt zu verwerfen vermochte. — Theodor könnte uns hierüber aufklären.

Das wollte ich wohl, sprach Theodor, so gut ich's vermag, aber ich müßte Euch eine kleine Abhandlung vortragen, die mit ihrem Ernst sonderbar abstechen würde gegen die lustige Weise, in der heute unsere Versammlung begann.

Ist es, erwiederte Ottmar, ist es denn nicht eben recht serapionsmäßig, daß Ernst und Scherz wechsele? Sprich Dich daher nur getrost aus, Theodor, über einen Gegenstand, der uns Alle, nehme ich etwa unsern Vinzenz aus, der nichts von der Musik versteht, höchlich interessirt. — Ich bitte auch den neuen Serapions-Bruder Vinzenz, daß er den skurilen Spaß, der ihm eben auf den Lippen schwebt, verschlucke und unsern Redner nicht unterbreche! —

O Serapion! seufzte Vinzenz mit aufwärts gerichtetem Blick; Theodor begann aber ohne weiteres in folgender Art.

Das Gebet, die Andacht, regt gewiß das Gemüth, nach seiner eigenthümlich in ihm herrschenden oder auch augenblicklichen Stimmung, wie sie von physischem oder psychischem Wohlsein, oder von eben solchem Leiden erzeugt wird, auf. Bald ist daher die Andacht, innere Zerknirschung bis zur Selbstverachtung und Schmach, Hinsinken in den Staub vor dem vernichtenden Blitzstrahl des, dem Sünder zürnenden Herrn der Welten, bald kräftige Erhebung zu dem Unendlichen, kindliches Vertrauen auf die göttliche Gnade, Vorgefühl der verheißenen Seeligkeit. Die Worte des Hochamts geben in einem Cyklus nur den Anlaß, höchstens den Leitfaden der Erbauung und in jeder Stimmung werden sie den richtigen Anklang in der Seele erwecken. Im Kyrie wird die Barmherzigkeit Gottes angerufen; das Gloria preiset seine Allmacht und Herrlichkeit, das Credo spricht den Glauben aus, auf den die fromme Seele fest bauet und nachdem im Sanctus und Benedictus die Heiligkeit Gottes erhoben und Seegen denen verheißen worden, die voll Vertrauen sich ihm nahen, wird im Agnus und im Dona noch zum Mittler gefleht, daß er Beruhigung und seinen Frieden schenke der frommen glaubenden, hoffenden Seele. Schon dieser Allgemeinheit wegen, die der tieferen Beziehung, der inneren Bedeutung, welche ein jeder nach seiner individuellen Gemüthsstimmung hineinlegt, nicht vorgreift, schmiegt sich der Text der mannigfaltigsten musikalischen Behandlung an und eben deshalb giebt es so ganz, in Charakter und Haltung von einander abweichende. Kyrie, Gloria u. s. w. Man vergleiche nur z. B. die beiden Kyrie in den Messen aus C dur und D Moll von Joseph Haydn und eben so seine Benedictus. — Schon hieraus folgt, daß der Componist der, wie es stets seyn sollte, von wahrer Andacht begeistert zur Composition eines Hochamts schreitet, die individuelle religiöse Stimmung seines Gemüths, der sich jedes Wort willig schmiegt, vorherrschen und sich durch das Miserere, Gloria, Qui tollis u. s. w. nicht zum bunten Gemisch des herzzerschneidendsten Jammers der zerknirschten Seele mit jubilirendem Geklingel verleiten lassen wird. Alle Arbeiten dieser letzten Art, wie sie in neuerer Zeit auf höchst frivole Weise gemacht wurden, sind Mißgeburten von einem unreinen Gemüth erzeugt, die ich eben so lebhaft verwerfe als Cyprian. Aber hohe Bewundrung zolle ich den herrlichen Kirchen-Compositionen Michael und Joseph Haydns, Hasses, Naumanns u. a. ohne der alten Werke der frommen italiänischen Meister (Leo, Durante, Benevoli, Perli u. a.) zu vergessen, deren hohe würdige Einfachheit, deren wunderbare Kunst ohne bunte Ausweichungen eingreifend ins Innerste zu moduliren, in neuerer und neuester Zeit ganz verloren gegangen zu seyn scheint. Daß, ohne an dem ursprünglichen reinen Kirchenstyl schon deshalb festhalten zu wollen, weil das Heilige den bunten Schmuck irdischer Spitzfündigkeiten verschmäht, auch schon jene einfache Musik in der Kirche musikalisch mehr wirkt, ist nicht zu bezweifeln, da die Töne, je schneller sie aufeinander folgen desto mehr im hohen Gewölbe verhallen und das Ganze undeutlich und unverständlich machen. Daher zum Theil die große Wirkung des Chorals in der Kirche. Mit Dir Cyprian räume ich auch den erhabenen Kirchengesängen aus der älteren Zeit, schon ihres wahrhaft heiligen immer festgehaltenen Styls halber den Vorzug vor der neueren Kirchenmusik unbedingt ein, indessen bin ich doch der Meinung, daß man mit dem Reichthum den die Musik, was hauptsächlich die Anwendung der Instrumente betrifft, in neuerer Zeit erworben, in der Kirche zwar nicht prunkenden Staat treiben dürfe, ihn doch aber auf edle, würdige Weise anwenden könne. Das gewagte Gleichniß, daß die ältere Kirchenmusik der Italiäner sich zu der neueren deutschen verhalte wie die Peterskirche zum Straßburger Münster, möchte ziemlich treffend seyn. Die grandiosen Verhältnisse jenes Baues erheben das Gemüth, indem sie commensurabel bleiben; aber mit einer seltsamen inneren Beunruhigung staunt der Beschauer den Münster an, der sich in den kühnsten Windungen, in den sonderbarsten Verschlingnngen bunter phantastischer Figuren und Zierrathen hoch in die Lüfte erhebt. Allein selbst diese Unruhe regt ein, das Unbekannte, das Wunderbare ahnendes Gefühl auf und der Geist überläßt sich willig dem Traume, in dem er das Ueberirdische, das Unendliche zu erkennen glaubt. Nun! und eben dies ist ja der Eindruck des Rein-Romantischen wie es in Mozarts, in Haydns Kompositionen lebt und webt. — Daß es jetzt einem Komponisten nicht so leicht gelingen wird in jenem hohen einfachen Styl der alten Italiener einen Kirchen-Gesang zu setzen ist leicht zu erklären. Nicht daran denken will ich, daß der wahrhafte fromme Glaube, der jenen Meistern die Kraft gab das Heiligste in hohen würdigen Tönen zu verkünden, wohl selten in dem Gemüth des Künstlers aus der neuesten Zeit wohnen dürfte, ich will nur des Unvermögens das der Mangel des wahren Genies herbeiführt und dann eben so des Mangels an Selbstverleugnung erwähnen. Regt nicht in der höchsten Einfachheit der tiefe Genius seine kräftigsten Schwingen? Wer aber läßt auch nicht gern den Reichthum der ihm zu Gebote steht, vor Aller Augen glänzen und ist zufrieden mit dem Beifall des einzelnen Kenners, dem auch ohne Prunk das Gediegene, das Liebste oder vielmehr das einzig Liebe ist? Dadurch daß man anfing sich überall derselben Mittel des Ausdrucks zu bedienen, ist es nun beinahe dahin gekommen, daß es gar keinen Styl mehr giebt. In der komischen Oper hört man oft feierliche gravitätisch daher schreitende Sätze, in der ernsten Oper tändelnde Liedchen und in der Kirche Oratorien und Aemter nach Opernschnitt. Aber es gehört auch eine seltene Tiefe des Geistes, ein hoher Genius dazu, selbst bei der Anwendung des figurirtesten Gesanges, des ganzen Reichthums der Instrumente ernst und würdevoll, kurz, kirchenmäßig zu bleiben. Mozart, so galant er in seinen beiden bekannteren Messen aus C dur ist, hat im Requiem jene Aufgabe herrlich gelöst: es ist dies in Wahrheit eine romantisch heilige Musik, aus dem Innersten des Meisters hervorgegangen. Wie vortrefflich auch Haydn in manchem seiner Aemter von dem Heiligsten und Erhabensten in herrlichen Tönen redet, darf ich wohl nicht erst sagen, obgleich man ihm mit Recht hier und da manche Spielerei vorwerfen mag. — So wie ich nur vernahm, Beethoven habe ein Amt gesetzt, ehe ich eine Note davon gehört oder gelesen hatte, vermuthete ich gleich, daß, was Styl und Haltung betrifft, der Meister sich den alten Joseph zum Vorbilde nehmen würde. Und doch fand ich mich getäuscht in Ansehung dessen wie Beethoven die Worte des Hochamts aufgefaßt hat. Beethovens Genius bewegt sonst gern die Hebel des Schauers, des Entsetzens. So, dachte ich, würde auch die Anschauung des Ueberirdischen sein Gemüth mit innerem Schauer erfüllen und er dies Gefühl in Tönen aussprechen. Im Gegentheil hat aber das ganze Amt den Ausdruck eines kindlich heitern Gemüths, das auf seine Reinheit bauend, gläubig der Gnade Gottes vertraut und zu ihm fleht wie zu dem Vater, der das Beste seiner Kinder will und ihre Bitten erhört. Nächst diesem allgemeinen Charakter der Komposition ist die innere Struktur, so wie die verständige Instrumentirung, wenn man nur einmal von der Tendenz, wie ich sie erst Hinsichts des in der Kirche anzuwendenden musikalischen Reichthums aufstellte, ausgeht, ganz des genialen Meisters würdig.

Aber eben diese Tendenz, nahm Cyprian das Wort, ist nach meiner Ueberzeugung ganz verkehrt und kann zur ruchlosen Entheiligung des Höchsten führen. — Laß mich es sagen wie ich über Kirchenmusik denke, und Du wirst finden daß ich wenigstens mit mir selbst darüber ganz im Reinen bin. — Keine Kunst, glaube ich, geht so ganz und gar aus der inneren Vergeistigung des Menschen hervor, keine Kunst bedarf nur einzig rein geistiger ätherischer Mittel, als die Musik. Die Ahnung des Höchsten und Heiligsten, der geistigen Macht, die den Lebensfunken in der ganzen Natur entzündet, spricht sich hörbar aus im Ton und so wird Musik, Gesang, der Ausdruck der höchsten Fülle des Daseins — Schöpferlob! — Ihrem innern eigenthümlichen Wesen nach ist daher die Musik religiöser Cultus und ihr Ursprung einzig und allein in der Religion, in der Kirche zu suchen und zu finden. Immer reicher und mächtiger ins Leben tretend, schüttete sie ihre unerschöpflichen Schätze aus über den Menschen und auch das

Profane durfte sich dann, wie mit kindischer Lust in dem Glanz putzen, mit dem sie nun das Leben selbst in all' seinen kleinen und kleinlichen irdischen Beziehungen durchstrahlte. Aber selbst das Profane erschien in diesem Schmuck, wie sich sehnend nach dem göttlichen höheren Reich und strebend einzutreten in seine Erscheinungen. — Eben dieses ihres eigenthümlichen Wesens halber konnte die Musik nicht das Eigenthum der antiken Welt seyn, wo alles auf sinnliche Verleiblichung ausging, sondern mußte dem modernen Zeitalter angehören. Die beiden einander entgegengesetzten Pole des Heidenthums und des Christenthums sind in der Kunst die Plastik und die Musik. Das Christen thum vernichtete jene und schuf diese so wie die ihr zunächst stehende Malerei. In der Malerei kannten die Alten weder Perspective noch Colorit, in der Musik weder Melodie noch Harmonie. Melodie nehme ich im höhern Sinn als Ausdruck des inneren Affekts, ohne Rücksicht auf Worte und ihren rhythmischen Verhalt. Aber es ist nicht diese Mangelhaftigkeit, die etwa nur die geringere Stufe auf der damals Musik und Malerei standen, bezeichnet, sondern, wie in unfruchtbarem Bodenru hend, nicht entfalten konnte sich der Keim dieser Künste, der im Christenthum herrlich aufging und Blüthen und Früchte trug in üppiger Fülle. Beide Künste, Musik und Malerei, behaupteten in der antiken Welt nur scheinbar ihren Platz: sie wurden von der Gewalt der Plastik erdrückt, oder vielmehr in den gewaltigen Massen der Plastik konnten sie keine Gestalt gewinnen; beide Künste waren nicht im mindesten das, was wir jetzt Malerei und Musik nennen, so wie die Plastik durch die, jeder Verleiblichung entgegen strebende Tendenz der christlichen Welt, gleichsam zum Geistigen verflüchtigt, aus dem körperlichen Leben entwich. Aber selbst der erste Keim der heutigen Musik, in dem das heilige nur der Christlichen Welt auflösbare Geheimniß verschlossen, konnte schon der antiken Welt nur nach seiner eigenthümlichsten Bestimmung, d. h. zum religiösen Kultus dienen. Denn nichts anders als dieser waren ja selbst in der frühsten Zeit ihre Dramen, welche Fest-Darstellungen der Leiden und Freuden eines Gottes enthielten. Die Deklamation wurde von Instrumentisten unterstützt und schon dieses beweiset, daß die Musik der Alten rein rythmisch war, wenn sich nicht auch anderweitig darthun ließe, daß, wie ich schon vorhin sagte, Melodie und Harmonie, die beiden Angeln, in denen sich unsere Musik bewegt, der antiken Welt unbekannt blieben. Mag es daher seyn daß Ambrosius und später Gregor um das Jahr fünfhundert und ein und neunzig antike Hymnen den christlichen Hymnen zum Grunde legten und daß wir die Spuren jenes bloß rhythmischen Gesanges noch in dem sogenannten Canto Fermo, in den Antiphonien antreffen: so heißt das doch nichts anders, als daß sie den Keim, der ihnen überkommen, benutzten und es bleibt gewiß, daß das tiefere Beachten jener antiken Musik nur für den forschenden Antiquar Interesse haben kann, dem ausübenden praktischen Componisten ging aber die heiligste Tiefe seiner herrlichen ächtchristlichen Kunst erst da auf, als in Italien das Christenthum in seiner höchsten Glorie strahlte und die hohen Meister in der Weihe göttlicher Begeisterung das heiligste Geheimniß der Religion in herrlichen nie gehörten Tönen verkündeten. — Merkwürdig ist es, daß bald nachher, als Guido von Arezzo tiefer in die Geheimnisse der Tonkunst eingedrungen, diese den Unverständigen ein Gegenstand mathematischer Spekulationen und so ihr eigenthümliches inneres Wesen, als es kaum begonnen sich zu entfalten, verkannt wurde. Die wunderbaren Laute der Geistersprache waren erwacht und hallten hin über die Erde; schon war es gelungen, sie festzubannen, die Hieroglyphe des Tons in seiner melodischen und harmonischen Verkettung war gefunden. Ich meine die Musikschrift der Noten. Aber nun galt die Bezeichnung für das Bezeichnete selbst; die Meister vertieften sich in harmonische Künsteleien und auf diese Weise hätte die Musik, zur spekulativen Wissenschaft entstellt, aufhören müssen Musik zu seyn. Der Kultus wurde, als endlich jene Künsteleien aufs Höchste gestiegen waren, durch das, was sie ihm als Musik aufdrangen, entweiht, und doch war dem, von der heiligen Kunst durchdrungenen Gemüth nur die Musik wahrer Kultus. So konnte es also nur ein kurzer Kampf seyn, der mit dem glorreichen Siege der ewigen Wahrheit über das Unwahre endete. Ausgesöhnt mit der Kunst wurde der Pabst Marcellus der zweite, der im Begriff stand alle Musik aus den Kirchen zu verbannen, so aber dem Kultus den herrlichsten Glanz zu rauben, als der hohe Meister Palestrina ihm die heiligen Wunder der Tonkunst in ihrem eigenthümlichsten Wesen erschloß. Auf immer wurde nun die Musik der eigentlichste Kultus der katholischen Kirche und so war damals die tiefste Erkenntniß jenes innern Wesens der Tonkunst in dem frommen Gemüth der Meister aufgegangen und in wahrhaftiger heiliger Begeisterung strömten aus ihrem Innern ihre unsterblichen unnachahmlichen Gesänge. Du weißt Theodor, daß die sechsstimmige Messe, die Palestrina damals (es war ja wohl im Jahr 1555?) komponirte, um dem erzürnten Pabst wahre Musik hören zu lassen, unter dem Namen Missa Papae Marcelli sehr bekannt geworden ist. Mit Palestrina hob unstreitig die herrlichste Periode der Kirchenmusik, mithin der Musik überhaupt an, die sich beinahe zweihundert Jahre bei immer zunehmendem Reichthum in ihrer frommen Würde und Kraft erhielt, wiewohl nicht zu läugnen ist, daß schon in dem ersten Jahrhundert nach Palestrina jene hohe unnachahmliche Einfachheit und Würde sich in eine gewisse Eleganz verlor, um die sich die Componisten bemühten. Welch ein Meister ist Palestrina! — Ohne allen Schmuck, ohne melodischen Schwung folgen in seinen Werken meistens vollkommen konsonirende Accorde aufeinander, von deren Stärke und Kühnheit das Gemüth mit unnennbarer Gewalt ergriffen und zum Höchsten erhoben wird. — Die Liebe, der Einklang alles Geistigen in der Natur, wie er dem Christen verheißen, spricht sich aus im Accord, der daher auch erst im Christenthum zum Leben erwachte, und so wird der Accord, die Harmonie, Bild und Ausdruck der Geistergemeinschaft, der Vereinigung mit dem Ewigen, dem Idealen, das über uns thront und doch uns einschließt. Am reinsten, heiligsten, kirchlichsten muß daher die Musik seyn, welche nur als Ausdruck jener Liebe aus dem Innern aufgeht, alles Weltliche nicht beachtend und verschmähend. So sind aber Palestrina's einfache, würdevolle Werke, die in der höchsten Kraft der Frömmigkeit und Liebe empfangen das Göttliche verkünden mit Macht und Herrlichkeit. Auf seine Musik paßt eigentlich das, womit die Italiäner das Werk manches, gegen ihn seichten, ärmlichen Componisten bezeichneten; es ist wahrhafte Musik aus der andern Welt — Musica del' altro mondo.

Die Folge consonirender, vollkommener Dreiklänge ist uns jetzt in unserer Verweichlichung so fremd geworden, daß mancher, dessen Gemüth dem Heiligen ganz verschlossen, darin nur die Unbehülflichkeit der technischen Struktur erblickt. Indessen auch selbst von jeder höheren Ansicht abgesehen, nur das beachtend, was man im Kreise des Gemeinen Wirkung zu nennen pflegt, liegt es am Tage, daß wie Du schon erst bemerktest, Theodor! in der Kirche, in dem großen, weithallenden Gebäude, gerade alles Verschmelzen durch Uebergänge, durch kleine Zwischennoten, die Kraft des Gesanges bricht. In Palestrinas Musik trifft jeder Accord den Zuhörer mit der ganzen Gewalt, und die künstlichsten Modulationen werden nie so, wie eben jene kühnen, gewaltigen, wie blendende Strahlen hereinbrechenden, Accorde, auf das Gemüth zu wirken vermögen. Palestrina ist einfach, wahrhaft, kindlich fromm, stark und mächtig, ächtchristlich in seinen Werken wie in der Malerei Pietro von Cortona und unser Albrecht Dürer. Sein Componiren war Religions-Uebung. Doch will ich auch nicht der hohen Meister, Caldara, Barnabei, Scarlatti, Marcello, Lotti, Parpora, Bernardo, Leo, Balotti u. a. vergessen, die alle sich einfach würdig und kräftig erhielten. — Lebhaft geht in diesem Augenblick die Erinnerung an die siebenstimmige alla Capella gesetzte Messe des Alessandro Scarlatti in mir auf, die Du einmal Theodor unter deiner Leitung von deinen guten Schülern und Schülerinnen singen ließest. Dies Hochamt ist ein Muster des wahren mächtigen Kirchenstyls, unerachtet es schon den melodischen Schwung, den die Musik zu der Zeit (1705) gewonnen, in sich hat.

Und, sprach Theodor, des mächtigen Händel, des unnachahmlichen Hasse, des tiefsinnigen Sebastian Bach gedenkst Du gar nicht?

Ei, erwiederte Cyprian, diese rechne ich eben noch ganz zu der heiligen Schaar, deren Inneres die Kraft des Glaubens stärkte und der Liebe. Eben diese Kraft schuf die Begeisterung, in der sie in Gemeinschaft traten mit dem Höheren und entflammt wurden zu den Werken, die nicht weltlicher Absicht dienen, sondern nur Lob und Preis der Religion, des höchsten Wesens, seyn sollten. Daher tragen jene Werke das Gepräge der Wahrhaftigkeit und kein ängstliches Streben nach sogenannter Wirkung, keine gesuchte Spielerei und Nachäffung entweiht das rein vom Himmel Empfangene, daher kommt nichts vor von den sogenannten frappirenden Modulationen, von den bunten Figuren, von den weichlichen Melodien, von dem kraftlosen verwirrenden Geräusch der Instrumente, das den Zuhörer betäuben soll, damit er die innere Leere nicht bemerke, und daher wird nur von den Werken dieser Meister und der wenigen, die noch in neuerer Zeit treue Diener der von der Erde verschwundenen Kirche blieben, das fromme Gemüth wahrhaft erhoben und erbaut. Ich will auch hier des herrlichen Meisters Fasch gedenken, der der alten frommen Zeit angehört und dessen tiefsinnige Werke nach seinem Tode von der leichtsinnigen Menge so wenig beachtet wurden, daß die Herausgabe seiner sechszehnstimmigen Messe aus Mangel an Unterstützung nicht zu Stande kam. —

Sehr Unrecht thust du mir, Theodor! wenn du glaubst, daß mein Sinn verschlossen ist für die neuere Musik. Haydn, Mozart, Beethoven entfalteten in der That eine neue Kunst, deren Keim sich wohl eben erst in der Mitte des achtzehnten Jahrhunderts zeigte. Daß der Leichtsinn, der Unverstand mit dem erworbenen Reichthum übel haushaltete, daß endlich Falschmünzer ihrem Rauschgolde das Ansehen der Gediegenheit geben wollten, war nicht die Schuld jener Meister, in denen sich der Geist herrlich offenbarte. Wahr ist es, daß beinahe in eben dem Grade, als die Instrumental-Musik stieg, der Gesang vernachlässigt wurde und daß mit dieser Vernachlässigung, jenes völlige Ausgehn der guten Chöre, das von mancher kirchlichen Einrichtung (Aufhebung der Klöster u. s. w.) herrührte, gleichen Schritt hielt; daß es unmöglich ist, jetzt zu Palestrina's Einfachheit und Größe zurückzukehren bleibt ausgemacht, in wie fern aber der neu erworbene Reichthum ohne Ostentation in die Kirche getragen werden darf, das fragt sich noch. — Nun! — immer weiter fort und fort treibt der waltende Weltgeist; nie kehren die verschwundenen Gestalten, so wie sie sich in der Lust des Lebens bewegten, wieder: aber ewig, unvergänglich ist das Wahrhaftige, und eine wunderbare Geistergemeinschaft schmiegt ihr geheimnißvolles Band um Vergangenheit, Gegenwart und Zukunft. Noch leben geistig die alten hohen Meister; nicht verklungen sind ihre Gesänge: nur nicht vernommen wurden sie im brausenden, tosenden Geräusch des ausgelassenen wilden Treibens, das über uns einbrach. Mag die Zeit der Erfüllung unseres Hoffens nicht mehr fern seyn, mag ein frommes Leben in Friede und Freudigkeit beginnen und die Musik frei und kräftig ihre Seraphsschwingen regen, um aufs neue den Flug zu dem Jenseits zu beginnen, das ihre Heimath ist und von welchem Trost und Heil in die unruhvolle Brust des Menschen hinabstrahlt! —

Cyprian sprach die letzten Worte mit einer Salbung, die deutlich erkennen ließ, daß alles wahrhaft aus seinem Innern strömte. Von seiner Rede tief ergriffen schwiegen die Freunde einige Augenblicke, dann begann Sylvester. In der That, ohne Musiker zu seyn wie ihr, Theodor und Cyprian, es seyd, habe ich doch Alles, was ihr über Beethovens Messe und über Kirchenmusik überhaupt gesagt, sehr gut verstanden. So wie du Cyprian aber klagst, daß es beinahe gar keinen eigentlichen Kirchen-Komponisten mehr giebt, so möcht ich behaupten, daß jetzt schwer ein Dichter zu finden seyn möchte, der einen würdigen Kirchentext schreibt.

Sehr wahr, nahm Theodor das Wort, und eben der deutsche Text, den man der Beethovenschen Messe untergelegt hat, beweiset dieses nur zu sehr. Die drei Haupttheile des Hochamts sind bekanntlich das Kyrie, das Credo und das Sanctus. Zwischen dem Ersten und Zweiten tritt das Graduale (meistens eine Kirchensymphonie), zwischen dem Zweiten und Dritten das Offertorium (gewöhnlich als Kirchen-Arie behandelt) ein.

So ist, wahrscheinlich um der herrlichen Musik auch in protestantischen Kirchen ja wohl sogar in Konzertsälen Eingang zu verschaffen auch in der deutschen Bearbeitung das Ganze in drei Hymnen getheilt. Was aber die Worte betrifft, so mußten sie, um den Sinn, die Bedeutung des Ganzen nicht zu verletzen so einfach als möglich und zwar am besten und kräftigsten rein biblisch seyn. Händel ließ bekanntlich dem Bischof, der sich erbot ihm den Text zum Messias zu dichten, sagen, ob die Eminenz denn sich getraue bessere Worte zu ersinnen als er, Händel, sie in der Bibel finde. Richtiger wurde nie die wahre Tendenz der Kirchentexte ausgesprochen. Was ist in der Beethovenschen Messe aus dem einfachen Kyrie eleison, Christe eleison geworden? — da heißt es:

Tief im Staub' anbeten wir
Dich den ew'gen Weltenherrscher
Dich den Allgewaltigen.
Wer kann dich nennen, wer dich fassen?
Unendlicher! — Ach unermessen,
Unnennbar ist deine Macht!
Wir stammeln nur mit Kindeslallen,
Den Namen Gott! —

Das ist, rief Sylvester, modern, gesucht preziös und weitschweifig zu gleicher Zeit. Ueberhaupt muß ich bekennen, daß mir das innere Wesen der alten lateinischen Hymnen ganz unerreichbar scheint und daß mir selbst die Uebersetzungen die vortreffliche Dichter versucht haben, keinesweges gnügen. Die treuste Uebersetzung klingt oft wenigstens wunderlich, wie z. B. Ave maris stella: Meerstern ich dich grüße! —

Eben daher, sprach Theodor, würd' ich mich nie entschließen können, hab' ich es im Sinn Kirchenmusik zu setzen, von jenen alten Hymnen abzulassen.

Aber nun, rief Vinzenz, indem er vom Stuhle aufsprang, nun verbanne ich, ein zweiter ergrimmter Pabst Marcellus, alles fernere Gespräch über Musik aus der Kapelle des heiligen Serapion! — Ihr habt beide sehr schön gesprochen, du sowohl Theodor als du Cyprian; aber dabei laßt es bewenden; kehren wir zur alten Ordnung zurück, auf die eben ich als Neuling ganz erstaunlich halte! —

Vinzenz, nahm Lothar das Wort, hat Recht. Für musikalische Laien waren Eure Abhandlungen eben nicht ganz genießbar und daher ist es gut, daß wir sie abbrechen. Sylvester soll uns nun die Erzählung vorlesen, die er uns mitgebracht hat.

Die Freunde stimmten ein in Lothars Begehren, und Sylvester begann ohne weiteres in folgender Art.

Meister Martin der Küfner und seine Gesellen.

Wohl mag dir auch, geliebter Leser! das Herz aufgehen in ahnungsvoller Wehmuth, wenn du über eine Stätte wandelst, wo die herrlichen Denkmäler altdeutscher Kunst, wie beredte Zeugen, den Glanz, den frommen Fleiß, die Wahrhaftigkeit einer schönen vergangenen Zeit verkünden. Ist es nicht so als trätest du in ein verlassenes Haus? — Noch liegt aufgeschlagen auf dem Tische das fromme Buch, in dem der Hausvater gelesen, noch ist das reiche bunte Gewebe aufgehängt, das die Hausfrau gefertigt; allerlei köstliche Gaben des Kunstfleißes, an Ehrentagen bescheert, stehen umher in saubern Schränken. Es ist, als werde nun gleich einer von den Hausgenossen eintreten und mit treuherziger Gastlichkeit dich empfangen. Aber vergebens wartest du auf die, welche das ewig rollende Rad der Zeit fortriß, du magst dich denn überlassen dem süßen Traum, der dir die alten Meister zuführt, die zu dir reden fromm und kräftig, daß es dir recht durch Mark und Bein dringt. Und nun verstehst du erst den tiefen Sinn ihrer Werke, denn du lebst in ihrer Zeit und hast die

Zeit begriffen, welche Meister und Werk erzeugen konnte. Doch ach! geschieht es nicht, daß die holde Traumgestalt eben als du sie zu umfangen gedachtest, mit liebenden Armen, auf lichten Morgenwolken scheu entflieht vor dem polternden Treiben des Tages und du, brennende Thränen im Auge, dem immer mehr verbleichenden Schimmer nachschauest? — So erwachst du auch plötzlich hart berührt von dem um dich wogenden Leben aus dem schönen Traum und nichts bleibt dir zurück, als die tiefe Sehnsucht, welche mit süßen Schauern deine Brust durchbebt.

Solche Empfindungen erfüllten den, der für dich, geliebter Leser! diese Blätter schreibt, jedesmal, wenn ihn sein Weg durch die weltberühmte Stadt Nürnberg führte. Bald vor dem wundervollen Bau des Brunnens am Markte verweilend, bald das Grabmal in St. Sebald, das Sakramenthäuslein in St. Laurenz, bald auf der Burg, auf dem Rathhause Albrecht Dürers tiefsinnige Meisterwerke betrachtend, gab er sich ganz hin der süßen Träumerei, die ihn mitten in alle Herrlichkeit der alten Reichsstadt versetzte. Er gedachte jener treuherzigen Verse des Paters Rosenblüth:

O Nürnberg, du edler Fleck,
Deiner Ehren Bolz steckt am Zweck,
Den hat die Weisheit daran geschossen,
Die Wahrheit ist in dir entsprossen.

Manches Bild des tüchtigen Bürgerlebens zu jener Zeit, wo Kunst und Handwerk sich in wackerm Treiben die Hände boten, stieg schnell empor und prägte sich ein dem Gemüth mit besonderer Lust und Heiterkeit. Laß es dir daher gefallen, geliebter Leser! daß eins dieser Bilder vor dir aufgestellt werde. Vielleicht magst du es mit Behaglichkeit, ja wohl mit gemüthlichem Lächeln anschauen, vielleicht wirst du selbst heimisch in Meister Martins Hause und verweilst gern bei seinen Kufen und Kannen. Nun! — dann geschähe ja das wirklich, was der Schreiber dieser Blätter so recht aus Grund des Herzens wünscht.

Wie Herr Martin zum Kerzenmeister erwählt wurde und sich dafür bedankte.

Am ersten Mai des Jahres Ein tausend fünf hundert und achtzig hielt die ehrsame Zunft der Böttcher, Küper oder Küfner in der freien

Reichsstadt Nürnberg, alter Sitte und Gewohnheit gemäß, ihre feierliche Gewerks-Versammlung. Kurze Zeit vorher war einer der Vorsteher oder sogenannten Kerzenmeister zu Grabe getragen worden, deshalb mußte ein neuer gewählt werden. Die Wahl fiel auf den Meister Martin. In der That mochte es beinahe keiner ihm gleich thun an festem und zierlichem Bau der Fässer, keiner verstand sich so wie er, auf die Weinwirthschaft im Keller, weshalb er denn die vornehmsten Herren unter seinen Kunden hatte, und in dem blühendsten Wohlstande, ja wohl in vollem Reichthum lebte. Deshalb sprach, als Meister Martin gewählt worden, der würdige Rathsherr Jacobus Paumgartner, der der Zunft als Handwerksherr vorstand: „Ihr habt sehr wohl gethan, meine Freunde! den Meister Martin zu euerm Vorsteher zu erkiesen, denn in bessern Händen kann sich gar nicht das Amt befinden. Meister Martin ist hochgeachtet von allen, die ihn kennen, ob seiner großen Geschicklichkeit und seiner tiefen Erfahrniß in der Kunst den edlen Wein zu hegen und zu pflegen. Sein wackrer Fleiß, sein frommes Leben, trotz alles Reichthums, den er erworben, mag euch allen zum Vorbilde dienen. So seyd denn, mein lieber Meister Martin, viel tausendmal begrüßt, als unser würdiger Vorsteher!" Mit diesen Worten stand Paumgartner von seinem Sitze auf und trat einige Schritte vor mit offnen Armen, erwartend, daß Meister Martin ihm entgegen kommen werde. Dieser stemmte denn auch alsbald beide Arme auf die Stuhllehnen und erhob sich langsam und schwerfällig, wie es sein wohlgenährter Körper nur zulassen wollte. Dann schritt er eben so langsam hinein in Paumgartners herzliche Umarmung, die er kaum erwiederte. „Nun, sprach Paumgartner darob etwas befremdet, nun Meister Martin, ist's euch etwa nicht recht, daß wir euch zu unserm Kerzenmeister erwählet?" — Meister Martin warf, wie es seine Gewohnheit war, den Kopf in den Nacken, fingerte mit beiden Händen auf dem dicken Bauche, und schaute mit weit aufgerissenen Augen, die Unterlippe vorgekniffen, in der Versammlung umher. Dann fing er zu Paumgartner gewendet also an: „Ei, mein lieber würdiger Herr, wie sollt' es mir denn nicht recht seyn, daß ich empfange, was mir gebührt. Wer verschmäht es den Lohn zu nehmen für wackere Arbeit, wer weiset den bösen Schuldner von der Schwelle, der endlich kömmt, das Geld zu zahlen, das er seit langer Zeit geborgt. Ei, ihr lieben Männer (so wandte sich Martin zu den Meistern, die rings umher saßen) ei, ihr lieben Männer, ist's euch denn nun endlich eingefallen, daß ich — ich der Vorsteher unserer ehrbaren Zunft seyn muß? — Was verlangt ihr vom Vorsteher? — Soll er der geschickteste seyn im Handwerk? Geht hin und schaut mein zweifudriges Faß ohne Feuer getrieben, mein wackres Meisterstück an, und dann sagt, ob sich einer von euch rühmen darf, was Stärke und Zierlichkeit der Arbeit betrifft, ähnliches geliefert zu haben. Wollt ihr, daß der Vorsteher Geld und Gut besitze? Kommt in mein Haus, da will ich meine Kisten und Kasten aufschließen und ihr sollt euch erfreuen an dem Glanz des funkelnden Goldes und Silbers. Soll der Vorsteher geehrt seyn von Großen und Niedern? — Fragt doch nur unsere ehrsamen Herren des Raths, fragt Fürsten und Herren, rings um unsere gute Stadt Nürnberg her, fragt den hochwürdigen Bischoff von Bamberg, fragt was die alle von dem Meister Martin halten. Nun! — ich denke, ihr sollt nichts Arges vernehmen!" — Dabei klopfte sich Herr Martin recht behaglich auf den dicken Bauch, schmunzelte mit halbgeschlossenen Augen und fuhr dann, da alles schwieg und nur hin und wieder ein bedenkliches Räuspern laut wurde, also fort: aber ich merk' es, ich weiß es wohl, daß ich mich nun noch schönstens bedanken soll dafür, daß der Herr endlich bei der Wahl eure Köpfe erleuchtet hat. — Nun! — wenn ich den Lohn empfange für die Arbeit, wenn der Schuldner mir das geborgte Geld bezahlt, da schreib' ich wohl unter die Rechnung, unter den Schein: zu Dank bezahlt, Thomas Martin, Küpermeister allhier! — So seyd denn alle von Herzen bedankt dafür, daß ihr mir, indem ihr mich zu euerm Vorsteher und Kerzenherrn wählet, eine alte Schuld abtruget. Uebrigens verspreche ich euch, daß ich mein Amt mit aller Treue und Frömmigkeit verwalten werde. Der Zunft, jedem von euch, stehe ich, wenn es Noth thut, bei, mit Rath und That, wie ich es nur vermag mit allen meinen Kräften. Mir soll es recht anliegen, unser berühmtes Gewerk in vollen Ehren und Würden, wie es jetzt besteht, zu erhalten. Ich lade euch, mein würdiger Handwerksherr, euch alle, ihr lieben Freunde und Meister, zu einem frohen Mahle auf künftigen Sonntag ein. Da laßt uns frohen Muths bei einem tüchtigen Glase Hochheimer, Johannisberger, oder was ihr sonst an edlen Weinen aus meinem reichen Keller trinken möget, überlegen, was jetzt fordersamst zu thun ist für unser aller Bestes! — Seyd nochmals alle herzlichst eingeladen.

Die Gesichter der ehrsamen Meister, die sich bei Martins stolzer Rede merklich verfinstert hatten, heiterten sich nun auf, und dem dumpfen Schweigen folgte ein fröhliches Geplapper, worin vieles von Herrn Martins hohen Verdiensten und seinem auserlesenen Keller vorkam. Alle versprachen am Sonntag zu erscheinen und reichten dem neuerwählten Kerzenmeister die Hände, der sie treuherzig schüttelte und auch wohl diesen, jenen Meister ein klein wenig an seinen Bauch drückte, als woll' er ihn umarmen. Man schied fröhlich und guter Dinge.

Was sich darauf weiter in Meister Martins Hause begab.

Es traf sich, daß der Rathsherr Jacobus Paumgartner, um zu seiner Behausung zu gelangen, bei Meister Martins Hause vorübergehen mußte. Als beide, Paumgartner und Martin, nun vor der Thüre dieses Hauses standen und Paumgartner weiter fortschreiten wollte, zog Meister Martin sein Mützlein vom Kopf und sich ehrfurchtsvoll so tief neigend, als er es nur vermochte, sprach er zu dem Rathsherrn: O wenn ihr es doch nicht verschmähen wolltet, in mein schlechtes Haus auf ein Stündchen einzutreten, mein lieber würdiger Herr! — Laßt es euch gefallen, daß ich mich an euern weisen Reden ergötze und erbaue. Ei, lieber Meister Martin, erwiederte Paumgartner lächelnd, gern mag ich bei euch verweilen, aber warum nennt ihr euer Haus ein schlechtes? ich weiß es ja, daß an Schmuck und köstlicher Geräthschaft es keiner der reichsten Bürger euch zuvorthut! habt ihr nicht erst vor kurzer Zeit den schönen Bau vollendet, der euer Haus zur Zierde unserer berühmten Reichsstadt macht, und von der innern Einrichtung mag ich gar nicht reden, denn deren dürft' sich ja kein Patrizier schämen.

Der alte Paumgartner hatte Recht, denn so wie man die hell gebohnte, mit reichem Messingwerk verzierte Thür geöffnet hatte, war der geräumige Flur mit sauber ausgelegtem Fußboden, mit schönen Bildern an den Wänden, mit kunstvoll gearbeiteten Schränken und Stühlen beinahe anzusehen wie ein Prunksaal. Da folgte denn auch jeder gern der Weisung, die alter Sitte gemäß ein Täfelchen, das gleich neben der Thüre hing, in den Versen gab:

Wer tretten will die Stiegen hinein
Dem sollen die Schue fein sauber seyn
Oder vorhero streiffen ab,
Daß man nit drüber zu klagen hab.
Ein Verständiger weiß das vorhin,
Wie er sich halten soll darinn.

Der Tag war heiß, die Luft in den Stuben, jetzt, da die Abenddämmerung einbrach, schwül und dunstig, deshalb führte Meister Martin seinen edlen Gast in die geräumige, kühle Prangkuchen. So hieß zu jener Zeit der Platz in den Häusern der reichen Bürger, der zwar wie eine Küche eingerichtet, aber nicht zum Gebrauch, sondern nur zur Schau mit allerlei köstlichen Geräthschaften des Hausbedarfs ausgeschmückt war. Kaum eingetreten, rief Meister Martin mit lauter Stimme: Rosa — Rosa! — alsbald öffnete sich denn auch die Thür und Rosa, Meister Martins einzige Tochter, kam hineingegangen. —

Möchtest du, vielgeliebter Leser! in diesem Augenblick doch recht lebhaft dich der Meisterwerke unseres großen Albrecht Dürers erinnern. Möchten dir doch die herrlichen Jungfrauengestalten voll hoher Anmuth, voll süßer Milde und Frömmigkeit, wie sie dort zu finden, recht lebendig aufgehen. Denk' an den edlen zarten Wuchs, an die schön gewölbte, lilienweiße Stirn, an das Inkarnat, das wie Rosenhauch die Wangen überfliegt, an die feinen kirschroth brennenden Lippen, an das in frommer Sehnsucht hinschauende Auge von dunkler Wimper halb verhängt wie Mondesstrahl von düsterm Laube — denk' an das seidne Haar in zierlichen Flechten kunstreich aufgenestelt — denk' an alle Himmelsschönheit jener Jungfrauen und du schauest die holde Rosa. Wie vermöchte auch sonst der Erzähler dir das liebe Himmelskind zu schildern? — Doch sey es erlaubt hier noch eines wackern jungen Künstlers zu gedenken, in dessen Brust ein leuchtender Strahl aus jener schönen alten Zeit gedrungen. Es ist der deutsche Maler Cornelius in Rom gemeint. — „Bin weder Fräulein noch schön!“ — So wie in Cornelius Zeichnungen zu Goethes gewaltigem Faust Margarethe anzuschauen ist, als sie diese Worte spricht, so mochte auch wohl Rosa anzusehen seyn, wenn sie in frommer züchtiger Scheu übermüthigen Bewerbungen auszuweichen sich gedrungen fühlte.

Rosa verneigte sich in kindlicher Demuth vor Paumgartner, ergriff seine Hand und drückte sie an ihre Lippen. Die blassen Wangen des alten Herrn färbten sich hochroth und wie der Abendschein im Versinken noch einmal auf flackernd das schwarze Laub plötzlich vergoldet, so blitzte das Feuer längst vergangener Jugend auf in seinen Augen. „Ei, rief er mit heller Stimme, ei mein lieber Meister Martin, ihr seyd ein wohlhabender, ein reicher Mann, aber die schönste Himmelsgabe, die euch der Herr bescheert hat, ist doch eure holde Tochter Rosa. Geht uns alten Herren, wie wir alle im Rath sitzen, das Herz auf und können wir nicht die blöden Augen wegwenden, wenn wir das liebe Kind schauen, wer mag's denn den jungen Leuten verargen, daß sie versteinert und erstarrt stehen bleiben, wenn sie auf der Straße eurer Tochter begegnen, daß sie in der Kirche eure Tochter sehen, aber nicht den geistlichen Herrn, daß sie auf der Allerwiese, oder wo es sonst ein Fest giebt, zum Verdruß aller Mägdlein, nur hinter eurer Tochter her sind mit Seufzern, Liebesblicken und honigsüßen Reden. — Nun, Meister Martin! ihr möget euch euren Eidam wählen unter unsern jungen Patriziern, oder wo ihr sonst wollet."

Meister Martins Gesicht verzog sich in finstre Falten, er gebot der Tochter edlen alten Wein herzubringen und sprach, als sie über und über glühend im Gesicht, den Blick zu Boden gesenkt, fortgegangen, zu dem alten Paumgartner: ei, mein lieber Herr, es ist zwar in der Wahrheit, daß mein Kind geschmückt ist mit ausnehmender Schönheit und daß auch hierin mich der Himmel reich gemacht hat, aber wie mögt ihr denn davon sprechen in des Mägdleins Gegenwart, und mit dem Eidam Patrizier ist es nun ganz und gar nichts. Schweigt, erwiederte Paumgartner lachend, schweigt Meister Martin, wovon das Herz voll ist, davon geht der Mund über! — glaubt ihr denn nicht, daß mir auch das träge Blut im alten Herzen zu hüpfen beginnt, wenn ich Rosa sehe, und wenn ich dann treuherzig heraussage, was sie ja selbst recht gut wissen muß, daraus wird kein Arges entstehen.

Rosa brachte den Wein und zwei stattliche Trinkgläser herbei. Martin rückte dagegen den schweren, mit wunderlichem Schnitzwerk verzierten Tisch in die Mitte. Kaum hatten die alten Herren indessen Platz genommen, kaum hatte Meister Martin die Gläser vollgeschenkt, als sich ein Pferdegetrappel vor dem Hause vernehmen ließ. Es war, als hielte ein Reuter an, dessen Stimme im Flur laut wurde: Rosa eilte hinab und kam bald mit der Nachricht zurück, der alte Junker Heinrich von Spangenberg sey da und wünsche bei dem Meister Martin einzusprechen. Nun, rief Martin, so ist das heute ein schöner glücklicher Abend, da mein wackerer ältester Kundmann bei mir einkehrt. Gewiß neue Bestellungen, gewiß soll ich neu auflagern. — Und damit eilte er, so schnell als es gehen wollte, dem willkommnen Gast entgegen.

Wie Meister Martin sein Handwerk über alle andere erhob.

Der Hochheimer perlte in den schmucken geschliffenen Trinkgläsern und erschloß den drei Alten Zunge und Herz. Zumahl wußte der alte Spangenberg, bei hohen Jahren noch von frischem Lebensmuth durchdrungen, manchen lustigen Schwank aus froher Jugendzeit aufzutischen, so daß Meister Martins Bauch weidlich wackelte und er vor ausgelassenem Lachen sich einmal über das andere die Thränen aus den Augen wischen mußte. Auch Herr Paumgartner vergaß mehr als sonst den rathsherrlichen Ernst und that sich gütlich mit edlem Getränk und dem lustigen Gespräch. Als nun aber Rosa wieder eintrat, den saubern Handkorb unter dem Arm, aus dem sie Tischzeug langte, blendend weiß, wie frischgefallener Schnee: als sie mit häuslicher Geschäftigkeit hin und her trippelnd den Tisch deckte und ihn mit allerlei würzreichen Speisen besetzte, als sie mit holdem Lächeln die Herren einlud, nun auch nicht zu verschmähen, was in der Eile bereitet worden, da schwieg Gespräch und Gelächter. Beide, Paumgartner und Spangenberg wandten die leuchtenden Blicke nicht ab von der lieblichen Jungfrau und selbst Meister Martin schaute zurückgelehnt in den Sessel, die Hände zusammengefaltet, ihrem wirthlichen Treiben zu mit behaglichem Lächeln. Rosa wollte sich entfernen, da sprang aber der alte Spangenberg rasch auf wie ein Jüngling, faßte das Mädchen bei beiden Schultern und rief, indem die hellen Thränen ihm aus den Augen rannen, einmal über das andere: o du frommes, holdes Engelskind — du herziges liebes Mägdlein, — dann küßte er sie zwei — dreimal auf die Stirne und kehrte wie in tiefem Sinnen auf seinen Platz zurück. Paumgartner brachte Rosa's Gesundheit aus. — Ja, fing Spangenberg an, als Rosa hinausgegangen, ja

Meister Martin, der Himmel hat euch in eurer Tochter ein Kleinod bescheert, das ihr gar nicht hoch genug schätzen könnet. Sie bringt euch noch zu hohen Ehren, wer, sey es aus welchem Stande es wolle, möchte nicht euer Eidam werden. Seht ihr wohl, fiel Paumgartner ein, seht ihr wohl Meister Martin, daß der edle Herr von Spangenberg ganz so denkt wie ich? — Ich sehe schon meine liebe Rosa als Patrizierbraut mit dem reichen Perlenschmuck in den schönen blonden Haaren. Liebe Herren, fing Meister Martin ganz verdrießlich an, liebe Herren, wie möget ihr denn nur immer von einer Sache reden, an die ich zur Zeit noch gar nicht denke. Meine Rosa hat nun das achtzehnte Jahr erreicht und solch ein blutjunges Ding darf noch nicht ausschauen nach dem Bräutigam. Wie es sich künftig fügen mag, überlasse ich ganz dem Willen des Herrn, aber so viel ist gewiß daß weder ein Patrizier, noch ein anderer, meiner Tochter Hand berühren wird, als der Küper, der sich mir als den tüchtigsten geschicktesten Meister bewährt hat. Vorausgesetzt, daß ihn meine Tochter mag, denn zwingen werde ich mein liebes Kind zu nichts in der Welt, am wenigsten zu einer Heirath, die ihr nicht ansteht. Spangenberg und Paumgartner schauten sich an, voll Erstaunen über diesen seltsamen Ausspruch des Meisters. Endlich nach einigem Räuspern fing Spangenberg an: also aus euerm Stande heraus soll eure Tochter nicht freien? Gott soll sie dafür bewahren, erwiederte Martin. Aber, fuhr Spangenberg fort, wenn nun ein tüchtiger Meister aus einem edlen Handwerk, vielleicht ein Goldschmidt, oder gar ein junger wackrer Künstler, um eure Rosa freite und ihr ganz ausnehmend gefiele vor allen andern jungen Gesellen, wie dann? Zeigt mir, erwiederte Martin, indem er den Kopf in den Nacken warf, zeigt mir lieber junger Gesell, würde ich sprechen, das schöne zweifudrige Faß welches ihr als Meisterstück gebaut habt, und wenn er das nicht könnte, würd' ich freundlich die Thür öffnen und ihn höflichst bitten, doch sich anderswo zu versuchen. Wenn aber, sprach Spangenberg weiter, wenn aber der junge Gesell spräche, solch einen kleinen Bau kann ich euch nicht zeigen, aber kommt mit mir auf den Markt, schaut jenes stattliche Haus, das die schlanken Gipfel kühn emporstreckt in die hohen Lüfte — das ist mein Meisterbau. — Ach lieber Herr, unterbrach Meister Martin ungeduldig Spangenbergs Rede, ach lieber Herr, was gebt ihr euch denn für Mühe, mich eines andern zu überzeugen. Aus meinem Handwerk soll nun einmal mein Eidam seyn, denn mein Handwerk halt ich für das herrlichste, was es auf der Welt geben kann. Glaubt ihr denn, daß es genug ist die Bände aufzutreiben auf die Dauben, damit das Faß zusammenhalte? Ei, ist es nicht schon herrlich und schön, daß unser Handwerk den Verstand voraussetzt, wie man die schöne Himmelsgabe, den edlen Wein, hegen und pflegen muß, damit er gedeihe und mit aller Kraft und Süßigkeit, wie ein wahrer glühender Lebensgeist uns durchdringe? Aber dann der Bau der Fässer selbst. Müssen wir, soll der Bau gelingen, nicht erst alles fein abzirkeln und abmessen? Wir müssen Rechenmeister und Meßkünstler seyn, denn wie möchten wir sonst Proportion und Gehalt der Gefäße einsehen. Ei Herr, mir lacht das Herz im Leibe, wenn ich solch ein tüchtig Faß auf den Endstuhl bringe, nachdem die Stäbe mit dem Klöbeisen und dem Lenkbeil tüchtig bereitet, wenn dann die Gesellen die Schlägel schwingen und klipp, klapp, — klipp, klapp es niederfällt auf die Treiber, hei! das ist lustige Musik. Da steht nun das wohlgerathene Gebäude und wohl mag ich ein wenig stolz umschauen, wenn ich den Reißer zur Hand nehme und mein Handwerkszeichen, gekannt und geehrt von allen wackern Weinmeistern, in des Fasses Boden einreiße. — Ihr spracht von Baumeistern lieber Herr! ei nun, solch ein stattliches Haus ist wohl ein herrliches Werk, aber wär' ich ein Baumeister, ginge ich vor meinem Werke vorüber und oben vom Erker schaute irgend ein unsaubrer Geist, ein nichtsnütziger schuftiger Geselle, der das Haus erworben, auf mich herab, ich würde mich schämen ins Innerste hinein, mir würde vor lauter Aerger und Verdruß die Lust ankommen, mein eignes Werk zu zerstören. Doch so etwas kann mir nicht geschehen mit meinen Gebäuden. Da drinnen wohnt ein für allemal nur der sauberste Geist auf Erden, der edle Wein. — Gott lobe mir mein Handwerk. Eure Lobrede, sprach Spangenberg, war recht tüchtig und wacker gemeint. Es macht euch Ehre, wenn ihr euer Handwerk recht hoch haltet, aber werdet nur nicht ungeduldig, wenn ich euch noch nicht loslassen kann. Wenn nun doch wirklich ein Patrizier käme und um eure Tochter anhielte? — Wenn das Leben einem so recht auf den Hals tritt, da gestaltet sich denn wohl manches ganz anders, als wie man es geglaubt. — Ach, rief Meister Martin ziemlich heftig, ach wie könnt' ich denn anders thun, als mich höflich neigen und sprechen: lieber

Herr! wäret ihr ein tüchtiger Küper, aber so — Hört weiter, fiel ihm Spangenberg in die Rede, wenn aber nun gar an einem schönen Tage ein schmucker Junker auf stolzem Pferde, mit glänzendem Gefolge, in prächtigen Kleidern angethan, vor euerm Hause hielte, und begehrte eure Rosa zur Hausfrau? Hei, hei, rief Meister Martin noch heftiger als vorher, hei, hei, wie würd' ich hastig, wie ich nur könnte, rennen und die Hausthür versperren mit Schlössern und Riegeln — wie würd ich rufen und schreien: reitet weiter! reitet weiter, gestrenger Herr Junker, solche Rosen wie die meinige blühen nicht für euch, ei mein Weinkeller, meine Goldbatzen mögen euch anstehen, das Mägdlein nehmt ihr in den Kauf — aber reitet weiter! reitet weiter! — Der alte Spangenberg erhob sich blutroth im ganzen Gesicht, er stemmte beide Hände auf den Tisch und schaute vor sich nieder. Nun, fing er nach einer Weile an, nun noch die letzte Frage Meister Martin. Wenn der Junker vor euerm Hause mein eigner Sohn wäre, wenn ich selbst mit ihm vor euerm Hause hielte, würdet ihr da auch die Thür verschließen, würdet ihr da auch glauben, wir wären nur gekommen eures Weinkellers, eurer Goldbatzen wegen? Mit nichten, erwiederte Meister Martin, mit nichten mein lieber gnädiger Herr, ich würde euch freundlich die Thür öffnen, alles in meinem Hause sollte zu euerm und euers Herrn Sohns Befehl seyn, aber was meine Rosa betrifft, da würde ich sprechen: möcht es doch der Himmel gefügt haben, daß euer wackrer Herr Junker ein tüchtiger Küper hätte werden können, keiner auf Erden sollte mir dann ein solch willkommner Eidam seyn, als er, aber jetzt! — Doch lieber würdiger Herr, warum neckt und quält ihr mich denn mit solchen wunderlichen Fragen. — Seht nur, wie unser lustiges Gespräch ganz und gar ein Ende genommen, wie die Gläser gefüllt stehen bleiben. Lassen wir doch den Eidam und Rosa's Hochzeit ganz bei Seite, ich bringe euch die Gesundheit euers Junkers zu, der, wie ich höre, ein schmucker Herr seyn soll. Meister Martin ergriff sein Trinkglas, Paumgartner folgte seinem Beispiel, indem er rief: alles verfängliche Gespräch soll ein Ende haben und euer wackrer Junker hoch leben! — Spangenberg stieß an und sprach dann mit erzwungenem Lächeln: ihr könnet denken, daß ich im Scherze zu euch sprach, denn nur frecher Liebeswahnsinn könnte wohl meinen Sohn, der unter den edelsten Geschlechtern seine Hausfrau erkiesen darf, dazu treiben, Rang und Geburt nicht achtend, um eure Tochter zu freien.

Aber etwas freundlicher hättet ihr mir doch antworten können. Ach, lieber Herr, erwiederte Meister Martin, auch im Scherz konnt' ich nicht anders reden, als wie ich es thun würde, wenn solch wunderliches Zeug, wie ihr es fabeltet, wirklich geschähe. Laßt mir übrigens meinen Stolz, denn ihr selbst müßt mir doch bezeugen, daß ich der tüchtigste Küper bin, auf weit und breit, daß ich mich auf den Wein verstehe, daß ich an unseres in Gott ruhenden Kaisers Maximilian tüchtige Weinordnung fest und getreulich halte, daß ich alle Gottlosigkeit als ein frommer Mann verschmähe, daß ich in mein zweifudriges Faß niemals mehr verdampfe als ein Löthlein lautern Schwefels, welches Noth thut zur Erhaltung, das alles, ihr lieben würdigen Herrn, werdet ihr wohl genüglich kosten an meinem Wein. — Spangenberg versuchte, indem er wieder seinen Platz einnahm, ein heitres Gesicht anzunehmen, und Paumgartner brachte andre Dinge aufs Tapet. Aber wie es geschieht, daß die einmal verstimmten Saiten eines Instruments sich immer wieder verziehen und der Meister sich vergebens müht, die wohltönenden Accorde, wie sie erst erklangen, aufs neue hervorzurufen, so wollte auch unter den drei Alten nun keine Rede, kein Wort mehr zusammenpassen. Spangenberg rief nach seinen Knechten und verließ ganz mißmuthig Meister Martins Haus, in das er fröhlich und guter Dinge getreten.

Die Weissagung der alten Großmutter.

Meister Martin war über das unmuthige Scheiden seines alten wackern Kundmanns ein wenig betreten, und sprach zu Paumgartner, der eben das letzte Glas ausgetrunken hatte, und nun auch scheiden wollte: ich weiß doch nun aber gar nicht, was der alte Herr wollte mit seinen Reden und wie er darüber am Ende noch verdrießlich werden konnte. Lieber Meister Martin, begann Paumgartner, ihr seyd ein tüchtiger frommer Mann, und wohl mag der was halten darauf, was er mit Gottes Hülfe wacker treibt und was ihm Reichthum und Ehre gebracht hat. Nur darf dies nicht ausarten in prahlerischen Stolz, das streitet gegen allen christlichen Sinn. Schon in der Gewerksversammlung heute war es nicht recht von euch, daß ihr euch selbst über alle übrigen Meister setztet: möget ihr doch wirklich mehr verstehen von eurer Kunst als die anderen, aber daß ihr das geradezu ihnen an den Hals werfet, das kann ja nur Aerger und Mißmuth erregen. Und nun vollends heute Abend! — So verblendet konntet ihr doch wohl nicht seyn, in Spangenbergs Reden etwas anders zu suchen als die scherzhafte Prüfung, wie weit ihr es wohl treiben würdet mit euerm starrsinnigen Stolz. Schwer mußte es ja den würdigen Herrn verletzen, als ihr in der Bewerbung jedes Junkers um eure Tochter nur niedrige Habsucht finden wolltet. Und noch wäre alles gut gegangen, wenn ihr eingelenkt hättet, als Spangenberg von seinem Sohne zu reden begann. Wie, wenn ihr spracht: ja mein lieber würdiger Herr, wenn ihr selbst kämt als Brautwerber mit euerm Sohn, ja auf solche hohe Ehre wär' ich nimmer gefaßt, da würd ich wanken in meinen festesten Entschlüssen. Ja! wenn ihr so spracht, was wäre dann davon anders die Folge gewesen, als daß der alte Spangenberg die vorige Unbill ganz vergessend, heiter gelächelt und guter Dinge geworden wie vorher. Scheltet mich nur, sprach Meister Martin, scheltet mich nur wacker aus, ich hab' es wohl verdient, aber als der Alte solch abgeschmacktes Zeug redete, es schnürte mir die Kehle zu, ich konnte nicht anders antworten. — Und dann, fuhr Paumgartner fort, und dann der tolle Vorsatz selbst, eure Tochter durchaus nur einem Küper geben zu wollen. Dem Himmel, spracht ihr, soll eurer Tochter Schicksal anheim gestellt seyn und doch greift ihr mit irdischer Blödsinnigkeit dem Rathschluß der ewigen Macht vor, indem ihr eigensinnig vorher festsetzt aus welchem kleinen Kreise ihr den Eidam nehmen wollt. Das kann euch und eure Rosa ins Verderben stürzen. Laßt ab Meister Martin, laßt ab von solcher unchristlicher kindischer Thorheit, laßt die ewige Macht gebieten, die in eurer Tochter frommes Herz schon den richtigen Ausspruch legen wird. Ach mein würdiger Herr, sprach Meister Martin kleinmüthig, nun erst sehe ich ein, wie übel ich daran that, nicht gleich alles herauszusagen. Ihr meint, nur die Hochschätzung meines Handwerks habe mich zu dem unabänderlichen Entschluß gebracht, Rosa nur an einen Küpermeister zu verheirathen, es ist dem aber nicht so, noch ein anderer, gar wunderbarer geheimnißvoller Grund dazu ist vorhanden. — Ich kann euch nicht fortlassen ohne daß ihr alles erfahren habt, ihr sollt nicht über Nacht auf mich grollen. Setzt euch, ich bitte gar herzlich darum, verweilt noch einige Augenblicke. Seht, hier steht noch eine Flasche des ältesten Weins, den der mißmuthige Junker verschmäht hat, laßt es euch noch bei mir gefallen. Paumgartner erstaunte über Meister Martins zutrauliches Eindringen, das sonst gar nicht in seiner Natur lag, es war als laste dem Mann etwas gar schwer auf dem Herzen, das er los seyn wollte. Als nun Paumgartner sich gesetzt und ein Glas Wein getrunken hatte, fing Meister Martin auf folgende Weise an: ihr wißt, mein lieber würdiger Herr, daß meine brave Hausfrau bald nachdem Rosa geboren, an den Folgen des schweren Kindbettes starb. Damals lebte meine uralte Großmutter noch, wenn stocktaub und blind, kaum der Sprache fähig, gelähmt an allen Gliedern, im Bette liegen Tag und Nacht anders leben genannt zu werden verdient. Meine Rosa war getauft worden und die Amme saß mit dem Kinde in der Stube, wo die Großmutter lag. Mir war es so traurig und wenn ich das schöne Kind anblickte, so wunderbar freudig und wehmüthig zu Sinn, ich war so tief bewegt, daß ich zu jeder Arbeit untauglich mich fühlte und still, in mich gekehrt, neben dem Bett der alten Großmutter stand, die ich glücklich pries, da ihr schon jetzt aller irdische Schmerz entnommen. Und als ich ihr nun so ins bleiche Antlitz schaue, da fängt sie mit einem Mal an seltsam zu lächeln, es ist, als glätteten sich die verschrumpften Züge aus, als färbten sich die blassen Wangen. — Sie richtet sich empor, sie streckt, wie plötzlich beseelt von wunderbarer Kraft die gelähmten Arme aus, wie sie es sonst nicht vermochte, sie ruft vernehmlich mit leiser lieblicher Stimme: Rosa — meine liebe Rosa! — Die Amme steht auf und bringt ihr das Kind, das sie in den Armen auf und nieder wiegt. Aber nun, mein würdiger Herr, nun denkt euch mein Erstaunen, ja meinen Schreck, als die Alte mit heller kräftiger Stimme ein Lied in der hohen fröhlichen Lobeweiß Herrn Hans Berchlers, Gastgebers zum Geist in Strasburg zu singen beginnt, das also lautet:

Mägdlein zart mit rothen Wangen,
Rosa, hör das Gebot,
Magst dich wahren vor Noth und Bangen.
Halt' im Herzen nur Gott,
Treib keinen Spott,
Heg' kein thöricht Verlangen.
Ein glänzend Häuslein wird er bringen,
Würzige Fluthen treiben drinn,
Blanke Englein gar lustig singen,
Mit frommen Sinn
Horch treuster Minn
Ha! lieblichem Liebesklingen.

Das Häuslein mit güldnem Prangen,
Der hat's ins Haus getrag'n
Den wirst du süß umfangen,
Darf'st nicht den Vater frag'n
Ist dein Bräut'gam minniglich.
Ins Haus das Häuslein bringt allwegen
Reichthum, Glück, Heil und Hort,
Jungfräulein! — Augen klar!
Oehrlein auf vor treuem Wort,
Magst wohl hinfort,
Blühen in Gottes Segen!

Und als sie dies Lied ausgesungen hat, legt sie das Kind leise und behutsam auf das Deckbette nieder, und die welke zitternde Hand auf seine Stirn gelegt, lispelt sie unverständliche Worte, aber das ganz verklärte Antlitz der Alten zeigt wohl, daß sie Gebete spricht. Nun sinkt sie nieder mit dem Kopfe auf die Bettkissen und in dem Augenblick als die Amme das Kind fortträgt, seufzte sie tief auf. Sie ist gestorben! — Das ist, sprach Paumgartner, als Meister Martin schwieg, das ist eine wunderbare Geschichte, aber doch sehe ich gar nicht ein, wie das weissagende Lied der alten Großmutter mit euerm starrsinnigen Vorsatz, Rosa nur einem Küpermeister geben zu wollen, zusammenhängen kann. Ach, erwiederte Meister Martin, was kann denn klarer seyn, als daß die Alte in dem letzten Augenblick ihres Lebens von dem Herrn ganz besonders erleuchtet, mit weissagender Stimme verkündete, wie es mit Rosa, sollte sie glücklich seyn, sich fügen müsse. Der Bräutigam der mit dem blanken Häuslein Reichthum, Glück, Heil und Hort ins Haus bringt: wer kann das anders seyn, als der tüchtige Küper, der bei mir sein Meisterstück, sein blankes Häuslein gefertigt hat? In welchem andern Häuslein treiben würzige Fluten als in dem Weinfaß? Und wenn der Wein arbeitet, dann rauscht und summt es wohl auch und plätschert, das sind die lieben Englein, die in den Fluten auf- und abfahren und lustige Liedlein singen. Ja, ja! — keinen andern Bräutigam hat die alte Großmutter gemeint als den Küpermeister, und dabei soll es denn auch bleiben. Ihr erklärt, sprach Paumgartner, ihr erklärt, lieber Meister Martin, die Worte der alten Großmutter nun einmal nach eurer Weise. Mir will eure Deutung gar nicht recht zu Sinn und ich bleibe dabei, daß ihr alles der Fügung des Himmels und dem Herzen eurer Tochter, in dem gewiß der richtige Ausspruch verborgen liegt, lediglich überlassen sollt. Und ich, fiel Martin ungeduldig ein, ich bleibe dabei, daß mein Eidam nun ein für allemal kein anderer seyn soll, als ein tüchtiger Küper. Paumgartner wäre beinahe zornig geworden über Martins Eigensinn, doch hielt er an sich, und stand auf vom Sitze, indem er sprach: es ist spät geworden, Meister Martin, laßt uns jetzt aufhören mit Trinken und Reden, beides scheint uns nicht mehr dienlich zu seyn. — Als sie nun hinaustraten auf den Flur, stand ein junges Weib da mit fünf Knaben, von denen der älteste kaum acht, der jüngste kaum ein halbes Jahr alt seyn mochte. Das Weib jammerte und schluchzte. Rosa eilte den Eintretenden entgegen und sprach: ach Gott im Himmel, Valentin ist nun doch gestorben, dort steht sein Weib mit den Kindern. Was? — Valentin gestorben? rief Meister Martin ganz bestürzt — ei über das Unglück — über das Unglück! — Denkt euch, wandte er sich dann zu Paumgartner, denkt euch, mein würdiger Herr! Valentin war der geschickteste Geselle, den ich in der Arbeit hatte, und dabei fleißig und fromm. Vor einiger Zeit verwundete er sich bei dem Bau eines großen Fasses gefährlich mit dem Lenkbeil, die Wunde wurde schlimmer und schlimmer, er verfiel in ein heftiges Fieber und hat nun gar sterben müssen, in seinen blühendsten Jahren. Darauf schritt Meister Martin zu auf das trostlose Weib, die in Thränen gebadet, klagte, daß sie nun wohl verderben werde, in Noth und Elend. Was, sprach Martin, was denkt ihr denn von mir, in meiner Arbeit brachte sich euer Mann die gefährliche Wunde bei, und ich sollte euch verlassen in eurer Noth? — Nein ihr alle gehört fortan zu meinem Hause. Morgen, oder wenn ihr wollt, begraben wir euern armen Mann, und dann zieht ihr mit euern Knaben auf meinen Meierhof vor dem Frauenthor, wo ich meine schöne offne Werkstatt habe und täglich mit meinen Gesellen arbeite. Da könnt ihr dann meiner Hauswirthschaft vorstehen, und eure tüchtigen Knaben will ich erziehen, als wären es meine eigenen Söhne. Und daß ihrs nur wißt, euern alten Vater nehme ich auch in mein Haus. Das war sonst ein tüchtiger Küpergeselle, als er noch Kraft in den Armen hatte. Nun! — wenn er auch nicht mehr Schlägel, Kimmkeule oder Bandhake regieren, oder auf der Fügbank arbeiten kann, so ist er doch wohl noch des Degsels mächtig, oder schabt mir mit dem Krummmesser die Bände aus. Genug, er soll mit euch zusammen in meinem Hause aufgenommen seyn. Hätte Meister Martin das Weib nicht erfaßt, sie wäre ihm vor Schmerz und tiefer Rührung beinahe entseelt zu Füßen gesunken. Die ältesten Jungen hingen sich an sein Wamms, und die beiden jüngsten, die Rosa auf den Arm genommen, streckten die Händchen nach ihm aus, als hätten sie alles verstanden. Der alte Paumgartner sprach lächelnd, indem ihm die hellen Thränen in den Augen standen: Meister Martin, man kann euch nicht gram werden; und begab sich dann nach seiner Behausung.

Wie die beiden jungen Gesellen, Friedrich und Reinhold, mit einander bekannt wurden.

Auf einer schönen grasigten, von hohen Bäumen beschatteten Anhöhe, lag ein junger Gesell von stattlichem Ansehen, Friedrich geheißen. Die Sonne war schon herabgesunken und rosige Flammen leuchteten auf aus dem tiefen Himmelsgrunde. Ganz deutlich konnte man in der Ferne die berühmte Reichsstadt Nürnberg sehen, die sich im Thale ausbreitete und ihre stolzen Thürme kühn in das Abendroth hinaufstreckte, das sein Gold ausströmte auf ihre Spitzen. Der junge Gesell hatte den Arm gestützt auf das Reisebündel, das neben ihm lag, und schaute mit sehnsuchtsvollen Blicken herab in das Thal. Dann pflückte er einige Blumen, die um ihn her in dem Grase standen, und warf sie in die Lüfte dem Abendroth zu, dann sah er wieder traurig vor sich hin und heiße Thränen perlten in seinen Augen. Endlich erhob er den Kopf, breitete beide Arme aus, als wolle er eine geliebte Gestalt umfangen und sang mit heller gar lieblicher Stimme folgendes Lied:

Schau ich dich wieder,
O Heimath süß,
Nicht von dir ließ
Mein Herz getreu und bieder.
O rosiges Roth, geh' mir auf,
Mag nur schauen Rosen,
Blüh'nde Liebesblüth,
Neig' dem Gemüth
Dich zu mit wonnigem Kosen.
Willst du springen o schwellende Brust?
Halt dich fest in Schmerz und süßer Lust.
O goldnes Abendroth!
Schöner Strahl sey mein frommer Bot'

Seufzer — Thränen mußt
Treulich zu ihr tragen.
Und stürb' ich nun,
Möchten Röslein dich fragen,
Sprich: — in Lieb' verging sein Herz.

Nachdem Friedrich dies Lied gesungen, zog er aus seinem Reisebündel ein Stücklein Wachs hervor, erwärmte es an seiner Brust und begann eine schöne Rose mit hundert feinen Blättern sauber und kunstvoll auszukneten. Während der Arbeit summte er einzelne Strophen aus dem Liede vor sich hin, das er gesungen, und so ganz in sich selbst vertieft, bemerkte er nicht den hübschen Jüngling, der schon lange hinter ihm stand und emsig seiner Arbeit zuschaute. Ei, mein Freund, fing nun der Jüngling an, ei, mein Freund, das ist ein sauberes Stück, was ihr da formt. Friedrich schaute ganz erschrocken um sich, als er aber dem fremden Jüngling in die dunklen freundlichen Augen sah, war es ihm, als kenne er ihn schon lange; lächelnd erwiederte er: ach lieber Herr, wie möget ihr nur eine Spielerei beachten, die mir zum Zeitvertreibe dient auf der Reise. Nun, fuhr der fremde Jüngling fort, nun wenn ihr die so getreulich nach der Natur zart geformte Blume eine Spielerei nennt, so müßt ihr ein gar wackrer geübter Bildner seyn. Ihr ergötzt mich auf doppelte Art. Erst drang mir euer Lied, das ihr nach der zarten Buchstabenweis Martin Häschers so lieblich absanget, recht durch die Brust und jetzt muß ich eure Kunstfertigkeit im Formen hoch bewundern. Wo gedenkt ihr denn noch heute hinzuwandern? Das Ziel, erwiederte Friedrich, das Ziel meiner Reise liegt dort uns vor Augen. Ich will hin nach meiner Heimath, nach der berühmten Reichsstadt Nürnberg. Doch die Sonne ist schon tief hinabgesunken, deshalb will ich unten im Dorfe übernachten, morgen in aller Frühe gehts dann fort, und zu Mittag kann ich in Nürnberg seyn. Ei, rief der Jüngling freudig, ei, wie sich das so schön trifft, wir haben denselben Weg, auch ich will nach Nürnberg. Mit euch übernachte ich auch hier im Dorfe, und dann ziehen wir morgen weiter. Nun laßt uns noch eins plaudern. Der Jüngling, Reinhold geheißen, warf sich neben Friedrich ins Gras und fuhr dann fort: nicht wahr, ich irre mich nicht, ihr seyd ein tüchtiger Gießkünstler, das merk' ich an der Art zu modelliren, oder ihr arbeitet in Gold und Silber? Friedrich sah ganz traurig vor sich nieder und fing dann kleinmüthig an: ach lieber Herr, ihr haltet mich für etwas viel besseres und höheres, als ich wirklich bin. Ich will es euch nur geradehin sagen, daß ich die Küperprofession erlernt habe und nach Nürnberg zu einem bekannten Meister in die Arbeit gehen will. Ihr werdet mich nun wohl verachten, da ich nicht herrliche Bilder zu modelliren und zu gießen vermag, sondern nur Reife um Fässer und Kufen schlage. Reinhold lachte laut auf und rief, nun das ist in der That lustig. Ich soll euch verachten, weil ihr ein Küper seyd, und ich — ich bin ja selbst gar nichts anderes, als das. Friedrich blickte ihn starr an, er wußte nicht, was er glauben sollte, denn Reinholds Aufzug paßte freilich zu nichts weniger, als zu einem reisenden Küpergesellen. Das Wamms von feinem schwarzen Tuch mit gerissenem Sammt besetzt, die zierliche Halskrause, das kurze breite Schwert, das Barett mit einer langen herabhängenden Feder, ließen eher auf einen wohlbegüterten Handelsmann schließen, und doch lag wieder in dem Antlitz, in der ganzen Gestalt des Jünglings ein wunderbares Etwas, das dem Gedanken an den Handelsmann nicht Raum gab. Reinhold merkte Friedrichs Zweifel, er riß sein Reisebündel auf, holte das Küperschurzfell, sein Messerbesteck hervor, und rief: schau doch her, mein Freund, schau doch nur her! — zweifelst du noch daran, daß ich dein Camerad bin? — Ich weiß, dir ist mein Anzug befremdlich, aber ich komme von Straßburg, da gehen die Küper stattlich einher wie Edelleute. Freilich hatte ich sonst, gleich dir, wohl auch Lust zu etwas anderm, aber nun geht mir das Küperhandwerk über alles, und ich habe manch' schöne Lebenshoffnung darauf gestellt. Gehts dir nicht auch so Kamerad? — Aber beinahe scheint es mir, als habe sich unversehens ein düstrer Wolkenschatten in dein heitres Jugendleben hineingehängt, vor dem du nicht fröhlich um dich zu blicken vermagst. Das Lied, das du vorhin sangst, war voll Liebessehnsucht und Schmerz, aber es kamen Klänge darin vor, die wie aus meiner eignen Brust hervorleuchteten und es ist mir, als wisse ich schon alles, was in dir verschlossen. Um so mehr magst du mir alles vertrauen, werden wir denn nicht ohnedies in Nürnberg wackre Kumpane seyn und bleiben? Reinhold schlang einen Arm um den Friedrich und sah ihm freundlich ins Auge. Darauf sprach Friedrich: je mehr ich dich anschaue frommer Geselle, desto stärker zieht es mich zu dir hin, ich vernehme deutlich die wunderbare Stimme in

bündel auf dem Rücken, Laute unterm Arm, ganz anders gekleidet als gestern, entgegentrat. Er hatte die Feder vom Barett genommen, das Schwert abgelegt und statt des zierlichen Wamses mit dem Sammtbesatz ein schlichtes Bürgerwamms von unscheinbarer Farbe angezogen. Nun, rief er fröhlich lachend dem verwunderten Freunde entgegen, nun, Bruder, hältst du mich doch gewiß für deinen wahren Kumpan und wackern Kameraden. — Aber höre, für einen, der in Liebe ist, hast du tüchtig genug geschlafen. Sieh' nur, wie hoch schon die Sonne steht. Laß uns nur gleich fortwandern. — Friedrich war still und in sich gekehrt, er antwortete kaum auf Reinholds Fragen, achtete kaum auf seine Scherze. Ganz ausgelassen sprang Reinhold hin und her, jauchzte und schwenkte das Barett in den Lüften. Doch auch er wurde stiller und stiller, je näher sie der Stadt kamen. „Ich kann vor Angst, vor Beklommenheit, vor süßem Weh nicht weiter, laß uns hier unter diesen Bäumen ein wenig ruhen." So sprach Friedrich, als sie schon beinahe das Thor von Nürnberg erreicht hatten, und warf sich ganz erschöpft nieder in das Gras. Reinhold setzte sich zu ihm und fing nach einer Weile an: Ich muß dir, mein herziger Bruder, gestern Abend recht verwunderlich vorgekommen seyn. Aber als du mir von deiner Liebe erzähltest, als du so trostlos warst, da ging mir allerlei einfältiges Zeug durch den Kopf, welches mich verwirrte und am Ende hätte toll machen können, vertrieb nicht dein schöner Gesang und meine Laute die bösen Geister. Heute als mich der erste Strahl der Morgensonne weckte, war nun vollends, da schon vom Abend der schlimme Spuk gewichen, alle Lebenslust in mein Gemüth zurückgekehrt. Ich lief hinaus, und im Gebüsch umher kreuzend, kamen mir allerlei herrliche Dinge in den Sinn. Wie ich dich so gefunden, wie mein ganzes Gemüth sich dir zugewandt! — Eine anmuthige Geschichte, die sich vor einiger Zeit in Italien zutrug, eben als ich dort war, fiel mir ein, ich will sie dir erzählen, da sie recht lebendig zeigt, was wahre Freundschaft vermag. Es begab sich, daß ein edler Fürst, eifriger Freund und Beschützer der schönen Künste, einen sehr hohen Preis ausgesetzt hatte, für ein Gemälde, dessen herrlicher, aber gar schwer zu behandelnder Gegenstand genau bestimmt war. Zwei junge Maler, die durch das engste Freundschaftsband verbunden, zusammen zu arbeiten pflegten, beschlossen um den Preis zu ringen. Sie theilten sich ihre Entwürfe mit und sprachen viel darüber, wie die Schwierigkeit des Gegenstandes zu überwinden. Der ältere, im Zeichnen, im Ordnen der Gruppen erfahrner, hatte bald das Bild erfaßt und entworfen und stand nun bei dem Jüngern, der schon im Entwurf ganz verzagt von dem Bilde abgelassen, hätte der Aeltere ihn nicht unablässig ermuntert und guten Rath ertheilt. Als sie nun zu malen begannen, wußte der Jüngere, ein Meister in der Kunst der Farbe, dagegen dem Aeltern manchen Wink zu geben, den dieser mit tüchtigem Erfolg benutzte, so daß der Jüngere nie ein Bild besser gezeichnet, der Aeltere nie ein Bild besser gefärbt hatte. Als die Gemälde vollendet waren, fielen sich beide Meister in die Arme, jeder war innig erfreut — entzückt über die Arbeit des andern, jeder dem andern den wacker verdienten Preis zuerkennend. Es begab sich aber, daß der Jüngere den Preis erhielt, da rief er ganz beschämt: o wie konnte ich denn den Preis erringen, was ist mein Verdienst gegen das meines Freundes, wie hätte ich denn nur ohne seinen Rath, ohne seinen wackern Beistand etwas tüchtiges hervorbringen können? Da sprach aber der ältere: und hast du mir denn nicht auch beigestanden mit tüchtigem Rath? mein Gemälde ist wohl auch nichts schlechtes, aber du hast den Preis davon getragen, wie sichs gebührt. Nach gleichem Ziel zu streben, wacker und offen, das ist recht Freundes Sache, der Lorbeer, den der Sieger erhält, ehrt auch den Besiegten; ich liebe dich nun noch mehr, da du so tapfer gerungen, und mit deinem Siege mir auch Ruhm und Ehre gebracht hast. — Nicht wahr, Friedrich, der Maler hatte Recht? — Wacker, ohne allen tückischen Hinterhalt um gleichen Preis ringen, sollte das wahre Freunde nicht noch mehr, recht aus der Tiefe des Herzens einigen, statt sie zu entzweien? sollte in edlen Gemüthern wohl kleinlicher Neid oder gar hämischer Haß Raum finden können? Niemals, erwiederte Friedrich, gewiß niemals. Wir sind nun recht liebende Brüder geworden, in kurzer Zeit fertigen wir beide wohl das Nürnberger Meisterstück, ein tüchtiges zweifudriges Faß ohne Feuer getrieben, aber der Himmel mag mich davor bewahren, daß ich auch nur den kleinsten Neid spüren sollte, wenn das deinige, lieber Bruder Reinhold, besser geräth, als das meinige. Ha, ha, ha, lachte Reinhold laut auf, geh mir mit deinem Meisterstück, das wirst du schon fertigen, zur Lust aller tüchtigen Küper. Und daß du's nur weißt, was das Berechnen der Größe, der Proportion, das Abzirkeln der hübschen Rundung betrifft, da findest du an mir deinen Mann. Und auch in Ansehung des Holzes kannst du dich auf mich verlassen. Stabholz von im Winter gefällten Steineichen, ohne Wurmstich, ohne weiße oder rothe Streifen, ohne Flammen, das suchen wir aus, du kannst meinem Auge trauen. Ich steh dir in allem bei mit Rath und That. Und darum soll mein Meisterstück nicht geringer ausfallen. Aber du Herr im Himmelsthrone, unterbrach hier Friedrich den Freund, was schwatzen wir denn davon, wer das beste Meisterstück machen soll? — Sind wir denn im Streit deshalb? — Das beste Meisterstück — um Rosa zu verdienen! — Wie kommen wir denn darauf! — mir schwindelts im Kopfe — Ei Bruder, rief Reinhold immer noch lachend, an Rosa war ja gar nicht gedacht. Du bist ein Träumer. Komm nur, daß wir endlich die Stadt erreichen. Friedrich raffte sich auf, und wanderte ganz verwirrten Sinnes weiter. Als sie im Wirthshause sich wuschen und abstäubten, sprach Reinhold zu Friedrich: eigentlich weiß ich für mein Theil gar nicht, bei welchem Meister ich in Arbeit gehen soll, es fehlt mir hier an aller Bekanntschaft und da dächt' ich, du nähmst mich nur gleich mit zum Meister Martin, lieber Bruder! Vielleicht gelingt es mir bei ihm anzukommen. Du nimmst mir, erwiederte Friedrich, eine schwere Last vom Herzen, denn, wenn du bei mir bleibst, wird es mir leichter werden, meine Angst, meine Beklommenheit zu besiegen. So schritten nun beide junge Gesellen rüstig fort nach dem Hause des berühmten Küpers, Meister Martin. — Es war gerade der Sonntag, an dem Meister Martin seinen Kerzenmeister-Schmaus gab, und hohe Mittagszeit. So kam es, daß, als Reinhold und Friedrich in Martins Haus hineintraten, ihnen Gläsergeklirr und das verwirrte Getöse einer lustigen Tischgesellschaft entgegenklang. Ach, sprach Friedrich ganz kleinmüthig, da sind wir wohl zur unrechten Stunde gekommen. Ich denke, erwiederte Reinhold, gerade zur rechten, denn beim frohen Mahl ist Meister Martin gewiß guter Dinge und aufgelegt, unsere Wünsche zu erfüllen. Bald trat auch Meister Martin, dem sie hatten sich ankündigen lassen, in festlichen Kleidern angethan, mit nicht geringer Gluth auf Nas' und Wange heraus auf den Flur. So wie er Friedrich gewahrte, rief er laut: „Sieh da Friedrich! guter Junge, bist du wieder heimgekommen? — Das ist brav! — Und hast dich auch zu dem hochherrlichen Küperhandwerk gewandt! — Zwar zieht Herr Holzschuer, wenn von dir die Rede ist, verdammte Gesichter und meint, an dir sey nun gar ein großer Künstler verdorben und du hättest wohl solche hübsche Bildlein und Geländer gießen können, wie sie in St. Sebald und an Fuggers Hause zu Augsburg zu sehen, aber das ist nur dummes Gewäsche, du hast recht gethan, dich zu dem Rechten zu wenden. Sey mir viel tausend Mal willkommen." Und damit faßte ihn Herr Martin bei den Schultern und drückte ihn an sich, wie er es zu thun pflegte, in herzlicher Freude. Friedrich lebte ganz auf bei Meister Martins freundlichem Empfang, alle Beklommenheit war von ihm gewichen, und er trug frei und unverzagt dem Meister nicht allein sein Anliegen vor, sondern empfahl auch Reinhold zur Aufnahme. Nun, sprach Meister Martin, nun in der That, zu gelegnerer Zeit hättet ihr gar nicht kommen können, als eben jetzt, da sich die Arbeit häuft und es mir an Arbeitern gebricht. Seyd mir beide herzlich willkommen. Legt nur eure Reisebündel ab und tretet hinein, die Mahlzeit ist zwar beinahe geendet, aber ihr könnt doch noch Platz nehmen an der Tafel und Rosa soll für euch noch sorgen. Damit ging Herr Martin mit den beiden Gesellen hinein. Da saßen denn nun die ehrsamen Meister, oben an der würdige Handwerksherr Jacobus Paumgartner, mit glühenden Gesichtern. Der Nachtisch war eben aufgetragen und ein edlerer Wein perlte in den großen Trinkgläsern. Es war an dem, daß jeder Meister mit lauter Stimme von etwas anderm sprach und doch alle meinten sich zu verstehen, und daß bald dieser oder jener laut auflachte, er wußte nicht warum. Aber wie nun der Meister Martin, beide Jünglinge an der Hand, laut verkündete, daß so eben sich ganz erwünscht die beiden, mit guten Handwerkszeugnissen versehenen Gesellen bei ihm eingefunden hätten, wurde alles still und jeder betrachtete die schmucken Leute mit behaglichem Wohlgefallen. Reinhold schaute mit hellen Augen beinahe stolz umher, aber Friedrich schlug die Augen nieder und drehte das Barett in den Händen. Meister Martin wies den Jünglingen Plätze an dem untersten Ende der Tafel an, aber das waren wohl gerade die herrlichsten, die es nur gab, denn alsbald erschien Rosa, setzte sich zwischen beiden und bediente sie sorglich mit köstlichen Speisen und edlem Getränk. — Die holde Rosa, in hoher Anmuth, in vollem Liebreiz prangend, zwischen den beiden bildschönen Jünglingen, mitten unter den alten bärtigen Meistern — das war gar lieblich anzuschauen, man mußte an ein leuchtendes Morgenwölklein denken, das einzeln am düstern Himmel heraufgezogen, oder es mochten auch wohl schöne Frühlingsblumen seyn, die ihre glänzenden Häupter aus trübem, farblosen Grase erhoben. Friedrich vermochte vor lauter Wonne und Seligkeit kaum zu athmen, nur verstohlen blickte er dann und wann nach der, die sein ganzes Gemüth erfüllte: er starrte vor sich hin auf den Teller — wie wär es ihm möglich gewesen, nur einen Bissen herunter zu bringen. Reinhold dagegen wandte die Augen, aus denen funkelnde Blitze strahlten, nicht ab von der lieblichen Jungfrau. Er fing an von seinen weiten Reisen zu erzählen auf solch wunderbare Art, wie es Rosa noch niemals gehört hatte. Es war ihr, als wenn alles, wovon Reinhold nur sprach, lebendig aufginge in tausend stets wechselnden Gestalten. Sie war ganz Aug', ganz Ohr, sie wußte nicht wie ihr geschah, wenn Reinhold in vollem Feuer der Rede ihre Hand ergriff und sie an seine Brust drückte. Aber, brach Reinhold plötzlich ab, aber Friedrich, was sitzest du da stumm und starr. Ist dir die Rede vergangen? Komm! — laß uns anstoßen auf das Wohl der lieben holden Jungfrau, die uns so gastlich bewirthet. Friedrich ergriff mit zitternder Hand das große Trinkglas, das Reinhold bis an den Rand gefüllt hatte und das er, (Reinhold ließ nicht nach) bis auf den letzten Tropfen leeren mußte. Nun soll unser brave Meister leben, rief Reinhold, schenkte wieder ein und abermals mußte Friedrich das Glas austrinken. Da fuhren die Feuergeister des Weins durch sein Inneres und regten das stockende Blut an, daß es siegend in allen Pulsen und Adern hüpfte. Ach mir ist so unbeschreiblich wohl, lispelte er, indem glühende Röthe in sein Antlitz stieg, ach so gut ist es mir auch ja noch nicht geworden. Rosa, die seine Worte wohl ganz anders deuten mochte, lächelte ihn an mit unbeschreiblicher Milde. Da sprach Friedrich befreit von aller Bangigkeit: liebe Rosa, ihr möget euch meiner wohl gar nicht mehr erinnern? Ei, lieber Friedrich, erwiederte Rosa mit niedergeschlagenen Augen, ei wie wär's denn möglich, daß ich euch vergessen haben sollte in so kurzer Zeit. Bei dem alten Herrn Holzschuer — damals war ich zwar noch ein Kind, aber ihr verschmähtet es nicht, mit mir zu spielen und wußtet immer was hübsches, was artiges aufs Tapet zu bringen. Und das kleine allerliebste Körblein von feinem Silberdraht, das ihr mir damals zu Weihnachten schenktet, das habe ich noch und verwahre es sorglich als ein theures Andenken. Thränen glänzten in den Augen des wonnetrunknen Jünglings, er wollte sprechen, aber, nur wie ein tiefer Seufzer, entquollen der Brust die Worte: o Rosa — liebe, liebe — Rosa! — Immer, fuhr Rosa fort, immer hab ich recht herzlich gewünscht euch wieder zu sehen, aber daß ihr zum Küperhandwerk übergehen würdet, das hab ich nimmermehr geglaubt. Ach wenn ich an die schönen Sachen denke, die ihr damals bei dem Meister Holzschuer verfertigtet, es ist doch Schade, daß ihr nicht bei eurer Kunst geblieben seyd. Ach Rosa, sprach Friedrich, nur um euretwillen wurde ich ja untreu meiner lieben Kunst. — Kaum waren diese Worte heraus, als Friedrich hätte in die Erde sinken mögen vor Angst und Scham! — Das unbesonnenste Geständniß war auf seine Lippen gekommen. Rosa, wie alles ahnend, wandte das Gesicht von ihm weg, er rang vergebens nach Worten. Da schlug Herr Paumgartner mit dem Messer hart auf den Tisch und verkündete der Gesellschaft, daß Herr Vollrad, ein würdiger Meistersinger, ein Lied anstimmen werde. Herr Vollrad stand denn auch alsbald auf, räusperte sich und sang solch ein schönes Lied in der güldnen Tonweis Hans Vogelgesangs, daß allen das Herz vor Freuden hüpfte und selbst Friedrich sich wieder erholte von seiner schlimmen Bedrängniß. Nachdem Herr Vollrad noch mehrere schöne Lieder in andern herrlichen Weisen, als da ist, der süße Ton, die Krummzinkenweis, die geblümte Paradiesweis, die frisch Pomeranzenweis u. a. gesungen, sprach er, daß, wenn jemand an der Tafel was von der holdseligen Kunst der Meistersinger verstehe, er nun auch ein Lied anstimmen möge. Da stand Reinhold auf und sprach, wenn es ihm erlaubt sey, sich auf italische Weise mit der Laute zu begleiten, so wolle er wohl auch ein Lied anstimmen und dabei die deutsche Weis ganz beibehalten. Er holte, als niemand etwas dagegen hatte, sein Instrument herbei und hub, nachdem er in gar lieblichen Klängen präludirt hatte, folgendes Lied an:

Wo steht das Brünnelein
Was sprudelt würzigen Wein!
Im tiefen Grund,
Da kunt
Ihr fröhlich schau'n
Sein lieblich golden Rinnen,
Das schöne Brünnelein,
Drin sprudelt goldner Wein,

Wer hat's gemacht,
Bedacht
Mit hoher Kunst,
Und wackrem Fleiß daneben?
Das lust'ge Brünnelein
Mit hoher Kunst gar fein,
Allein
Thät es der Küper machen.
Erglüht von edlem Wein,
Im Herzen Liebe rein,
Jung Küpers Art,
Gar zart
Ist das in allen Sachen.

Das Lied gefiel allen über die Maßen wohl, aber keinem so sehr als dem Meister Martin, dem die Augen vor Freude und Entzücken glänzten. Ohne auf Vollrad zu achten, der beinahe zu viel von der stumpfen Schoßweis Hans Müllers sprach, die der Geselle gut genug getroffen — ohne auf ihn zu achten stand Meister Martin auf von seinem Sitze und schrie, indem er sein Paßglas in die Höhe hob: komm her — du wackrer Küper und Meistersinger — komm her, mit mir, mit deinem Meister Martin sollst du dies Glas leeren! Reinhold mußte thun, wie ihm geboten. Als er zu seinem Platz zurückkehrte, raunte er dem tiefsinnigen Friedrich ins Ohr: nun mußt du singen — sing' das Lied von gestern Abend. Bist du rasend, erwiederte Friedrich ganz erzürnt. Da sprach Reinhold mit lauter Stimme zur Gesellschaft: ihr ehrbaren Herren und Meister! hier mein lieber Bruder Friedrich ist noch viel schönerer Lieder mächtig und hat eine viel lieblichere Stimme als ich, aber die Kehle ist ihm verstaubt von der Reise, und da wird er ein ander mal seine Lieder in den herrlichsten Weisen euch auftischen! — Nun fielen alle mit Lobeserhebungen über Friedrich her, als ob er schon gesungen hätte. Manche Meister meinten sogar endlich, daß seine Stimme in der That doch lieblicher sey, als die des Gesellen Reinhold, so wie Herr Vollrad, nachdem er noch ein volles Glas geleert hatte, überzeugt war, daß Friedrich doch die deutschen schönen Weisen besser treffe, als Reinhold, der gar zu viel italisches an sich habe. Aber Meister Martin warf den Kopf in den Nacken, schlug sich auf den runden Bauch, daß es klatschte, und rief: das sind nun meine Gesellen — meine sag ich, des Küpermeisters Tobias Martin zu Nürnberg, Gesellen! — Und alle Meister nickten mit den Häuptern und sprachen, die letzten Tropfen aus den hohen Trinkgläsern nippend: ja, ja! — eure, des Meister Martins brave wackre Gesellen! — Man begab sich endlich zur Ruhe. Reinhold und Friedrich, jedem wies Meister Martin eine schmucke helle Kammer in seinem Hause an.

Wie der dritte Gesell zum Meister Martin ins Haus kam, und was sich darauf weiter begab.

Als die beiden Gesellen Reinhold und Friedrich einige Wochen hindurch in Meister Martins Werkstatt gearbeitet hatten, bemerkte dieser, daß, was Messung mit Lineal und Zirkel, Berechnung und richtiges Augenmaß betraf, Reinhold wohl seines Gleichen suchte, doch anders war es bei der Arbeit auf der Fügbank, mit dem Lenkbeil, oder mit dem Schlägel. Da ermattete Reinhold sehr bald und das Werk förderte nicht, er mochte sich mühen wie er wollte. Friedrich dagegen hobelte und hämmerte frisch darauf los, ohne sonderlich zu ermüden. Was sie aber mit einander gemein hatten, war ein sittiges Betragen, in das vorzüglich auf Reinholds Anlaß, viel unbefangene Heiterkeit und gemüthliche Lust kam. Dazu schonten sie in voller Arbeit, zumal wenn die holde Rosa zugegen war, nicht ihre Kehlen, sondern sangen mit ihren lieblichen Stimmen, die gar anmuthig zusammen gingen, manches herrliche Lied. Und wollte dann auch Friedrich, indem er hinüberschielte nach Rosen, in den schwermüthigen Ton verfallen, so stimmte Reinhold sogleich ein Spottlied an, das er ersonnen und das anfing: das Faß ist nicht die Zither, die Zither nicht das Faß; so daß der alte Herr Martin oft den Degsel, den er schon zum Schlage erhoben, wieder sinken ließ und sich den wackelnden Bauch hielt vor innigem Lachen. Ueberhaupt hatten die beiden Gesellen, vorzüglich aber Reinhold, sich ganz in Martins Gunst festgenistet, und wohl konnte man bemerken, daß Rosa auch manchen Vorwand suchte, um öfter und länger in der Werkstatt zu verweilen, als sonst wohl geschehen seyn mochte.

Eines Tages trat Herr Martin ganz nachdenklich in seine offne Werkstatt vor dem Thore hinein, wo Sommer über gearbeitet wurde. Eben setzten Reinhold und Friedrich ein kleines Faß auf. Da stellte sich Meister Martin vor sie hin, mit übereinander geschlagenen Armen und sprach: ich kann Euch gar nicht sagen, ihr lieben Gesellen, wie sehr ich mit euch zufrieden bin, aber nun komme ich doch in große Verlegenheit. Vom Rhein her schreiben sie, daß das heurige Jahr, was den Weinbau betrifft, gesegneter seyn werde, als je eins gewesen. Ein weiser Mann hat gesagt, der Comet, der am Himmel herauf gezogen, befruchte mit seinen wunderbaren Strahlen die Erde, so daß sie aus den tiefsten Schachten alle Glut, die die edlen Metalle kocht, herausströmen und ausdunsten werde, in die durstigen Reben, die in üppigem Gedeihen Traub' auf Traube hervorarbeiten, und das flüssige Feuer, von dem sie getränkt, hineinsprudeln würden in das Gewächs. Erst nach beinahe dreihundert Jahren werde solch' günstige Constellation wieder eintreten. — Da wirds nun Arbeit geben die Hülle und die Fülle. Und dazu kommt noch, daß auch der hochwürdige Herr Bischof von Bamberg an mich geschrieben und ein großes Faß bei mir bestellt hat. Damit können wir nicht fertig werden und es thut Noth, daß ich mich noch nach einem tüchtigen Gesellen umschaue. Nun möcht' ich aber auch nicht gleich diesen oder jenen von der Straße unter uns aufnehmen und doch brennt mir das Feuer auf den Nägeln. Wenn ihr einen wackern Gesellen irgendwo wißt, den ihr unter euch leiden möchtet, so sagts nur, ich schaff ihn her und sollt' es mir auch ein gut Stück Geld kosten. Kaum hatte Meister Martin dies gesprochen, als ein junger Mensch von hohem kräftigen Bau mit starker Stimme hinein rief: He da! ist das hier Meister Martins Werkstatt? Freilich, erwiederte Meister Martin, indem er auf den jungen Gesellen losschritt, freilich ist sie das, aber ihr braucht gar nicht so mörderlich hinein zu schreien und hinein zu tappen, so kommt man nicht zu den Leuten. Ha, ha, ha, lachte der junge Gesell, ihr seyd wohl Meister Martin selbst, denn so mit dem dicken Bauche, mit dem stattlichen Unterkinn, mit den blinzelnden Augen, mit der rothen Nase, gerade so ist er mir beschrieben worden. Seyd mir schön gegrüßt Meister Martin. „Nun was wollt ihr denn vom Meister Martin," fragte dieser ganz unmuthig. Ich bin, antwortete der junge Mensch, ich bin ein Küpergesell und wollte nur fragen, ob ich bei euch in Arbeit kommen könnte. Meister Martin trat vor Verwunderung, daß gerade in dem Augenblick, als er gesonnen war, einen Gesellen zu suchen, sich einer meldete, ein paar Schritte zurück, und maß den jungen Menschen von Kopf bis zum Fuße. Der schaute ihn aber keck an mit blitzenden Augen. Als nun Meister Martin die breite Brust, den starken Gliederbau, die kräftigen Fäuste des jungen Menschen bemerkte, dachte er bei sich selbst, gerade solch einen tüchtigen Kerl brauche ich ja, und fragte ihn sogleich nach den Handwerkszeugnissen. Die hab' ich nicht zur Hand, erwiederte der junge Mensch, aber ich werde sie beschaffen in kurzer Zeit, und geb' euch jetzt mein Ehrenwort, daß ich treu und redlich arbeiten will, das muß euch gnügen. Und damit, ohne Meister Martins Antwort abzuwarten, schritt der junge Gesell zur Werkstatt hinein, warf Barett und Reisebündel ab, zog das Wamms herunter, band das Schurzfell vor und sprach: sagt nur gleich an Meister Martin, was ich jetzt arbeiten soll. Meister Martin, ganz verdutzt über des fremden Jünglings keckes Betragen, mußte sich einen Augenblick besinnen, dann sprach er: nun Geselle, beweiset einmal gleich, daß ihr ein tüchtiger Küper seyd, nehmt den Gargelkamm zur Hand und fertigt an dem Faß, das dort auf dem Endstuhl liegt, die Kröse. Der fremde Gesell vollführte das, was ihm geheißen, mit besonderer Stärke, Schnelle und Geschicklichkeit und rief dann, indem er hell auflachte: nun Meister Martin zweifelt ihr noch daran, daß ich ein tüchtiger Küper bin? — Aber, fuhr er fort, indem er in der Werkstatt auf- und abgehend mit den Blicken Handwerkszeug und Holzvorrath musterte, aber habt ihr auch tüchtiges Geräth und — was ist denn das für ein Schlägelchen dort, damit spielen wohl eure Kinder? — und das Lenkbeilchen, hei! das ist wohl für die Lehrburschen? — Und damit schwang er den großen schweren Schlägel, den Reinhold gar nicht regieren konnte und mit dem Friedrich nur mühsam handthierte, das wuchtige Lenkbeil, mit dem Meister Martin selbst arbeitete, hoch in den Lüften. Dann rollte er ein paar große Fässer, wie leichte Bälle bei Seite und ergriff eine von den dicken noch nicht ausgearbeiteten Dauben. Ei, rief er, ei Meister, das ist gutes Eichenstabholz, das muß springen wie Glas! Und damit schlug er die Daube gegen den Schleifstein, daß sie mit lautem Schall glatt ab in zwei Stücke zerbrach. O wollt ihr doch, sprach Meister Martin, wollt ihr doch, lieber Gesell, nicht etwa jenes zweifudrige Faß herausschmeißen oder gar die ganze Werkstatt zusammenschlagen. Zum Schlägel könnt ihr ja den Balken dort brauchen und damit ihr auch ein Lenkbeil nach eurem Sinn bekommt, will ich euch das drei Ellen lange Rolandsschwert vom Rathhause herunterholen. Das wär' mir nun eben Recht, rief der junge Mensch, indem ihm die Augen funkelten, aber sogleich schlug er den Blick nieder und sprach mit gesenkter Stimme: ich dachte nur, lieber Meister, daß ihr zu eurer großen Arbeit recht starke Gesellen nöthig hättet und da bin ich wohl mit meiner Leibeskraft etwas zu vorlaut, zu prahlerisch gewesen. Nehmt mich aber immerhin in Arbeit, ich will wacker schaffen, was ihr von mir begehrt. Meister Martin sah dem Jüngling ins Gesicht und mußte sich gestehen, daß ihm wohl nie edlere und dabei grundehrlichere Züge vorgekommen. Ja es war ihm, als rege sich bei dem Anblick des Jünglings die dunkle Erinnerung irgend eines Mannes auf, den er schon seit langer Zeit geliebt und hochverehrt, doch konnte er diese Erinnerung nicht ins Klare bringen, wiewohl er deshalb des Jünglings Verlangen auf der Stelle erfüllte und ihm nur aufgab sich nächstens durch glaubhafte Atteste zum Handwerk gehörig auszuweisen. Reinhold und Friedrich waren indessen mit dem Aufsetzen des Fasses fertig geworden und trieben nun die ersten Bände auf. Dabei pflegten sie immer ein Lied anzustimmen und thaten es nun auch, indem sie ein feines Lied in der Stieglitzweis Adam Puschmanns begannen. Da schrie aber Conrad (so war der neue Gesell geheißen) von der Fügbank, an die ihn Meister Martin gestellt, herüber: „ei was ist denn das für ein Quinkeliren? Kommt es mir doch vor, als wenn die Mäuse pfeifen hier in der Werkstatt. Wollt ihr was singen, so singt so, daß es einem das Herz erfrischt und Lust macht zur Arbeit. Solches mag ich auch wohl bisweilen thun.“ Und damit begann er ein tolles Jagdlied mit Halloh und Hussah! und dabei ahmte er das Gebell der Hundekoppeln, die gellenden Rufe der Jäger mit solch durchdringender, schmetternder Stimme nach, daß die großen Fässer wiederklangen und die ganze Werkstatt erdröhnte. Meister Martin verhielt sich mit beiden Händen die Ohren und der Frau Marthe (Valentins Wittwe) Knaben, die in der Werkstatt spielten, verkrochen sich furchtsam unters Stabholz. In dem Augenblick trat Rosa hinein, verwundert, erschrocken über das fürchterliche Geschrei, was gar nicht Singen zu nennen. So wie Conrad Rosa gewahrte, schwieg er augenblicklich, stand von der Fügbank auf und nahte sich ihr, sie mit dem edelsten Anstande grüßend. Dann sprach er mit sanfter Stimme, leuchtendes Feuer in den hellen braunen Augen: „mein holdes Fräulein, welch ein süßer Rosenschimmer ging denn auf in dieser schlechten Arbeitshütte, als ihr eintratet, o wäre ich euer doch nur früher ansichtig geworden, nicht eure zarten Ohren hätt' ich beleidigt mit meinem wilden Jagdliede! — O, (so rief er, sich zu Meister Martin und den andern Gesellen wendend) o hört doch nur auf mit euerm abscheulichen Geklapper! — So lange euch das liebe Fräulein ihres Anblicks würdigt, mögen Schlägel und Treiber ruhn. Nur ihre süße Stimme wollen wir hören, und mit gebeugtem Haupt erlauschen, was sie gebietet uns demüthigen Knechten." Reinhold und Friedrich schauten sich ganz verwundert an, aber Meister Martin lachte hell auf und rief: nun Conrad! — nun ists klar, daß ihr der allernärrischte Kauz seyd, der jemals ein Schurzfell vorgebunden. Erst kommt ihr her und wollt mir wie ein ungeschlachter Riese alles zerschmeißen, dann brüllt ihr dermaßen, daß uns allen die Ohren gellen und zum würdigen Schluß aller Tollheit seht ihr mein Töchterlein Rosa für ein Edelfräulein an, und gebehrdet euch wie ein verliebter Junker! „Eure holde Tochter, erwiederte Conrad gelassen, eure holde Tochter kenne ich gar wohl lieber Meister Martin, aber ich sage euch, daß sie das hochherrlichste Fräulein ist, das auf Erden wandelt, und mag der Himmel verleihen, daß sie den edelsten Junker würdige in treuer, ritterlicher Liebe ihr Paladin zu seyn." Meister Martin hielt sich die Seiten, er wollte ersticken bis er dem Lachen Luft gab, durch Krächzen und Hüsteln. Kaum der Sprache mächtig, stotterte er dann: „gut — sehr gut, mein allerliebster Junge, magst du meine Rosa immerhin für ein hochadlich Fräulein halten, ich gönn' es dir — aber dem unbeschadet — sey so gut und gehe fein zurück an deine Fügbank!" Conrad blieb eingewurzelt stehen mit niedergeschlagenem Blick, rieb sich die Stirn, sprach leise: es ist ja wahr, und that dann wie ihm geheißen. Rosa setzte sich, wie sie immer in der Werkstatt zu thun pflegte, auf ein klein Fäßlein, das Reinhold sorglich abgestäubt und Friedrich herbeigeschoben hatte. Beide fingen, Meister Martin gebot es ihnen, nun aufs neue das schöne Lied an, in dem sie der wilde Conrad unterbrochen, der nun still und ganz in sich versunken, an der Fügbank fort arbeitete.

Als das Lied geendet, sprach Meister Martin: euch hat der Himmel eine schöne Gabe verliehn, ihr lieben Gesellen! — ihr glaubt gar nicht, wie hoch ich die holdselige Singekunst achte. Wollt' ich doch auch einmal ein Meistersinger werden, aber das ging nun ganz und gar nicht, ich mochte es auch anstellen, wie ich wollte. Mit aller meiner Mühe erntete ich nur Hohn und Spott ein. Beim Freisingen machte ich bald falsche Anhänge, bald Klebsylben, bald ein falsches Gebäude, bald falsche Blumen, oder verfiel ganz und gar in falsche Melodei. — Nun ihr werdet es besser machen und es wird heißen. was der Meister nicht vermag, das thun doch seine Gesellen. Künftigen Sonntag ist zur gewöhnlichen Zeit nach der Mittagspredigt ein Meistersingen in der St. Catharinenkirche, da könnet ihr beide, Reinhold und Friedrich, Lob und Ehre erlangen mit eurer schönen Kunst, denn vor dem Hauptsingen wird ein Freisingen gehalten, woran ihr, so wie jeder Fremde, der der Singekunst mächtig, ungehindert Theil nehmen könnet. Nun Gesell Conrad (so rief Meister Martin herüber zur Fügbank), nun Gesell Conrad, möcht' ihr nicht auch den Singstuhl besteigen und euer schönes Jagdlied anstimmen? Spottet nicht, erwiederte Conrad ohne aufzublicken, spottet nicht lieber Meister! jedes an seinem Platze. Während ihr euch an dem Meistersingen erbaut' werde ich auf der Allerwiese meinem Vergnügen nachgehn.

Es kam so, wie Meister Martin wohl vermuthet. Reinhold bestieg den Singestuhl und sang Lieder in unterschiedlichen Weisen, die alle Meistersinger erfreuten, wiewohl sie meinten, daß dem Sänger zwar kein Fehler, aber eine gewisse ausländische Art, selbst könnten sie nicht sagen, worin die eigentlich bestehe, vorzuwerfen sey. Bald darauf setzte sich Friedrich auf den Singestuhl, zog sein Barett ab und begann, nachdem er einige Sekunden vor sich hingeschaut, dann aber einen Blick in die Versammlung geworfen, der, wie ein glühender Pfeil der holden Rosa in die Brust traf, daß sie tief aufseufzen mußte, ein solches herrliches Lied im zarten Ton Heinrich Frauenlobs, daß alle Meister einmüthiglich bekannten, keiner unter ihnen vermöge den jungen Gesellen zu übertreffen.

Als der Abend herangekommen und die Singschule geendigt, begab sich Meister Martin, um den Tag recht zu genießen, in heller Fröhlichkeit, mit Rosa nach der Allerwiese. Die beiden Gesellen Reinhold und Friedrich durften mitgehen. Rosa schritt in ihrer Mitte. Friedrich ganz verklärt von dem Lobe der Meister, in seliger Trunkenheit, wagte manches kühne Wort, das Rosa, die Augen verschämt niederschlagend, nicht vernehmen zu wollen schien. Sie wandte sich lieber zu Reinhold, der nach seiner Weise allerlei Lustiges schwatzte und sich nicht scheute, seinen Arm um Rosas Arm zu schlingen.

Schon in der Ferne hörten sie das jauchzende Getöse auf der Allerwiese. An den Platz gekommen, wo die Jünglinge sich in allerlei zum Theil ritterlichen Spielen ergötzten, vernahmen sie wie das Volk einmal übers andere rief: gewonnen, gewonnen — er ists wieder der Starke! — ja gegen den kommt niemand auf! — Meister Martin gewahrte, als er sich durchs Volk gedrängt hatte, daß alles Lob, alles Jauchzen des Volks niemanden anders galt, als seinem Gesellen Conrad. Der hatte im Wettrennen, im Faustkampf, im Wurfspießwerfen alle übrige übertroffen. Als Martin herankam, rief Conrad eben: ob es jemand mit ihm aufnehmen wolle im lustigen Kampfspiel mit stumpfen Schwertern? Mehrere wackre Patrizier-Jünglinge, solch ritterlichen Spiels gewohnt, ließen sich ein auf die Forderung. Nicht lange dauerte es aber, so hatte Conrad auch hier ohne alle große Mühe und Anstrengung sämmtliche Gegner überwunden, so daß des Lobpreisens seiner Gewandtheit und Stärke gar kein Ende war.

Die Sonne war herabgesunken, das Abendroth erlöschte und die Dämmerung stieg mit Macht herauf. Meister Martin, Rosa und die beiden Gesellen hatten sich an einem plätschernden Springquell gelagert. Reinhold erzählte viel Herrliches von dem fernen Italien, aber Friedrich schaute still und selig der holden Rosa in die Augen. Da kam Conrad heran, leisen zögernden Schrittes, wie mit sich selbst uneins, ob er sich zu den andern lagern solle oder nicht. Meister Martin rief ihm entgegen: „nun Conrad, kommt nur immer heran, ihr habt euch tapfer gehalten auf der Wiese, so kann ichs wohl leiden an meinen Gesellen, so ziemt es ihnen auch. Scheut euch nicht Geselle! setzt euch zu uns, ich erlaub' es euch!“ Conrad warf einen durchbohrenden Blick auf den Meister, der ihm gnädig zunickte, und sprach dann mit dumpfer Stimme: vor euch scheue ich mich nun ganz und gar nicht, hab euch auch noch gar nicht nach der Erlaubniß gefragt, ob ich mich hier lagern darf oder nicht, komme überhaupt auch gar nicht zu euch. Alle meine Gegner hab ich in den Sand gestreckt im lustigen Ritterspiel, und da wollt ich nur das holde Fräulein fragen, ob sie mir nicht auch wie zum Preis des lustigen Spiels den schönen Straus verehren wollte, den sie an der Brust trägt. Damit ließ sich Conrad vor Rosa auf ein Knie nieder, schaute mit seinen klaren braunen Augen ihr recht ehrlich ins Antlitz und bat: gebt mir immer den schönen Straus als Siegespreis holde Rosa, ihr dürft mir das nun durchaus nicht abschlagen. Rosa nestelte auch gleich den Straus los und gab ihn Conrad, indem sie lachend sprach: ei, ich weiß ja wohl, daß einem solchen tapfern Ritter wie ihr seyd, solch ein Ehrenzeichen von einer Dame gebührt und so nehmt immerhin meine welkgewordenen Blumen. Conrad küßte den ihm dargebotenen Straus und steckte ihn dann an sein Barett, aber Meister Martin rief, indem er aufstand: nun seh mir einer die tollen Possen! — doch laßt uns nach Hause wandeln, die Nacht bricht ein. Herr Martin schritt vorauf, Conrad ergriff mit sittigem, zierlichem Anstande Rosa's Arm, Reinhold und Friedrich schritten ganz unmuthig hinterher. Die Leute, denen sie begegneten, blieben stehn und schauten ihnen nach, indem sie sprachen: ei seht nur, seht, das ist der reiche Küper Tobias Martin, mit seinem holden Töchterlein und seinen wackern Gesellen. Das nenn' ich mir hübsche Leute! —

Wie Frau Marthe mit Rosa von den drei Gesellen sprach. Conrads Streit mit dem Meister Martin.

Junge Mägdlein pflegen wohl alle Lust des Festtages erst am andern Morgen sich so recht durch Sinn und Gemüth gehen zu lassen und diese Nachfeier dünkt ihnen dann beinahe noch schöner als das Fest selbst. So saß auch die holde Rosa am andern Morgen einsam in ihrem Gemach und ließ, die gefalteten Hände auf dem Schooß, das Köpfchen sinnend vor sich hingeneigt, Spindel und Nätherei ruhen. Wohl mocht' es seyn, daß sie bald Reinholds und Friedrichs Lieder hörte, bald den gewandten Conrad sah, wie er seine Gegner besiegte, wie er sich von ihr den Preis des Siegers holte, denn bald summte sie ein paar Zeilen irgend eines Liedleins, bald lispelte sie: meinen Straus wollt ihr? und dann leuchtete höheres Roth auf ihren Wangen, schimmerten Blitze durch die niedergesenkten Wimpern, stahlen sich leise Seufzer fort aus der innersten Brust. Da trat Frau Marthe hinein und Rosa freute sich nun, recht umständlich erzählen zu können, wie alles sich in der St. Catharinenkirche und auf der Allerwiese begeben. Als Rosa geendet, sprach Frau Marthe lächelnd: nun, liebe Rosa, nun werdet ihr wohl bald unter drei schmucken Freiern wählen können. Um Gott, fuhr Rosa auf, ganz erschrocken und blutroth im Gesicht bis unter die Augen, um Gott Frau Marthe, wie meint ihr denn das? — ich! — drei Freier? — Thut nur nicht so, sprach Frau

Marthe weiter, thut nur nicht so, liebe Rosa, als ob ihr gar nichts wissen, nichts ahnen könntet. Man müßte ja wahrhaftig gar keine Augen haben, man müßte ganz verblendet seyn, sollte man nicht schauen, daß unsere Gesellen Reinhold, Friedrich und Conrad, ja daß alle drei in der heftigsten Liebe zu euch sind. Was bildet ihr euch ein, Frau Marthe, lispelte Rosa, indem sie die Hand vor die Augen hielt. Ei, fuhr Frau Marthe fort, indem sie sich vor Rosa hinsetzte und sie mit einem Arm umschlang, ei du holdes, verschämtes Kind, die Hände weg, schau' mir recht fest in die Augen und dann läugne, daß du es längst gut gemerkt hast, wie die Gesellen dich in Herz und Sinn tragen, läugne das! — Siehst du wohl, daß du das nicht kannst? — nun es wär auch wirklich wunderbar, wenn eines Mägdleins Augen nicht so was gleich erschauen sollten. Wie die Blicke von der Arbeit weg dir zufliegen, wie ein rascherer Takt alles belebt, wenn du in die Werkstatt trittst. Wie Reinhold und Friedrich ihre schönsten Lieder anstimmen, wie selbst der wilde Conrad fromm und freundlich wird, wie jeder sich müht dir zu nahen, wie flammendes Feuer aufflackert im Antlitz dessen, den du eines holden Blicks, eines freundlichen Worts würdigst! Ei, mein Töchterchen, ist es denn nicht schön, daß solche schmucke Leute um dich buhlen? — Ob du überhaupt einen und wen von den dreien du wählen wirst, das kann ich in der That gar nicht sagen, denn freundlich und gut bist du gegen alle, wiewohl ich — doch still, still davon. Kämst du nun zu mir und sprächst: rathet mir Frau Marthe, wem von diesen Jünglingen, die sich um mich mühen, soll ich Herz und Hand zuwenden, da würd' ich denn freilich antworten: spricht dein Herz nicht ganz laut und vernehmlich: der ist es, dann laß' sie nur alle drei laufen. Sonst aber gefällt mir Reinhold sehr wohl, auch Friedrich, auch Conrad, und dann hab' ich gegen alle drei auch manches einzuwenden. — Ja in der That, liebe Rosa, wenn ich die jungen Gesellen so tapfer arbeiten sehe, gedenke ich immer meines lieben armen Valentins und da muß ich doch sagen, so wenig er vielleicht noch bessere Arbeit schaffen mochte, so war doch in allem, was er förderte, solch ein ganz anderer Schwung, eine andere Manier. Man merkte, daß er bei dem Dinge war mit ganzer Seele, aber bei den jungen Gesellen ist es mir immer, als thäten sie nur so und hätten ganz andere Sachen im Kopfe als ihre Arbeit, ja als sey diese nur eine Bürde, die sie freiwillig sich aufgelastet und nun mit wackerm Muthe trügen. Mit Friedrich kann ich mich nun am besten vertragen, das ist ein gar treues, herziges Gemüth. Es ist, als gehöre der am mehrsten zu uns, ich verstehe alles was er spricht, und daß er euch so still, mit aller Schüchternheit eines frommen Kindes liebt, daß er kaum wagt euch anzublicken, daß er erröthet, so wie ihr ein Wort mit ihm redet, das ists, was ich so sehr an dem lieben Jungen rühme. Es war als trete eine Thräne in Rosa's Auge, als Frau Marthe dies sagte. Sie stand auf und sprach zum Fenster gewendet: Friedrich ist mir auch recht lieb, aber daß du mir ja nicht den Reinhold verachtest. Wie könnte ich denn das, erwiederte Frau Marthe, Reinhold ist nun offenbar der schönste von allen. Was für Augen! nein, wenn er einen so durch und durch blitzt mit den leuchtenden Blicken, man kann es gar nicht ertragen! — Aber dabei ist in seinem ganzen Wesen so etwas verwunderliches, das mir ordentlich Schauer erregt und mich von ihm zurückschreckt. Ich denke, Herrn Martin müßte, wenn Reinhold in seiner Werkstatt arbeitet und er ihn dieses, jenes fördern heißt, so zu Muthe seyn, wie mir es seyn würde, wenn jemand in meine Küche ein von Gold und Edelsteinen funkelndes Geräth hingestellt hätte und das solle ich nun brauchen wie gewöhnliches schlechtes Hausgeräth, da ich denn doch gar nicht wagen möchte, es nur anzurühren. Er erzählt und spricht und spricht und das alles klingt wie süße Musik und man wird ganz hingerissen davon, aber wenn ich nun ernstlich daran denke, was er gesprochen, so hab' ich am Ende kein Wörtlein davon verstanden. Und wenn er denn auch wohl einmal nach unserer Weise scherzt und ich denke, nun ist er denn doch so wie wir, so sieht er mit einem Mal so vornehm darein, daß ich ordentlich erschrecke. Und dabei kann ich gar nicht sagen, daß sein Aussehn der Art gliche, wie mancher Junker, mancher Patrizier sich bläht, nein es ist etwas ganz anderes. Mit einem Wort, es kommt mir Gott weiß es so vor, als habe er Umgang mit höheren Geistern, als gehöre er überhaupt einer anderen Welt an. Conrad ist ein wilder, übermüthiger Geselle und hat dabei in seinem ganzen Wesen auch ganz etwas verdammt vornehmes, was zum Schurzfell nicht recht passen will. Und dabei thut er so, als wenn nur er allein zu gebieten hätte und die andern ihm gehorchen müßten. Hat er es doch in der kurzen Zeit seines Hierseins dahin gebracht, daß Meister Martin von Conrads schallender Stimme angedonnert, sich seinem Willen fügt. Aber dabei ist Conrad wieder so gutmüthig und grundehrlich, daß man ihm gar nicht gram werden kann. Vielmehr muß ich sagen, daß er mir trotz seiner Wildheit beinahe lieber ist, als Reinhold, denn zwar spricht er auch oft gewaltig hoch, aber man verstehts doch recht gut. Ich wette, der ist einmal, mag er sich auch stellen wie er will, ein Kriegsmann gewesen. Deshalb versteht er sich noch so gut auf die Waffen und hat sogar was vom Ritterwesen angenommen, das ihm gar nicht übel steht. — Nun sagt mir ganz unverholen, liebe Rosa, wer von den drei Gesellen euch am besten gefällt? Fragt, erwiederte Rosa, fragt mich nicht so verfänglich, liebe Frau Marthe. Doch so viel ist gewiß, daß es mir mit Reinhold gar nicht so geht, wie euch. Zwar ist es richtig, daß er ganz anderer Art ist, als seines gleichen, daß mir bei seinen Gesprächen zu Muthe wird, als thue sich mir plötzlich ein schöner Garten auf voll herrlicher glänzender Blumen, Blüthen und Früchte, wie sie auf Erden gar nicht zu finden, aber ich schaue gern hinein. Seit Reinhold hier ist, kommen mir auch manche Dinge ganz anders vor, und manches, was sonst trübe und gestaltlos in meiner Seele lag, ist nun so hell und so klar geworden, daß ich es ganz deutlich zu erkennen vermag. Frau Marthe stand auf und im Davongehen Rosen mit dem Finger drohend, sprach sie: ei, ei, Rosa, also wird wohl Reinhold dein Auserwählter seyn. Das hatte ich nicht vermuthet, nicht geahnet! Ich bitte euch, erwiederte Rosa, sie zur Thüre geleitend, ich bitte euch, liebe Frau Marthe, vermuthet, ahnet gar nichts, sondern überlasset alles den kommenden Tagen. Was die bringen, ist Fügung des Himmels, der sich jeder schicken muß in Frömmigkeit und Demuth. — In Meister Martins Werkstatt war es indessen sehr lebhaft worden. Um alles Bestellte fördern zu können, hatte er noch Handlanger und Lehrburschen angenommen und nun wurde gehämmert und gepocht, daß man es weit und breit hören konnte. Reinhold war mit der Messung des großen Fasses, das für den Bischof von Bamberg gebaut werden sollte, fertig worden und hatte es mit Friedrich und Conrad so geschickt aufgesetzt, daß dem Meister Martin das Herz im Leibe lachte und er einmal über das andere rief: das nenn' ich mir ein Stück Arbeit, das wird ein Fäßlein, wie ich noch keines gefertigt, mein Meisterstück ausgenommen. — Da standen nun die drei Gesellen und trieben die Bände auf die gefügten Dauben, daß alles vom lauten Getöse der Schlägel wiederhallte. Der alte Valentin schabte emsig mit dem Krummmesser und Frau Marthe, die beiden kleinsten Kinder auf dem Schooße, saß dicht hinter Conrad, während die andern muntern Buben schreiend und lärmend sich mit den Reifen herumtummelten und jagten. Das gab eine lustige Wirthschaft, so daß man kaum den alten Herrn Johannes Holzschuer bemerkte, der zur Werkstatt hineintrat. Meister Martin schritt ihm entgegen, und fragte höflich nach seinem Begehren. Ei, erwiederte Holzschuer, ich wollte einmal meinen lieben Friedrich wiederschauen, der dort so wacker arbeitet. Aber dann lieber Meister Martin, thut in meinem Weinkeller ein tüchtiges Faß Noth, um dessen Fertigung ich euch bitten wollte. — Seht nur, dort wird ja eben solch ein Faß errichtet, wie ich es brauche, das könnt ihr mir ja überlassen, ihr dürft mir nur den Preis sagen. Reinhold, der ermüdet einige Minuten in der Werkstatt geruht hatte, und nun wieder zum Gerüst heraufsteigen wollte, hörte Holzschuers Worte und sprach, den Kopf nach ihm wendend: ei, lieber Herr Holzschuer, die Lust nach unserm Fäßlein laßt euch nur vergehen, das arbeiten wir für den hochwürdigen Herrn Bischof von Bamberg! — Meister Martin die Arme über den Rücken zusammengeschlagen, den linken Fuß vorgesetzt, den Kopf in den Nacken geworfen, blinzelte nach dem Faß hin und sprach dann mit stolzem Ton: mein lieber Meister, schon an dem ausgesuchten Holz, an der Sauberkeit der Arbeit hättet ihr bemerken können, daß solch ein Meisterstück dem fürstlichen Keller ziemt. Mein Geselle Reinhold hat richtig gesprochen, nach solchem Werk laßt euch die Lust vergehn, wenn die Weinlese vorüber, werd' ich euch ein tüchtiges schlichtes Fäßlein fertigen lassen, wie es sich für euern Keller schickt. Der alte Holzschuer, aufgebracht über Meister Martins Stolz, meinte dagegen, daß seine Goldstücke gerade so viel wögen, als die des Bischofs von Bamberg, und daß er anderswo auch wohl für sein baares Geld gute Arbeit zu bekommen hoffe. Meister Martin, überwallt von Zorn, hielt mühsam an sich, er durfte den alten, vom Rath, von allen Bürgern hochverehrten Herrn Holzschuer wohl nicht beleidigen. Aber in dem Augenblick schlug Conrad immer gewaltiger mit dem Schlägel zu, daß alles dröhnte und krachte, da sprudelte Meister Martin den innern Zorn aus und schrie mit heftiger Stimme: Conrad — du Tölpel, was schlägst du so blind und toll zu, willst du mir das Faß zerschlagen? Ho, ho, rief Conrad, indem er mit trotzigem Blick umschaute, nach dem Meister; ho, ho, du komisches Meisterlein, warum denn nicht? Und damit schlug er so entsetzlich auf das Faß los, daß klirrend der stärkste Band des Fasses sprang und den Reinhold hinabwarf vom schmalen Brette des Gerüstes, während man am hohlen Nachklange wohl vernahm, daß auch eine Daube gesprungen seyn müßte. Uebermannt von Zorn und Wuth sprang Meister Martin hinzu, riß dem Valentin den Stab, an dem er schabte, aus der Hand und versetzte, lautschreiend: Verfluchter Hund! dem Conrad einen tüchtigen Schlag über den Rücken. So wie Conrad den Schlag fühlte, drehte er sich rasch um und stand da einen Augenblick wie sinnlos, dann aber flammten die Augen vor wilder Wuth, er knirschte mit den Zähnen, er heulte: geschlagen? Dann war er mit einem Sprunge herab vom Gerüst, hatte schnell das auf dem Boden liegende Lenkbeil ergriffen und führte einen gewaltigen Schlag gegen den Meister, der ihm den Kopf gespalten haben würde, hätte Friedrich nicht den Meister bei Seite gerissen, so daß das Beil nur den Arm streifte, aus dem aber das Blut sogleich hinausströmte. Martin, dick und unbeholfen wie er war, verlor das Gleichgewicht und stürzte über die Fügbank, wo eben der Lehrbursche arbeitete, nieder zur Erde. Alles warf sich nun dem wüthenden Conrad entgegen, der das blutige Lenkbeil in den Lüften schwang und mit entsetzlicher Stimme heulte und kreischte: zur Hölle muß er fahren — zur Hölle! Mit Riesenkraft schleuderte er alle von sich, er holte aus zum zweiten Schlage, der ohne Zweifel dem armen Meister, der auf dem Boden keuchte und stöhnte, das Garaus gemacht haben würde, da erschien aber, vor Schrecken bleich wie der Tod, Rosa in der Thüre der Werkstatt. So wie Conrad Rosa gewahrte, blieb er mit dem hochgeschwungnen Beil stehen, wie zur todten Bildsäule erstarrt. Dann warf er das Beil weit von sich, schlug die beiden Hände zusammen vor der Brust, rief mit einer Stimme, die jedem durch das Innerste drang: o du gerechter Gott im Himmel, was habe ich denn gethan! und stürzte aus der Werkstatt heraus ins Freie. Niemand gedachte ihn zu verfolgen.

Nun wurde der arme Meister Martin mit vieler Mühe aufgerichtet, es fand sich indessen gleich, daß das Beil nur ins dicke Fleisch des Arms gedrungen und die Wunde durchaus nicht bedeutend zu nennen war. Den alten Herrn Holzschuer, den Martin im Fall niedergerissen, zog man nun auch unter den Holzspänen hervor und beruhigte so viel möglich der Frau Marthe Kinder, die unaufhörlich um den guten Vater Martin schrien und heulten. Der war ganz verblüfft und meinte, hätte der Teufel von bösem Gesellen nur nicht das schöne Faß verdorben, aus der Wunde mache er sich nicht so viel.

Man brachte Tragsessel herbei für die alten Herren, denn auch Holzschuer hatte sich im Fall ziemlich zerschlagen. Er schmälte auf ein Handwerk, dem solche Mordinstrumente zu Gebote ständen, und beschwor Friedrich, je eher desto lieber sich wieder zu der schönen Bildgießerei, zu den edlen Metallen zu wenden.

Friedrich und mit ihm Reinhold, den der Reif hart getroffen und der sich an allen Gliedern wie gelähmt fühlte, schlichen, als schon tiefe Dämmerung den Himmel umzog, unmuthig nach der Stadt zurück. Da hörten sie hinter einer Hecke ein leises Aechzen und Seufzen. Sie blieben stehen und es erhob sich alsbald eine lange Gestalt vom Boden, die sie augenblicklich für Conrad erkannten und scheu zurückprallten. Ach, ihr lieben Gesellen, rief Conrad mit weinerlicher Stimme, entsetzet euch doch nur nicht so sehr vor mir! — ihr haltet mich für einen teuflischen Mordhund! — ach ich bin es ja nicht, ich bin es ja nicht — ich konnte nicht anders! ich mußte den dicken Meister todtschlagen, eigentlich müßt' ich mit euch gehen und es noch thun, wie es nur möglich wäre! — Aber nein — nein, es ist alles aus, ihr seht mich nicht wieder! — grüßt die holde Rosa, die ich so über die Maßen liebe! — sagt ihr, daß ich ihre Blumen zeitlebens auf dem Herzen tragen, mich damit schmücken werde, wenn ich — doch sie wird vielleicht künftig von mir hören! — lebt wohl, lebt wohl, ihr meine lieben wackern Gesellen! — Damit rannte Conrad unaufhaltsam fort über das Feld.

Reinhold sprach, es ist was besonderes mit diesem Jüngling, wir können seine That gar nicht abwägen oder abmessen nach gewöhnlichem Maßstab. Vielleicht erschließt sich künftig das Geheimniß, das auf seiner Brust lastete.

Reinhold verläßt Meister Martins Haus.

So lustig es sonst in Meister Martins Werkstatt herging, so traurig war es jetzt geworden. Reinhold, zur Arbeit unfähig, blieb in seiner Kammer eingeschlossen; Martin, den wunden Arm in der Binde, schimpfte und schmälte unaufhörlich auf den Ungeschick des bösen fremden Gesellen. Rosa, selbst Frau Marthe mit ihren Knaben, scheuten den Tummelplatz des tollen Beginnens und so tönte dumpf und hohl, wie im einsamen Walde zur Winterszeit der Holzschlag, Friedrichs Arbeit, der nun das große Faß allein mühsam genug fördern mußte.

Tiefe Traurigkeit erfüllte bald Friedrichs ganzes Gemüth, denn nun glaubte er deutlich zu gewahren, was er längst gefürchtet. Er trug keinen Zweifel, daß Rosa Reinhold liebe. Nicht allein, daß alle Freundlichkeit, manches süße Wort schon sonst Reinhold allein zugewendet wurde, so war es jetzt ja schon Beweises genug, daß Rosa, da Reinhold nicht hinaus konnte zur Werkstatt, ebenfalls nicht mehr daran dachte, herauszugehen und lieber im Hause blieb, wohl gar um den Geliebten recht sorglich zu hegen und pflegen. Sonntags, als alles lustig hinauszog, als Meister Martin von seiner Wunde ziemlich genesen, ihn einlud mit ihm und Rosa nach der Allerwiese zu wandeln, da lief er, die Einladung ablehnend, ganz vernichtet von Schmerz und banger Liebesnoth einsam heraus nach dem Dorfe, nach dem Hügel, wo er zuerst mit Reinhold zusammengetroffen. Er warf sich nieder in das hohe blumigte Gras und als er gedachte, wie der schöne Hoffnungsstern, der ihm vorgeleuchtet auf seinem ganzen Wege nach der Heimath, nun am Ziel plötzlich in tiefer Nacht verschwunden, wie nun sein ganzes Beginnen dem trostlosen Mühen des Träumers gleiche, der die sehnsüchtigen Arme ausstrecke nach leeren Luftgebilden, da stürzten ihm die Thränen aus den Augen und herab auf die Blumen, die ihre kleinen Häupter neigten, wie klagend um des jungen Gesellen herbes Leid. Selbst wußte Friedrich nicht, wie es geschah, daß die tiefen Seufzer, die der gedrückten Brust entquollen, zu Worten, zu Tönen wurden. Er sang folgendes Lied:

Wo bist du hin
Mein Hoffnungsstern?
Ach mir so fern,
Bist mit süßem Prangen
Andern aufgegangen!
Erhebt Euch, rauschende Abendwinde,
Schlagt an die Brust,
Weckt alle tödtende Lust,

Allen Todesschmerz,
Daß das Herz.
Getränkt von blut'gen Thränen
Brech' in trostlosem Sehnen.
Was lispelt ihr so linde
So traulich ihr dunklen Bäume?
Was blickt ihr goldne Himmelssäume
So freundlich hinab?
Zeigt mir mein Grab!
Das ist mein Hoffnungshafen,
Werd' unten ruhig schlafen.

Wie es sich denn wohl begiebt, daß die tiefste Traurigkeit, findet sie nur Thränen und Worte, sich auflöst in mildes schmerzliches Weh, ja daß dann wohl ein linder Hoffnungsschimmer durch die Seele leuchtet, so fühlte sich auch Friedrich, als er das Lied gesungen, wunderbar gestärkt und aufgerichtet. Die Abendwinde, die dunklen Bäume, die er im Liede angerufen, rauschten und lispelten wie mit tröstenden Stimmen, und wie süße Träume von ferner Herrlichkeit, von fernem Glück, zogen goldne Streifen herauf am düstern Himmel. Friedrich erhob sich und stieg den Hügel herab nach dem Dorfe zu. Da war es, als schritte Reinhold wie damals, als er ihn zuerst gefunden, neben ihm her. Alle Worte, die Reinhold gesprochen, kamen ihm wieder in den Sinn. Als er nun aber der Erzählung Reinholds von dem Wettkampf der beiden befreundeten Maler gedachte, da fiel es ihm wie Schuppen von den Augen. Es war ja ganz gewiß, daß Reinhold Rosa schon früher gesehen und geliebt haben mußte. Nur diese Liebe trieb ihn nach Nürnberg in Meister Martins Haus, und mit dem Wettstreit der beiden Maler meinte er nichts anderes, als beider, Reinholds und Friedrichs, Bewerbung um die schöne Rosa. — Friedrich hörte aufs Neue die Worte, die Reinhold damals sprach: wacker ohne allen tückischen Hinterhalt um gleichen Preis ringen, muß wahre Freunde recht aus der Tiefe des Herzens einigen, statt sie zu entzweien, in edlen Gemüthern kann niemals kleinlicher Neid, hämischer Haß Statt finden. — Ja, rief Friedrich laut, ja, du Herzensfreund, an dich selbst will ich mich wenden ohne allen Rückhalt, du selbst sollst mir es sagen, ob jede Hoffnung für mich verschwunden ist. — Es war schon hoher Morgen, als Friedrich an Reinholds Kammer klopfte. Da alles still drinnen blieb, drückte er die Thür, die nicht wie sonst verschlossen war, auf und trat hinein. Aber in demselben Augenblick erstarrte er auch zur Bildsäule. Rosa in vollem Glanz aller Anmuth, alles Liebreizes, ein herrliches lebensgroßes Bild stand vor ihm aufgerichtet auf der Staffelei, wunderbar beleuchtet von den Strahlen der Morgensonne. Der auf den Tisch geworfene Malerstock, die nassen Farben auf der Pallette zeigten, daß eben an dem Bilde gemalt worden. O Rosa — Rosa — o du Herr des Himmels, seufzte Friedrich, da klopfte ihm Reinhold, der hinter ihm hineingetreten, auf die Schulter und fragte lächelnd: nun Friedrich, was sagst du zu meinem Bilde. Da drückte ihn Friedrich an seine Brust und rief: o du herrlicher Mensch — du hoher Künstler! ja nun ist mir alles klar! du, du hast den Preis gewonnen, um den zu ringen ich Aermster keck genug war! — was bin ich denn gegen dich, was ist meine Kunst gegen die Deinige? — Ach ich trug auch wohl manches im Sinn! — lache mich nur nicht aus, lieber Reinhold! — sieh ich dachte, wie herrlich müßt' es seyn, Rosas liebliche Gestalt zu formen und zu gießen im feinsten Silber, aber das ist ja ein kindisches Beginnen, doch du! — du! — wie sie so hold, so in süßem Prangen aller Schönheit dich anlächelt! — ach Reinhold — Reinhold, du überglücklicher Mensch! — ja, wie du damals es aussprachst, so begibt es sich nun wirklich! wir haben beide gerungen, du hast gesiegt, du mußtest siegen, aber ich bleibe dein mit ganzer Seele. Doch verlassen muß ich das Haus, die Heimath, ich kann es ja nicht ertragen, ich müßte ja vergehen, wenn ich nun Rosa wiedersehen sollte. Verzeih das mir, mein lieber, lieber hochherrlicher Freund. Noch heute — in diesem Augenblick fliehe ich fort — fort in die weite Welt, wohin mein Liebesgram, mein trostloses Elend mich treibt! — Damit wollte Friedrich zur Stube hinaus, aber Reinhold hielt ihn fest, indem er sanft sprach: du sollst nicht von hinnen, denn ganz anders, wie du meinst, kann sich alles noch fügen. Es ist nun an der Zeit, daß ich dir alles sage, was ich bis jetzt verschwieg. Daß ich kein Küper, sondern ein Maler bin, wirst du nun wohl wissen, und, wie ich hoffe, an dem Bilde gewahren, daß ich mich nicht zu den geringen Künstlern rechnen darf. In früher Jugend bin ich nach Italien gezogen, dem Lande der Kunst, dort gelang es mir, daß hohe Meister sich meiner annahmen und den Funken, der in mir glühte, nährten mit lebendigem Feuer. So kam es, daß ich mich bald aufschwang, daß meine Bilder berühmt wurden in ganz Italien und der mächtige

Herzog von Florenz mich an seinen Hof zog. Damals wollte ich nichts wissen von deutscher Kunst, und schwatzte, ohne eure Bilder gesehen zu haben, viel von der Trockenheit, von der schlechten Zeichnung, von der Härte eurer Dürer, eurer Cranache. Da brachte aber einst ein Bilderhändler ein Madonnenbildchen von dem alten Albrecht in die Gallerie des Herzogs, welches auf wunderbare Weise mein Innerstes durchdrang, so daß ich meinen Sinn ganz abwandte von der Ueppigkeit der italischen Bilder und zur Stunde beschloß, in dem heimathlichen Deutschland selbst die Meisterwerke zu schauen, auf die nun mein ganzes Trachten ging. Ich kam hieher nach Nürnberg und als ich Rosa erblickte, war es mir, als wandle jene Maria, die so wunderbar in mein Inneres geleuchtet, leibhaftig auf Erden. Mir ging es so wie dir, lieber Friedrich, mein ganzes Wesen loderte auf in hellen Liebesflammen. Nur Rosa schauen, dachte ich, alles übrige war aus meinem Sinn verschwunden und selbst die Kunst mir nur deshalb was werth, weil ich hundertmal immer wieder und wieder Rosa zeichnen, malen konnte. Ich gedachte mich der Jungfrau zu nahen nach kecker italischer Weise, all' mein Mühen deshalb blieb aber vergebens. Es gab kein Mittel sich in Meister Martins Hause bekannt zu machen auf unverfängliche Weise. Ich gedachte endlich geradezu mich um Rosa als Freier zu bewerben, da vernahm ich, daß Meister Martin beschlossen, seine Tochter nur einem tüchtigen Küpermeister zu geben. Da faßte ich den abenteuerlichen Entschluß, in Straßburg das Küperhandwerk zu erlernen und mich dann in Meister Martins Werkstatt zu begeben. Das übrige überließ ich der Fügung des Himmels. Wie ich meinen Entschluß ausgeführt, weißt du, aber erfahren mußt du noch, daß Meister Martin mir vor einigen Tagen gesagt hat: ich würd' ein tüchtiger Küper werden, und solle ihm als Eidam recht lieb und werth seyn, denn er merke wohl, daß ich mich um Rosas Gunst bemühe und sie mich gern habe. Kann es denn wohl anders seyn, rief Friedrich in heftigem Schmerz, ja, ja, dein wird Rosa werden, wie konnte auch ich Aermster auf solch ein Glück nur hoffen. Du vergissest, sprach Reinhold weiter, du vergissest, mein Bruder, daß Rosa selbst noch gar nicht das bestätigt hat, was der schlaue Meister Martin bemerkt haben will. Es ist wahr, daß Rosa sich bis jetzt gar anmuthig und freundlich betrug, aber anders verräth sich ein liebend Herz! — Versprich mir, mein Bruder, dich noch drei Tage ruhig zu verhalten und in der Werkstatt zu arbeiten wie sonst. Ich könnte nun schon auch wieder arbeiten, aber seit ich emsiger an diesem Bilde gemalt, ekelt mich das schnöde Handwerk da draußen unbeschreiblich an. Ich kann fürder keinen Schlägel mehr in die Faust nehmen, mag es auch nun kommen wie es will. Am dritten Tage will ich dir offen sagen, wie es mit mir und Rosa steht. Sollte ich wirklich der Glückliche seyn, dem Rosa in Liebe sich zugewandt, so magst du fortziehen und erfahren, daß die Zeit auch die tiefsten Wunden heilt! — Friedrich versprach sein Schicksal abzuwarten.

Am dritten Tage (sorglich hatte Friedrich Rosas Anblick vermieden) bebte ihm das Herz vor Furcht und banger Erwartung. Er schlich wie träumend in der Werkstatt umher und wohl mochte sein Ungeschick dem Meister Martin gerechten Anlaß geben, mürrisch zu schelten, wie es sonst gar nicht seine Art war. Ueberhaupt schien dem Meister etwas begegnet zu seyn, das ihm alle Lust benommen. Er sprach viel von schnöder List und Undankbarkeit, ohne sich deutlicher zu erklären, was er damit meine. Als es endlich Abend geworden und Friedrich zurückging nach der Stadt, kam ihm unfern des Thors ein Reiter entgegen, den er für Reinhold erkannte. So wie Reinhold Friedrich ansichtig wurde, rief er: ha, da treffe ich dich ja, wie ich wollte. Darauf sprang er vom Pferde herab, schlang die Zügel um den Arm und faßte den Freund bei der Hand. Laß uns, sprach er, laß uns eine Strecke mit einander fortwandeln. Nun kann ich dir sagen, wie es mit meiner Liebe sich gewandt hat. Friedrich bemerkte, daß Reinhold dieselben Kleider, die er beim ersten Zusammentreffen trug, angelegt und das Pferd mit einem Mantelsack bepackt hatte. Er sah blaß und verstört aus. Glück auf, rief Reinhold etwas wild, Glück auf, Bruderherz, du kannst nun tüchtig loshämmern auf deine Fässer, ich räume dir den Platz, eben hab' ich Abschied genommen von der schönen Rosa und dem würdigen Meister Martin. Wie, sprach Friedrich, dem es durch alle Glieder fuhr wie ein elektrischer Strahl, wie, du willst fort, da Martin dich zum Eidam haben will und Rosa dich liebt? — Das, lieber Bruder, erwiederte Reinhold, hat dir deine Eifersucht nur vorgeblendet. Es liegt nun am Tage, daß Rosa mich genommen hätte zum Mann aus lauter Frömmigkeit und Gehorsam, aber kein Funke von Liebe glüht in ihrem eiskalten Herzen. Ha, ha! — ich hätte ein tüchtiger Küper werden können. Wochentags mit den

Jungen Bände geschabt und Dauben behobelt, Sonntags mit der ehrbaren Hausfrau nach St. Catharina oder St. Sebald und Abends auf die Allerwiese gewandelt, Jahr aus, Jahr ein. — Spotte nicht, unterbrach Friedrich den laut auflachenden Reinhold, spotte nicht über das einfache, harmlose Leben des tüchtigen Bürgers. Liebt dich Rosa wirklich nicht, so ist es ja nicht ihre Schuld, du bist aber so zornig, so wild. — „Du hast Recht, sprach Reinhold, es ist auch nur meine dumme Art, daß ich, fühle ich mich verletzt, lärme wie ein verzogenes Kind. Du kannst denken, daß ich mit Rosa von meiner Liebe und von dem guten Willen des Vaters sprach. Da stürzten ihr die Thränen aus den Augen, ihre Hand zitterte in der meinigen. Mit abgewandtem Gesicht lispelte sie: ich muß mich ja in des Vaters Willen fügen! ich hatte genug. — Mein seltsamer Aerger muß dich lieber Friedrich, recht in mein Inneres blicken lassen, du mußt gewahren, daß das Ringen nach Rosas Besitz eine Täuschung war, die mein irrer Sinn sich bereitet. Als ich Rosas Bild vollendet, ward es in meinem Innern ruhig und oft war freilich auf ganz verwunderliche Art mir so zu Muthe, als sey Rosa nun das Bild, das Bild aber die wirkliche Rosa geworden. Das schnöde Handwerk wurde mir abscheulich, und wie mir das gemeine Leben so recht auf den Hals trat, mit Meisterwerden und Heirath, da kam es mir vor, als solle ich ins Gefängniß gesperrt und an den Block festgekettet werden. Wie kann auch nur das Himmelskind, wie ich es im Herzen trage, mein Weib werden? Nein! in ewiger Jugend, Anmuth und Schönheit soll sie in Meisterwerken prangen, die mein reger Geist schaffen wird. Ha wie sehne ich mich darnach! wie konnt' ich auch nur der göttlichen Kunst abtrünnig werden! — bald werd' ich mich wieder baden in deinen glühenden Düften, herrliches Land, du Heimath aller Kunst!" — Die Freunde waren an den Ort gekommen, wo der Weg, den Reinhold zu nehmen gedachte, links sich abschied. Hier wollen wir uns trennen, rief Reinhold, drückte Friedrich heftig und lange an seine Brust, schwang sich aufs Pferd und jagte davon. Sprachlos starrte ihm Friedrich nach und schlich dann von den seltsamsten Gefühlen bestürmt, nach Hause.

Wie Friedrich vom Meister Martin aus der Werkstatt fortgejagt wurde.

Andern Tages arbeitete Meister Martin in mürrischem Stillschweigen an dem großen Fasse für den Bischof von Bamberg und auch Friedrich, der nun erst Reinholds Scheiden recht bitter fühlte, vermochte kein Wort, viel weniger ein Lied herauszubringen. Endlich warf Martin den Schlägel bei Seite, schlug die Arme über einander und sprach mit gesenkter Stimme: der Reinhold ist nun auch fort — es war ein vornehmer Maler und hat mich zum Narren gehalten mit seiner Küperei. — Hätt' ich das nur ahnen können, als er mit dir in mein Haus kam und so anstellig that, wie hätte ich ihm die Thüre weisen wollen. Solch ein offnes ehrliches Gesicht und voll Lug und Trug im Innern! — Nun er ist fort und nun wirst du mit Treue und Redlichkeit an mir und am Handwerk halten. Wer weiß, auf welche Weise du mir noch näher trittst. Wenn du ein tüchtiger Meister geworden und Rosa dich mag — nun du verstehst mich und darfst dich mühen um Rosa's Gunst. — Damit nahm er den Schlägel wieder zur Hand und arbeitete emsig weiter. Selbst wußte Friedrich nicht, wie es kam, daß Martins Worte seine Brust zerschnitten, daß eine seltsame Angst in ihm aufstieg und jeden Hoffnungsschimmer verdüsterte. Rosa erschien nach langer Zeit zum ersten Mal wieder in der Werkstatt, aber tief in sich gekehrt und, wie Friedrich zu seinem Gram bemerkte, mit rothverweinten Augen. Sie hat um ihn geweint, sie liebt ihn doch wohl, so sprach es in seinem Innern und er vermochte nicht den Blick aufzuheben zu der, die er so unaussprechlich liebte.

Das große Faß war fertig geworden und nun erst wurde Meister Martin, als er das wohlgelungene Stück Arbeit betrachtete, wieder lustig und guter Dinge. Ja mein Sohn, sprach er, indem er Friedrich auf die Schulter klopfte, ja mein Sohn, es bleibt dabei, gelingt es dir Rosa's Gunst zu erwerben und fertigst du ein tüchtiges Meisterstück, so wirst du mein Eidam. Und zur edlen Zunft der Meistersinger kannst du dann auch treten und dir große Ehre gewinnen.

Meister Martins Arbeit häufte sich nun über alle Maßen, so daß er zwei Gesellen annehmen mußte, tüchtige Arbeiter, aber rohe Bursche, ganz entartet auf langer Wanderschaft. Statt manches anmuthig

14 *

lustigen Gesprächs, hörte man jetzt in Meister Martins Werkstatt gemeine Späße, statt der lieblichen Gesänge Reinholds und Friedrichs häßliche Zotenlieder. Rosa vermied die Werkstatt, so daß Friedrich sie nur selten und flüchtig sah. Wenn er dann in trüber Sehnsucht sie anschaute, wenn er seufzte: ach, liebe Rosa, wenn ich doch nur wieder mit euch reden könnte, wenn ihr wieder so freundlich wäret, als zu der Zeit, da Reinhold noch bei uns war, da schlug sie verschämt die Augen nieder und lispelte: habt ihr mir denn was zu sagen, lieber Friedrich? — Starr, keines Wortes mächtig, stand Friedrich dann da und der schöne Augenblick war schnell entflohn, wie ein Blitz, der aufleuchtet im Abendroth und verschwindet als man ihn kaum gewahrt.

Meister Martin bestand nun darauf, daß Friedrich sein Meisterstück beginnen sollte. Er hatte selbst das schönste reinste Eichenholz, ohne die mindesten Adern und Streifen, das schon über fünf Jahre im Holzvorrath gelegen, ausgesucht und niemand sollte Friedrichen bei der Arbeit zur Hand gehen, als der alte Valentin. War indessen dem armen Friedrich durch die Schuld der rohen Gesellen das Handwerk immer mehr und mehr verleidet worden, so schnürte es ihm jetzt die Kehle zu, wenn er daran dachte, daß nun das Meisterstück auf immer über sein Leben entscheiden solle. Jene seltsame Angst, die in ihm aufstieg, als Meister Martin seine treue Anhänglichkeit an das Handwerk rühmte, gestaltete sich nun auf furchtbare Weise immer deutlicher und deutlicher. Er wußte es nun, daß er untergehen werde in Schmach bei einem Handwerk, das seinem von der Kunst ganz erfüllten Gemüth von Grund aus widerstrebte. Reinhold, Rosas Gemälde kam ihm nicht aus dem Sinn. Aber seine Kunst erschien ihm auch wieder in voller Glorie. Oft wenn das zerreißende Gefühl seines erbärmlichen Treibens ihn während der Arbeit übermannen wollte, rannte er, Krankheit vorschützend, fort und hin nach St. Sebald. Da betrachtete er Stundenlang Peter Fischers wundervolles Monument und rief dann wie verzückt: o Gott im Himmel, solch ein Werk zu denken — auszuführen, giebt es denn auf Erden Herrlicheres noch? Und wenn er nun zurückkehren mußte zu seinen Dauben und Bänden und daran dachte, daß nur so Rosa zu erwerben, dann war es als griffen glühende Krallen hinein in sein blutendes Herz und er müsse trostlos vergehen in der ungeheuern Qual. In Träumen kam oft Reinhold und brachte ihm seltsame Zeichnungen zu künstlicher Bildereiarbeit, in der Rosas Gestalt auf wunderbare Weise, bald als Blume, bald als Engel mit Flügelein verflochten war. Aber es fehlte was daran und er erschaute, daß Reinhold in Rosas Gestaltung das Herz vergessen, welches er nun hinzuzeichnete. Dann war es als rührten sich alle Blumen und Blätter des Werks singend und süße Düfte aushauchend und die edlen Metalle zeigten ihm in funkelndem Spiegel Rosas Bildniß; als strecke er die Arme sehnsüchtig aus nach der Geliebten, als verschwinde das Bildniß, wie in düstern Nebel, und sie selbst, die holde Rosa, drücke ihn voll seligen Verlangens an die liebende Brust. — Tödtender und tödtender wurde sein Zustand bei der heillosen Böttcherarbeit, da suchte er Trost und Hülfe bei seinem alten Meister Johannes Holzschuer. Der erlaubte, daß Friedrich in seiner Werkstatt ein Werklein beginnen durfte, das er erdacht und wozu er seit langer Zeit den Lohn des Meister Martin erspart hatte, um das dazu nöthige Silber und Gold anschaffen zu können. So geschah es, daß Friedrich, dessen todtenbleiches Gesicht das Vorgeben, wie er von einer zehrenden Krankheit befallen, glaublich machte, beinahe gar nicht in der Werkstatt arbeitete und Monate vergingen, ohne daß er sein Meisterstück, das große zweifudrige Faß nur im mindesten förderte. Meister Martin setzte ihm hart zu, daß er doch wenigstens so viel, als es seine Kräfte erlauben wollten, arbeiten möge und Friedrich war freilich gezwungen, wieder einmal an den verhaßten Haublock zu gehen und das Lenkbeil zur Hand zu nehmen. Indem er arbeitete, trat Meister Martin hinzu, und betrachtete die bearbeiteten Stäbe, da wurde er aber ganz roth im Gesicht und rief: was ist das? — Friedrich, welche Arbeit! hat die Stäbe ein Geselle gelenkt, der Meister werden will, oder ein einfältiger Lehrbursche, der vor drei Tagen in die Werkstatt hineingerochen? — Friedrich besinne dich, welch ein Teufel ist in dich gefahren und hudelt dich? — mein schönes Eichenholz, das Meisterstück! ei du ungeschickter, unbesonnener Bursche. Ueberwältigt von allen Qualen der Hölle, die in ihm brannten, konnte Friedrich nicht länger an sich halten, er warf das Lenkbeil weit von sich und rief: Meister! — es ist nun alles aus — nein und wenn es mir das Leben kostet, wenn ich vergehen soll in namenlosem Elend — ich kann nicht mehr — nicht mehr arbeiten im schnöden Handwerk, da es mich hinzieht zu meiner herrlichen Kunst mit unwiderstehlicher Gewalt. Ach ich liebe eure Rosa unaussprechlich, wie sonst keiner auf Erden es vermag — nur um ihretwillen habe ich ja hier die gehäßige Arbeit getrieben — ich habe sie nun verloren, ich weiß es, ich werde auch bald dem Gram um sie erliegen, aber es ist nicht anders, ich kehre zurück zu meiner herrlichen Kunst, zu meinem würdigen alten Meister Johannes Holzschuer, den ich schändlich verlassen. Meister Martins Augen funkelten wie flammende Kerzen. Kaum der Worte mächtig vor Wuth, stotterte er: was? — auch du? — Lug und Trug? mich hintergangen — schnödes Handwerk? — Küperei? — fort aus meinen Augen schändlicher Bursche — fort mit dir! — Und damit packte Meister Martin den armen Friedrich bei den Schultern und warf ihn zur Werkstatt hinaus. Das Hohngelächter der rohen Gesellen und der Lehrburschen folgte ihm nach. Nur der alte Valentin faltete die Hände, sah gedankenvoll vor sich hin und sprach: gemerkt hab' ich wohl, daß der gute Gesell höheres im Sinn trug als unsre Fässer. Frau Marthe weinte sehr und ihre Buben schrien und jammerten um Friedrich, der mit ihnen freundlich gespielt und manches gute Stück Backwerk ihnen zugetragen hatte.

Beschluß.

So zornig nun auch Meister Martin auf Reinhold und Friedrich seyn mochte, gestehen mußte er doch sich selbst, daß mit ihnen alle Freude, alle Lust aus der Werkstatt gewichen. Von den neuen Gesellen erfuhr er täglich nichts als Aergerniß und Verdruß. Um jede Kleinigkeit mußte er sich kümmern und hatte Mühe und Noth, daß nur die geringste Arbeit gefördert wurde nach seinem Sinn. Ganz erdrückt von den Sorgen des Tages seufzte er dann oft: ach Reinhold, ach Friedrich, hättet ihr doch mich nicht so schändlich hintergangen, wäret ihr doch nur tüchtige Küper geblieben! Es kam so weit, daß er oft mit dem Gedanken kämpfte, alle Arbeit gänzlich aufzugeben.

In solch düsterer Stimmung saß er einst am Abend in seinem Hause, als Herr Jacobus Paumgartner und mit ihm Meister Johannes Holzschuer ganz unvermuthet eintraten. Er merkte wohl, daß nun von Friedrich die Rede seyn würde und in der That lenkte Herr Paumgartner sehr bald das Gespräch auf ihn und Meister Holzschuer fing denn nun gleich an den Jüngling auf alle nur mögliche Art zu preisen. Er meinte, gewiß sey es, daß bei solchem Fleiß, bei solchen Gaben Friedrich nicht allein ein trefflicher Goldschmidt werden, sondern auch als herrlicher Bildgießer geradezu in Peter Fischers Fußtapfen treten müßte. Nun begann Herr Paumgartner heftig über das unwürdige Betragen zu schelten, das der arme Gesell von Meister Martin erlitten und beide drangen darauf, daß wenn Friedrich ein tüchtiger Goldschmidt und Bildgießer geworden, er ihm Rosa, falls nämlich diese dem von Liebe ganz durchdrungenen Friedrich hold sey, zur Hausfrau geben solle. Meister Martin ließ beide ausreden, dann zog er sein Käpplein ab und sprach lächelnd: ihr lieben Herren nehmt euch des Gesellen wacker an, der mich auf schändliche Weise hintergangen hat. Doch will ich ihm das verzeihen, verlangt indessen nicht, daß ich um seinetwillen meinen festen Entschluß ändere, mit Rosa ist es nun einmal ganz und gar nichts. In diesem Augenblick trat Rosa hinein, leichenblaß mit verweinten Augen und setzte schweigend Trinkgläser und Wein auf den Tisch. Nun, begann Herr Holzschuer, nun so muß ich denn wohl dem armen Friedrich nachgeben, der seine Heimath verlassen will auf immer. Er hat ein schönes Stück Arbeit gemacht bei mir, das will er, wenn ihr es lieber Meister erlaubt, eurer Rosa verehren zum Gedächtniß, schaut es nur an. Damit holte Meister Holzschuer einen kleinen, überaus künstlich gearbeiteten silbernen Pokal hervor und reichte ihn dem Meister Martin hin, der großer Freund von köstlicher Geräthschaft, ihn nahm und wohlgefällig von allen Seiten beäugelte. In der That konnte man auch kaum herrlichere Silberarbeit sehen, als eben dies kleine Gefäß. Zierliche Ranken von Weinblättern und Rosen schlangen sich rings herum und aus den Rosen, aus den brechenden Knospen schauten liebliche Engel, so wie inwendig auf dem vergoldeten Boden sich anmuthig liebkosende Engel gravirt waren. Goß man nun hellen Wein in den Pokal, so war es, als tauchten die Engelein auf und nieder in lieblichem Spiel. Das Geräth, sprach Meister Martin, ist in der That gar zierlich gearbeitet und ich will es behalten, wenn Friedrich in guten Goldstücken den zwiefachen Werth von mir annimmt. Dies sprechend füllte Meister Martin den Pokal und setzte ihn an den Mund. In demselben Augenblick öffnete sich leise die Thür und Friedrich, den tödtenden Schmerz ewiger Trennung von dem Liebsten auf Erden im leichenblassen Antlitz, trat in dieselbe. So wie Rosa ihn gewahrte, schrie sie laut auf mit schneidendem Ton: o mein liebster Friedrich! und stürzte ihm halb entseelt an die Brust. Meister Martin setzte den Pokal ab und als er Rosa in Friedrichs Armen erblickte, riß er die Augen weit auf, als säh er Gespenster. Dann nahm er sprachlos den Pokal wieder und schaute hinein. Dann raffte er sich vom Stuhl in die Höhe und rief mit starker Stimme: Rosa — Rosa liebst du den Friedrich? Ach, lispelte Rosa, ach ich kann es ja nicht länger verheelen, ich liebe ihn wie mein Leben, das Herz wollte mir ja brechen, als ihr ihn verstießet. So umarme deine Braut Friedrich — ja, ja deine Braut, rief Meister Martin. Paumgartner und Holzschuer schauten sich ganz verwirrt vor Erstaunen an, aber Meister Martin sprach weiter, den Pokal in den Händen: o du Herr des Himmels, ist denn nicht alles so gekommen, wie die Alte es geweissagt? Ein glänzend Häuslein wird er bringen, würzge Fluthen treiben drinn, blanke Englein gar lustig singen — das Häuslein mit güldnem Prangen, der hat's ins Haus getrag'n, den wirst du süß umfangen, darf'st nicht den Vater frag'n, ist dein Bräutgam minniglich! — o ich blöder Thor. — Da ist das glänzende Häuslein, die Engel — der Bräutgam — hei, hei ihr Herren, nun ist alles gut, alles gut, der Eidam ist gefunden! —

Wessen Sinn jemals ein böser Traum verwirrte, daß er glaubte in tiefer schwarzer Grabesnacht zu liegen und nun erwacht er plötzlich im hellen Frühling voll Duft, Sonnenglanz und Gesang und die, die ihm die Liebste auf Erden, ist gekommen und hat ihn umschlungen und er schaut in den Himmel ihres holden Antlitzes, wem das jemals geschah, der begreift es wie Friedrich zu Muthe war, der faßt seine überschwengliche Seligkeit. Keines Worts mächtig hielt er Rosa fest in seinen Armen, als wolle er sie nimmer lassen, bis sie sich sanft von ihm loswand und ihn hinführte zum Vater. Da rief er: o mein lieber Meister, ist es denn auch wirklich so? — Rosa gebt ihr mir zur Hausfrau und ich darf zurückkehren zu meiner Kunst? — Ja, ja, sprach Meister Martin, glaube es doch nur, kann ich denn anders thun, da du die Weissagung der alten Großmutter erfüllt hast? — dein Meisterstück bleibt nun liegen. Da lächelte Friedrich ganz verklärt von Wonne und sprach: nein lieber Meister, ist es euch recht, so vollende ich nun mit Lust und Muth mein tüchtiges Faß, als meine letzte Küperarbeit und kehre dann zurück zum Schmelzofen. O du mein guter braver Sohn, rief Meister Martin, dem die Augen funkelten vor Freude, ja dein Meisterstück fertige und dann gibts Hochzeit.

Friedrich hielt redlich sein Wort, er vollendete das zweifudrige Faß und alle Meister erklärten, ein schöneres Stück Arbeit sey nicht leicht gefertigt worden, worüber dann Meister Martin gar innig sich freute und überhaupt meinte, einen trefflicheren Eidam hätte ihm die Fügung des Himmels gar nicht zuführen können.

Der Hochzeitstag war endlich herangekommen, Friedrichs Meisterfaß mit edlem Wein gefüllt und mit Blumen bekränzt, stand auf dem Flur des Hauses aufgerichtet, die Meister des Gewerks, den Rathsherrn Jacobus Paumgartner an der Spitze, fanden sich ein mit ihren Hausfrauen, denen die Meister Goldschmiede folgten. Eben wollte sich der Zug nach der St. Sebalduskirche begeben, wo das Paar getraut werden sollte, als Trompetenschall auf der Straße erklang und vor Martins Hause Pferde wieherten und stampften. Meister Martin eilte an das Erkerfenster. Da hielt vor dem Hause Herr Heinrich von Spangenberg, in glänzenden Festkleidern und einige Schritte hinter ihm auf einem muthigen Rosse ein junger hochherrlicher Ritter, das funkelnde Schwert an der Seite, hohe bunte Federn auf dem mit strahlenden Steinen besetzten Barett. Neben dem Ritter erblickte Herr Martin eine wunderschöne Dame, ebenfalls herrlich gekleidet auf einem Zelter, dessen Farbe frisch gefallner Schnee war. Pagen und Diener in bunten glänzenden Röcken bildeten einen Kreis rings umher. Die Trompeten schwiegen und der alte Herr von Spangenberg rief herauf: hei, hei Meister Martin, nicht eures Weinkellers, nicht eurer Goldbatzen halber komme ich her, nur weil Rosa's Hochzeit ist; wollt ihr mich einlassen lieber Meister? — Meister Martin erinnerte sich wohl seiner Worte, schämte sich ein wenig und eilte herab, den Junker zu empfangen. Der alte Herr stieg vom Pferde und trat grüßend ins Haus. Pagen sprangen herbei, auf deren Armen die Dame herabglitt vom Pferde, der Ritter bot ihr die Hand und folgte dem alten Herrn. Aber so wie Meister Martin den jungen Ritter anblickte, prallte er drei Schritte zurück, schlug die Hände zusammen und rief: o Herr des Himmels! — Conrad! — Der Ritter sprach lächelnd: ja wohl, lieber Meister, bin ich euer Geselle Conrad. Verzeiht mir nur die Wunde die ich euch beigebracht. Eigentlich, lieber Meister, mußt ich euch todtschlagen, das werdet ihr wohl einsehen, aber nun hat sich ja alles ganz anders gefügt. Meister Martin erwiederte ganz verwirrt, es sey doch besser, daß er nicht todtgeschlagen worden, aus dem bischen Ritzen mit dem Lenkbeil habe er sich gar nichts gemacht. Als Martin nun mit den neuen Gästen eintrat in das Zimmer, wo die Brautleute mit den übrigen versammelt waren, gerieth alles in ein frohes Erstaunen über die schöne Dame, die der holden Braut so auf ein Haar glich, als sey es ihre Zwillingsschwester. Der Ritter nahte sich mit edlem Anstande der Braut und sprach: erlaubt holde Rosa, daß Conrad euerm Ehrentag beiwohne. Nicht wahr, ihr zürnt nicht mehr auf den wilden unbesonnenen Gesellen, der euch beinahe großes Leid bereitet? Als nun aber Braut und Bräutigam und der Meister Martin sich ganz verwundert und verwirrt anschauten, rief der alte Herr von Spangenberg: nun, nun, ich muß euch wohl aus dem Traum helfen. Das ist mein Sohn Conrad, und hier möget ihr seine liebe Hausfrau, so wie die holde Braut, Rosa geheißen, schauen. Erinnert euch, Meister Martin, unsers Gesprächs. Als ich euch frug, ob ihr auch meinem Sohne eure Rosa verweigern würdet, das hatte wohl einen besonderen Grund. Ganz toll war der Junge in eure Rosa verliebt, er brachte mich zu dem Entschluß, alle Rücksicht aufzugeben, ich wollte den Freiwerber machen. Als ich ihm aber sagte, wie schnöde ihr mich abgefertigt, schlich er sich auf ganz unsinnige Weise bei euch ein als Küper, um Rosas Gunst zu erwerben und sie euch dann wohl gar zu entführen. Nun! — ihr habt ihn geheilt, mit dem tüchtigen Hiebe über'n Rücken! — Habt Dank dafür, zumal er ein edles Fräulein fand die wohl am Ende die Rosa seyn mochte, die eigentlich in seinem Herzen war von Anfang an.

Die Dame hatte unterdessen mit anmuthiger Milde die Braut begrüßt und ihr ein reiches Perlenhalsband als Hochzeitsgabe eingehängt. Sieh liebe Rosa, sprach sie dann, indem sie einen ganz verdorrten Straus aus den blühenden Blumen, die an ihrer Brust prangten, hervorholte, sieh liebe Rosa, das sind die Blumen, die du einst meinem Conrad gabst, als Kampfspreis, getreu hat er sie bewahrt, bis er mich sah, da wurd' er dir untreu und hat sie mir verehrt, sey deshalb nicht böse! Rosa, hohes Roth auf den Wangen, verschämt die Augen niederschlagend, sprach: ach edle Frau, wie möget ihr doch so sprechen, konnte denn wohl der Junker jemals mich armes Mägdlein lieben? Ihr allein wart seine Liebe und weil ich nun eben auch Rosa heiße und euch, wie sie hier sagen, etwas ähnlich sehen soll, warb er um mich, doch nur euch meinend.

Zum zweiten Mal wollte sich der Zug in Bewegung setzen, als ein Jüngling eintrat, auf italische Weise, ganz in schwarzen, gerissenen Sammt gekleidet, mit zierlichem Spitzenkragen und reiche goldene Ehrenketten um den Hals gehängt. O Reinhold, mein Reinhold, schrie Friedrich und stürzte dem Jüngling an die Brust. Auch die Braut und Meister Martin riefen und jauchzten: Reinhold, unser wackrer Reinhold ist gekommen. Hab' ich's dir nicht gesagt, sprach Reinhold, die Umarmung feurig erwiedernd, hab' ich's dir nicht gesagt, mein herzlieber Freund, daß sich noch alles gar herrlich für dich fügen könnte? — Laß mich deinen Hochzeitstag mit dir feiern, weit komm ich deshalb her und zum ewigen Gedächtniß häng' das Gemälde in deinem Hause auf, das ich für dich gemalt und dir mitgebracht. Damit rief er heraus und zwei Diener brachten ein großes Bild in einem prächtigen goldnen Rahmen hinein, das den Meister Martin in seiner Werkstatt mit seinen Gesellen Reinhold, Friedrich und Conrad darstellte, wie sie an dem großen Faß arbeiten und die holde Rosa eben hineinschreitet. Alles gerieth in Erstaunen über die Wahrheit, über die Farbenpracht des Kunstwerks. Ei, sprach Friedrich lächelnd, das ist wohl dein Meisterstück als Küper, das Meinige liegt dort unten im Flur, aber bald schaff ich ein anderes. Ich weiß alles, erwiederte Reinhold, und preise dich glücklich. Halt nur fest an deiner Kunst, die auch wohl mehr Hauswesen und dergleichen leiden mag, als die meinige. —

Bei dem Hochzeitsmahl saß Friedrich zwischen den beiden Rosen, ihm gegenüber aber Meister Martin, zwischen Conrad und Reinhold. Da füllte Herr Paumgartner Friedrichs Pokal bis an den Rand mit edlem Wein und trank auf das Wohl Meister Martins und seiner wackern Gesellen. Dann ging der Pokal herum und zuerst der edle Junker Heinrich von Spangenberg, nach ihm aber alle ehrsamen Meister, wie sie zu Tische saßen, leerten ihn auf das Wohl Meister Martins und seiner wackern Gesellen.

Die Freunde waren, als Sylvester geendet, darüber einig, daß die Erzählung des Serapions-Clubbs würdig sey und rühmten vorzüglich den gemüthlichen Ton, der darin herrsche.

Muß ich, sprach Lothar, muß ich denn immer mäkeln? Aber es ist nicht anders, ich meine, daß der Meister Martin zu sehr seinen Ursprung verräth, nehmlich daß er aus einem Bilde entstanden. Sylvester hat, angeregt durch das Gemälde unseres wackeren Kolbe, eine feine Gallerie anderer Gemälde aufgestellt, zwar mit lebhaften Farben, aber es bleiben doch nur Bilder, die niemals Situationen in lebendiger Bewegung werden können, wie sie die Erzählung des Drama verlangt. Conrad mit seiner Rosa, so wie Reinhold kommen zuletzt doch nur lediglich hinzu, damit Friedrichs Hochzeittafel recht anmuthig und glänzend anzuschauen seyn möge. — Ueberhaupt, was den Conrad betrifft, würd ich, kennt' ich nicht Dein unbefangenes Gemüth, Sylvester, hättest Du nicht in Deiner ganzen Erzählung Dich mit gutem Erfolg bemüht, treu und ehrlich zu bleiben — ja! da würd' ich glauben, Du hättest mit Deinem Conrad jene wunderlichen Personen ironiren wollen, die, ein Gemisch von Tölpelei, Galanterie, Barbarei und Empfindsamkeit in manchen von unseren neuen Romanen Hauptrollen spielen. Leute, die sich Ritter nennen, von denen es aber, glaub' ich, eben so wenig jemals ein Urbild gegeben als von jenen Bramarbassen, die sonst Veit Weber und seine Nachfolger alles ohne weiteres kurz und klein schlagen ließen. — Die Berserker Wuth, unterbrach Vinzenz den Freund, hast Du, o Sylvester! aber mit vielem Glück eintreten lassen, doch ist und bleibt es unverzeihlich, daß Du wirklich einen adlichen Rücken mit einem Tonnenreif zerbläuen läßest, ohne daß der abgebläuete Ritter dem schnöden Prügelanten den Kopf spaltet. Nachher hätte er den Verwundeten höflich um Verzeihung bitten oder ihn gar mit einem Arkanum bedienen können das den Kopf augenblicklich zusammengezogen, woran er nachher merklichen Verstand gespürt! — Der einzige Mann, auf den Du Dich einigermaßen berufen kannst, ist der berühmte mannhafte Ritter Don Quixote, der seiner Tapferkeit, Großmuth, Galanterie unbeschadet ungemein viel Prügel erhielt. —

Tadelt nur, rief Sylvester lachend, tadelt nur frisch zu, ich gebe mich ganz in eure Hände, aber daß Ihr's nur wißt, Trost finde ich bei den holden Frauen, denen ich meinen Meister Martin mittheilte und die über die ganze Gestaltung recht inniges Wohlgefallen aussprachen und mich mit Lob überhäuften.

Solches Lob, sprach Ottmar, von schönen Lippen ist ganz unwiderstehlich und kann manchen Romantiker zu allerlei absonderlichen Thorheiten und geschriebenen tollen Sprüngen verleiten. Doch irr ich nicht, so versprach Lothar unseren heutigen Abend mit irgend einem Erzeugniß seiner phantastischen Träumerei zu beschließen.

So ist es, erwiederte Lothar. Erinnert Euch, daß ich es unternehmen wollte für die Kinder meiner Schwester ein zweites Mährchen zu schreiben und weniger in phantastischem Uebermuth zu luxuriren, frömmer, kindlicher zu seyn als im Nußknacker und Mausekönig. Das Mährchen ist fertig, Ihr sollt es hören.

Lothar las:

Das fremde Kind.

Der Herr von Brakel auf Brakelheim.

Es war einmal ein Edelmann, der hieß Herr Thaddäus von Brakel und wohnte in dem kleinen Dörfchen Brakelheim, das er von seinem verstorbenen Vater dem alten Herrn von Brakel geerbt hatte, und das mithin sein Eigenthum war. Die vier Bauern, die außer ihm noch in dem Dörfchen wohnten, nannten ihn den gnädigen Herrn, unerachtet er wie sie, mit schlicht ausgekämmten Haaren einherging und nur Sonntags, wenn er mit seiner Frau und seinen beiden Kindern Felix und Christlieb geheißen, nach dem benachbarten großen Dorfe zur Kirche fuhr, statt der groben Tuchjacke, die er sonst trug, ein feines grünes Kleid und eine rothe Weste mit goldnen Tressen anlegte, welches ihm recht gut stand. Eben dieselben Bauern pflegten auch, fragte man sie: wo komme ich denn hin zum Herrn von Brakel? jedesmal zu antworten: Nur immer vorwärts durch das Dorf den Hügel herauf wo die Birken stehen, da ist des gnädigen Herrn sein Schloß! Nun weiß doch aber jedermann, daß ein Schloß ein großes hohes Gebäude seyn muß mit vielen Fenstern und Thüren, ja wohl gar mit Thürmen und funkelnden Windfahnen, von den allen war aber auf dem Hügel mit den Birken gar nichts zu spüren, vielmehr stand da nur ein niedriges Häuschen mit wenigen kleinen Fenstern, das man kaum früher als dicht davor angekommen, erblicken konnte. Geschieht es aber wohl, daß man vor dem hohen Thor eines großen Schlosses plötzlich still steht und, angehaucht von der herausströmenden eiskalten Luft, angestarrt von den todten Augen der selt-

eine Kutsche fuhr vor, die so blank und mit goldenen Zierrathen reich geschmückt war, daß die Kinder in das größte Erstaunen geriethen, denn sie hatten dergleichen noch gar nicht gesehen. Ein großer hagerer Mann glitt an den Armen des Jägers, der den Kutschenschlag geöffnet, heraus in die Arme des Herrn von Brakel, an dessen Wange er zweimal sanft die seinige legte und leise lispelte: Bon jour mein lieber Vetter, nur gar keine Umstände, bitte ich. Unterdessen hatte der Jäger noch eine kleine dicke Dame mit sehr rothen Backen und zwei Kinder, einen Knaben und ein Mädchen aus der Kutsche zur Erde hinab gleiten lassen, welches er sehr geschickt zu machen wußte, so daß jeder auf die Füße zu stehen kam. Als sie nun alle standen, traten, wie es ihnen von Vater und Mutter eingeschärft worden, Felix und Christlieb hinzu, faßten jeder eine Hand des langen hagern Mannes und sprachen dieselbe küssend: Seyn Sie uns recht schön willkommen, lieber gnädiger Herr Onkel! dann machten sie es mit den Händen der kleinen dicken Dame ebenso und sprachen: Seyn Sie uns recht schön willkommen, liebe gnädige Frau Tante! dann traten sie zu den Kindern, blieben aber ganz verblüfft stehen, denn solche Kinder hatten sie noch niemals gesehen. Der Knabe trug lange Pumphosen und ein Jäckchen von scharlachrothem Tuch über und über mit goldenen Schnüren und Tressen besetzt und einen kleinen blanken Säbel an der Seite, auf dem Kopf aber eine seltsame rothe Mütze mit einer weißen Feder unter der er mit seinem blaßgelben Gesichtchen und den trüben schläfrigen Augen blöd und scheu hervorkuckte. Das Mädchen hatte zwar ein weißes Kleidchen an wie Christlieb, aber mit erschrecklich viel Bändern und Spitzen, auch waren ihre Haare ganz seltsam in Zöpfe geflochten und spitz in die Höhe heraufgewunden, oben funkelte aber ein blankes Krönchen. Christlieb faßte sich ein Herz und wollte die Kleine bei der Hand nehmen, die zog aber die Hand schnell zurück und zog solch ein verdrüßliches weinerliches Gesicht, daß Christlieb ordentlich davor erschrak und von ihr abließ. Felix wollte auch nur des Knaben schönen Säbel ein bischen näher besehen und faßte darnach, aber der Junge fing an zu schreien: Mein Säbel, mein Säbel, er will mir den Säbel nehmen, und lief zum hagern Mann, hinter den er sich versteckte. Felix wurde darüber roth im Gesicht und sprach ganz erzürnt: Ich will dir ja deinen Säbel nicht nehmen — dummer Junge! Die letzten Worte murmelte er nur so zwischen den Zähnen, aber der Herr von Brakel hatte wohl alles gehört und schien sehr verlegen darüber zu seyn, denn er knöpfelte an der Weste hin und her und rief: Ei Felix! Die dicke Dame sprach: Adelgundchen, Herrmann, die Kinder thun euch ja nichts, seid doch nicht so blöde; der hagere Herr lispelte aber: Sie werden schon Bekanntschaft machen, ergriff die Frau von Brakel bei der Hand und führte sie ins Haus, ihr folgte Herr von Brakel mit der dicken Dame an deren Schleppkleid sich Adelgundchen und Herrmann hingen. Christlieb und Felix gingen hinterdrein. „Jetzt wird der Kuchen angeschnitten," flüsterte Felix der Schwester ins Ohr. Ach ja, ach ja, erwiederte diese voll Freude; und dann laufen wir auf und davon in den Wald, fuhr Felix fort, und bekümmern uns um die fremden blöden Dinger nicht, setzte Christlieb hinzu. Felix machte einen Luftsprung, so kamen sie in die Stube. Adelgunde und Herrmann durften keinen Kuchen essen, weil sie, wie die Aeltern sagten, das nicht vertragen könnten, sie erhielten dafür jeder einen kleinen Zwieback, den der Jäger aus einer mitgebrachten Schachtel herausnehmen mußte. Felix und Christlieb bissen tapfer in das derbe Stück Kuchen, das die gute Mutter jedem gereicht und waren guter Dinge.

Wie es weiter bei dem vornehmen Besuche herging.

Der hagere Mann, Cyprianus von Brakel geheißen, war zwar der leibliche Vetter des Herrn Thaddäus von Brakel, indessen weit vornehmer als dieser. Denn außerdem daß er den Grafen-Titel führte trug er auch auf jedem Rock, ja sogar auf dem Pudermantel, einen großen silbernen Stern. Deshalb hatte, als er schon ein Jahr früher, jedoch ganz allein ohne die dicke Dame, die seine Frau war und ohne die Kinder, bei dem Herrn Thaddäus von Brakel seinem Vetter auf eine Stunde einsprach, Felix ihn auch gefragt: Hör' mal gnädiger Herr Onkel, du bist wohl König geworden? Felix hatte nehmlich in seinem Bilderbuche einen abgemalten König, der einen dergleichen Stern auf der Brust trug, und so mußte er wohl glauben, daß der Onkel nun auch König geworden sei, weil er das Zeichen trug. Der Onkel hatte damals sehr über die Frage gelacht und geantwortet: Nein mein Söhnchen, König bin ich nicht aber des Königs treuster Diener und Minister, der über viele Leute regiert. Gehörtest du zu der Gräflich von Brakelschen Linie, so könntest du vielleicht auch künftig einen solchen Stern tragen wie ich, aber so bist du freilich nur ein simpler Von, aus dem nicht viel rechtes werden wird. Felix hatte den Onkel gar nicht verstanden und Herr Thaddäus von Brakel meinte, das sei auch gar nicht vonnöthen. — Jetzt erzählte der Onkel seiner dicken Frau, wie ihn Felix für den König gehalten, da rief sie: O süße liebe rührende Unschuld! Und nun mußten beide, Felix und Christlieb, hervor aus dem Winkel wo sie unter Kichern und Lachen den Kuchen verzehrt hatten. Die Mutter säuberte beiden sogleich den Mund von manchen Kuchenkrumen und Rosinenresten und übergab sie so dem gnädigen Onkel und der gnädigen Tante die sie unter lauten Ausrufungen: O süße liebe Natur, o ländliche Unschuld! küßten und ihnen große Tüten in die Hände drückten. Dem Herrn Thaddäus von Brakel und seiner Frau standen die Thränen in den Augen über die Güte der vornehmen Verwandten. Felix hatte indessen die Tüte geöffnet und Bonbons darin gefunden auf die er tapfer zubiß, welches ihm Christlieb sogleich nachmachte. „Söhnchen, mein Söhnchen, rief der gnädige Onkel, so geht das nicht, du verdirbst dir ja die Zähne, du mußt fein so lange an dem Zuckerwerke lutschen, bis es im Munde zergeht.“ Da lachte aber Felix beinahe laut auf und sprach: Ei lieber gnädiger Onkel, glaubst du denn, daß ich ein kleines Wickelkind bin und lutschen muß weil ich noch keine tüchtige Zähne habe zum beißen? Und damit steckte er ein neues Bonbon in den Mund und biß so gewaltig zu, daß es knitterte und knatterte. „O liebliche Naivität,“ rief die dicke Dame, der Onkel stimmte ein, aber dem Herrn Thaddäus standen die Schweißtropfen auf der Stirne; er war über Felixens Unart ganz beschämt und die Mutter raunte ihm ins Ohr: Knirsche nicht so mit den Zähnen unartiger Junge! Das machte den armen Felix, der nichts Uebles zu thun glaubte, ganz bestürzt, er nahm das noch nicht ganz verzehrte Bonbon langsam aus dem Munde legte es in die Tüte und reichte diese dem Onkel hin, indem er sprach: Nimm nur deinen Zucker wieder mit, wenn ich ihn nicht essen soll! Christlieb, gewohnt in Allem Felixens Beispiel zu folgen, that mit ihrer Tüte dasselbe. Das war dem Herrn Thaddäus zu arg, er brach los: Ach mein geehrtester gnädiger Herr Vetter, halten Sie nur dem einfältigen Jungen die Tölpelei zu Gute, aber freilich auf dem Lande und in so beschränkten Verhältnissen — Ach wer nur solche gesittete Kinder erziehen könnte wie Sie! — Der Graf

Cyprianus lächelte selbstgefällig und vornehm indem er auf Herrmann und Adelgunden hinblickte. Die hatten längst ihren Zwieback verzehrt und saßen nun stumm und still auf ihren Stühlen ohne eine Miene zu verziehen, ohne sich zu rühren und zu regen. Die dicke Dame lächelte ebenfalls, indem sie lispelte: Ja lieber Herr Vetter, die Erziehung unserer lieben Kinder liegt uns mehr als Alles am Herzen. Sie gab dem Grafen Cyprianus einen Wink, der sich alsbald an Herrmann und Adelgunden wandte und allerlei Fragen an sie richtete, die sie mit der größten Schnelligkeit beantworteten. Da war von vielen Städten, Flüssen und Bergen die Rede, die viele tausend Meilen ins Land hinein liegen sollten und die seltsamsten Namen trugen. Eben so wußten beide ganz genau zu beschreiben, wie die Thiere aussähen die in wilden Gegenden der entferntesten Himmelsstriche wohnen sollten. Dann sprachen sie von fremden Gebüschen, Bäumen und Früchten, als ob sie sie selbst gesehn, ja wohl die Früchte selbst gekostet hätten. Herrmann beschrieb ganz genau wie es vor dreihundert Jahren in einer großen Schlacht zugegangen und wußte alle Generale die dabei zugegen gewesen mit Namen zu nennen. Zuletzt sprach Adelgunde sogar von den Sternen und behauptete, am Himmel säßen allerlei seltsame Thiere und andere Figuren. Dem Felix wurde dabei ganz Angst und bange, er näherte sich der Frau von Brakel und fragte leise ins Ohr: Ach Mama! liebe Mama! was ist denn das Alles was die dort schwatzen und plappern? Halts Maul dummer Junge, raunte ihm die Mutter zu, das sind die Wissenschaften! Felix verstummte. „Das ist erstaunlich, das ist unerhört! in dem zarten Alter!“ so rief der Herr von Brakel einmal über das andere, die Frau von Brakel aber seufzete: o mein Herr Jemine! o was sind das für Engel! o was soll denn aus unsern Kleinen werden, hier auf dem öden Lande. Als nun der Herr von Brakel in die Klagen der Mutter mit einstimmte, tröstete beide der Graf Cyprianus, indem er versprach, binnen einiger Zeit ihnen einen gelehrten Mann zuzuschicken, der ganz umsonst den Unterricht der Kinder übernehmen werde. Unterdessen war die schöne Kutsche wieder vorgefahren. Der Jäger trat mit zwei großen Schachteln hinein, die nahmen Adelgunde und Herrmann und überreichten sie der Christlieb und dem Felix. „Lieben Sie Spielsachen mon cher? hier habe ich Ihnen welche mitgebracht von der feinsten Sorte,“ so sprach Herrmann sich zierlich verbeugend. Felix hatte die Ohren hängen lassen, er ward traurig, selbst wußte er nicht warum. Er hielt die Schachtel gedankenlos in den Händen und murmelte, ich heiße nicht Mon schär sondern Felix und auch nicht Sie sondern du. — Der Christlieb war auch das Weinen näher als das Lachen unerachtet aus der Schachtel, die sie von Adelgunden erhalten, die süßesten Düfte strömten wie von allerlei schönen Näschereien. An der Thüre sprang und bellte nach seiner Gewohnheit Sultan, Felixens getreuer Freund und Liebling, Herrmann entsetzte sich aber so sehr vor dem Hunde, daß er schnell zurücklief und laut zu weinen anfing. „Er thut dir ja nichts, sprach Felix, er thut dir ja nichts, warum heulst und schreist du so? es ist ja nur ein Hund, und du hast ja schon die schrecklichsten Thiere gesehn? Und wenn er auch auf dich zufahren wollte, du hast ja einen Säbel?“ Felixens Zureden half gar nichts, Herrmann schrie immerfort, bis ihn der Jäger auf den Arm nehmen und in die Kutsche tragen mußte. Adelgunde plötzlich von dem Schmerz des Bruders ergriffen oder Gott weiß aus welcher andern Ursache, fing ebenfalls an heftig zu heulen, welches die arme Christlieb so anregte, daß sie auch zu schluchzen und zu weinen begann. Unter diesem Geschrei und Gejammer der drei Kinder fuhr der Graf Cyprianus von Brakel ab von Brakelheim, und so endete der vornehme Besuch.

Die neuen Spielsachen.

So wie die Kutsche mit dem Grafen Cyprianus von Brakel und seiner Familie den Hügel herabgerollt war, warf der Herr Thaddäus schnell den grünen Rock und die rothe Weste ab, und als er eben so schnell die weite Tuchjacke angezogen und zwei bis dreimal mit dem breiten Kamm die Haare durchfahren hatte, da holte er tief Athem, dehnte sich und rief: „Gott sey gedankt!“ Auch die Kinder zogen schnell ihre Sonntagsröckchen aus und fühlten sich froh und leicht. „In den Wald, in den Wald!“ rief Felix, indem er seine höchsten Luftsprünge versuchte. „Wollt ihr denn nicht erst sehen was euch Herrmann und Adelgunde mitgebracht haben?“ So sprach die Mutter und Christlieb, die schon während des Ausziehens die Schachteln mit neugierigen Augen betrachtet hatte, meinte, daß das wohl erst geschehen könne, nachher sei es ja wohl noch Zeit genug in den Wald zu laufen. Felix war sehr schwer zu überreden. Er sprach: was kann uns denn der alberne pumphosigte Junge mit sammt seiner bebänderten Schwester großes mitgebracht haben? Was die Wissenschaften betrifft, J nun die plappert er gut genug weg, aber erst schwatzt er von Löw' und Bär und weiß wie man die Elephanten fängt und dann fürchtet er sich vor meinem Sultan, hat einen Säbel an der Seite und heult und schreit und kriecht unter den Tisch. Das mag mir ein schöner Jäger sein! „Ach lieber guter Felix, laß uns doch nur ein ganzes kleines bischen die Schachteln öffnen!“ So bat Christlieb, und da ihr Felix alles nur mögliche zu Gefallen that, so gab er das in den Wald laufen vor der Hand auf und setzte sich mit Christlieb geduldig an den Tisch auf dem die Schachteln standen. Sie wurden von der Mutter geöffnet, aber da — Nun, o meine vielgeliebten Leser! Euch allen ist es gewiß schon so gut geworden zur Zeit des fröhlichen Jahrmarkts oder doch gewiß zu Weihnachten von den Aeltern oder andern lieben Freunden mit allerlei schmucken Sachen reichlich beschenkt zu werden. Denkt Euch, wie ihr vor Freude jauchztet, als blanke Soldaten, Männchen mit Drehorgeln, schön geputzte Puppen, zierliche Geräthschaften, herrliche bunte Bilderbücher u. a. m. um euch lagen und standen! Solche große Freude wie ihr damals, hatten jetzt Felix und Christlieb, denn eine ganz reiche Bescheerung der niedlichsten glänzendsten Sachen ging aus den Schachteln hervor, und dabei gab es noch allerlei Naschwerk, so daß die Kinder einmal über das andere die Hände zusammenschlugen und ausriefen: Ei wie schön ist das! Nur eine Tüte mit Bonbons legte Felix mit Verachtung bei Seite, und als Christlieb bat den gläsernen Zucker doch wenigstens nicht zum Fenster heraus zu werfen, wie er es eben thun wollte, ließ er zwar davon ab, öffnete aber die Tüte und warf einige Bonbons dem Sultan hin, der indessen hineingeschwänzelt war. Sultan roch daran und wandte dann unmuthig die Schnauze weg. „Siehst du wohl Christlieb, rief Felix nun triumphirend, siehst du wohl, nicht einmal Sultan mag das garstige Zeug fressen.“ Uebrigens machte dem Felix von den Spielsachen nichts mehr Freude als ein stattlicher Jägersmann, der, wenn man ein kleines Fädchen, das hinten unter seiner Jacke hervorragte, anzog, die Büchse anlegte und in ein Ziel schoß, das drei Spannen weit vor ihm angebracht war. Nächstdem schenkte er seine Liebe einem kleinen Männchen, das Complimente zu machen verstand und auf einer Harfe quinkelirte wenn man an einer

Schraube drehte; vor allen Dingen gefiel ihm aber eine Flinte und ein Hirschfänger, beides von Holz und übersilbert, so wie eine stattliche Husaren-Mütze und eine Patrontasche. Christlieb hatte große Freude an einer sehr schön geputzten Puppe und einem saubern vollständigen Hausrath. Die Kinder vergaßen Wald und Flur und ergötzten sich an den Spielsachen bis in den späten Abend hinein. Dann gingen sie zu Bette.

Was sich mit den neuen Spielsachen im Walde zutrug.

Tages darauf fingen die Kinder es wieder da an, wo sie es Abends vorher gelassen hatten: das heißt, sie holten die Schachteln herbei, kramten ihre Spielsachen aus und ergötzten sich daran auf mancherlei Weise. Eben so wie gestern schien die Sonne hell und freundlich in die Fenster hinein, wisperten und lispelten die vom sausenden Morgenwind begrüßten Birken, jubilirten Zeisig, Fink und Nachtigall in den schönsten lustigsten Liedlein. Da wurd' es dem Felix bei seinem Jäger, seinem kleinen Männchen, seiner Flinte und Patrontasche ganz enge und wehmüthig ums Herz. „Ach, rief er auf einmal, ach draußen ist's doch schöner, komm Christlieb! laß uns in den Wald laufen." Christlieb hatte eben die große Puppe ausgezogen und war im Begriff sie wieder anzukleiden, welches ihr viel Vergnügen machte, deshalb wollte sie nicht heraus, sondern bat: Lieber Felix, wollen wird denn nicht noch hier ein bischen spielen? Weißt du was, Christlieb, sprach Felix, wir nehmen das beste von unsern Spielsachen mit hinaus. Ich schnalle meinen Hirschfänger um, und hänge das Gewehr über die Schulter, da seh' ich aus wie ein Jäger. Der kleine Jäger und Harfenmännlein können mich begleiten, du Christlieb kannst deine große Puppe und das beste von deinen Geräthschaften mitnehmen. Komm nur, komm! Christlieb zog hurtig die Puppe vollends an und nun liefen beide Kinder mit ihren Spielsachen hinaus in den Wald, wo sie sich auf einem schönen grünen Plätzchen lagerten. Sie hatten eine Weile gespielt und Felix ließ eben das Harfenmännlein sein Stückchen orgeln, als Christlieb anfing: Weißt du wohl, lieber Felix, daß dein Harfenmann gar nicht hübsch spielt? Hör nur, wie das hier im Walde häßlich klingt, das ewige Ting-Ting-Ping-Ping, die Vögel kucken so neugierig aus den Büschen, ich glaube, sie halten sich ordentlich auf über den albernen Musikanten, der hier zu ihrem Gesange spielen will. Felix drehte stärker und stärker an der Schraube und rief endlich: du hast Recht, Christlieb! es klingt abscheulich, was der kleine Kerl spielt, was können mir seine Dienerchen helfen — ich schäme mich ordentlich vor dem Finken dort drüben, der mich mit solch schlauen Augen anblinzelt. — Aber der Kerl soll besser spielen — soll besser spielen! — Und damit drehte Felix so stark an der Schraube, daß Krack-krack — der ganze Kasten in tausend Stücke zerbrach auf dem das Harfenmännlein stand und seine Arme zerbröckelt herabfielen. „Oh — Oh!“ rief Felix; „Ach das Harfenmännlein!“ rief Christlieb. Felix beschaute einen Augenblick das zerbrochene Spielwerk, sprach dann: „Es war ein dummer alberner Kerl, der schlechtes Zeug aufspielte und Gesichter und Diener machte, wie Vetter Pumphose“ und warf den Harfenmann weit fort in das tiefste Gebüsch. „Da lob' ich mir meinen Jägersmann,“ sprach er weiter, „der schießt einmal über das andere in's Ziel.“ Nun ließ Felix den kleinen Jäger tüchtig exerziren. Als das eine Weile gedauert, fing Felix an: „Dumm ist's doch, daß der kleine Kerl immer nur nach dem Ziele schießt, welches, wie Papa sagt, gar keine Sache für einen Jägersmann ist. Der muß im Walde schießen nach Hirschen — Rehen — Haasen — und sie treffen im vollen Lauf. — Der Kerl soll nicht mehr nach dem Ziele schießen.“ Damit brach Felix die Zielschiebe los, die vor dem Jäger angebracht war. „Nun schieß' ins Freie,“ rief er, aber er mochte an dem Fädchen ziehn, so viel als er wollte, schlaff hingen die Arme des kleinen Jägers herab. Er legte nicht mehr die Büchse an, er schoß nicht mehr los. „Ha ha, rief Felix, nach dem Ziel, in der Stube, da konntest du schießen, aber im Walde, wo des Jägers Heimath ist, da gehts nicht. Fürchtest dich auch wohl vor Hunden und würdest, wenn einer käme, davon laufen mit sammt deiner Büchse, wie Vetter Pumphose mit seinem Säbel! — Ei du einfältiger nichtsnutziger Bursche,“ damit schleuderte Felix den Jäger dem Harfenmännlein nach in's tiefe Gebüsch. „Komm! laß uns ein wenig laufen,“ sprach er dann zu Christlieb. „Ach ja lieber Felix, erwiederte diese, meine hübsche Puppe soll mit laufen, das wird ein Spaß sein.“ Nun faßte jeder, Felix und Christlieb, die Puppe an einem Arm, und so gings fort in vollem Laufe durch Gebüsch den Hügel herab, und fort und fort bis an den mit hohem Schilf umkränzten Teich, der noch zu dem Besitzthum des Herrn Thaddäus von Brakel gehörte und wo er zuweilen wilde Enten zu schießen pflegte. Hier standen die Kinder still und Felix sprach: Laß uns ein wenig passen, ich habe ja nun eine Flinte, wer weiß ob ich nicht im Röhricht eine Ente schießen kann, so gut wie der Vater. In dem Augenblick schrie aber Christlieb laut auf: Ach meine Puppe, was ist aus meiner schönen Puppe geworden! Freilich sah das arme Ding ganz miserabel aus. Weder Christlieb noch Felix hatten im Laufen die Puppe beachtet und so war es gekommen, daß sie sich an dem Gestripp die Kleider ganz und gar zerrissen, ja beide Beinchen gebrochen hatte. Von dem hübschen Wachsgesichtchen war auch beinahe keine Spur, so zerfetzt und häßlich sah es aus. Ach meine Puppe, meine schöne Puppe! klagte Christlieb. „Da siehst du nun, sprach Felix, was für dumme Dinger uns die fremden Kinder mitgebracht haben. Das ist ja eine ungeschickte einfältige Trine, deine Puppe, die nicht einmal mit uns laufen kann, ohne sich gleich Alles zu zerreißen und zu zerfetzen — gieb sie nur her.“ Christlieb reichte die verunstaltete Puppe traurig dem Bruder hin und konnte sich eines lauten Schreies: Ach Ach! nicht enthalten, als der sie ohne Weiteres fortschleuderte in den Teich. „Gräme dich nur nicht, tröstete Felix die Schwester, gräme dich nur ja nicht um das alberne Ding, schieße ich eine Ente, so sollst du die schönsten Federn bekommen die sich nur in den bunten Flügeln finden wollen.“ Es rauschte im Röhricht, da legte stracks Felix seine hölzerne Flinte an, setzte sie aber in demselben Augenblick wieder ab, und schaute nachdenklich vor sich hin. „Bin ich nicht auch selbst ein thörichter Junge, fing er dann leise an, gehört denn nicht zum Schießen Pulver und Blei und habe ich denn beides? — Kann ich denn auch wohl Pulver in eine hölzerne Flinte laden? — Wozu ist überhaupt das dumme hölzerne Ding? — Und der Hirschfänger? — Auch von Holz! — der schneidet und sticht nicht — des Vetters Säbel war gewiß auch von Holz, deshalb mochte er ihn nicht ausziehn als er sich vor dem Sultan fürchtete. Ich merke schon, Vetter Pumphose hat mich nur zum Besten gehabt mit seinen Spielsachen die was vorstellen wollen und nichtsnutziges Zeug sind.“ Damit schleuderte Felix Flinte, Hirschfänger und zuletzt noch die Patrontasche in den Teich. Christlieb war doch betrübt über den Verlust der Puppe, und auch Felix konnte sich des Unmuths nicht erwehren. So schlichen sie nach Hause, und als die Mutter frug: Kinder wo habt ihr Eure

Spielsachen, erzählte Felix ganz treuherzig, wie schlimm er mit dem Jäger, mit dem Harfenmännlein, mit Flinte, Hirschfänger und Patrontasche, wie schlimm Christlieb mit der Puppe angeführt worden. „Ach, rief die Frau von Brakel halb erzürnt, ihr einfältigen Kinder, ihr wißt nur nicht mit den schönen zierlichen Sachen umzugehen.“ Der Herr Thaddäus von Brakel, der Felixens Erzählung mit sichtbarem Wohlgefallen angehört hatte, sprach aber: Lasse die Kinder nur gewähren, im Grunde genommen ist's mir recht lieb, daß sie die fremdartigen Spielsachen die sie nur verwirrten und beängsteten, los sind. Weder die Frau von Brakel noch die Kinder wußten, was der Herr von Brakel mit diesen Worten eigentlich sagen wollte.

Das fremde Kind.

Felix und Christlieb waren in aller Frühe nach dem Walde gelaufen. Die Mutter hatte es ihnen eingeschärft ja recht bald wiederzukommen, weil sie nun viel mehr in der Stube sitzen, und viel mehr schreiben und lesen müßten als sonst, damit sie sich nicht gar zu sehr zu schämen brauchten vor dem Hofmeister der nun nächstens kommen werde, deshalb sprach Felix: Laß uns nun das Stündchen über, das wir draußen bleiben dürfen, recht tüchtig springen und laufen! Sie begannen auch gleich sich als Hund und Häschen herumzujagen, aber so wie dieses Spiel, erregten auch alle übrigen Spiele die sie anfingen nach wenigen Sekunden ihnen nur Ueberdruß und Langeweile. Sie wußten selbst gar nicht wie es denn nur kam, daß ihnen gerade heute tausend ärgerliches Zeug geschehen mußte. Bald flatterte Felixens Mütze vom Winde getrieben ins Gebüsch, bald strauchelte er und fiel auf die Nase im besten Rennen, bald blieb Christlieb mit den Kleidern hängen am Dornstrauch oder stieß sich den Fuß am spitzen Stein, daß sie laut aufschreien mußte. Sie gaben bald alles Spielen auf, und schlichen mißmüthig durch den Wald. „Wir wollen nur in die Stube kriechen,“ sprach Felix, warf sich aber, statt weiter zu gehen, in den Schatten eines schönen Baums. Christlieb folgte seinem Beispiel. Da saßen die Kinder nun voller Unmuth und starrten stumm in den Boden hinein. „Ach, seufzete Christlieb endlich leise, ach hätten wir doch noch die schönen Spielsachen!“ — Die würden, murrte Felix, die würden uns gar nichts nützen, wir müßten sie doch nur wieder zerbrechen und verderben. Höre Christlieb! — die

Mutter hat doch wohl recht — die Spielsachen waren gut, aber wir wußten nur nicht damit umzugehen, und das kommt daher weil uns die Wissenschaften fehlen. „Ach lieber Felix, rief Christlieb, du hast recht, könnten wir die Wissenschaften so hübsch auswendig, wie der blanke Vetter und die geputzte Muhme, ach da hättest du noch deinen Jäger, dein Harfenmännlein, da läg' meine schöne Puppe nicht im Ententeich! — wir ungeschickten Dinger — ach wir haben keine Wissenschaften!“ und damit fing Christlieb an jämmerlich zu schluchzen und zu weinen und Felix stimmte mit ein und beide Kinder heulten und jammerten daß es im Walde wiedertönte, wir armen Kinder wir haben keine Wissenschaften! Doch plötzlich hielten sie inne und fragten voll Erstaunen: Siehst du's Christlieb? — Hörst du's Felix? — Aus dem tiefsten Schatten des dunkeln Gebüsches, das den Kindern gegenüber lag, blickte ein wundersamer Schein, der wie sanfter Mondesstrahl über die vor Wonne zitternden Blätter gaukelte und durch das Säuseln des Waldes ging ein süßes Getön, wie wenn der Wind über Harfen hinstreift und im Liebkosen die schlummernden Akkorde weckt. Den Kindern wurde ganz seltsam zu Muthe, aller Gram war von ihnen gewichen, aber die Thränen standen ihnen in den Augen vor süßem nie gekanntem Weh. So wie lichter und lichter der Schein durch das Gebüsch strahlte, so wie lauter und lauter die wundervollen Töne erklangen, klopfte den Kindern höher das Herz, sie starrten hinein in den Glanz und ach! sie gewahrten daß es das von der Sonne hell erleuchtete holde Antlitz des lieblichsten Kindes war, welches ihnen aus dem Gebüsch zulächelte und zuwinkte. „O komm doch nur zu uns — komm doch nur zu uns, du liebes Kind!“ so riefen beide, Christlieb und Felix, indem sie aufsprangen und voll unbeschreiblicher Sehnsucht die Hände nach der holden Gestalt ausstreckten. „Ich komme — ich komme,“ rief es mit süßer Stimme aus dem Gebüsch und leicht wie vom säuselnden Morgenwinde getragen schwebte das fremde Kind herüber zu Felix und Christlieb.

Wie das fremde Kind mit Felix und Christlieb spielte.

„Ich hab' Euch wohl aus der Ferne weinen und klagen gehört, sprach das fremde Kind, und da hat es mir recht Leid um Euch gethan, was fehlt Euch denn liebe Kinder?“ Ach wir wußten es selbst nicht recht, erwiederte Felix, aber nun ist es mir so, als wenn nur Du uns gefehlt hättest. — Das ist wahr, fiel Christlieb ein, nun du bei uns bist, sind wir wieder froh! warum bist du aber auch so lange ausgeblieben? — Beiden Kindern war es in der That so, als ob sie schon lange das fremde Kind gekannt und mit ihm gespielt hätten, und als ob ihr Unmuth nur daher gerührt hätte, daß der liebe Spielkamerad sich nicht mehr blicken lassen. „Spielsachen, sprach Felix weiter, haben wir nun freilich gar nicht, denn ich einfältiger Junge habe gestern die schönsten, die Vetter Pumphose mir geschenkt hatte, schändlich verdorben und weggeschmissen, aber spielen wollen wir doch wohl.“ Ei Felix sprach das fremde Kind, indem es laut auflachte, ei wie magst du nur so sprechen. Das Zeug das du weggeworfen hast, das hat gewiß nicht viel getaugt, du so wie Christlieb, ihr seid ja beide ganz umgeben von dem herrlichsten Spielzeuge, das man nur sehen kann. Wo denn? — Wo denn? — riefen Christlieb und Felix — Schaut doch um euch, sprach das fremde Kind. — Und Felix und Christlieb gewahrten, wie aus dem dicken Grase, aus dem wolligen Moose allerlei herrliche Blumen wie mit glänzenden Augen hervorguckten, und dazwischen funkelten bunte Steine und krystallne Muscheln, und goldene Käferchen tanzten auf und nieder und summten leise Liedchen. — Nun wollen wir einen Pallast bauen, helft mir hübsch die Steine zusammentragen! so rief das fremde Kind indem es zur Erde gebückt bunte Steine aufzulesen begann. Christlieb und Felix halfen, und das fremde Kind wußte so geschickt die Steine zu fügen, daß sich bald hohe Säulen erhoben, die in der Sonne funkelten wie polirtes Metall, und darüber wölbte sich ein luftiges goldenes Dach. — Nun küßte das fremde Kind die Blumen die aus dem Boden hervorguckten, da rankten sie im süßen Gelispel in die Höhe und sich in holder Liebe verschlingend bildeten sie duftende Bogengänge in denen die Kinder voll Wonne und Entzücken umhersprangen. Das fremde Kind klatschte in die Hände, da sumste das goldene Dach des Pallastes — Goldkäferchen hatten es mit ihren Flügeldecken gewölbt — auseinander und die Säulen zerflossen zum rieselnden Silberbach, an dessen Ufer sich die bunten Blumen lagerten und bald neugierig in seine Wellen guckten, bald ihre Häupter hin und her wiegend auf sein kindisches Plaudern horchten. Nun pflückte das fremde Kind Grashalme, und brach kleine Aestchen von den Bäumen die es hinstreute vor Felix und Christlieb. Aber aus den Grashalmen wurden bald die schönsten Puppen, die man nur sehen konnte und aus den Aestchen kleine allerliebste Jäger. Die Puppen tanzten um Christlieb herum und ließen sich von ihr auf den Schooß nehmen und lispelten mit feinen Stimmchen: sey uns gut, sey uns gut, liebe Christlieb. Die Jäger tummelten sich und klirrten mit den Büchsen und bliesen auf ihren Hörnern und riefen: Halloh! — Halloh! zur Jagd zur Jagd! — Da sprangen Häschen aus den Büschen und Hunde ihnen nach, und die Jäger knallten hinterdrein! — Das war eine Lust — Alles verlor sich wieder, Christlieb und Felix riefen: wo sind die Puppen, wo sind die Jäger. Das fremde Kind sprach, o! die stehen euch Alle zu Gebote, die sind jeden Augenblick bei Euch wenn ihr nur wollt, aber möchtet ihr nicht lieber jetzt ein bischen durch den Wald laufen? — Ach ja, Ach ja! riefen beide, Felix und Christlieb. Da faßte das fremde Kind sie bei den Händen und rief: Kommt, kommt! und damit ging es fort. Aber das war ja gar kein Laufen zu nennen! — Nein! Die Kinder schwebten im leichten Fluge durch Wald und Flur und die bunten Vögel flatterten laut singend und jubilirend um sie her. Mit einem mahl ging es hoch — hoch in die Lüfte. „Guten Morgen Kinder! Guten Morgen Gevatter Felix!“ rief der Storch im Vorbeistreifen! „Thut mir nichts, thut mir nichts — ich freß' Euer Täublein nicht!“ kreischte der Geyer, sich in banger Scheu vor den Kindern durch die Lüfte schwingend — Felix jauchzte laut, aber der Christlieb wurde bange. „Mir vergeht der Athem — ach ich falle wohl!“ so rief sie und in demselben Augenblick ließ sich das fremde Kind mit den Gespielen nieder, und sprach: nun singe ich Euch das Waldlied zum Abschiede für heute, morgen komm ich wieder. Nun nahm das Kind ein kleines Waldhorn hervor, dessen goldne Windungen beinahe anzusehen waren, wie leuchtende Blumenkränze und begann darauf so herrlich zu blasen, daß der ganze Wald wundersam von den lieblichen Tönen wiederhallte, und dazu sangen die Nachtigallen, die wie auf des Waldhorns Ruf herbeiflatterten und sich dicht neben dem Kinde in die Zweige setzten, ihre herrlichsten Lieder. Aber plötzlich verhallten die Töne mehr und mehr und nur ein leises Säuseln quoll aus den Gebüschen, in die das fremde Kind hingeschwunden. „Morgen — morgen kehr' ich wieder!“

so rief es aus weiter Ferne den Kindern zu, die nicht wußten wie ihnen geschehen, denn solch innere Lust hatten sie nie empfunden. Ach wenn es doch nur schon wieder morgen wäre, so sprachen beide, Felix und Christlieb, indem sie voller Hast zu Hause liefen um den Eltern zu erzählen, was sich im Walde begeben.

Was der Herr von Brakel und die Frau von Brakel zu dem fremden Kinde sagten, und was sich weiter mit demselben begab.

„Beinahe möchte ich glauben, daß den Kindern das alles nur geträumt hat!“ So sprach der Herr Thaddäus von Brakel zu seiner Gemahlin, als Felix und Christlieb ganz erfüllt von dem fremden Kinde nicht aufhören konnten, sein holdes Wesen, seinen anmuthigen Gesang, seine wunderbaren Spiele zu preisen. „Denk ich aber wieder daran, fuhr Herr von Brakel fort, daß beide doch nicht auf einmahl und auf gleiche Weise geträumt haben können, so weiß ich am Ende selbst nicht, was ich von dem Allen denken soll.“ „Zerbrich dir den Kopf nicht, o mein Gemahl! erwiederte die Frau von Brakel, ich wette, das fremde Kind ist niemand anders als Schulmeisters Gottlieb aus dem benachbarten Dorfe. Der ist herübergelaufen und hat den Kindern allerlei tolles Zeug in den Kopf gesetzt, aber das soll er künftig bleiben lassen.“ Herr von Brakel war gar nicht der Meinung seiner Gemahlin, um indessen mehr hinter die eigentliche Bewandtniß der Sache zu kommen, wurden Felix und Christlieb herbeigerufen und aufgefordert genau anzugeben, wie das Kind ausgesehen habe und wie es gekleidet gewesen sey. Rücksichts des Aussehens stimmten beide überein, daß das Kind ein lilienweißes Gesicht, rosenrothe Wangen, kirschrothe Lippen, blauglänzende Augen und goldgelocktes Haar habe, und so schön sey, wie sie es gar nicht aussprechen könnten; in Ansehung der Kleider wußten sie aber nur so viel, daß das Kind ganz gewiß nicht eine blaugestreifte Jacke, eben solche Hosen und eine schwarz lederne Mütze trage, wie Schulmeisters Gottlieb. Dagegen klang alles, was sie über den Anzug des Kindes ungefähr zu sagen vermochten, ganz fabelhaft und unklug. Christlieb behauptete nämlich, das Kind trage ein wunderschönes leichtes glänzendes Kleidchen von Rosenblättern; Felix meinte dagegen, das Kleid des Kindes funkle in hellem goldenem Grün wie Frühlingslaub im Sonnenschein.

Daß das Kind, fuhr Felix weiter fort, irgend einem Schulmeister angehören könne, daran sey gar nicht zu denken, denn zu gut verstehe sich der Knabe auf die Jägerei, stamme gewiß aus der Heimath aller Wald- und Jagdlust und werde der tüchtigste Jägersmann werden, den es wohl gebe. „Ei Felix, unterbrach ihn Christlieb, wie kannst du nur sagen daß das kleine liebe Mädchen ein Jägersmann werden soll. Auf das Jagen mag sie sich auch wohl verstehen, aber gewiß noch viel besser auf die Wirthschaft im Hause, sonst hätte sie mir nicht so hübsch die Puppen angekleidet und so schöne Schüsseln bereitet!" So hielt Felix das fremde Kind für einen Knaben, Christlieb behauptete dagegen es sey ein Mädchen und beide konnten darüber nicht einig werden. — Die Frau von Brakel sagte, es lohnt gar nicht, daß man sich mit den Kindern auf solche Narrheiten einläßt, der Herr von Brakel meinte dagegen: „ich dürfte ja nur den Kindern nachgehen in den Wald und erlauschen, was denn das für ein seltsames Wunderkind ist, das mit ihnen spielt, aber es ist mir so, als könnte ich den Kindern dadurch eine große Freude verderben und deshalb will ich es nicht thun." Andern Tages, als Felix und Christlieb zu gewöhnlicher Zeit in den Wald liefen, wartete das fremde Kind schon auf sie, und wußte es gestern herrliche Spiele zu beginnen, so schuf es vollends heute die anmuthigsten Wunder, so daß Felix und Christlieb einmal über das andere vor Freude und Entzücken laut aufjauchzten. Lustig und sehr hübsch zugleich war es, daß das fremde Kind während des Spielens so zierlich und gescheut mit den Bäumen, Gebüschen, Blumen, mit dem Waldbach zu sprechen wußte. Alle antworteten auch so vernehmlich, daß Felix und Christlieb alles verstanden. Das fremde Kind rief ins Erlengebüsch hinein: Ihr schwatzhaftes Volk, was flüstert und wispert ihr wieder untereinander? Da schüttelten stärker sich die Zweige und lachten und lispelten: Ha — ha ha — wir freuen uns über die artigen Dinge, die uns Freund Morgenwind heute zugeraunt hat, als er von den blauen Bergen vor den Sonnenstrahlen daherrauschte. Er brachte uns tausend Grüße und Küsse von der goldnen Königin und einige tüchtige Flügelschläge voll der süßesten Düfte. „O schweigt doch, so unterbrachen die Blumen das Geschwätz der Büsche, o schweigt doch von dem Flatterhaften der mit den Düften prahlt, die seine falschen Liebkosungen uns entlocken. Laßt die Gebüsche lispeln und säuseln, ihr Kinder, aber schaut uns an, horcht auf uns, wir lieben Euch gar zu sehr und putzen uns heraus, mit den schönsten glänzendsten Farben Tag für Tag nur damit wir Euch recht gefallen.“ — Und lieben wir Euch denn nicht auch, ihr holden Blumen? So sprach das fremde Kind, aber Christlieb kniete zur Erde nieder und streckte beide Arme weit aus, als wollte sie all' die herrlichen Blumen, die um sie her sproßten, umarmen, indem sie rief: Ach ich lieb' Euch ja allzumal! — Felix sprach: auch mir gefallt ihr wohl, in Euren glänzenden Kleidern, ihr Blumen, aber doch halt' ich es mit dem Grün, mit den Büschen, mit den Bäumen, mit dem Walde, er muß Euch doch schützen und schirmen, ihr kleinen bunten Kindlein! Da sauste es in den hohen schwarzen Tannen: „Das ist ein wahres Wort, du tüchtiger Junge, und du mußt dich nicht vor uns fürchten, wenn der Gevatter Sturm daher gezogen kommt und wir ein bischen ungestüm mit dem groben Kerl zanken.“ „Ei, rief Felix, knarrt und stöhnt und sauset nur recht wacker, ihr grünen Riesen, dann geht ja dem tüchtigen Jägersmann erst das Herz recht auf.“ Da hast du ganz Recht, so rauschte und plätscherte der Waldbach, da hast du ganz Recht, aber wozu immer jagen, immer rennen im Sturm und im wilden Gebraus! — Kommt! setzt euch fein ins Moos und hört mir zu. Von fernen fernen Landen aus tiefem Schacht komm ich her — ich will euch schöne Mährchen erzählen und immer was Neues, Well' auf Welle und immerfort und fort. Und die schönsten Bilder zeig' ich Euch, schaut mir nur recht ins blanke Spiegelantlitz — duftiges Himmelblau — goldenes Gewölk — Busch und Blum und Wald — Euch selbst, ihr holden Kinder zieh ich liebend hinein tief in meinen Busen! — „Felix, Christlieb, so sprach das fremde Kind, indem es mit wundersamer Holdseeligkeit um sich blickte, Felix, Christlieb, o hört doch nur, wie alles uns liebt. Aber schon steigt das Abendroth auf hinter den Bergen und Nachtigall ruft mich nach Hause.“ „O laß uns noch ein bischen fliegen,“ bat Felix. „Aber nur nicht so sehr hoch, da schwindelts mir gar zu sehr,“ sprach Christlieb. Da faßte wie gestern das fremde Kind beide, Felix und Christlieb, bei den Händen und nun schwebten sie auf im goldenen Purpur des Abendroths und das lustige Volk der bunten Vögel schwärmte und lärmte um sie her — das war ein Jauchzen und Jubeln! — In den glänzenden Wolken, wie in wogenden Flammen erblickte Felix die herrlichsten Schlösser von lauter Rubinen und andern funkelnden Edelsteinen: Schau o schau doch Christlieb, rief er voll Entzücken, das sind prächtige, prächtige Häuser, nur tapfer laß uns fliegen, wir kommen gewiß hin. Christlieb gewahrte auch die Schlösser und vergaß alle Furcht, indem sie nicht mehr hinab, sondern unverwandt in die Ferne blickte. „Das sind meine lieben Luftschlösser, sprach das fremde Kind, aber hin kommen wir heute wohl nicht mehr!" — Felix und Christlieb waren wie im Traume und wußten selbst nicht wie es geschah, daß sie unversehens sich zu Hause bei Vater und Mutter befanden.

Von der Heimath des fremden Kindes.

Das fremde Kind hatte auf dem anmuthigsten Platz im Walde zwischen säuselndem Gebüsch, dem Bach unfern, ein überaus herrliches Gezelt von hohen schlanken Lilien, glühenden Rosen und bunten Tulipanen erbaut. Unter diesem Gezelt saßen mit dem fremden Kinde Felix und Christlieb und horchten darauf, was der Waldbach allerlei seltsames Zeug durcheinander plauderte. „Recht verstehe ich doch nicht, fing Felix an, was der dort unten erzählt und es ist mir so, als wenn du selbst, mein lieber lieber Junge alles, was er nur so unverständlich murmelt, recht hübsch mir sagen könntest. Ueberhaupt möcht' ich dich doch wohl fragen, wo du denn herkommst und wo du immer so schnell hinverschwindest, daß wir selbst niemals wissen wie das geschieht?" — „Weißt du wohl, liebes Mädchen, fiel Christlieb ein, daß Mutter glaubt, du seyst Schulmeisters Gottlieb?" „Schweig doch nur dummes Ding, rief Felix, Mutter hat den lieben Knaben niemals gesehen, sonst würde sie gar nicht von Schulmeisters Gottlieb gesprochen haben. — Aber nun sage mir geschwind, du lieber Junge, wo du wohnst, damit wir zu dir ins Haus kommen können, zur Winterszeit, wenn es stürmt und schneit und im Walde nicht Steg nicht Weg zu finden ist." „Ach ja! sprach Christlieb, nun mußt du uns fein sagen, wo du zu Hause bist, wer deine Aeltern sind und hauptsächlich wie du denn eigentlich heißest." Das fremde Kind sah sehr ernst, beinahe traurig vor sich hin und seufzte recht aus tiefer Brust. Dann, nachdem es einige Augenblicke geschwiegen, fing es an: Ach lieben Kinder, warum fragt ihr nach meiner Heimath? Ist es denn nicht genug, daß ich tagtäglich zu Euch komme und mit Euch spiele? — Ich könnte Euch sagen, daß ich dort hinter den blauen Bergen, die wie krauses, zackiges Nebelgewölk anzusehen sind, zu Hause bin, aber wenn ihr Tagelang und immer fort und fort laufen wolltet, bis ihr auf den Bergen stündet, so würdet ihr wieder eben so fern ein neues Gebirge schauen, hinter dem ihr meine Heimath suchen müßtet, und wenn ihr auch dieses Gebirge erreicht hättet, würdet ihr wiederum ein neues erblicken, und so würde es Euch immer fort und fort gehen und ihr würdet niemals meine Heimath erreichen. „Ach, rief Christlieb weinerlich aus, ach so wohnst du wohl viele hundert hundert Meilen von uns und bist nur zum Besuch in unserer Gegend?" Sieh nur, liebe Christlieb! fuhr das fremde Kind fort, wenn du dich recht herzlich nach mir sehnst, so bin ich gleich bei dir und bringe dir alle Spiele, alle Wunder aus meiner Heimath mit, und ist denn das nicht eben so gut als ob wir in meiner Heimath selbst zusammen säßen und mit einander spielten? Das nun wohl eben nicht, sprach Felix, denn ich glaube, daß deine Heimath ein gar herrlicher Ort sein muß, ganz voll von den herrlichen Dingen, die du uns mitbringst. Du magst mir nun die Reise dahin so schwierig vorstellen wie du willst, so wie ich es nur vermag, mache ich mich doch auf den Weg. So durch Wälder streichen und auf ganz wilden verwachsenen Pfaden, Gebirge erklettern, durch Bäche waten, über schroffes Gestein und dornigt Gestrüpp, das ist so recht Waidmanns Sache — ich werd's schon durchführen. Das wirst du auch, rief das fremde Kind, indem es freudig lachte, und wenn du es dir so recht fest vornimmst, dann ist es so gut als hättest du es schon wirklich ausgeführt. Das Land, in dem ich wohne ist in der That so schön und herrlich, wie ich es gar nicht zu beschreiben vermag. Meine Mutter ist es, die als Königin über dieses Reich voller Glanz und Pracht herrscht. — So bist du ja ein Prinz. — So bist du ja eine Prinzessin — riefen zu gleicher Zeit verwundert, ja beinahe erschrocken, Felix und Christlieb. „Allerdings," sprach das fremde Kind. So wohnst du wohl in einem schönen Pallast! fragte Felix weiter. Ja wohl, erwiederte das fremde Kind, noch viel schöner ist der Pallast meiner Mutter, als die glänzenden Schlösser, die du in den Wolken geschaut hast, denn seine schlanken Säulen aus purem Krystall erheben sich hoch — hoch hinein in das Himmelsblau, das auf ihnen ruht wie ein weites Gewölbe. Unter dem segelt glänzendes Gewölk mit goldnen Schwingen hin und her und das purpurne Morgen- und Abendroth steigt auf und nieder und in klingenden Kreisen tanzen die funkelnden Sterne. — Ihr habt, meine lieben Gespielen, ja wohl schon von Feen gehört, die, wie es sonst kein Mensch vermag, die herrlichsten Wunder hervorrufen können, und ihr werdet es auch wohl schon gemerkt haben, daß meine Mutter nichts anders ist, als eine Fee. Ja! das ist sie wirklich und zwar die mächtigste, die es giebt. Alles, was auf der Erde webt und lebt, hält sie mit treuer Liebe umfangen, doch zu ihrem innigen Schmerz wollen viele Menschen gar nichts von ihr wissen. Vor allen liebt meine Mutter aber die Kinder und daher kommt es, daß die Feste, die sie in ihrem Reiche den Kindern bereitet, die schönsten und herrlichsten sind. Da geschieht es denn wohl, daß schmucke Geister aus dem Hofstaate meiner Mutter keck sich durch die Wolken schwingen und von einem Ende des Pallastes bis zum andern einen in den schönsten Farben schimmernden Regenbogen spannen. Unter dem bauen sie den Thron meiner Mutter aus lauter Diamanten, die aber so anzusehen sind und so herrlich duften wie Lilien, Nelken und Rosen. So wie meine Mutter den Thron besteigt, rühren die Geister ihre goldnen Harfen, ihre krystallenen Zimbeln und dazu singen die Kammersänger meiner Mutter mit solch wunderbaren Stimmen, daß man vergehen möchte vor süßer Lust. Diese Sänger sind aber schöne Vögel, größer noch als Adler, mit ganz purpurnem Gefieder, wie ihr sie wohl noch nie gesehen habt. Aber so wie die Musik losgegangen, wird alles im Pallast, im Walde, im Garten laut und lebendig. Viele tausend blank gepuzte Kinder tummeln sich im Jauchzen und Jubeln umher. Bald jagen sie sich durch's Gebüsch und werfen sich neckend mit Blumen, bald klettern sie auf schlanke Bäumchen und lassen sich vom Winde hin und her schaukeln, bald pflücken sie goldglänzende Früchte, die so süß und herrlich schmecken wie sonst nichts auf der Erde, bald spielen sie mit zahmen Rehen — mit andern schmucken Thieren, die ihnen aus dem Gebüsch entgegenspringen; bald rennen sie keck den Regenbogen auf und nieder oder besteigen gar als kühne Reiter die schönen Gold-Fasanen, die sich mit ihnen durch die glänzenden Wolken schwingen. „Ach das muß herrlich seyn, ach nimm uns mit in deine Heimath, wir wollen immer dort bleiben!" — So riefen Felix und Christlieb voll Entzücken, das fremde Kind sprach aber: Mitnehmen nach meiner Heimath kann ich Euch in der That nicht, es ist zu weit, ihr müßtet so gut und unermüdlich fliegen können wie ich selbst. Felix und Christlieb wurden ganz traurig und blickten schweigend zur Erde nieder.

Von dem bösen Minister am Hofe der Feen-Königin.

Ueberhaupt, fuhr das fremde Kind fort, überhaupt möchtet ihr Euch in meiner Heimath vielleicht gar nicht so gut befinden, als ihr es Euch nach meiner Erzählung vorstellt. Ja der Aufenthalt könnte euch sogar verderblich seyn. Manche Kinder vermögen nicht den Gesang der purpurrothen Vögel, so herrlich er auch ist, zu ertragen, so daß er ihnen das Herz zerreißt, und sie augenblicklich sterben müssen. Andere, die gar zu keck auf den Regenbogen rennen, gleiten aus und stürzen herab, und manche sind sogar albern genug im besten Fliegen dem Goldfasan, der sie trägt, weh zu thun. Das nimmt denn der sonst friedliche Vogel dem dummen Kinde übel und reißt ihm mit seinem scharfen Schnabel die Brust auf, so daß es blutend aus den Wolken herabfällt. Meine Mutter härmt sich gar sehr ab, wenn Kinder auf solche Weise, freilich durch ihre eigne Schuld, verunglücken. Gar zu gern wollte sie, daß alle Kinder auf der ganzen Welt die Lust ihres Reichs genießen möchten, aber wenn viele auch tüchtig fliegen können, so sind sie nachher doch entweder zu keck oder zu furchtsam und verursachen ihr nur Sorge und Angst. Eben deshalb erlaubt sie mir, daß ich hinausfliegen aus meiner Heimath und tüchtigen Kindern allerlei schöne Spielsachen daraus mitbringen darf, wie ich es denn auch mit Euch gemacht habe. „Ach, rief Christlieb, ich könnte gewiß keinem schönen Vogel Leides thun, aber auf dem Regenbogen rennen möchte ich doch nicht.“ Das wäre, — fiel ihr Felix ins Wort, — das wäre nun gerade meine Sache und eben deshalb möchte ich zu deiner Mutter Königin. Kannst du nicht einmal den Regenbogen mitbringen? Nein, erwiederte das fremde Kind, das geht nicht an, und ich muß dir überhaupt sagen, daß ich mich nur ganz heimlich zu Euch stehlen darf. Sonst war ich überall sicher als sey ich bei meiner Mutter, und es war überhaupt so, als sey überall ihr schönes Reich ausgebreitet, seit der Zeit aber, daß ein arger Feind meiner Mutter, den sie aus ihrem Reiche verbannt hat, wild umherschwärmt, bin ich vor arger Nachstellung nicht geschützt. „Nun, rief Felix, indem er aufsprang und den Dornstock, den er sich geschnitzt. in der Luft schwenkte, nun den wollt' ich denn doch sehen, der dir hier Leides zufügen sollte. Fürs erste hätt' er es mit mir zu thun und dann rief ich Papa zu Hülfe, der ließe den Kerl einfangen und in den Thurm sperren." „Ach, erwiederte das fremde Kind, so wenig der arge Feind in meiner Heimath mir etwas anthun kann, so gefährlich ist er mir außerhalb derselben, er ist gar mächtig und wider ihn hilft nicht Stock nicht Thurm." Was ist denn das für ein garstig Ding, das dich so bange machen kann? fragte Christlieb. Ich habe Euch gesagt, fing das fremde Kind an, daß meine Mutter eine mächtige Königin ist, und ihr wißt, daß Königinnen so wie Könige einen Hofstaat und Minister um sich haben. Ja wohl sprach Felix, der Onkel Graf ist selbst solch' ein Minister, und trägt einen Stern auf der Brust. Deiner Mutter Minister tragen auch wohl recht funkelnde Sterne? Nein erwiederte das fremde Kind, nein das eben nicht, denn die mehrsten sind selbst ganz und gar funkelnde Sterne und andere tragen gar keine Röcke, worauf sich so etwas anbringen ließe. Daß ichs nur sage, alle Minister meiner Mutter sind mächtige Geister, die theils in der Luft schweben, theils in Feuerflammen, theils in den Gewässern wohnen, und überall das ausführen, was meine Mutter ihnen gebietet. Es fand sich vor langer Zeit ein fremder Geist bei uns ein, der nannte sich Pepasilio und behauptete, er sey ein großer Gelehrter, er wisse mehr und würde größere Dinge bewirken als alle übrigen. Meine Mutter nahm ihn in die Reihe ihrer Minister auf, aber bald entwickelte sich immer mehr seine innere Tücke. Außerdem daß er alles, was die übrigen Minister thaten, zu vernichten strebte, so hatte er es vorzüglich darauf abgesehen, die frohen Feste der Kinder recht hämisch zu verderben. Er hatte der Königin vorgespiegelt, daß er die Kinder erst recht lustig und gescheut machen wollte, statt dessen hing er sich centnerschwer an den Schweif der Fasanen, so daß sie sich nicht aufschwingen konnten, zog er die Kinder, wenn sie auf Rosenbüschchen hinaufgeklettert, bei den Beinen herab, daß sie sich die Nasen blutig schlugen, zwang er die, welche lustig laufen und springen wollten, auf allen Vieren mit zur Erde gebeugtem Haupte herum zu kriechen. Den Sängern stopfte er allerlei schädliches Zeug in die Schnäbel, damit sie nur nicht singen sollten, denn Gesang konnte er nicht ausstehen und die armen zahmen Thierchen wollte er statt mit ihnen zu spielen auffressen, denn nur dazu, meinte er, wären sie da. Das Abscheulichste war aber wohl, daß er mit Hülfe seiner Gesellen die schönen funkelnden Edelsteine des Pallastes, die bunt schimmernden Blumen, die Rosen und Lilienbüsche, ja selbst den glänzenden Regenbogen mit einem ekelhaften schwarzen Saft zu überziehn wußte, so daß alle Pracht verschwunden und alles todt und traurig anzusehen war. Und wie er dies vollbracht, erhob er ein schallendes Gelächter und schrie, nun sey erst alles so wie es sein solle, denn er habe es beschrieben. Als er nun vollends erklärte, daß er meine Mutter nicht als Königin anerkenne, sondern daß ihm allein die Herrschaft gebühre, und sich in der Gestalt einer ungeheuren Fliege mit blitzenden Augen und vorgestrecktem scharfen Rüssel emporschwang in abscheulichem Summen und Brausen auf den Thron meiner Mutter, da erkannte sie so wie alle, daß der hämische Minister, der sich unter dem schönen Namen Pepasilio eingeschlichen, niemand anders war, als der finstere mürrische Gnomen-König Pepser. Der Thörichte hatte aber die Kraft so wie die Tapferkeit seiner Gesellen viel zu hoch in Anschlag gebracht. Die Minister des Luftdepartements umgaben die Königin und fächelten ihr süße Düfte zu, indem die Minister des Feuerdepartements in Flammenwogen auf und nieder rauschten und die Sänger, deren Schnäbel gereinigt, die volltönendsten Gesänge anstimmten, so, daß die Königin den häßlichen Pepser weder sah noch hörte noch seinen vergifteten übelriechenden Athem spürte. In dem Augenblick auch faßte der Fasanenfürst den bösen Pepser mit dem leuchtenden Schnabel und drückte ihn so gewaltig zusammen, daß er vor Wuth und Schmerz laut aufkreischte, dann ließ er ihn aus der Höhe von dreitausend Ellen zur Erde niederfallen. Er konnte sich nicht regen und bewegen, bis auf sein wildes Geschrei seine Muhme, die große blaue Kröte herbeikroch, ihn auf den Rücken nahm und nach Hause schleppte. Fünfhundert lustige kecke Kinder erhielten tüchtige Fliegenklatschen, mit denen sie Pepsers häßliche Gesellen, die noch umherschwärmten und die schönen Blumen verderben wollten, todtschlugen. So wie nun Pepser fort war, zerfloß der schwarze Saft, womit er alles überzogen, von selbst und bald blühete und glänzte und strahlte alles so herrlich und schön wie zuvor. Ihr könnt denken, daß der garstige Pepser nun in meiner Mutter Reich nichts mehr vermag, aber er weiß, daß ich mich oft hinauswage und verfolgt mich rastlos unter allerlei Gestalten, so daß ich ärmstes Kind oft auf der Flucht nicht weiß, wo ich mich hin verbergen soll, und darum, ihr lieben Gespielen, entfliehe ich oft so schnell, daß ihr nicht spürt, wo ich hingekommen. Dabei muß es denn auch bleiben und wohl kann ich euch sagen, daß, sollte ich es auch unternehmen, mich mit Euch in meine Heimath zu schwingen, Pepser uns gewiß aufpassen und uns todtmachen würde. Christlieb weinte bitterlich über die Gefahr in der das fremde Kind immer schweben mußte. Felix meinte aber: ist der garstige Pepser weiter nichts als eine große Fliege, so will ich ihm mit Papa's großer Fliegenklatsche schon zu Leibe gehn, und habe ich ihm eins tüchtig auf die Nase versetzt, so mag Muhme Kröte zusehen wie sie ihn nach Hause schleppt.

Wie der Hofmeister angekommen war und die Kinder sich vor ihm fürchten.

In vollem Sprunge eilten Felix und Christlieb nach Hause, indem sie unaufhörlich riefen: Ach das fremde Kind ist ein schöner Prinz! — Ach das fremde Kind ist eine schöne Prinzessin! Sie wollten das jauchzend den Eltern verkünden, aber wie zur Bildsäule erstarrt blieben sie in der Hausthüre stehen, als ihnen Herr Thaddäus von Brakel, entgegentrat und an seiner Seite einen fremden verwunderlichen Mann hatte, der halb vernehmlich in sich hineinbrummte: das sind mir saubere Rangen! — Das ist der Herr Hofmeister, sprach Herr von Brakel indem er den Mann bei der Hand ergriff, das ist der Herr Hofmeister, den Euch der gnädige Onkel geschickt hat. Grüßt ihn fein artig! — Aber die Kinder sahen den Mann von der Seite an und konnten sich nicht regen und bewegen. Das kam daher, weil sie solch eine wunderliche Gestalt noch niemals geschaut. Der Mann mochte kaum mehr als einen halben Kopf höher seyn als Felix, dabei war er aber untersetzt; nur stachen gegen den sehr starken breiten Leib die kleinen ganz dünnen Spinnenbeinchen seltsam ab. Der unförmliche Kopf war beinahe viereckig zu nennen, und das Gesicht fast gar zu häßlich, denn außerdem, daß zu den dicken braunrothen Backen und dem breiten Maule die viel zu lange spitze Nase gar nicht passen wollte, so glänzten auch die kleinen hervorstehenden Glasaugen so graulich, daß man ihn gar nicht gern ansehen mochte. Uebrigens hatte der Mann eine pechschwarze Perücke auf den viereckigen Kopf gestülpt, war auch von Kopf bis zu Fuß pechschwarz gekleidet und hieß: Magister Tinte. Als nun die Kinder sich nicht rückten und rührten, wurde die Frau von Brakel böse und rief; „Potztausend ihr Kinder, was ist denn das? der Herr Magister wird Euch für ganz ungeschliffene Bauernkinder halten müssen. — Fort! gebt dem Herrn Magister fein die Hand!“ Die Kinder ermannten sich, und thaten, was die Mutter befohlen, sprangen aber, als der Magister ihre Hände faßte, mit dem lauten Schrei: O weh o weh! zurück. Der Magister lachte hell auf und zeigte eine heimliche in der Hand versteckte Nadel vor, womit er die Kinder, als sie ihm die Hand reichten, gestochen. Christlieb weinte, Felix aber grollte den Magister von der Seite an: Versuche das nur noch einmal kleiner Dickbauch. — Warum thaten Sie das lieber Herr Magister Tinte, fragte etwas mißmüthig der Herr von Brakel. Der Magister erwiederte: Das ist nun einmal so meine Art, ich kann davon gar nicht lassen. Und dabei stemmte er beide Hände in die Seite und lachte immerfort, welches aber zuletzt so widerlich klang wie der Ton einer verdorbenen Schnarre. „Sie scheinen ein spaßhafter Mann zu sein, lieber Herr Magister Tinte,“ sprach der Herr von Brakel, aber ihm sowohl als der Frau von Brakel, vorzüglich den Kindern, wurde ganz unheimlich zu Muthe. „Nun nun, rief der Magister, wie stehts denn mit den kleinen Krabben, schon tüchtig in den Wissenschaften vorgerückt? — Wollen doch gleich sehen.“ Damit fing er an, den Felix und die Christlieb so zu fragen, wie es der Onkel Graf mit seinen Kindern gethan. Als nun aber beide versicherten, daß sie die Wissenschaften noch gar nicht auswendig wüßten, da schlug der Magister Tinte die Hände über den Kopf zusammen, daß es klatschte, und schrie wie besessen: Das ist was schönes! — keine Wissenschaften. — Das wird Arbeit geben! Wollens aber schon kriegen! Felix, so wie Christlieb, beide schrieben eine saubere Handschrift, und wußten aus manchen alten Büchern die ihnen der Herr von Brakel in die Hände gab und die sie emsig lasen, manche schöne Geschichte zu erzählen, das achtete aber der Magister Tinte für gar nichts, sondern meinte, das alles wäre nur dummes Zeug. — Ach! nun war an kein in den Wald laufen mehr zu denken! — Statt dessen mußten die Kinder beinahe den ganzen Tag zwischen den vier Wänden sitzen und dem Magister Tinte Dinge nachplappern die sie nicht verstanden. Es war ein wahres Herzeleid! — Mit welchen sehnsuchtsvollen Blicken schauten sie nach dem Walde! Oft war es ihnen, als hörten sie mitten unter den lustigen Liedern der Vögel, im Rauschen der Bäume, des fremden Kindes süße Stimme rufen: „Wo seid ihr denn, Felix — Christlieb — ihr lieben Kinder! wo seid ihr denn! wollt ihr nicht mehr mit mir spielen! — Kommt doch nur! — ich habe Euch einen schönen Blumenpallast gebaut — da setzen wir uns hinein und ich schenk' Euch die herrlichsten buntesten Steine — und dann schwingen wir uns auf in die Wolken und bauen selbst funkelnde Luftschlösser! — Kommt doch! Kommt doch nur!" Darüber wurden die Kinder mit allen ihren Gedanken ganz hingezogen nach dem Walde, und sahen und hörten nicht mehr auf den Magister. Der wurde aber dann ganz zornig und schlug mit beiden Fäusten auf den Tisch und brummte und summte und schnarrte und knarrte: „Pim — Sim — Prr — Srrr — Knurrr — Krrr — Was ist das! aufgepaßt!" Felix hielt das aber nicht lange aus, er sprang auf und rief: laß mich los mit deinem dummen Zeuge, Herr Magister Tinte, fort will ich in den Wald — such' dir den Vetter Pumphose, das ist was für den! — Komm Christlieb, das fremde Kind wartet schon auf uns." — Damit ging es fort, aber der Magister Tinte sprang mit ungemeiner Behendigkeit hinter her und erfaßte die Kinder dicht vor der Hausthür. Felix wehrte sich tapfer und der Magister Tinte war im Begriff zu unterliegen, da dem Felix der treue Sultan zu Hülfe geeilt war. Sultan, sonst ein frommer gesitteter Hund, hatte gleich vom ersten Augenblick an einen entschiedenen Abscheu gegen den Magister Tinte bewiesen. So wie dieser ihm nur nahe kam, knurrte er, und schlug mit dem Schweif so heftig um sich, daß er den Magister, den er geschickt an die dünnen Beinchen zu treffen wußte, beinahe umgeschmissen hätte. Sultan sprang hinzu und packte den Magister, der Felix bei beiden Schultern hielt, ohne Umstände beim Rockkragen. Der Magister Tinte erhob ein klägliches Geschrei, auf das Herr Thaddäus von Brakel schnell hinzueilte. Der Magister ließ ab von Felix, Sultan von dem Magister. „Ach wir sollen nicht mehr in den Wald," klagte Christlieb, indem sie bitterlich weinte. So sehr auch der Herr von Brakel den Felix ausschalt, thaten ihm doch die Kinder leid, die nicht mehr in Flur und Hain herumschwärmen sollten. Der Magister Tinte mußte sich dazu verstehen, täglich mit den Kindern den Wald zu besuchen. Es ging ihm schwer ein. „Hätten Sie nur, Herr von Brakel, sprach er, einen vernünftigen Garten mit Buchsbaum und Staketen am Hause, so könnte man in der Mittagsstunde mit den Kindern

II.pag. 246.

spazieren gehen, was in aller Welt sollen wir aber in dem wilden Walde?" — Die Kinder waren auch ganz unzufrieden und die sprachen nun wieder: was soll uns der Magister in unserm lieben Walde? —

Wie die Kinder mit dem Herrn Magister Tinte im Walde spazieren gingen und was sich dabei zutrug.

Nun? — gefällt es dir nicht in unserm Walde Herr Magister? So fragte Felix den Magister Tinte, als sie daher zogen durch das rauschende Gebüsch. Der Magister Tinte zog aber ein saures Gesicht und rief: Dummes Zeug, hier ist kein ordentlicher Steg und Weg, man zerreißt sich nur die Strümpfe und kann vor dem häßlichen Gekreisch der dummen Vögel gar kein vernünftiges Wort sprechen. „Haha, Herr Magister, sprach Felix, ich merk' es schon, du verstehst dich nicht auf den Gesang und hörst es auch wohl gar nicht einmal, wenn der Morgenwind mit den Büschen plaudert und der alte Waldbach schöne Mährchen erzählt." Und, fiel Christlieb dem Felix ins Wort, sag es nur Herr Magister, du liebst auch wohl nicht die Blumen? Da wurde der Herr Magister noch kirschbrauner im Antlitz als er schon von Natur war, er schlug mit den Händen um sich und schrie ganz erbost: Was sprecht ihr da für tolles albernes Zeug? — wer hat Euch die Narrheiten in den Kopf gesetzt? das fehlte noch, daß Wälder und Bäche dreist genug wären sich in vernünftige Gespräche zu mischen und mit dem Gesange der Vögel ist es auch nichts; Blumen lieb' ich wohl, wenn sie fein in Töpfe gesteckt sind und in der Stube stehen, dann duften sie und man erspart das Räucherwerk. Doch im Walde wachsen ja gar keine Blumen. „Aber Herr Magister, rief Christlieb, siehst du denn nicht die lieben Mayblümchen, die dich recht mit hellen freundlichen Augen ankucken?" — „Was was, schrie der Magister — Blumen? Augen? — ha ha ha — schöne Augen — schöne Augen! Die nichtsnutzigen Dinger riechen nicht einmal!" — Und damit bückte sich der Magister Tinte zur Erde nieder, riß einen ganzen Strauß Mayblümchen sammt den Wurzeln heraus und warf ihn fort ins Gebüsch. Den Kindern war es, als ginge in dem Augenblick ein wehmüthiger Klagelaut durch den Wald; Christlieb mußte bitterlich weinen, Felix biß unmuthig die Zähne zusammen. Da geschah es, daß ein kleiner Zeisig dem Magister Tinte dicht bei der Nase vorbeiflatterte, sich dann auf einen Zweig setzte und ein lustiges Liedchen anstimmte. Ich glaube gar, sprach der Magister, ich glaube gar das ist ein Spottvogel? Und damit nahm er einen Stein von der Erde auf, warf ihn nach dem Zeisig und traf den armen Vogel, daß er zum Tode verstummt von dem grünen Zweige herabfiel. Nun konnte Felix sich gar nicht mehr halten. „Ei du abscheulicher Herr Magister Tinte, rief er ganz erboßt, was hat dir der arme Vogel gethan, daß du ihn todtschmeißest? — O wo bist du denn, du holdes fremdes Kind, o komm doch nur, laß uns weit weit fortfliegen, ich mag nicht mehr bei dem garstigen Menschen sein; ich will fort nach deiner Heimath!“ — Und mit vollem Schluchzen und Weinen stimmte Christlieb ein: O du liebes holdes Kind, komm doch nur, komm doch nur zu uns, Ach! Ach! — rette uns — rette uns, der Herr Magister Tinte macht uns ja todt wie die Blumen und Vögel! — „Was ist das mit dem fremden Kinde,“ rief der Magister. Aber in dem Augenblick säuselte es stärker im Gebüsch und in dem Säuseln erklangen wehmüthige herzzerschneidende Töne, wie von dumpfen in weiter Ferne angeschlagenen Glocken. — In einem leuchtenden Gewölk, das sich herabließ, wurde das holde Antlitz des fremden Kindes sichtbar — dann schwebte es ganz hervor, aber es rang die kleinen Händchen, und Thränen rannen wie glänzende Perlen aus den holden Augen über die rosigten Wangen. „Ach, jammerte das fremde Kind, ach ihr lieben Gespielen, ich kann nicht mehr zu Euch kommen — ihr werdet mich nicht wiedersehen — lebt wohl! lebt wohl! — Der Gnome Pepser hat sich Eurer bemächtigt, o ihr armen Kinder, lebt wohl — lebt wohl!“ — Und damit schwang sich das fremde Kind hoch in die Lüfte. Aber hinter den Kindern brummte und summte und knarrte und schnarrte es auf entsetzlich grausige Weise. Der Magister Tinte hatte sich umgestaltet in eine große scheußliche Fliege, und recht abscheulich war es, daß er dabei doch noch ein menschliches Gesicht, und sogar auch einige Kleidungsstücke behalten. Er schwebte langsam und schwerfällig auf, offenbar um das fremde Kind zu verfolgen. Von Entsetzen und Graus erfaßt rannte Felix und Christlieb fort aus dem Walde. Erst auf der Wiese wagten sie empor zu schauen. Sie wurden einen glänzenden Punkt in den Wolken gewahr, der wie ein Stern funkelte und herabzuschweben schien. „Das ist das fremde Kind,“ rief Christlieb. Immer größer wurde der Stern und dabei hörten sie ein Klingen wie von schmetternden Trompeten. Bald konnten sie nun erkennen, daß der Stern ein schöner in gleißendem Goldgefieder prangender Vogel war, der, die mächtigen Flügel schüttelnd und laut singend, sich auf den Wald herabsenkte. Ha, schrie Felix, das ist der Fasanenfürst, der beißt den Herrn Magister Tinte todt — ha ha, das fremde Kind ist geborgen und wir sind es auch! — Komm Christlieb — schnell laß uns nach Hause laufen und dem Papa erzählen was sich zugetragen.

Wie der Herr von Brakel den Magister Tinte fortjagte.

Der Herr von Brakel und die Frau von Brakel beide saßen vor der Thüre ihres kleinen Hauses, und schauten in das Abendroth, das schon hinter den blauen Bergen in goldenen Strahlen aufzuschimmern begann. Vor ihnen stand auf einem kleinen Tisch das Abendessen aufgetragen, das aus nichts anderem als einem tüchtigen Napf voll herrlicher Milch und einer Schüssel mit Butterbrödten bestand. „Ich weiß nicht, fing Herr von Brakel an, ich weiß nicht, wo der Magister Tinte so lange mit den Kindern ausbleibt. Erst hat er sich gesperrt und durchaus nicht in den Wald gehen wollen, und jetzt kommt er gar nicht wieder heraus. Ueberhaupt ist das ein ganz wunderlicher Mann der Herr Magister Tinte und es ist mir beinahe so, als sei es besser gewesen, er wäre ganz davon geblieben. Daß er gleich anfangs die Kinder so heimtückisch stach, das hat mir gar nicht gefallen, und mit seinen Wissenschaften mag es auch nicht weit her sein, denn allerlei seltsame Wörter und unverständliches Zeug plappert er her und weiß was der Großmogul für Kamaschen trägt; kommt er aber heraus, so vermag er nicht die Linde vom Kastanienbaum zu unterscheiden und hat sich überhaupt ganz albern und abgeschmackt. Die Kinder können unmöglich Respekt vor ihm haben." „Mir geht es, erwiederte die Frau von Brakel, mir geht es ganz wie dir lieber Mann! So sehr es mich freute, daß der Herr Vetter sich unserer Kinder annehmen wollte, so sehr bin ich jetzt davon überzeugt, daß das auf andere und bessere Weise hätte geschehen können, als daß er uns den Herrn Magister Tinte über den Hals schickte. Wie es mit seinen Wissenschaften stehen mag, das weiß ich nicht, aber so viel ist gewiß, daß das kleine schwarze dicke Männlein mit den kleinen dünnen Beinchen mir immer mehr und mehr zuwider wird. Vorzüglich ist es garstig, daß der Magister so entsetzlich naschhaftig ist. Keine Neige

Bier oder Milch kann er stehen sehen, ohne sich darüber her zu machen, merkt er nun vollends den geöffneten Zuckerkasten, so ist er gleich bei der Hand und schnuppert und nascht so lange an dem Zucker, bis ich ihm den Deckel vor der Nase zuschlage; dann ist er auf und davon, und ärgert sich und brummt und summt ganz seltsam und fatal.“ Der Herr von Brakel wollte fortfahren im Gespräch, als Felix und Christlieb in vollem Rennen durch die Birken kamen. „Heysa! — heysa! — schrie Felix unaufhörlich, heysa heysa! der Fasanenfürst hat den Herrn Magister Tinte todtgebissen!“ „Ach — Ach, Mama, rief Christlieb athemlos, ach! — der Herr Magister Tinte ist kein Herr Magister, das ist der Gnomen-König Pepser, eigentlich aber eine abscheuliche große Fliege die eine Perücke trägt, und Schuhe und Strümpfe.“ Die Aeltern staunten die Kinder an, die nun ganz aufgeregt und erhitzt durcheinander von dem fremden Kinde, von seiner Mutter der Feen-Königin, von dem Gnomen-König Pepser und von dem Kampf des Fasanenfürsten mit ihm erzählten. „Wer hat Euch denn die tollen Dinge in den Kopf gesetzt, habt ihr geträumt oder was geschah sonst mit Euch?“ So fragte Herr von Brakel einmal über das andere; aber die Kinder blieben dabei, daß sich alles so zugetragen wie sie es erzählten, und daß der häßliche Pepser, der sich für den Herrn Magister Tinte fälschlich ausgegeben, todt im Walde liegen müsse. Die Frau von Brakel schlug die Hände über den Kopf zusammen und rief ganz traurig, Ach Kinder, Kinder, was soll aus Euch werden, wenn Euch solche entsetzliche Dinge in den Sinn kommen und ihr Euch davon nichts ausreden lassen wollt! — Aber der Herr von Brakel wurde sehr nachdenklich und ernsthaft. „Felix du bist nun schon ein ganz verständiger Junge, und ich kann es dir wohl sagen, daß auch mir der Herr Magister Tinte von Anfang an ganz seltsam und verwunderlich vorgekommen ist. Ja es schien mir oft, als habe es mit ihm eine besondere Bewandtniß und er sei gar nicht so wie andere Magister. Noch mehr! — ich sowohl als die Mutter, beide sind wir mit dem Herrn Magister Tinte nicht ganz zufrieden, die Mutter vorzüglich, weil er ein Naschmaul ist, alle Süßigkeiten beschnuppert und dabei so häßlich brummt und summt, er wird daher auch wohl nicht lange bei uns bleiben können. Aber nun, lieber Junge, besinne dich einmal, gesetzt auch, es gebe solche garstige Dinger, wie Gnomen sein sollen, wirklich in der Welt, besinne dich einmal ob ein Herr Magister wohl eine Fliege sein kann?“ — Felix schaute dem Herrn von Brakel mit seinen blauen klaren Augen ernsthaft ins Gesicht. Der Herr von Brakel wiederholte die Frage: Sag' mein Junge! kann wohl ein Herr Magister eine Fliege sein? Da sprach Felix: Ich habe sonst nie daran gedacht, und hätte es wohl auch nicht geglaubt, wenn mir es nicht das fremde Kind gesagt, und ich es mit eigenen Augen gesehen hätte, daß Pepser eine garstige Fliege ist und sich nur für den Magister Tinte ausgegeben hat. — Und Vater, fuhr Felix weiter fort, als Herr von Brakel wie einer, der vor Verwunderung gar nicht weiß was er sagen soll, stillschweigend den Kopf schüttelte, und Vater, sage, hat dir der Herr Magister Tinte selbst nicht einmal entdeckt, daß er eine Fliege sei? — habe ich's denn nicht selbst gehört, daß er dir hier vor der Thüre sagte, er sei auf der Schule eine muntere Fliege gewesen? Nun was man einmal ist, das muß man, denk ich, auch bleiben. Und daß der Herr Magister, wie die Mutter zugesteht so ein Naschmaul ist und an allem Süßen schnuppert, nun Vater! wie machen's denn die Fliegen anders? und das häßliche Summen und Brummen. „Schweig, rief der Herr von Brakel ganz erzürnt, mag der Herr Magister Tinte sein, was er will, aber so viel ist gewiß, daß der Fasanenfürst ihn nicht todtgebissen hat, denn dort kommt er eben aus dem Walde!“ Auf dieses Wort schrien die Kinder laut auf und flüchteten ins Haus hinein. In der That kam der Magister Tinte den Birken-Gang herauf, aber ganz verwildert mit funkelnden Augen, zerzauster Perücke, im abscheulichen Sumsen und Brummen sprang er von einer Seite zur andern hoch auf und prallte mit dem Kopf gegen die Bäume an, daß man es krachen hörte. So herangekommen, stürzte er sich sofort in den Napf, daß die Milch überströmte, die er einschlürfte mit widrigem Rauschen. „Aber um tausend Gotteswillen, Herr Magister Tinte, was treiben Sie?“ rief die Frau von Brakel. Sind Sie toll geworden, Herr Magister, plagt Sie der böse Feind? schrie der Herr von Brakel. Aber alles nicht achtend schwang sich der Magister aus dem Milchnapf, setzte sich auf die Butterbrödte hin, schüttelte die Rockschöße und wußte mit den dünnen Beinchen geschickt darüber hinzufahren und sie glatt zu streichen und zu fälteln. Dann stärker summend schwang er sich gegen die Thüre, aber er konnte sich nicht hineinfinden ins Haus, sondern schwankte wie betrunken hin und her und schlug gegen die Fenster an, daß es klirrte und schwirrte.

„Ha Patron, rief der Herr von Brakel, das sind dumme unnütze Streiche, wart' das soll dir übel bekommen.“ Er suchte den Magister bei dem Rockschoß zu haschen, der wußte ihm aber geschickt zu entgehen. Da sprang Felix aus dem Hause mit der großen Fliegenklatsche in der Hand, die er dem Vater gab. „Nimm Vater, nimm, rief er, schlag ihn todt den häßlichen Pepser.“ Der Herr von Brakel ergriff auch wirklich die Fliegenklatsche, und nun ging es her hinter dem Herrn Magister. Felix, Christlieb, die Frau von Brakel hatten die Servietten vom Tische genommen und schwangen sie, den Magister hin und hertreibend, in den Lüften, während Herr von Brakel unaufhörlich Schläge gegen ihn führte die leider nicht trafen, weil der Magister sich hütete auch nur einen Augenblick zu ruhen. Und wilder und wilder wurde die tolle Jagd — Summ — Summ — Simm — Simm — Trrr — Trrr — stürmte der Magister auf und nieder — und Klipp — Klapp fielen hageldichter des Herrn von Brakels Schläge und huß — huß — hetzten Felix, Christlieb und die Frau von Brakel den Feind. Endlich gelang es dem Herrn von Brakel den Magister am Rockschoß zu treffen. Aechzend stürzte er zu Boden aber in dem Augenblick, daß der Herr von Brakel ihn mit einem zweiten Schlage treffen wollte, schwang er sich mit erneuter doppelter Kraft in die Höhe, stürmte sausend und brausend nach den Birken hin und ließ sich nicht wieder sehen. „Gut daß wir den fatalen Herrn Magister Tinte los sind sprach der Herr von Brakel, über meine Schwelle soll er nicht wieder kommen.“ „Nein das soll er nicht, fiel die Frau von Brakel ein, Hofmeister mit solchen abscheulichen Sitten können nur Unheil stiften, da wo sie Gutes wirken sollen. — Prahlt mit den Wissenschaften und springt in den Milchnapf! Das nenne ich mir einen schönen Magister.“ — Aber die Kinder jauchzten und jubelten und riefen: Heysa — Papa hat dem Herrn Magister Tinte mit der Fliegenklatsche eins auf die Nase versetzt und da hat er Reißaus genommen! — Heysa — heysa! —

Was sich weiter im Walde begab, nachdem der Magister Tinte fortgejagt worden.

Felix und Christlieb athmeten frei auf, als sei ihnen eine schwere drückende Last vom Herzen genommen. Vor allem dachten sie aber daran, daß nun, da der häßliche Pepser von dannen geflohen, das fremde Kind gewiß wiederkehren und so wie sonst mit ihnen spielen würde. Ganz erfüllt von freudiger Hoffnung gingen sie in den Wald; aber es war alles still und wie verödet drin, kein lustiges Lied von Fink und Zeisig ließ sich hören und statt des fröhlichen Rauschens der Gebüsche, statt des frohen tönenden Wogens der Waldbäche wehten angstvolle Seufzer durch die Lüfte. Nur bleiche Strahlen warf die Sonne durch den dunstigen Himmel. Bald thürmte sich ein schwarzes Gewölk auf, der Sturm heulte, der Donner begann in der Ferne zürnend zu murmeln, die hohen Tannen dröhnten und krachten. Christlieb schloß sich zitternd und zagend an Felix an; der sprach aber: Was fürchtest du dich so, Christlieb, es zieht ein Wetter auf, wir müssen machen, daß wir nach Hause kommen. Sie fingen an zu laufen, doch wußten sie selbst nicht, wie es geschah, daß sie statt aus dem Walde herauszukommen immer tiefer hineingeriethen. Es wurde finsterer und finsterer, dicke Regentropfen fielen herab und Blitze fuhren zischend hin und her! — Die Kinder standen an einem dicken dichten Gestrüpp. „Christlieb, sprach Felix, laß uns hier ein bischen unter ducken, nicht lange kann das Wetter dauern.“ Christlieb weinte vor Angst, that aber doch, was Felix geheißen. Aber kaum hatten sie sich hin gesetzt in das dicke Gebüsch, als es dicht hinter ihnen mit häßlich knarrenden Stimmen sprach: „Dumme Dinger! — einfältig Volk — habt uns verachtet — habt nicht gewußt, was ihr mit uns anfangen sollt, nun könnt ihr sitzen ohne Spielsachen ihr einfältigen Dinger!“ Felix schaute sich um und es wurde ihm ganz unheimlich zu Muthe, wie er den Jäger und den Harfenmann erblickte, die sich aus dem Gestrüpp, wo er sie hineingeworfen, erhoben, ihn mit todten Augen anstarrten und mit den kleinen Händchen herumfochten und handthierten. Dazu griff der Harfenmann in die Saiten, daß es widrig zwitscherte und klirrte, und der Jägersmann legte gar die kleine Flinte auf Felix an. Dazu krächzten beide: Wart — Wart du Junge, du Mädel, wir sind die gehorsamen Zöglinge des Herrn Magister Tinte, gleich wird er hier sein und da wollen wir Euch euren Trotz schon eintränken! — Entsetzt, des Regens der nun herabströmte, der krachenden Donnerschläge, des Sturms der mit dumpfem Brausen durch die Tannen fuhr, nicht achtend, rannten die Kinder von dannen und geriethen an das Ufer des großen Teichs der den Wald begränzte. Aber kaum waren sie hier, als sich aus dem Schilf Christlieb's große

Puppe, die Felix hineingeworfen, erhob und mit häßlicher Stimme quäkte: dumme Dinger, einfältig Volk — habt mich verachtet — habt nicht gewußt, was ihr mit mir anfangen sollt, nun könnt ihr sitzen ohne Spielsachen, ihr einfältigen Dinger! Wart' wart' du Junge, du Mädel, ich bin der gehorsame Zögling des Herrn Magister Tinte, gleich wird er hier sein und da werden wir Euch euren Trotz schon einträuken! — Und dann spritzte die häßliche Puppe den armen Kindern, die schon vom Regen ganz durchnäßt waren, ganze Ströme Wasser ins Gesicht. Felix konnte diesen entsetzlichen Spuk nicht vertragen, die arme Christlieb war halb todt, auf's neue rannten sie davon, aber bald mitten im Walde sanken sie vor Angst und Erschöpfung nieder. Da summte und brauste es hinter ihnen. „Der Magister Tinte kommt," schrie Felix, aber in dem Augenblick vergingen ihm auch so wie der armen Christlieb die Sinne. Als sie wieder aus tiefem Schlafe erwachten, befanden sie sich auf einem weichen Moossitz. Das Wetter war vorüber, die Sonne schien hell und freundlich und die Regentropfen hingen wie funkelnde Edelsteine an den glänzenden Büschen und Bäumen. Hoch verwunderten sich die Kinder darüber, daß ihre Kleider ganz trocken waren und sie gar nichts von der Kälte und Nässe spürten. „Ach, rief Felix indem er beide Arme hoch in die Lüfte emporstreckte: Ach das fremde Kind hat uns beschützt!" Und nun riefen beide, Felix und Christlieb, laut, daß es im Walde wiedertönte: Ach du liebes Kind, komme doch nur wieder zu uns, wir sehnen uns ja so herzlich nach dir, wir können ja ohne dich gar nicht leben! — Es schien auch, als wenn ein heller Strahl durch die Gebüsche funkelte von dem berührt die Blumen ihre Häupter erhoben; aber riefen auch wehmüthiger die Kinder nach dem holden Gespielen, nichts ließ sich weiter sehen. Traurig schlichen sie nach Hause, wo die Aeltern, nicht wenig wegen des Ungewitters um sie bekümmert, sie mit voller Freude empfingen. Der Herr von Brakel sprach: Es ist nur gut, daß ihr da seid, ich muß gestehen, daß ich fürchtete, der Herr Magister Tinte schwärme noch im Walde umher, und sei Euch auf der Spur. Felix erzählte alles, was sich im Walde begeben. „Das sind tolle Einbildungen, rief die Frau von Brakel, wenn Euch draußen im Walde solch verrücktes Zeug träumt sollt ihr gar nicht mehr hingehen, sondern im Hause bleiben." Das geschah denn nun freilich nicht, denn wenn die Kinder baten: Liebe Mutter laß' uns ein bischen in den Wald laufen, so sprach die Frau von Brakel: Geht nur, geht und kommt hübsch verständig zurück. Es geschah aber, daß die Kinder in kurzer Zeit selbst gar nicht mehr in den Wald gehen mochten. Ach! — das fremde Kind ließ sich nicht sehen und so wie Felix und Christlieb sich nur tiefer ins Gebüsch wagten oder sich dem Ententeich nahten, so wurden sie von dem Jäger, dem Harfenmännlein, der Puppe ausgehöhnt: „Dumme Dinger, einfältig Volk, nun könnt ihr sitzen ohne Spielzeug — habt nichts mit uns artigen gebildeten Leuten anzufangen gewußt — dumme Dinger, einfältig Volk!" — Das war gar nicht auszuhalten, die Kinder blieben lieber im Hause.

Beschluß.

„Ich weiß nicht, sprach der Herr Thaddäus von Brakel eines Tages zu der Frau von Brakel, ich weiß nicht, wie mir seit einigen Tagen so seltsam und wunderlich zu Muthe ist. Beinahe möchte ich glauben, daß der böse Magister Tinte mir es angethan hat, denn seit dem Augenblick, als ich ihm eins mit der Fliegenklatsche versetzte und ihn forttrieb, liegt es mir in allen Gliedern wie Blei." In der That wurde auch der Herr von Brakel mit jedem Tage matter und blässer. Er durchstrich nicht mehr wie sonst die Flur, er polterte und wirthschaftete nicht mehr im Hause umher, sondern saß stundenlang in tiefe Gedanken versenkt und dann ließ er sich von Felix und Christlieb erzählen wie es sich mit dem fremden Kinde begeben. Sprachen die denn nun recht mit vollem Eifer von den herrlichen Wundern des fremden Kindes, von dem prächtigen glänzenden Reiche, wo es zu Hause, dann lächelte er wehmüthig und die Thränen traten ihm in die Augen. Darüber konnten sich Felix und Christlieb aber gar nicht zufrieden geben, daß das fremde Kind nun davon bleibe und sie der Quälerei der häßlichen Puppen im Gebüsch und im Ententeiche bloß stelle, weshalb sie gar nicht mehr sich in den Wald wagen möchten. „Kommt, meine Kinder, wir wollen zusammen in den Wald gehen, die bösen Zöglinge des Magister Tinte sollen Euch keinen Schaden thun!" So sprach an einem schönen hellen Morgen der Herr von Brakel zu Felix und Christlieb, nahm sie bei der Hand und ging mit ihnen in den Wald, der heute mehr als jemals voller Glanz, Wohlgeruch und Gesang war. Als sie sich ins weiche Gras unter duftenden Blumen gelagert hatten, fing der Herr von Brakel in folgender Art an: Ihr lieben Kinder, es liegt mir recht am Herzen und ich kann es nun gar nicht mehr aufschieben Euch zu sagen, daß ich eben so gut wie ihr das holde fremde Kind, das Euch hier im Walde so viel Herrliches schauen ließ, kannte. Als ich so alt war wie ihr, hat es mich so wie Euch besucht und die wunderbarsten Spiele gespielt. Wie es mich dann verlassen hat, darauf kann ich mich gar nicht besinnen und es ist mir ganz unerklärlich, wie ich das holde Kind so ganz und gar vergessen konnte, daß ich, als ihr mir von seiner Erscheinung erzähltet, gar nicht daran glaubte; wiewohl ich oftmals die Wahrheit davon leise ahnte. Seit einigen Tagen gedenke ich aber so lebhaft meiner schönen Jugendzeit wie ich es seit vielen Jahren gar nicht vermochte. Da ist denn auch das holde Zauberkind so glänzend und herrlich, wie ihr es geschaut habt, mir in den Sinn gekommen und dieselbe Sehnsucht von der ihr ergriffen, erfüllt meine Brust, aber sie wird mir das Herz zerreißen! — Ich fühl' es, daß ich zum letztenmal hier unter diesen schönen Bäumen und Büschen sitze, ich werde Euch bald verlassen ihr Kinder! — Haltet, wenn ich todt bin, nur recht fest an dem holden Kinde! — Felix und Christlieb waren außer sich vor Schmerz, sie weinten und jammerten und riefen laut: Nein Vater — nein Vater, du wirst nicht sterben, du wirst nicht sterben, du wirst noch lange lange bei uns bleiben und so wie wir mit dem fremden Kinde spielen! — Aber Tages darauf lag der Herr von Brakel schon krank im Bette. Es erschien ein langer hagerer Mann, der dem Herrn von Brakel an den Puls fühlte und darauf sprach: das wird sich geben! Es gab sich aber nicht, sondern der Herr von Brakel war am dritten Tage todt. Ach wie jammerte die Frau von Brakel, wie rangen die Kinder die Hände, wie schrien sie laut: Ach unser Vater — unser lieber Vater! — Bald darauf als die vier Bauern von Brakelheim ihren Herrn zu Grabe getragen hatten, erschienen ein paar häßliche Männer im Hause, die beinahe aussahen wie der Magister Tinte. Die erklärten der Frau von Brakel, daß sie das ganze Gütchen und alles im Hause in Beschlag nehmen müßten, weil der verstorbene Herr Thaddäus von Brakel das alles und noch vielmehr dem Herrn Grafen Cyprianus von Brakel schuldig geworden sei, der nun das Seinige zurückverlange. So war denn nun die Frau von Brakel bettelarm geworden und mußte das schöne Dörfchen

Brakelheim verlassen. Sie wollte zu einem Verwandten hin, der nicht fern wohnte, und schnürte daher ein kleines Bündelchen mit der wenigen Wäsche und den geringen Kleidungsstücken, die man ihr gelassen, Felix und Christlieb mußten ein gleiches thun, und so zogen sie unter vielen Thränen fort aus dem Hause. Schon hörten sie das ungestüme Rauschen des Waldstroms über dessen Brücke sie wollten, als die Frau von Brakel vor bitterm Schmerz ohnmächtig zu Boden sank. Da fielen Felix und Christlieb auf die Knie nieder und schluchzten und jammerten: O wir armen unglücklichen Kinder! nimmt sich denn keiner unsers Elends an? In dem Augenblick war es, als werde das ferne Rauschen des Waldstroms zu lieblicher Musik, das Gebüsch rührte sich in ahnungsvollem Säuseln — und bald strahlte der ganze Wald in wunderbarem funkelnden Feuer. Das fremde Kind trat aus dem süßduftenden Laube hervor, aber von solchem blendenden Glanz umflossen, daß Felix und Christlieb die Augen schließen mußten. Da fühlten sie sich sanft berührt und des fremden Kindes holde Stimme sprach: O klagt nicht so, ihr meine lieben Gespielen! Lieb' ich Euch denn nicht mehr? Kann ich Euch denn wohl verlassen? Nein! — seht ihr mich auch nicht mit leiblichen Augen, so umschwebe ich Euch doch beständig und helfe Euch mit meiner Macht, daß ihr froh und glücklich werden sollet immerdar. Behaltet mich nur treu im Herzen, wie ihr es bis jetzt gethan, dann vermag der böse Pepser und kein anderer Widersacher etwas über Euch! — liebt mich nur stets recht treulich! „O das wollen wir, das wollen wir! riefen Felix und Christlieb, wir lieben dich ja mit ganzer Seele." Als sie die Augen wieder aufzuschlagen vermochten, war das fremde Kind verschwunden, aber aller Schmerz war von ihnen gewichen und sie empfanden die Wonne des Himmels, die in ihrem Innersten aufgegangen. Die Frau von Brakel richtete sich nun auch langsam empor und sprach: Kinder! ich habe Euch im Traum gesehen, wie ihr wie in lauter funkelndem Golde standet und dieser Anblick hat mich auf wunderbare Weise erfreut und getröstet. Das Entzücken strahlte in der Kinder Augen, glänzte auf ihren hochrothen Wangen. Sie erzählten wie eben das fremde Kind bei ihnen gewesen sei und sie getröstet habe; da sprach die Mutter: ich weiß nicht, warum ich heute an Euer Mährchen glauben muß, und warum dabei so aller Schmerz, alle Sorgen von mir weichen. Laßt uns nun getrost weiter gehen. Sie wurden von dem

Verwandten freundlich aufgenommen, dann kam es wie das fremde Kind es verheißen. Alles, was Felix und Christlieb unternahmen, gerieth so überaus wohl, daß sie sammt ihrer Mutter froh und glücklich wurden und noch in später Zeit spielten sie in süßen Träumen mit dem fremden Kinde, das nicht aufhörte, ihnen die lieblichsten Wunder seiner Heimath mitzubringen.

Es ist wahr, sprach Ottmar, als Lothar geendet hatte, es ist wahr, Dein fremdes Kind ist ein reineres Kindermährchen als Dein Nußknacker, aber verzeih mir, einige verdammte Schnörkel, deren tieferen Sinn das Kind nicht zu ahnen vermag, hast Du doch nicht weglassen können.

Das kleine Teufelchen, rief Sylvester, das wie ein zahmes Eichhörnlein unserm Lothar auf der Schulter sitzt, kenne ich noch von Alters her. Er kann sein Ohr doch nun einmal nicht verschließen den seltsamen Sachen, die das Ding ihm zuraunt!

Wenigstens, nahm Cyprian das Wort, sollte Lothar, unternimmt er es, Mährchen zu schreiben, doch sich nur ja des Titels: Kinder-Mährchen enthalten! — Vielleicht: Mährchen für kleine und große Kinder!

Oder, nahm Vinzenz das Wort, Mährchen für Kinder und für die, die es nicht sind, so kann die ganze Welt ungescheut sich mit dem Buche abgeben und jeder dabei denken, was er will. — Alle lachten und Lothar schwur in komischem Zorn, daß, da die Freunde ihn nun einmal verloren gäben, er sich im nächsten Mährchen rücksichtslos aller fantastischen Tollheit überlassen wolle.

Die Mitternachtsstunde hatte geschlagen. Die Freunde, wechselseitig angeregt durch allen Ernst, durch allen Scherz, der heute vorgekommen, schieden in der gemüthlichsten Stimmung.

Ende des zweiten Bandes.

Inhalt des zweiten Bandes.

Die Serapions-Brüder.

Zweiter Band.

Dritter Abschnitt.

Vierter Abschnitt.

CPSIA information can be obtained
at www.ICGtesting.com
Printed in the USA
LVHW030121040223
738616LV00005B/643

9 783382 202347